황순원
모래와 별 사이에서
다시 읽기

황순원
모래와 별 사이에서
다시 읽기

장현숙

엮음

한국문화사

속 · 막은 내렸는데

제1막 제1장

막이 서서히 오르기 시작한다.

검은 바다에서 밀려오는 물결의 흰 혀끝이 모래톱을 핥는다. 나는 바닷가로 걸어나간다. 왼쪽으로 등대가 보인다. 반대편에서 여자와 청년이 걸어온다. 여자 혼자 등대쪽으로 사라진다. 어둠속에서 또하나의 청년이 나타난다. 모래를 한 줌 움켜올린다.

「밤이면 낮에 그렇게 따겁든 이 모래가 이렇게 싸늘해지기두 하잖습니까. 내일 낮이면 이 모래가 다시 따가워질 겝니다만.」

청년은 검은 바다만 바라보고 섰다.

「역시 밤이면 이렇게 검기만 한 바다가 낮에는 막 푸르게 되는 거와 마찬가지지요.」하며 또하나의 청년은 잃어버린 사랑이야기를 청년에게 들려준다.

「밤이면 이 모래판을 거닐지요. 월이의 육체같은 이 모래판을 거닐지요. 그러면서 또 꽃보다두 찬 월이의 체온 같은 이 모래만을 자꾸 만집니다. 찬 모래는 또 꽉 쥘수록 얼른 새어나가지요.」

청년도 모래를 움켜서 바다로 뿌린다. 검은 바닷물 소리. 청년은 검은 밤바다 속으로 사라진다. 나는 허둥지둥 청년이 사라진 쪽으로 발걸음을 옮긴다.

그때 모래언덕 너머에서 아이의 실루엣이 드러난다. 휘장같은 어둠이 하늘에 별을 가득 펴놓는다. 아이는 수많은 별을 뒤지고 있다. 땅위의 이슬같이만 느껴지던 별들, 오늘밤엔 그 별 중 하나가 꼭 어머니라고 생각하는 걸까.

스크린 위로 빈센트 반 고흐의 「별이 빛나는 밤에」가 클로즈업 되면서 Don Mclean의 Vincent가 흐른다.

명멸하는 별빛속에서 황순원선생의 어머니가 등장한다. 아들이 남긴 밥을 보며 걱정스런 음성으로, 「그걸 또 같니?」하고 사라져간다. 여위고 어렴풋한 그림자를 남긴 채.

제1막 제2장

술 취한 여인 하나가 공원에 나타나 속빈 웃음을 웃기 시작한다. 그리고 벤치에 애를 버리고 어둠속으로 사라진다.

지게문에 햇살이 비친다. 돌이는 왕모래 섞인 어머니의 고무신을 집어 든다. 어머니의 요강이 치워진다. 어머니는 추한 아편쟁이로 돌아온다. 어머니는 아편 약이 든 주사기를 후들거리는 손으로 가죽만 남은 젖가슴에 찌른다. 오, 역시 내 아들이구나. 돌이는 팔로 조용히 어머니의 목을 안는다. 돌이는 그냥 팔에다 힘주기를 멈추지 않는다.

Back to the Origin, Back to the Maternity,

잃어버린 생명나무를 찾아서, 잃어버린 모성을 찾아서…… 합창소리가 울려퍼진다.

서서히 조명이 무대 한켠으로 모아진다.

남자는 여자의 젖을 문 채, 잠 속으로 빨려들어간다. 유약한 몸을 움직거려 어두운 둘레속을 유유히 돌기 시작한다. 이 탯속의 조고만 자신의 움직임을 안온한 마음으로 지켜본다.

제1막 제3장

나는 포구가 내려다뵈는 구릉에서 있다. 밤이 되기를 기다리는 한 병사를 본다. 오막살이 쪽에서 장정들이 나와 모래판에 구덩이를 파기 시작한다. 꽁꽁 묶인 사람들을 구덩이에 묻는다. 머리만 내놓고. 저녁그늘 속에 밀물이 밀려들어온다. 바닷물이 밀려왔다 밀려갔다 하다가 마침내 묻힌 사람들의 머리 위를 덮는다. 둑에 섰던 사람들이 집을 향해 돌아섰다. 그때 그 사람들을 향해 병사는 총을 난사한다. 빗발치는 총성 속에서 동호가 나타난다. 마치 두꺼운 유리를 뚫고 나온 듯.

「땅은 리얼하지. 그래두 그 위에 서서 다니는 인간에겐 꿈이란 게 있어야 하지 않을까.」

나는 하늘을 올려다본다. 하늘에는 얼음을 부스러뜨려 뿌린 듯한 별들이 박혀있다. 유리 깨지는 날카로운 소리. 손목의 동맥을 끊은 동호가 어둠 속에 묻혀있다. 순수한 사랑과 꿈을 찾아 결국 죽음을 선택했군. 가엾어라. 나는 차가워져가는 동호의 이마를 만지며 아리아 「별은 빛나건만」을 떠올린다.

> 별은 빛나고 땅은 향기를 뿜건만…
> 내가 떨고 있는 사이 그 아름다운 것들은
> 베일에 가려지듯 사라졌네
> 내 사랑의 꿈이 영원히 사라졌네!
> 모든 것이 떠나갔네
> 절망속에 나는 죽어가네
> 절망속에 나는 죽어가네

일생만큼 난 사랑치 못하였네!
일생만큼 난 사랑치 못하였네!

죽은 영혼을 위한 진혼곡과 대금산조가 크로스오버로 만난다.

제1막 제4장

나는 피난민들의 삶을 들여다본다.

풀리즈 쎌 투 미. 동아가 재빨리 담배보루와 껌곽을 꺼낸다. 남아는 자전거 곡예를 한다. 선아는 나비의 곡예를 한다. 선아의 신발 한짝이 없어진다. 주인집 아이의 병이 신발 주인에게로 옮아가길 바라나보다. 나는 노여움으로 펜을 집어던진다.

계집애 하나가 소경에게로 다가가 물 괸 곳을 피해 지팡이를 짚도록 해준다. 그때 판자촌 철거반원들이 들이닥친다. 나는 어머니를 잃은 영이와 무당이 버린 돌이를 성호에게 데려다 준다.

돌이는 장난감 조각들을 끊임없이 이리저리 맞추고 있다. 무얼 만드는 것일까. 돌이는 아무 것도 아니라고 말한다. 아무 것도 아닌 걸 왜 만들어? 영이가 말한다. 나는 돌이를 대신하여 말한다. 그건 주춧돌 하나, 주춧돌 둘을 새롭게 쌓아서 굳건한 성을 만들어야하기 때문이야. 영이가 고개를 끄덕인다.

잠시 후 두 어린이가 나타나 종각에서 종을 치기 시작한다. 줄을 잡아 당겼을 때의 뗑 소리와 줄을 늦출 때의 강 소리가 되풀이되면서 뗑- 강- 뗑-- 강-- 종소리가 울려퍼진다. 살구나무 밑에서 두 마리의 개가 뒤를 맞붙이고 있다. 두 어린이는 킬 킬 킬 웃음을 터트린다. 뗑- 강- 뗑-- 강-- 분노의 불꽃이 환희의 율동으로 가득 채워진다. 초닷새 달빛 속에 비바리가 두 필의 말을 데려온다. 커다란 두 몸뚱어리가 한덩어리가 된다. 비바리가 준이의 손목을 와 잡는다. 아이들의 티없는 웃음소리, 생명의 소리가 울려퍼진다.

성삼이와 덕재가 등장한다. 「얘, 우리 학사냥이나 한번 하구 가자.」

포승줄을 풀어 쥐고 성삼이는 잡풀 새로 기어간다. 그제서야 덕재도 무엇을 깨달은 듯 잡풀 새를 기기 시작한다. 때마침 단정학 두세 마리가 높푸른 가을하늘에 큰 날개를 펴고 유유히 날고 있다. 나는 단정학의 날개짓을 하염없이 바라본다.

이때 대금산조 천년학이 울려퍼진다.

준태가 차창 밖 어둠을 내다본다. 불빛과 어둠이 준태에게로 다가온다. 허허벌판을 비틀대며 유랑하는 준태 위로 쟈코메티의 「광장」이 오버랩된다. 지연이 말한다. 쟈코메티의 광장이 대화를 시작할 것 같다고. 숨죽였던 행복감이 물결친다. 순간 준태는 천식으로 발작을 일으킨다. 준태는 너울너울 정처없이 흘러떠다닌다. 움직이는 성처럼.

나는 준태의 죽음을 뒤로 하고 식물인간이 되었던 한수를 찾아나선다.

한수가 병원을 나서다 콘크리트 포장길을 들여다본다. 그 틈새기로 제법 파란 풀잎들이 돋아나 있다. 어쩌면 이런 데서?

한 청년이 한수 곁으로 다가선다.

「무얼 잃어버렸습니까?」

Barbra Streisand의 The way we were가 흐른다.

막이 서서히 내리기 시작한다.

어둠속 모래 위에서 황순원선생이 등장한다. 베레모를 쓴 채 자그마한 체구를 앞뒤로 흔들며 서있다. 한 손은 바바리 코트 속에 찌른 채. 담배 한 대 피울 동안 밤하늘의 빛나는 별을 치어다본다. 나도 무대 한 켠에서 별을 치어다본다. 황순원선생은 갑자기 술 생각이 나는 듯 무대 위를 두리번거린다.

이때 검은 막 위로 그늘진 선술집 속의 사내와 황순원선생이 마주 앉아 있다. 조명을 받은 그들의 모습이 클로즈업 된다.

그때 어둠 속에서 나를 발견한 황순원선생은 외친다.

「내 등장인물 왜 빌려간?」

나는 내려지는 막 앞으로 뛰어나간다.

「선생님, 작중인물들과 사진 한방 찍으실까요?」

황순원선생이 웃으며 내 손을 잡는다.

무대 위로 함박눈이 펄펄 내리기 시작한다.

Lu Lu의 To sir with love가 흐른다.

제2막

내일을 기대해 주십시오.

모든 영광은 술에게,

그리고 모든 영광은 눈에게,

그리고 다시 모든 영광은 황순원에게,

그리고 또다시 모든 영광은 문학을 사랑하는 모든 이들에게.

2004. 5. 15.

복정동 연구실에서

장현숙

▌차례 ▌

사마귀

그동안 한 마리 한 마리 없어져가던 토끼새끼가 오늘 아침 마지막 한 마리마저 없어진가보다. 주인마누라가 큰 목소리로, 사마귀는 제 새끼를 잡아먹는다든가 제 어미를 잡아먹는다는 말은 들었지만 아무리 독한 짐승이기로서니 제 새끼를 네 마리씩이나 잡아먹는 법이 어디 있느냐고 어미토끼를 욕질하는 소리가 들린다. 그러면서 주인마누라는 현이 실험용으로 사온 토끼가 밤새 가슴의 털을 뽑아 놓고 그 속에 네 마리의 새끼를 낳았을 때 현더러 새끼가 클 때까지 어미토끼를 그냥두라고 했던 것을 또 후회해한다. 아마 막대기를 토끼장 안에 들이밀고 어미토끼의 허리를 찌르는 모양으로, 뒈지고 말라는 소리가 들린다. 이집 어린 계집애가, 할머니 할머니 하면서, 어미토끼의 눈알이 새끼를 잡아먹어서 새빨가냐고 하고는, 요놈의 눈깔, 요놈의 눈깔, 하는 품이 꼬챙이로 어미토끼의 눈알이라도 찌르는 눈치다.

계집애가 주인마누라보고 할머니라고 부르는 것은 이집 젊은 여인이 밖에 나가 묵는 동안만이다. 젊은 여인이 돌아온 뒤에는 할머니란 말 대신에 어머니란 말로 바뀐다. 현이 몇 살이냐고 물을 적마다 한 손 손가락을 다 펴보이면서도 입으로는 여섯이라고 하는 이 어린 계집애가 이것만은 어기어본 적이 없다.

계집애가 언제나 어머니라고 부르는 것은 인형에게뿐이다. 이 인형을 계집애는 업어주는 법이 없다. 소꿉질을 하면서는 사금파리에 흙으로 만든 음식을 담아가지고 엄마 먹으라고 하며 먼저 인형의 입술에 가져다 댄다. 계집애의 이런 장난도 젊은 여인이 밖에서 묵는 동안뿐이다.

젊은 여인이 집에 돌아오는 때면 아랫방 좁은 툇마루에 낯선 남자의 구두가 놓인다. 남자의 낯선 구두는 젊은 여인이 밖에서 묵다가 돌아올 적마다 빛깔과 크고 작기가 달라진다. 남자의 낯선 구두가 새로 좁은 툇마루에 놓일 적마다 계집애나 주인마누라의 생활이 또 달라진다. 동그란 계집애의 얼굴이 새침해져서 현이 있는 위층으로 올라온다. 주인마누라의 잔주름 많은 얼굴은 긴장으로 해 굳어진다. 그리고 찬거리를 사러 바구니를 끼고 나가는 품도 급해진다. 연기 내는 부엌문을 열고 나와 저고릿고름으로 눈을 닦으면서도 전처럼 눈이 쓰리다는 소리를 지르지 못한다. 조심히 뒷설거지까지 다 하고 나서는 곧장 현이 있는 위층으로 이것도 층층다리가 소리 안나게 조심히 기어 올라온다. 그리고는 아랫방에서 조용해져야 또 조심조심 계집애를 데리고 내려가 부엌 옆에 붙은 골방으로 가 잔다.

이런 때 위층으로 올라온 주인마누라는 현에게 등을 돌려대고 한참 말없이 앉았다가 생각난 듯이 어항 쪽으로 시선을 돌린다. 계집애는 잠깐 어항과 주인마누라를 쳐다보고는 손톱 거스러미를 뜯기 시작한다. 주인마누라는 붕어가 헤엄쳐 다니는 거리에 따라 어항 유리알에 비치는 붕어의 크기가 놀랄 만큼 커졌다 작아졌다 하는 것을 지켜본다. 그러다가 계집애의 주의를 그리 끌려는 듯이 고개를 돌린다. 그러나 계집애는 젊은 여인이 밖에서 묵는 동안 그렇게 좋아서 들여다보던 어항으로 종시 고개를 돌리지 않는다.

젊은 여인이 밖에서 묵는 동안 계집애는 현이 있는 위층으로 올라오면 먼저 어항으로 간다. 그때까지 한곳에 머물러 느리게 지느러미질만 하던 붕어가 공연히 놀라서 오고간다. 그러다가 다시 붕어가 한곳에 안정하고 있게 되면 계집애는 파리를 잡아 물에 띄운다. 현이 처음에 파리같은 더러운 것을 먹이면 안된다고 하였지만 붕어는 민첩하게 수면으로 내달아 물 위에 바동거리는 파리를 주둥이로 톡톡 건드려보고, 밑으로 내려가 있다가 다시 와 건드리기만 하지 먹지는 않는다. 파리를 쪼는 동작은 파리의 바동거림이 점점 떠 갈수록 떠 가다가 파리가 아주 죽으면 멎고 만다. 그러다가 계집애가 마침 어항 옆에 기고 있는 개미를 잡아 넣으면 이것만은 붕어가 내달아와 단번에 삼켜버린다. 계집애는 일부러 밖에 나가 잔개미를 잡아다가 어항에 넣어준다. 그러나 개미도 살아 오므작거리는 것만 삼켜버리지 죽은 것은 와 건드리지도 않는다.

　계집애는 붕어가 파리와 개미 건드리기에 싫증이 나기 전에 먼저 싫증이 나 이번에는 긴 꼬챙이를 가져다 밑에 가라앉은 비늘을 꺼내는 장난을 한다. 꼬챙이로 비늘 하나를 눌러 어항 유리알에 붙여 조금씩 위로 끌어올린다. 그러나 어항 모가지에 오기 전에 꼬챙이의 누르는 힘이 잘 받지 않아 비늘을 놓쳐버린다. 그러면 계집애는 재빨리 손을 물 속에 넣어 가라앉는 비늘을 집어낸다. 그리고 힐끔 현 쪽을 돌아보고는 현이 못 본 체하면 꼬챙이로 어항 속을 저어 비늘을 다 뜨게 한 뒤에 손을 넣어 집어낸다. 다 건져가지고는 급히 밖으로 내려가 그것을 햇볕에 말린다.

　현이 우물로 내려가 흐린 어항의 물을 갈고 있으면 계집애가 달려와 물 찌운 어항 밑바닥에서 팔딱이는 붕어 한 마리를 집어든다. 손에 쥐인 채 마냥 팔딱이며 빛나는 비늘을 만족스레 들여다본다. 어항에 새 물을 넣어가지고 현이 어항을 계집애의 붕어 쥔 손 가까이 가져간다. 그제야 계집애는 어항에 붕어를 넣는다. 그런데 한번은 계집애가 어항에 붕어를 넣으려는 순간 손에서 미끄러져 하수도에 떨어뜨리고 말았다. 현이 미처 움켜낼 새 없이 벌써 붕어는 하수관의 검고 걸쭉한 물에 둔한 한줄기 선을 그으며 깊이 들어가버리고 만다. 계집애는 붕어가 남긴 손바닥의 비늘만 내려다보고 있다. 그곳에 좀 더 서있기만 해도 계집애가 울음을 터뜨릴 것같아 현은 짝패가 없어진 것도 모른다는 듯이 갈아준 맑은 물속을 생기있게 꼬리치며 헤엄쳐 다니는 붕어만 들여다보면서 위층으로 올라와야 했다.

현이 아주 위층으로 다 올라간 뒤에 계집애는 곧 명랑해져서 여태까지 모은 비늘과 손바닥에 남은 새 비늘을 가지런히 손등에 펴 놓는다. 그리고 햇빛을 받아 반짝이게끔 햇빛을 향해 손등을 움직여 맞춘다. 같은 동작을 몇번이고 되풀이한다. 그러다가 계집애는 생각난 듯이 비늘을 모두 자기 볼과 이마와 코에 붙이고는 붕어처럼 헤엄쳐 내닫는 시늉을 한다. 입을 자주 동그랗게 벌렸다 다물었다 하기까지 한다. 두 팔을 지느러미 놀리듯 한다. 그러나 계집애는 이 장난에도 싫증이 나면 이번에는 고양이를 잡아다가 젊은 여인이 하는 것과는 반대로 고양이의 볼을 손톱으로 할퀸다.

젊은 여인은 밖에서 묵다가 돌아와서는 고양이를 안고 고양이의 앞발을 잡고 자기의 볼을 쓸곤 한다. 발톱이 서지 않은 고양이의 발이 부드럽게 젊은 여인의 볼을 쓸어내린다. 젊은 여인은 눈을 감으며 고양이의 발에 힘을 준다. 그러면 젊은 여인의 볼에는 고양이의 발톱 자국이 차차 붉어지고, 동시에 젊은 여인의 입가에 웃음기가 떠오른다. 보조개가 파이는 왼쪽 볼. 젊은 여인의 얼굴은 정면으로는 둥근 윤곽이 얼마큼 원만해 보이나 옆얼굴은 딴판으로 코며 입이며 턱이 날카롭게 드러난다. 이와 반대로 눈은 옆으로 볼 때에는 긴 속눈썹이 약간 위로 향한 것이 매력있게 보이지만 정면으로는 먼저 거기 깃들어있는 피로가 눈에 띈다.

한번은 현이 툇마루의 낯선 구두가 돌아간 뒤 아래층으로 내려가다가 툇마루에서 젊은 여인이 계집애 쪽으로 두 팔을 내밀면서 웃음을 지었을 때 왼쪽 볼의 보조개가 분명히 한 개의 깊은 흠자국으로 보여 가슴이 섬뜩한 적이 있었다. 그러나 다음 순간 현은 계집애에게 내민 젊은 여인의 팔에 호기심이 더 갔다. 젊은 여인이 계집애를 안으려고 팔을 내민 것을 현은 처음 보는 것이다. 계집애가 어리둥절해 젊은 여인의 얼굴을 쳐다본다. 그러다가 누가 자기 뒤에 있기나 한 것처럼 돌아다본다. 아닌 게아니라 그때 계집애 뒤에서 고양이가 달려와 젊은 여인의 내민 팔에 안긴 것이다. 젊은 여인은 고양이에게 팔을 내밀었음에 틀림없었다. 젊은 여인은 고양이를 붙안으며, 오오 내 딸, 하고 속으로 중얼거리는 듯했다.

고양이만이 좁은 툇마루에 어떤 종류의 남자구두가 놓이건 젊은 여인의 팔에 안기고 품에 기어들고 어깨에 기어오른다. 온통 까만 고양이는 젊은 여인에게 붙어서 귓바퀴나 화장한 볼을 핥기가 일쑤다. 그러면 젊은 여인은 부엌으로 가 자기 손으로 날고기 조각을 몇점이고 썰어다가 손바닥에 놓아 고양이 앞에 내민다. 고양이는 입언저리에 연지같은 피를 묻히면서 먹는다. 그러다가 종시 고깃조각 한 두 점을 남긴 채 기지개와 하품을 하고 물러나면 이번에는 젊은 여인이 양지쪽에서 비누거품을 피우며 고양이털을 씻어준다. 익숙해져있는 고양이는 비누거품이 날 적마다 눈을 꿈적거릴 뿐, 계집애가 주인마누라에게 머리를 감기울 때보다 얌전하다. 그리고 나서 여인에게 안기어 방으로 들어간 고양이는 거기서 꽃송이와 장난을 하게 마련이다.

꽃송이는 젊은 여인이 밖에서 묵다가 돌아올 때 함께 오는 남자의 각색 구두처럼 갖가지 꽃이다. 남자가 돌아가고 젊은 여인이 다시 밖에 묵게 된 뒤에야 계집애는 이 꽃송이를 마음대로 가진다. 계집애는 꽃가지들을 하수돗가에 꽂아놓는다. 그리고 꽃이 다 시들 때까지 한 가지도 뽑아내지 않고 그냥 둔다. 언젠가 현은 위층으로 올라온 계집애에게 화병을 준 일이 있었다. 새로 꽃이 생기면 꽂으라고 준 것이다. 계집애는 화병을 받아들고 잠시 어쩔줄을 몰라하다가 화병을 그자리에 도로 놓고 아래로 뛰어내려가는 것이다. 좀 있다 다시 올라오는 계집애의 손에는 하수돗가에 꽂았던 꽃가지가 들려있다. 그것을 화병에 꽂는다. 거의 시들어 늘어진 꽃잎과 찢어진 꽃잎. 찢어진 꽃잎은 고양이가 장난질하면서 발톱으로 째고 이로 물어뜯은 것이리라. 계집애는 하루에 몇번이고 화병에 물을 갈아 넣어준다. 그러다가 고양이라도 와 꽃을 다칠라치면 계집애는 날쌔게 고양이를 잡아 둘러메친다. 그러나 살이 찐 고양이는 계집애의 메친 힘을 무시하고 다리를 바로 세워 그자리에 서서 허리를 늘였다 꼬부리며 기지개를 켠다.

이 고양이가 젊은 여인이 밖에 나가 묵는 동안이 길어지면서 여위어갔다. 계집애가 잡아 메치면 고양이는 겨우 바로 섰다가 창문턱으로 올라간다. 그러면 계집애는 가만가만 고양이 뒤로 다가간다. 그리고는 갑자기 두 손으로 고양이를 떠밀친다. 고양이를 이층에서 아래로 떨어뜨려버리려는 것이다. 그러나 고양이는 아래로 떨어질듯하면서도 몸을 창문턱에 찰딱 엎드렸다가 계집애 옆으로 빠져나가면서 화병을 건드려 떨어뜨리고 만다. 화병의 모가지가 부러진다. 그러지 않아도 시들었던 꽃이 넘어지면서 꽃잎을 떨군다. 현은 물에 뜬 시든 꽃잎들을 주우며 젊은 여인의 흠자국처럼 보인 보조개를 자꾸 눈앞에 떠올린다. 현은 주운 꽃잎과 가지를 목 부러진 화병에 넣어가지고 골목 한옆에 있는 빈터로 간다. 누구든지 소변 보지 마시오, 라고 씌어있는 한 집 뒷벽 아래 별별 그릇 깨진 조각이며 똥이며 죽은 쥐가 버려져있는 곳에 화병을 던진다.

여위어가는 고양이가 빈터에 내다버린 죽은 쥐를 물고 오기도 한다.

주인 마누라는, 죽일 놈의 고양이, 죽일 놈의 고양이, 하면서 어미토끼의 허리를 찌르던 막대기를 들고 고양이를 따라다닌다. 고양이는 아무래도 죽은 쥐를 놓지 않고 굴뚝으로 해서 지붕 한구석에 올라가 숨는다. 주인 마누라는 막대기로 굴뚝을 때리면서 어서 쥐를 놓고 못내려오겠느냐고 소리지르다가 할 수 없어 막대기를 던지고는 부엌으로 들어간다. 고양이가 입언저리에 묻은 피를 혀로 핥으며 내려와 툇마루 아래서 해바라기를 한다. 계집애가 살금살금 고양이에게로 가 꼬챙이로 반쯤 감은 눈을 찌른다. 그러나 고양이는 어느 새 앞발로 꼬챙이를 옆으로 털어버린다. 이번에는 계집애가 고양이의 볼을 할퀸다. 고양이가 계집애의 손등을 같이 할퀸다. 계집애가 더 세게 할퀸다. 그리고 달아나려는 고양이 허리를 끌어다 흙위에 굴린다. 고양이의 온 몸뚱이가 흙투성이 된다. 그리고는 계집애가 이번에는 무엇을 생각했는지 고양이의 꼬리에 색헝겊을 맨다. 그러면 고양이가 그것을 물려고 허리를 동글게 하고 돌아간다. 같이 계집애도 돈다. 계집애는 곧 몇번이고 비틀거리다 주저앉는다. 고양이는 그냥 돈다. 계집애가 약이 오른 듯 다시 일어나 돌기 시작한다. 오래 돌기 경쟁을 함에 틀림없다. 계집애가 다시 주저앉는다. 주저앉아서도 그냥 어지러운지 윗몸을 내저으며 다시는 일어날 염을 못 한다. 고양이는 그냥 꼬리의 색헝겊을 물려고 돈다. 오래돌기 경쟁에 계집애가 어림없이 졌다. 좀만에 계집애는 일어나면서 주인마누라가 어미토끼를 찌르던 막대기를 집어들고 고양이의 허리를 힘껏 때린다. 고양이가 캑 소리와 함께 한 번 뒹굴고는 달아나버린다.

계집애가 심심할 때 노는 동무로 주인마누라가 아편쟁이라고 부르는 이웃집 벙어리 사내애가 있다. 부모가 아편쟁이로 죽자 지금은 먼 친척집에 와있는 애다. 이 애는 듣기는 하는 벙어리여서 주인마누라가, 사내자식의 코가 그렇게 발딱하니 하늘로 터졌으니 부몰 아편쟁이로 만들어

잡아먹지 않고 별수 있느냐고 하면, 이 애는 부끄러워 고개를 못 든다. 그리고 계집애와 놀 때에도 궂은 일은 이 애가 도맡아 한다. 소꿉질할 때에는 이 애가 진흙을 주물러 음식을 만든다. 그리고는 그중 빛깔 곱고 큰 사금파리에다 음식을 담아 인형과 계집애 앞에 놓는다. 계집애는 한 번도 이 애에게 음식을 먹게 하지 않는다. 그래도 이 애는 아무 불평 없이 계집애가 흙밥을 엄마 먹으라고 하면서 인형의 입술에 가져다 대곤 하는 것을 오히려 만족한 듯이 바라본다. 그러다가 그만 자기도모르게 침을 흘리고 만다. 전에 이 애의 아버지가 아편을 맞기 시작하자 어머니 되는 사람이 한사코 쫓아다니며 말렸다. 애 아버지는 그것이 귀찮아서 억지로 아내까지 아편쟁이를 만들어놓았다. 그리고는 서로 아편을 많이 맞으려고 애쓰다가 마침내 애 아버지는 애 어머니를 팔아버렸다. 그 뒤 애 어머니는 몰래 애를 찾아와서는 애 아버지의 아편을 훔쳐내오게 하곤 했다. 그것이 아버지한테 들켜 애는 무수히 매를 맞고 나중에는 어머니 와 말도 못 하게끔 혀를 잡아당겨 벙어리가 돼버리고 말았다. 그로부터 이 애는 말을 못할 뿐 아니라 자기도모르는 새 맥없이 침을 흘리곤 하는 것이다. 계집애는 이 애가 침 흘리는 것을 볼 적마다 더럽다고 얼굴을 찡그리면서 홀딱 일어선다. 사내애가 깨닫고 얼른 침을 들이마신다. 그 러나 계집애는 뒤도 안 돌아보고 방안으로 들어가버린다. 그렇게 되면 사내애도 계집애가 다시 나오기를 기다리는 법 없이 돌아간다.

다음번에 사내애는 새로 사금파리를 다듬어가지고 계집애를 찾아온다. 그리고 사내애는 그 사금파리를 아낌없이 계집애에게 준다. 계집애는 당 연하다는 듯이 그것을 받는다. 그러면 사내애가 이번에는 해어진 조끼주 머니 속에서 새파랗게 빛나는 사금파리를 꺼내어 돌 위에 놓고 귀를 다듬 기 시작한다. 언젠가 현이 빈터에 내다버린 화병 조각이다. 사내애가 사금 파리 귀난 데를 돌로 때릴 적마다 사기부스러기가 튀어난다. 계집애는 튀는 부스러기를 피해 떨어진 곳에 물러나 서있다. 사기부스러기가 얼굴에 튀거나 목과 소매 사이로 튀어들거나 사내애는 손을 멈추지 않고 그냥 다듬는다. 그러다가 문득 사내애가 사금파리 쥐었던 왼손을 든다. 그 엄지손가락에서 금방 피가 돋아난다. 손가락을 때린 거다. 손가락에 돋아난 피는 어느새 쥐고 있는 사금파리 조각을 물들인다. 계집애가 한걸음 물러서면서 끔찍하다는 듯이 코허리를 찡그린다. 그러나 사내애는 피나는 손을 두어 번 빠르게 털고 나서 사금파리를 다듬기 시작한다. 사내애의 손끝에서 사기부스러기가 더 빠르게 튀어 난다. 마침내 다 다듬었다. 사내애는 낡은 바지에다 다듬은 사금파리를 닦아서 계집애에게 내준다. 계집애는 또 당연하다는 듯이 받아 다른 사금파리 속에 섞는다.

사내애는 계집애가 사금파리 장난에 싫증이 날 듯하면 먼저 눈치채고 이번에는 헌 조끼주머니에서 조개껍데기를 꺼낸다. 그리고 조개껍데기를 마주 맞추어가지고 도드라진 조개눈 쪽을 장독에 갈기 시작한다. 구멍을 내어 부는 것을 만들려는 것이다. 이가 재릴 만큼 쟁그러운 소리. 계집애는 이번에는 또 두 손바닥으로 귀를 막고 멀찍이 물러나서 바라본다. 주인마누라가 부엌에서 치마 앞자락에 손을 씻으며 나와 고놈의 아편쟁이는 와서 놀게 해준 것만 해도 고맙게 여기지 않고 시끄럽게까지 군다고 조개껍데기 가는 소리보다 더 큰 소리를 지른다. 그러나 사내애가 손을 멈추기 전에 계집애가 날카롭게 주인마누라더러 저리 가라고 한다. 사내애는 그냥 조개껍데기를 간다. 주인마누라는 혼잣말처럼 병신 마음씨 고운 데 없다더니 맞았다고 중얼거리며 다시 부엌으로 들어간다. 사내애가 손에 맥이 풀린 것처럼 갈던 것을 멈추었을 때에는 거기 구멍이 뚫어져있다. 사내애는 한순간 조개껍데기의 구멍난 쪽을 입으로 가져가려다가 그만둔다. 사내애의 입에서는 또 뜻하지 않은 침이 흘러내린다. 사내애는 울 듯한 얼굴로 조개껍데기를 계집애에게 준다. 계집애는 먼저 더럽다고 침을 뱉고 나서 조개껍데기를 받자 불어볼 생각도 않고 장독대 밑에 던져 깨버린다.

사내애는 갑자기 밖으로 뛰어나간다. 아무렇지도 않게 계집애는 깨어진 조개껍데기 중에서 맵시있고 고운 것들을 골라 다른 사금파리 속에 섞는다. 계집애가 혼자 인형과 소꿉질을 시작하는데 사내애가 숨이 차 들어온다. 그리고 헌 조끼주머니에서 톱밥을 계집애 앞에 쥐어낸다. 빈터 한옆에 톱질하는 곳에서 넣어갖고 온 것이리라. 양쪽 주머니에 가득 찬 톱밥을 다 꺼낸 뒤에 사내애는 계집애 앞에서 한 손을 톱밥 속에 파묻고 다진다. 단단하게 골고루 다지고 나서 조심스럽게 묻었던 손을 뽑는다. 그러나 톱밥은 굴이 생기지 않고 무너지고 만다. 사내애는 다시 톱밥 속에 손을 파묻고 다진다. 또 무너진다. 계집애가 못 참겠다는 듯이 톱밥을 두 손으로 홱 흐트러뜨린다. 사내애의 얼굴에 톱밥이 튄다. 계집애가 재미있다는 웃음을 입가에 떠올리며 톱밥을 한 줌 쥐어 사내애의 얼굴에 뿌린다. 사내애는 앉은 채 눈만 감는다. 계집애가 또 한 줌 집어 뿌린다. 사내애는 놀라는 것처럼 머리를 흠칫한다. 계집애는 더욱 재미난다는 듯이 이번에는 두 손으로 톱밥을 움켜 뿌린다. 사내애는 더 흠칫한다. 계집애가 이번에는 소리를 내어서까지 웃으며 연달아 두 손으로 긁어 모아 톱밥을 끼얹는다. 사내애는 계집애의 웃음이 커짐에 따라 더 힘주어 머리를 흠칫거린다. 그러다가 계집애가 이 장난에도 시들해져서 웃음소리가 작아지는 듯하면 사내애는 갑작스레 만족한 웃음을 띠우고 일어서 계집애를 바라보지도 않고 밖으로 뛰쳐 나가고 만다. 그리고는 사내애가 다시는 계집애한테 놀러 오지 않는다.

현은 저녁에 실험실에서 돌아오는 길에, 누구든지 소변 보지 마시오, 라고 써놓은 곁에 다시, 개가 아니면 소변 보지 마시오, 라고 쓴 빈터 한옆에 두 늙은이가 톱질하는 밑에서 놀고 있는 사내애를 보곤 한다. 한

쪽을 높게 괸 큰 통나무 밑에 앉아 톱을 당기고 미는 늙은이와 함께 사내애는 톱밥을 머리에 받으면서 톱밥으로 산 같은 것을 쌓곤 한다. 톱밥이 피우는 강한 나무 향내. 놀 긴 저녁 하늘에 둔한 선을 그은 통나무와 그 통나무 위에 올라선 늙은이의 굽은 등과 밀고 당기는 톱. 그리고 눈처럼 내리는 톱밥. 구석에 쌓인 검은 통 나무들을 다 켜기 전에 참말로 톱밥보다도 흰 눈이 내리리라.

  저녁에 실험실에서 돌아온 현은 피곤한 몸을 아무데고 눕힌다. 늦여름 저녁이 점점 급하게 저문다. 갑자기 실험실에서 만지고 온 쥐 냄새가 난다. 분명히 손에서 난다. 현은 머리를 들어 손을 본다. 그러나 어둠은 벌써 손을 분간치 못하게 한다. 벽이 꽤 가까이 다가와 서있다. 그리고 천정은 또 어느새 무던히 낮게 내려와있다. 벽과 천정은 귀가 난 것이 아니고 둥글다. 지금 자기는 어디로 머리를 두고 누웠는지 모르겠다. 잠이 들었다 깨면서 자기가 누운 위치를 잘못 깨닫고 머리맡에 있어야 할 창이 발치 쪽에 있었다, 왼편에 있어야 할 것이 오른편에 있었다 하여 가슴을 두근거린 일이 한두 번이 아니다. 그게 이날은 잠도 들지 않고 오른편에 있어야 할 뿌우연 창이 왼편에 있는 것으로 느끼자 놀라 일어난다.
  현이 미처 전등을 켜기 전에 밑에서 주인마누라의, 요놈의 고양이, 요놈의 고양이, 하는 성난 소리에 뒤이어 층층다리를 쿵쿵 울리면서 뛰어올라오는 소리가 난다. 현이 전등을 켠다. 금방 발치 쪽에 있다고 생각한 층층다리가 머리맡 쪽에 있다. 방문을 연다. 무엇인가 입에 문 고양이가 들어오고 그 뒤로 주인마누라가 아침에 어미토끼 찌르던 막대기를 들고 쫓아들어온다. 고양이가 물고 있는 것은 죽은 토끼새끼였다. 주인마누라가 주름잡힌 얼굴에 경련을 일으키며, 요놈의 고양이가 토끼새끼를 다 잡아먹은 걸 모르고 있었다고 하면서 고양이를 움켜잡으려고 한다. 고양이가 잽싸게 피한다.

계집애가 올라와 달려들어 고양이의 허리를 잡는다. 고양이의 허리가 길어졌다가 줄어든다. 계집애가 토끼새끼를 쥐고 잡아당기니까 고양이는 허리를 꼬부리며 적의에 찬 눈을 하고는 악문 입 새로 시익 독기를 뿜는다. 현이 대신 쥐고 잡아당긴다. 고양이 이빨 새에서 토끼새끼의 한 부분이 찢겨져 나온다. 계집애가 고양이를 붙안고 층층다리를 내려간다. 주인마누라는 혼잣말로, 쥐새끼 죽은 걸 안 물어들이나, 집에 있는 토끼새끼를 안 잡아먹나 하면서 고놈의 고양이 죽여버리고 말아야겠다고 한다. 현은 죽은 토끼새끼의 한 부분을 쥔 채 층층다리를 내려간다. 어둠 속에서 어렴풋이 계집애가 고양이 메치는 게 보인다. 고양이는 캑 소리를 지르고 토끼장 곁으로 사라진다. 현은 토끼장 앞에서 손에 쥔 토끼새끼의 한 부분을 어미토끼한테 보인다. 짝 잃은 붕어처럼 그런 것은 모른다는 듯이 장 안은 조용하다. 현이 토끼장을 발로 찬다. 그제야 장 안에서 어미토끼가 놀라 뛴다. 내일은 실험실로 가져가리라.

현은 공원으로 가는 길가 하수구 개천까지 찢긴 토끼새끼를 들고 간다. 하수구 개천은 아래로 갈수록 더 캄캄하다. 퀴퀴한 역한 냄새가 올라온다. 토끼 새끼를 하수구 개천으로 떨어뜨린다. 하수구 개천은 약한 소리를 한 번 낸 뒤에는 그냥 역한 냄새를 피우면서 잠잠해진다. 하숙집 하수관에 놓쳐버린 붕어는 이런 곳까지 나오기 전에 죽어 썩어졌으리라. 현은 어둡기만한 하수구 개천을 내려다보는 동안 이 하수구가 거꾸로 흐르는 것으로 몇번이고 착각을 일으키다가 공원으로 향한다.

공원에 들어서자 현은 활엽수 있는 데로 가 손을 내민다. 젖은 활엽수의 잎사귀가 사늘하고도 눅눅한 체온을 옮겨준다. 현은 손을 거둔다. 그러나 다음에 현은 다시 두 손을 내밀어 잎사귀에 손을 문지르고는 벤치로 가 앉는다. 종시 구름이 걷히지 않는다. 달을 가린 하늘은 하수구 개천처럼 캄캄하다. 드문하게 켜놓은 전등불이 나무에 가리어져서 더 어두운 그늘을 짓는다.

현은 공원 밖 밝은 야시터로 나간다. 가까운 장난감 파는 곳에는 노파가 원색으로 채색을 한 장난감 속에 앉아서 장난감을 놀리고 있다. 탱크가 다른 장난감들을 밀어넘어뜨리면서 돌아다닌다. 노파는 오뚜기를 미끄럼대 위에서 미끄러뜨려내린다. 오뚜기는 때굴때굴 굴러내리다가도 밑에 와서는 바로 선다. 노파는 다시 오뚜기를 미끄럼대 위에서 굴린다. 탱크가 미끄럼대를 와 받아 넘어뜨린다. 딴 곳에 가 때구르르 굴러 떨어진 오뚜기가 또 바로 선다.

현은 다시 공원으로 들어온다. 좀전에 앉았던 벤치에 소년 소녀가 앉아서 함께 조숙스러운 높은 웃음을 웃고 있다. 현은 돌아서고 만다. 손이 아직 끈끈하다. 무슨 배릿한 냄새까지 나는 것같다. 다시 활엽수 있는 데로 간다. 이번에는 젖은 나뭇잎사귀를 뜯어서 두 손바닥으로 비벼 손등과 손가락 하나 하나를 문지른다. 손에서 나는 냄새보다 강한 나뭇잎사귀의 청풀 냄새. 그러는데 손에 배릿한 냄새도 아니고 나뭇잎사귀의 청풀 냄새도 아닌 값싼 분가루 냄새같은 것이 풍겨온다. 현은 담배를 붙여 문다. 아무도 없다. 다시 나뭇잎사귀로 손을 올리는데 희끄무레한 것이 현의 턱으로 나온다. 놀라 물러난다. 바로 옆에서 여자의 신경질스러운 웃음소리와 함께 담뱃불을 좀 빌리자고 한다. 현이 담배를 건네기 전에 내밀었던 여자의 손이 먼저 현의 입에서 담배를 빼간다. 그리고 담뱃불에 빨갛게 비친 여인의 코언저리에는 두꺼운 분으로도 감추지 못한 기미가 드러나 보인다. 담배 끝과 담배 끝이 떨어지자 여인의 얼굴은 담배연기로 흐려진다. 어둠 속에서 여인은 현의 담배를 내준다. 현은 담배를 받으러 손을 내민다. 그 손을 여인의 손이 뿌리친다. 그리고 여인의 담배 쥔 손이 현의 입을 찾는다. 현은 입을 내댄다. 그러나 여인은 담배의 불 붙은 끝을 현의 입에 물리려고 한다. 현은 후딱 여인의 손을 쳐서 담배를 떨구고는 빠른 걸음으로 그곳을 떠난다. 뒤에서 여인의 깔깔거리는 웃음소리가 일어난다.

공원을 빠져나와 하수구 개천이 있는 곳을 안 지나고 구멍가게 옆 골목 지름길을 잡는다. 퍽 가깝다. 집에 이르러 층층다리를 올라가니까 고양이가 방바닥을 핥고 있다. 아까 고양이에게서 토끼새끼를 빼앗을 때 흘린 피라도 핥고 있는 모양이다. 고양이는 현을 보자 경계하는 눈을 한 번 들었으나 곧 다시 빨간 혀로 방바닥을 찬찬히 핥는다. 현은 언뜻 이 고양이를 좀전에 공원에서 본 여인에게 가져다주리라는 생각이 든다. 현은 쓰다듬어주는 시늉을 하며 고양이에게로 가 잡는다. 고양이는 예사롭게 혀로 제 주둥이 끝을 핥아들이다가 귀를 몇번 날카롭게 놀리고 나서는 곧 현의 손을 핥기 시작한다. 아직 손에는 무슨 냄새가 남아 있는가보다. 현은 수건으로 고양이의 눈을 가리었다. 고양이는 두어 번 바동거렸으나 곧 다시 현의 손등을 핥기 시작한다.

현은 고양이를 품에 넣고 몰래 집을 나선다. 하수구 개천이 있는 먼 길을 잡는다. 하수구 개천을 지나는데 갑자기 달빛이 내리비친다. 현은 고양이 넣은 품을 더 잘 감싼다. 달빛이 또 어두워진다. 공원에 들어서서는 곧 나무 밑으로 간다. 아까보다 더 젖고 냉랭한 나뭇잎사귀가 현의 귀를 차갑게 스친다. 고양이를 옆에 끼고 성냥을 그었으나 불이 젖은 나뭇잎에 닿아 꺼지고 만다. 다시 성냥을 그어 비춰보았으나 나뭇잎사귀가 거무스름히 번득일 뿐, 아무도 없다. 담배를 붙여 물고는 아까 소년 소녀가 웃던 빈 벤치로 가 앉는다. 야시도 다 파해가는가보다. 아까보다 그쪽이 어둡다. 현은 앞 어둠 속에서 검은 것이 앞과 뒤로 움직이고 있는 것을 발견한다. 무슨 착각이나 아닌가 하고 자세히 지켜본다. 뒤를 맞붙인 두 마리 개가 제각기 번갈아 앞으로 움직이곤 한다. 달빛이 또 비친다.

이쪽을 향한 야윈 개가 길게 뺀 혀와 눈알을 빛내며 저 쪽에 붙은 개를 몇 걸음 끈다. 그러면 저쪽 개가 곧 또 이쪽 개를 몇 걸음 끈다. 달빛 속에서 같은 동작이 몇번이고 되풀이된다.

달빛이 다시 가리어지자 일어서는 현의 어깨에 와 실리는 것이 있다. 술취한 여인이다. 아까의 여인인지 딴 여인인지 모르겠다. 현이 몸을 비키려는데 여인은 더 세게 목을 안으며 술냄새 뿜는 입술을 가까이 가져다 대고, 누가 모를 줄 알고 그러느냐고, 애 내버리러 왔지 뭐냐고 한다. 고양이를 품에 넣은 것을 애로 잘못 알았음에 틀림없다. 그러나 현은 더 품을 잘 감싸안는다. 여인은 현이 비켜서는 대로 쫓아오며, 사내냐 계집애냐 한다. 현이 힘껏 여인을 뿌리친다. 여인은 비틀거리다 주저앉아서는, 요맘때가 애 내버리기 꼭 좋은 때라고 하면서 자기는 사내와 계집애 쌍둥이를 낳아서 여기 가져다 버렸노라고 하고는 별안간 속빈 웃음을 웃기 시작한다. 현은 다시 달빛이 비치기 전에 피하듯이 그곳을 떠난다.

공원 한끝에 이른 현은 혹 아까의 여인에게 이 고양이를 준다는 것이 자기 하숙집 젊은 여인에게 주는 일이 될지도 모른다는 생각이 들자 도둑고양이라도 돼버리고 말라고 공원에다 놓아주기로 한다. 현은 고양이 눈에서 수건을 풀고는 힘껏 어둠 속으로 던진다. 그리고는 뛰어 공원을 빠져 밝은 거리로 나와 뒤를 살핀다. 따라오지 않는다. 현은 고양이를 품고 온 길과 다른 구멍 가게 옆 골목길로 질러간다. 젊은 여인이 돌아오면 고양이를 찾을 테지.

그러나 층층다리를 올라가 보니 고양이가 먼저 와 구석의 어항물을 핥고 있다. 현은 전등을 끈다. 달빛이 창을 새어들어온다. 고양이가 그냥 물을 먹는다. 현은 쓰다듬을 듯이 가서 고양이의 허리를 잡아 어항에서 떼낸다. 어항이 고양이의 앞발에 걸리어 넘어진다. 물과 함께 붕어가 달빛 속에서 한 개의 큰 비늘처럼 팔딱이며 뛴다. 현은 붕어를 어항에 도로 넣기 전에 고양이의 목을 쥔다. 토끼새끼를 모조리 다 잡아먹었으니 이 번에는 붕어까지 잡아먹을 차례렷다. 고양이는 목을 쥔 현의 손을 혀로 핥는다. 현은 손에 힘을 준다. 죽어라. 고양이의 눈알이 달빛 속에서 파랗 게 불붙는다. 고양이의 발이 현의 손을 할퀸다. 점점 더 손에 힘을 준다. 죽어라, 죽어라. 고양이의 눈알에서 불티가 튀는 순간 현은 그만 고양이 의 목을 놓고 만다. 그러자 방바닥에 떨어진 고양이는 발로 허공을 몇번 할퀴고 나서 발딱 일어나 방문의 좁디좁은 틈새로 빠져나간다.

현이 이제는 팔딱이지도 못하는 붕어를 아직 밑에 물이 조금 남아있는 어항에 넣어가지고 우물로 내려간다. 붕어가 등을 감추지 못할 얕은 물 에서 흰 배를 옆으로 뉜 채 움직이지 않는다. 어항에 새 물을 붓고 난 현은 돌아서다 검은 하수관 구멍가에 무언가 움직이는 것을 발견한다. 계집애가 꽂아놓은, 꽃잎이 다 떨어진 꽃가지 새로 돌고 있다. 현이 꽃가 지를 가만히 헤치고 그것을 건져낸다. 고기새끼다. 하수구 개천에서 하 수관을 타고 올라온 고기새끼일까. 그러면 하수구 개천에도 고기가 산단 말인가. 그렇더라도 어떻게 여기까지 올라올 수 있었을까. 어쨌건 현은 얼른 고기새끼를 물에 씻어 어항에 넣어가지고 위층으로 올라온다.

현은 우선 전등을 켠다. 그리고 자세히 들여다보니까 하수관에서 잡은 고기새끼는 눈알이 없다. 그리고 눈이 있어야 할 곳은 물크러진 것처럼 약간 패어있다. 몸이 온통 검은 눈먼 고기새끼는 막 분주히 헤엄쳐 다닌 다. 그러면서 겨우 등을 바로 세우고 숨가빠 지느러미질을 하는 어항에 남았던 붕어와 부딪치곤 한다. 그러면 어항에 남았던 붕어는 그저 몸을 잠깐 움직일 뿐으로 눈 먼 붕어와는 상관없다는 듯이 다시 한곳에 머물 러 열심히 지느러미질만 한다. 눈먼 고기새끼는 더 날뛴다. 어항을 받기 도 하고 꼬리만 남기고 거의다 물 위에 뛰어오르기도 한다. 그러다가 눈 먼 고기새끼는 갑자기 배를 모로 눕힌다. 그리고는 곧 지느러미질을 멈추고 만다. 어항에 남았던 붕어가 이때는 완전히 전처럼 회복된 듯이 활발하게 물 속을 헤엄쳐 다니기 시작한다. 그러면 그 물살에 눈먼 고기새끼는 꼬리를 위로 띄운 채 조금씩 흔들린다.

현은 눈먼 고기새끼를 집어낸다. 눈먼 고기새끼는 어느새 배가 부었다. 현은 창가에서 아래로 던진다. 눈먼 고기새끼는 그대로 달빛속에 흐린 비늘처럼 빛나면서 떨어진다. 그러자 토끼장 있는 데서 고양이가 잽싸게 달려와 눈먼 고기새끼를 물고는 다시 토끼장 밑으로 달아난다.

어미토끼를 실험실로 가져간 날 저녁 하숙집으로 돌아오던 현은, 개가 아니면 소변 보지 마시오, 라고 쓴 곁에 또, 개의 변소, 라고 쓴 벽과 썩은 쥐며 똥이며 깨진 그릇이 마구 내버려져있는 빈터를 지나 톱질하는 앞에 이른다. 오늘은 사내애가 톱질하는 데를 다 지난 곳에 돌아앉아 있다. 톱밥을 날라다 산이라도 만들고 있는 것이리라. 그러나 현은 사내애의 뒤를 지나며 뜻없이 사내애의 앞에 눈이 가자 놀라 서고 만다. 사내애의 앞에 놓여있는 것은 토끼새끼가 아니냐. 지금 사내애는 곱게 다듬은 사금파리에 톱밥을 담아 토끼새끼 앞에 먹으라고 내놓는 참이다. 토끼새끼는 그러나 꼼짝도 않는다. 죽어있다. 사내애는 계집애와 안 노는 동안 토끼새끼를 한 마리 한 마리 몰래 꺼내다가 이 놀음을 했단 말인가. 뒤에 자기가 서 있는 것을 사내애가 깨닫기 전에 그곳을 떠나려는 순간, 난데없이 뒤에서 고양이 한 마리가 달려오면서 사내애가 미처 손쓸 새 없이 토끼새끼를 물고 달아난다. 현이 있는 집 고양이다. 뒤이어 사내애가 으악 소리를 지르며 저녁그늘 속으로 고양이를 쫓아간다. 그 뒤를 현도 같이 고양이를 쫓아 달리기 시작한다.

단편집 『늪』(한성도서, 1940. 8)에 포함되어 있음

사마귀

사마귀, 그 부정적 모성상

애정의 절대성과 함께 황순원 문학의 또 한 기저를 형성하고 있는 주제로서 모성의 절대성을 들 수 있다. 모성의 절대성을 추구한 대표 작품으로는 단편 「사마귀」「피아노가 있는 가을」「별」「왕모래」「어머니가 있는 유월의 대화」「막은 내렸는데」「참외」 등을 들 수 있다.

단편 「사마귀」는 모성애의 결핍으로 인해 야기되는 비극을 '사마귀'라는 상징적 매개체를 통하여 보여주면서 역설적으로 모성애의 중요성을 강조한 작품이다. 이 작품은 부정적 모성상을 상징적이고 복합적인 순환 구조의 연결로써 보여주면서 극적 긴장감을 유발시킨 독특하고 아름다운 소설이다.

'사마귀'는 제 새끼를 잡아먹는다든가 제 어미를 잡아먹는다. 이 작품에서 사마귀와 같은 인간관계는 먼저 주인마누라와 젊은 여인 사이에서 볼 수 있다. 주인마누라는 매춘을 해서 버는 딸의 돈으로 생활을 유지하면서도 어머니로서의 아픔이나 도덕적인 책임 또는 양심의 가책을 느끼지 않는다. 주인마누라 스스로가 젊은 여인을 죽게 만드는 사마귀와 같은 존재임에도 불구하고, 어미 토끼가 사마귀와 같이 제 새끼를 잡아먹었다고 욕질을 한다. 나아가 벙어리 사내애에게 "코가 그렇게 발딱하니 하늘로 터졌으니 부몰 아편쟁이로 만들어 잡아먹지 않고 별 수 있느냐"

고 말하는 아이러니를 보여준다. 주인마누라 스스로가 모성애가 결핍된 부정적인 모성상의 한 전형임을 깨닫지 못하는 것이다. 한편 주인마누라의 사랑을 받지 못하는 젊은 여인 역시 자기의 딸인 계집애에게 어머니로서의 사랑을 주지 못한다. 젊은 여인 역시 계집애에게는 사마귀와 같은 존재로서, 딸을 정신적으로 죽게 만드는 부정적인 모성상일 뿐이다. 이렇게 계집애에게 사마귀와 같은 존재인 젊은 여인과 계집애의 대립 관계는 그대로 계집애와 벙어리인 사내애에게까지 확대된다. 아편쟁이인 아버지에게 혀를 잡아당기워 벙어리가 된 사내애에게는 같이 놀아줄 어머니가 없다. 그래서 사내애는 계집애를 찾아와 사금파리와 조개껍데기를 갈아바친다. 그런데 저도 모르게 침을 흘리자 계집애는 더럽다고 하며 놀아주지 않는다. 사내애에게 있어서 역시 계집애는 사마귀와 같은 존재일 뿐이다. 즉 사마귀로서 상징되는 주인마누라와 젊은 여인의 관계는 똑같은 형태로 젊은 여인과 계집애의 관계에서 답습되고, 이러한 관계는 계집애와 사내애의 관계로까지 확대 발전한다. 이들은 정신적으로 서로가 서로를 죽게 만드는 사마귀와 같은 존재인 것이다.

그런데 하숙생 현은 이제까지 고양이가 죽인 줄로 알았던 토끼새끼를 사내애가 갖고 놀아서 죽어간다는 사실을 발견하게 된다. 함께 놀 사람이 없는 사내애는 계집애마저 같이 놀아주지 않자, 몰래 토끼새끼를 가져다 어머니 대용으로 소꿉놀이를 하고 있었던 것이다. 사내애는 바로 모성애를 갈구하는 외로운 인간의 모습이기도 한 것이며 이런 의미에서 죽은 토끼새끼는 모성애의 결핍이 낳은 실질적인 희생물이다. 이런 토끼새끼를 또다시 고양이가 채어가고 그 뒤를 사내애와 현이가 뒤쫓아 달리는 것으로 이 작품은 끝을 맺고 있다. 즉 이 작품에서는 사마귀, 고양이, 인형, 꽃, 토끼새끼, 고기새끼 등이 서로 긴밀하게 연관 상징되면서, 부정적인 모성상을 중심으로 하여 서로가 서로에게 사마귀와 같은 존재로서

악순환되고 있음을 아이러니칼하게 보여주고 있다. 주인마누라, 젊은 여인, 계집애가 똑같은 유형으로 사마귀와 같은 존재로 설정되면서 결국 토끼새끼라는 희생물이 모성애의 결핍에 의해 남겨지게 된다.

이 작품에서 작가는 모성애의 결핍이 얼마나 무서운 것인가 그리고 얼마나 인간을 고독하게 만드는 것인가를 보여준다. 눈알이 없는 고기새끼는 곧 정신적으로 죽어버릴 계집애의 모습을 암시한다. 또한 공원에 아이를 버린 술취한 여인 역시 주인 마누라와 젊은 여인과 벙어리 사내애의 어머니와 같이 모성애가 결여된 부정적 모성상을 대표한다고 볼 수 있다. 이로써 작가는 부정적 모성상을 보여주면서, 역설적으로 모성애가 얼마나 인간에게 귀중한 것이며 근원적인 사랑인가를 보여주고 있는 것이다.

별

    동네 애들과 노는 아이를 한동네 과수노파가 보고, 같이 저자에라도 다녀 오는 듯한 젊은 여인에게 무심코, 쟈 동복 누이가 꼭 죽은 쟈 오마니 닮았디 왜, 한 말을 얼김에 듣자 아이는 동무들과 놀던 것도 잊어버리고 일어섰다. 아이는 얼핏 누이의 얼굴을 생각해내려 하였으나 암만해도 떠오르지 않았다. 집으로 뛰면서 아이는 저도모르게, 오마니 오마니, 수없이 외었다. 집뜰에서 이복동생을 업고 있는 누이를 발견하고 달려가 얼굴부터 들여다보았다. 너무나 엷은 입술이 지나치게 큰 데 비겨 눈은 짬짬하니 작고, 그 눈이 또 늘 몽롱히 흐려있는 누이의 얼굴. 아홉살 난 아이의 눈은 벌써 누이의 그런 얼굴 속에서 기억에는 없으나 마음속으로 그렇게 그려오던 돌아간 어머니의 모습을 더듬으며 떨리는 속으로 찬찬히 누이를 바라보았다. 참으로 오마니는 이 누이의 얼굴과 같았을까. 그러자 제법 어른처럼 갓난 이복동생을 업고 있던 열한살잡이 누이는 전에 없이 별나게 자기를 자세히 들여다보는 동복 남동생에게 마치 어머니다운 애정이 끓어오르기나 한 듯이 미소를 지어 보였을 때, 아이는 누이의 지나치게 큰 입 새로 드러난 검은 잇몸을 바라보며 누이에게서 돌아간 어머니의 그림자를 찾던 마음은 온전히 사라지고, 어머니가 누이처럼 미워서는 안된다고 머리를 옆으로 저었다. 우리 오마니는 지금 눈앞에 있는 누이로서는 흉내도 못 내게스레 무척 이뻤으리라. 그냥 남동생이 귀엽다는 듯이 미소를 짓고 있는 누이에게 아이는 처음으로 눈을 흘기며 무서운 상을 해보였다. 미운 누이의 얼굴이 놀라 한층 밉게 찌그러질 만큼. 생각다못해 종내 아이는 누이가 꼭 어머니같다고 한 동네 과수노파를 찾아 자기 집에서 왼편쪽으로 마주난 골목 막다른 집으로 갔다. 마침 노파는 새로 지은 저고리 동정에 인두질을 하고 있었다. 늘 남에게 삯바느질을 시켜 말쑥한 옷만 입고 다녀 동네에서 이름난 과수노파가 제손으로 인두질을 하다니 웬일일까. 그러나 아이를 보자 과수노파는 아이보다도 더 의아스러운 듯한 눈치를 하면서 인두를 화로에 꽂는다. 아이는 곧 노파에게, 아니 우리 오마니하구 우리 뉘하구 같이 생겼단 말은 거짓말이디요? 했다. 노파는 더욱 수상하다는 듯이 아이를 바라보다가 그러나 남의 일에는 흥미없다는 얼굴로, 왜 닮았디, 했다. 아이는 떨리는 입술로 다시, 아니 우리 오마니 입하구 뉘 입 하구 다르게 생기디 않았이요? 하고 열심히 물었다. 노파는 이번에는 화로에 꽂았던 인두를 뽑아 자기 입술 가까이 갖다 대어보고 나서, 반만큼 세운 왼쪽 무릎 치마에 문대고는 일감을 잡으며 그저, 그러구 보믄 다르든 것같기두 하군, 했다. 아이는 인두질하는 과수노파의 손 가까이로 다가서며 퍼뜩 과수노파의 손이 나이보다는 젊고 고와 보인다는 생각을 하면서, 우리 오마니 닛몸은 우리 뉘 닛몸터럼 검디 않구 이뻤디요? 했다. 과수노파는 아이가 가까이 다가와 어둡다는 듯이 갑자기 인두 든 손으로 아이를 물러나라고 손짓하고 나서 한결같이 흥없이, 그래앤, 했다. 그러나 아이만은 여기서 만족하여 과수 노파의 집을 나서 그달음으로 자기 집까지 뛰어오면서, 그러면 그렇지 우리 오마니가 뉘처럼 미워서야 될 말이냐고 속으로 수없이 되뇌었다. 안뜰에 들어서자 누이가 안 보임을 다행으로 여기며 방안으로 들어갔다. 그리고 책상 앞으로 가 란도셀 속에서 산수책을 꺼내다가 그 속에 인형을 발견하고 주춤 손을 거두었다. 누이가 비단 색형겊을 모아 만들어준 낭자를 튼 예쁜 각시인형이었다. 그리고 아이가 언제나 란도셀 속에 넣어가지고 다니는 인형이었다. 과목은 요일을 따라 바뀌었으나 항상 란도셀 속에 이 인형만은 변함없이 들어있었다. 아이는 인형을 꺼내 들었다. 그러자 지금 아이는 이 인형의 여태까지 그렇게 이쁘던 얼굴이 누이의 얼굴이나처럼 미워짐을 어쩔 수 없었다. 곧 아이는 인형을 내다버려야 한다는 걸 느꼈다. 그걸 품에 품고 밖으로 나섰다. 저녁그늘이 내린 과수노파가 사는 골목을 얼마 들어가다 아이는 주위에 사람 없는 것을 살피고 나서 주머니에서 칼을 꺼냈다. 칼끝으로 땅을 파가지고 거기에다 품속의 인형을 묻었다. 그리고는 그곳을 떠났다. 인형인가 누이인가 분간못할 서로 얽힌 손들이 매달리는 것같음을 아이는 느꼈다. 그러나 아이는 어머니와 다른 그 손들을 쉽사리 뿌리칠 수 있었다. 골목을 다 나온 곳에서 달구지를 벗은 당나귀가 아이의 아랫도리를 찼다. 아이는 굴러나가 동그라졌다. 분하다. 일어난 아이는 당나귀 고삐를 쥐고 달구지채로 해서 당나귀 등에 올라탔다. 당나귀가 제 꼬리를 물려는 듯이 돌다가 날뛰기 시작했다. 아이는, 그럼 우리 오마니가 뉘터럼 생겼단 말이가? 뉘터럼 생겼단 말이가? 하고 당나귀가 알아나 듣는 것처럼 소리를 질렀다. 당나귀가 더 날뛰었다. 아이의, 뉘터럼 생겼단 말이가? 하는 소리가 더 커갔다. 그러다가 별안간 뒤에서 누이의, 데련! 하는 부르짖음 소리를 듣고 아이는 그만 당나귀 등에서 떨어지고 말았다. 땅에 떨어진 아이는 다리 하나를 약간 삔 채로 나자빠져있었다. 누이가 분주히 달려왔다. 그러나 아이는 누이가 위에서 굽어보며 붙들어 일으키려는 것을 무지스럽게 손으로 뿌리치고는 혼자 벌떡 일어나, 삔다리를 예사롭게 놀려 집으로 돌아갔다.

갓난 이복동생을 업어주는 것이 학교 다녀온 뒤의 나날의 일과가 되어 있는 누이가, 하루는 아이의 거동에서 자기를 꺼리고 있다는 것을 눈치 채고는 그런 동생을 기쁘게 해주려는 듯이, 업은 애의 볼기짝을 돌려대더니 꼬집기 시작했다. 물론 누이의 손은 힘껏 꼬집는 시늉만 했고, 그럴 적마다 그 작은 눈을 힘주는 듯이 끔쩍끔쩍 하였지만, 결국은 애가 울지 않을 정도로 조심하면서 꼬집어대는 것이었다. 사실 줄곧 누이에게만 애를 업히는 의붓어머니에게 슬그머니 불평같은 것이 가고 누이에게는 동정이 가던 아이였다. 그러나 이날 아이는 자기를 기껍게나 해주려는 듯이 이복동생의 볼기짝을 힘껏 꼬집는 시늉을 하는 누이에게 재미있다는 생각이 일기는커녕 도리어 밉고, 실눈을 끔쩍일 적마다 흉하게만 여겨졌다. 아이는 문득 누이를 혼내어줄 계교가 생각났다. 그는 날렵하게 달려가 이복동생의 볼기짝을 진짜로 꼬집어댔다. 그리고 업힌 애가 울음을 터뜨리는 걸 보고야 꼬집기를 멈추고 골목으로 뛰어가 숨었다. 이제 턱이 밭은 의붓어머니가 달려나와, 왜 애를 그렇게 갑자기 울리느냐고 누이를 꾸짖으리라. 아이는 골목에서 몰래 의붓어머니가 나오기만 기다렸다. 사실 곧 의붓어머니는 나왔다. 그리고 또 어김없이 누이를 내려다보면서, 앨 왜 그렇게 갑자기 울리니, 했다. 아이는 재미나하는 장난스런 미소를 떠올렸다. 그러나 다음 순간 아이는 누이의 대답이 어떨까 하는 생각이 들면서, 이번에는 저도모르게 미소가 걷히고 귀가 기울어졌다. 그렇게 자기들에게 몹쓸게 굴지는 않는다고 생각되면서도 어딘가 어렵고 두렵게만 여겨지는 의붓어머니에게 겁난 누이가 그만 자기가 꼬집어서 운다고 바로 이르기나 하면 어쩌나. 그러나 누이는 의붓어머니가 어렵고 힘들고 두렵게 생각키우지도 않는지 대담스레 고개를 들고, 아마 내 등을 빨다가 울 젠 배가 고파 그런가봐요, 하지 않는가. 아, 기묘한 거짓말을 잘 돌려댄다. 그러나 지금 대담하게 의붓어머니에게 거짓말을 하여 자기를 감싸주는 누이에게서 어머니의 애정같은 것이 풍기어오는 듯함을 느끼자 아이는, 우리 오마니가 뉘 같지는 않았다고 속으로 부르짖으며 숨었던 골목에서 나와 의붓어머니에게로 걸어갔다. 그리고는, 난 또 애 업구 어디 넘어디디나 않았나 했군, 하면서 누이의 등에서 어린애를 풀어내고 있는 의붓어머니에게 아이도 이번에는 겁내지 않고, 이자 내가 애 엉뎅일 꼬집었어요, 했다.

아이는 옥수수를 좋아했다. 옥수수를 줄줄이 다음다음 뜯어먹는 게 참 재미있었다. 알이 배고 줄이 곧은 자루면 엄지손가락 쪽의 손바닥으로 되도록 여러 알을 한꺼번에 눌러 밀어 얼마나 많이 붙은 쌍동이를 떼낼 수 있나 누이와 내기하기도 했었다. 물론 아이는 이 내기에서 누이한테 늘 졌다. 누이는 줄이 곧지 않은 옥수수를 가지고도 꽤는 잘 여러 알 붙은 쌍동이를 떼내곤 했다. 그렇게 떼낸 쌍동이를 누이가 손바닥에 놓아 내밀어 아이는 맛있게 그걸 집어먹기도 했었다. 그러나 이날 아이는 누이가, 우리 누가 많이 쌍동이를 만드나 내기할까? 하는 것을 단박에, 싫어! 해버렸다. 누이는 혼자 아이로서는 엄두도 못낼 긴 쌍동이를 떼냈다. 아이는 일부러 줄이 곧게 생긴 옥수수자루인데도 쌍동이를 떼내지 않고 알알이 뜯어먹고만 있었다. 누이는 금방 뜯어낸 쌍동이를 아이에게 내주었다. 그러나 아이는 거칠게, 싫어! 하고 머리를 도리질하고 말았다. 누이가 새로 더 긴 쌍동이를 뜯어내서는 다시 아이에게 내밀었다. 그러나 누이가 마치 어머니나처럼 굴 적마다 도리어 돌아간 어머니가 누이와 같지 않다는 생각으로 해서 더 누이에게 냉정할 수 있는 아이는, 내민 누이의 손을 쳐 쌍동이를 떨궈버리고 말았다. 그러던 어떤 날 저녁, 어둑어둑한 속에서 아이가 하늘의 별을 세며 별은 흡사 땅 위의 이슬과 같다고 생각하고 있는데, 누이가 조심스레 걸어오더니 어둑한 속에서도 분명한 옥수수 한 자루를 치마폭 밑에서 꺼내어 아이에게 쥐어주었다. 그러나 아이는 그것을 먹어볼 생각도 않고 그냥 뜨물항아리 있는 데로 가 그 속에 떨구듯 넣어버렸다.

아이는 또 땅바닥에 갖가지 지도같은 금을 그으며 놀기를 잘했다. 바다를 모르는 아이는 바다 아닌 대동강을 여러 개 그리고, 산으로는 모란봉을 몇개고 그리곤 했다. 그러다가 동무가 있으면 땅따먹기도 했다. 상대편의 말을 맞히고 뼘을 재어 구름이 피어오르는 듯한 땅과 무성한 나무같은 땅을 만드는 게 재미있었다. 그날도 아이는 옆집 애와 길가에서 땅따먹기를 하고 있었다. 옆집 애의 땅한테 아이의 땅이 거의 잠식당하고 있었다. 한쪽 금에 붙어 꼭 반달처럼 생긴 땅과 거기에 붙은 한 뼘 남짓한 땅이 남았을 뿐이었다. 그것마저 옆집 애가 새로 말을 맞히고 한 뼘 재먹은 뒤에는 반달에 붙은 땅이 또 줄었다. 이번에는 아이가 칠 차례였다. 옆집 애가 말을 놓았다. 그것은 아이의 반달땅 끝에서 한껏 먼 곳이었다. 그러나 아이는 기어코 반달끝에다 자기의 말을 놓았다. 옆집 애는 아이의 반달땅에 달린 다른 나머지 땅에서가 자기의 말이 제일 가까운데 왜 하필 반달 끝에서 치려는지 이상히 여기는 눈치였다. 사실 아이의 어디까지나 반달 끝에다 한 뼘 맘껏 둘러재어 동그라미를 그어 놓았으면 얼마나 아름다울지 모르겠다는 계획을 옆집 애는 알 턱 없었다. 아이는 반달 끝에서 옆집 애의 말까지의 길을 닦았다. 이번에는 꼭 맞혀 이 반달 위에 무지개같은 동그라미를 그어놓으리라. 아이의 입은 꼭 다물어지고 눈은 빛났다. 뒤이어 아이는 옆집 애의 말을 겨누어 엄지손가락에 버텼던 장가락을 퉁기었다. 그러나 아이의 장가락 손톱에 맞은 말은 옆집 애의 말에서 꽤 먼거리를 두고 빗지나갔다. 옆집 애가 됐다는 듯이 곧 자기의 말을 집어들며 아이가 아무리 먼곳에 말을 놓더라도 대번에 맞혀버리겠다는 득의의 미소를 떠올렸다. 그러면서 아이의 말 놓기를 기다리다가 흐려지지도 않은 경계선을 사금파리 말을 세워 그었다. 아이의 반달 끝이 이지러지게 그어졌다. 아이가, 이건 왜 이르캐? 하고 고함쳤다. 옆집 애는 곧 다시 고쳐 금을 그었다. 옆집 애는 아이가 자기의 땅을 줄게 그어서 그러는 줄로 알았는지, 이번에는 반달의 등이 약간 살찌게 그어 놓았다. 아이는 그래도, 것두 아냐! 했다. 그러는데 어느새 왔었는지 누이가 등뒤에서 옆집 애의 말을 빼앗아서는 동생을 도와 반달의 배가 부르게 긋기 시작했다. 그러나 아이는 누이가 채 다 긋기도 전에 손바닥으로 막 지워버리면서, 이건 더 아냐! 이건 더 아냐! 하고 소리질렀다.

하루는 아이가 뜰안에서 혼자 땅바닥에다 지도같은 금을 그으며 놀고 있는데, 바깥에서 누이가 뒷집 계집애와 싸우는 소리가 들려, 마침 안의 어른들이 듣지 못하고 있는 것을 다행으로 열린 대문 새로 내다보았다. 아이가 늘 이쁘다고 생각해오던 뒷집 계집애의 내민 역시 이쁜 얼굴에서, 그래 안 맞았단 말이가? 하는 말소리가 빠른 속도로 계속되는 대로, 또 누이의 내민 밉게 찌그러진 얼굴에서는, 안 맞디 않구, 하는 소리가 같은 속도로 계속되고 있었다. 땅따먹기 하다가 말이 맞았거니 안 맞았거니 해서 난 싸움이 분명했다. 어느 편이 하나 물러나는 법 없이 점점 더 다가들면서 내민 입으로 자기의 말소리를 좀더 이악스레 빠르게들 하고 있는데, 저쪽에서 뒷집 계집애의 남동생이 달려오더니 다짜고짜로 누이에게 흙을 움켜 뿌리는 것이 아닌가. 그러자 뒷집 계집애의 이쁜 얼굴이 더 내밀어지며, 그래 안 맞았단 말이가? 하는 소리가 더 날카롭게 빠르게 계속되는 한편, 누이는 먼저 한 걸음 물러나며, 안맞디 않구, 하는 소리도 떠져갔다. 뒷집 계집애의 남동생이 또 흙을 움켜 뿌렸다. 뒷집 계집애의 남동생이 흙을 움켜 뿌릴 적마다 이쪽 누이는 흠칫흠칫 물러나며 말소리가 줄고, 뒷집 계집애의 말소리는 더욱 잦아갔다. 그러자 아이는 저도 깨닫지 못하고 대문을 나서 그리로 걸어갔다. 아이를 보자 뒷집 계집애의 남동생이 우선 흙 뿌리기를 멈추고, 다음에 뒷집 계집애가 다가오기를 멈추고, 다음에 계집애의 말소리가 늦추어지고, 다음에 누이가 뒷걸음치던 걸음을 멈추었다. 그리고 누이는 뒷집 계집애의 남동생처럼 자기의 남동생도 역성을 들러오는 것으로만 안 모양이어서 차차 기운을 내어 다가나가며, 안 맞디 않구, 안 맞디 않구, 하는 소리를 점점 빠르게 회복하고 있었다. 거기 따라 뒷집 계집애는 도로 물러나며 점차, 그래 안 맞았단 말이가? 하는 소리를 늦추고 있고, 뒷집 계집애의 남동생도 한옆으로 아이를 피하고 있었다. 그러나 아이는 싸움터로 가까이 가자 누이의 흥분된 얼굴이 전에 없이 더 흉하게 느껴지면서, 어디 어머니가 저래서야 될 말이냐는 생각에, 냉연하게 그곳을 지나쳐버리고 말았다. 그리고 등 뒤로 도로 빨라가는 뒷집 계집애의 말소리와 급작스레 떠가는 누이의 말소리를 들으면서도 아이는 누이보다 이쁜 뒷집 계집애가 싸움에 이기는 게 옳다고 생각하며 저만큼 골목 어귀에서 여물을 먹고 있는 당나귀에게로 걸어갔다.

열네살의 소년이 된 아이는 뒷집 계집애보다 더 이쁜 소녀와 알게 되었다. 검고 맑고 깊은 눈하며, 깨끗하고 건강한 볼, 그리고 약간 노란 듯한 머리카락에서 풍기는 숫한 향기. 아이는 소녀와 함께 있으면서 그 맑은 눈과 건강한 볼과 머리카락 향기에 온전히 홀린 마음으로 그네를 바라보기만 하면 그만이었다. 그러나 소녀 편에서는 차차 말없이 자기를 쳐다보기만 하는 아이에게 마음 한구석으로 어떤 부족감을 느끼는 듯했다. 하루는 아이와 소녀는 모란봉 뒤 한 언덕에 대동강을 등지고 나란히 앉아있었다. 언덕 앞 연보랏빛 하늘에는 희고 산뜻한 구름이 빛나며 떠가고 있었다. 아이가 구름에 주었던 눈을 소녀에게로 돌렸다. 그리고는 소녀의 얼굴을 언제까지나 들여다보기 시작했다. 소녀의 맑은 눈에도 연보랏빛 하늘이 가득 차있었다. 이제 구름도 피어나리라. 그러나 이때 소녀는 또 자기만 말끄러미 바라보고 있는 아이에게 느껴지는 어떤 부족감을 못 참겠다는 듯한 기색을 떠올렸는가 하면, 아이의 어깨를 끌어당기면서 어느새 자기의 입술을 아이의 입에다 갖다 대고 비비었다. 아이는 저도모르게 피하는 자세를 취하였으나 서로 입술을 비비고 난 뒤에야 소녀에게서 물러났다. 벌떡 일어났다. 그리고 아이는 거친 숨을 쉬면서 상기돼있는 소녀를 내려다보았다. 이미 소녀는 아이에게 결코 아름다운 소녀는 아니었다. 얼마나 추잡스러운 눈인가. 이 소녀도 어머니가 아니라는 생각이 불현듯 떠올랐다. 아이는 소녀에게서 돌아섰다. 소녀는 실망과 멸시로 찬 아이의 기색을 느끼며 아이를 붙들려 했으나 아이는 쉽게 그네를 뿌리치고 무성한 여름의 언덕길을 뛰어내릴 수 있었다.

하늘에 별이 별나게 많은 첫가을 밤이었다. 아이는 전에 땅위의 이슬같이만 느껴지던 별이 오늘밤엔 그 어느 하나가 꼭 어머니일 것같은 생각이 들어, 수많은 별을 뒤지고 있었다. 그러나 아이는 곧 안에서 누구를 꾸짖는 듯한 아버지의 음성에 정신을 깨치고 말았다. 아이는 다시 하늘로 눈을 부었으나 다시는 어느 별 하나가 어머니라는 환상을 붙들 수는 없었다. 아쉬웠다. 다시 아버지의 누구를 꾸짖는 듯한 음성이 들려나왔다. 아이는 아쉬운 마음으로 아버지의 음성이 들려오는 창 가까이로 갔다. 안에서는 아버지가, 두번다시 그런 눈치만 뵀단 봐라, 죽여 없애구말 테니, 꼭대기 피두 안 마른 년이 누굴 망신 시킬려구, 하는 품이 누이 때문에 여간 노한 게 아닌 것같았다. 좀한 일에는 노하는 일이 없는 아버지가 이렇도록 노함에는 심상치 않은 일이 일어났음에 틀림없었다. 의붓어머니의 조심스런 음성으로, 좌우간 그편 집안을 알아보시구레, 하는 말이 들려나왔다. 이어서 여전히 아버지의, 알아보긴 쥐뿔을 알아봐! 하는 노기찬 음성이 뒤따랐다. 이번엔 누이의 나직이 떨리는 음성이 한 번, 동무의 오래비야요, 했다. 이젠 학교두 고만둬라, 하는 아버지의 고함에, 누이 아닌 아이가 등골이 서늘해짐을 느꼈다. 그러면서 얼마 전에 누이가 호리호리한 키에 흰 얼굴을 한 청년과 과수노파가 살고 있는 골목 안에 마주 서있는 것을 본 일이 생각났다. 그때 누이는 청년이 한반 동무의 오빠인데 심부름을 왔었다고 변명하듯 말했고, 아이는 아이대로 그저 모른 체하고 있었으나, 속으로는 누이같은 여자와 좋아하는 청년의 마음을 정말 모르겠다고 생각했었다. 그 청년과 누이가 만나는 것을 집안에서도 알았음이 틀림없었다. 지금 안에서 의붓어머니의 낮으나 힘이 든 음성으로, 얘 넌 또 웬 성냥 장난이가! 하는 것만은 이제는 유치원에 다니게 된 이복동생을 꾸짖는 소리리라. 요사이 차차 의붓어머니가 어렵고 두렵기만 한 게 아니고 진정으로 자기네를 골고루 위해주고 있다는 것을 깨닫게 된 아이는, 동복인 누이의 일로 의붓어머니를 걱정시키는 것이 아버지에게보다 더 안됐다고 생각됐다. 다시 의붓어머니의 조심성 있고 은근한 음성으로, 넌두 생각이 있갔디만 이 제 네게 잘못이라두 생기믄 땅속에 있는 너의 어머니한테 어떻게 내가 낯을 들겠니, 자 이젠 네 방으루 건너가그라, 함에 아이는 이번에는 의붓어머니의 애정에 얼굴이 달아오르면서, 정말 누이가 돌아간 어머니까지 들추어내게 하는 일을 저질렀다가는 용서않는다고 절로 주먹이 쥐어졌다. 어디서 스며오듯 누이의 흐느끼는 소리가 들려왔다. 두번 다시 그런 일만 있었단 봐라, 초매(치마)루 묶어서 강물에 집어넣구 말디 않나, 하는 아버지의 약간 노염은 풀렸으나 아직 엄한 음성에, 아이는 이번에는 또 밤바람과 함께 온몸을 한번 부르르 떨었다.

꽤 쌀쌀한 어떤 날 밤이었다. 의붓어머니가 아버지에게 애걸하다시피하여 학교만은 그냥 다니게 된 누이보고 아이가, 우리 산보가, 했다. 누이는 먼저 뜻하지 않았던 일에 놀란 듯 흐린 눈을 크게 떠보이고 나서 곧 아이를 따라 나섰다. 밖은 조각달이 달려있었다. 그리고 수많은 별들이 빛나고 있었다. 싸늘한 바람이 불어왔다. 바람이 불어올 적마다 별들은 빛난다기보다 떨고 있는 것만 같았다. 아이는 앞서 대동강 쪽으로 난 길을 접어들었다. 누이는 그저 아이를 따랐다. 어둑한 속에서도 이제 누이를 놀래어주리라는 계교 때문에 아이의 얼굴은 미소가 떠올라있었다. 강둑을 거슬러 오르니까 더 써느러웠다. 전에없이 남동생이 자기를 밖으로 이끌어낸 것을 의아하게 여기는 눈치로, 그러나 즐거운 듯이 누이가 아이에게, 춥디 않니? 했다. 아이는 거칠게 머리를 옆으로 저었다. 젓고 나서 어둠으로 해서 누이가 자기의 머리 저음을 분간치 못했으리라고 깨달았으나 아이는 그냥 잠자코 말았다. 누이가 돌연 혼잣말처럼, 사실 나 혼자였다믄 벌써 죽구 말았어, 죽구 말디 않구, 살믄 멀 하노…… 그래두 네가 있어 그렇디, 둘이 있다 하나가 죽으믄 남는 게 더 불쌍할 것같애서…… 난 정말 그래, 하며 바람 때문인지 약간 느끼는 듯했다. 아이는 혹시 집에서 누이의 연애사건을 알게된 것이 자기가 아버지나 의붓 어머니에게 고자질한 것으로 잘못 알고 있지나 않나 하는 생각이 들자, 누이를 쓸어안고 변명이나 할 듯이 홱 돌아섰다. 누이도 섰다. 그러나 아이는 계획해온 일을 실현할 좋은 계기를 바로 붙잡았음을 기뻐하며 누이에게, 초매 벗어라! 하고 고함을 치고 말았다. 뜻밖에 당하는 일로 잠시 어쩔줄 모르고 섰다가 겨우 깨달은 듯이 누이는 어둠 속에서 조용히 저고리를 벗고 어깨치마를 머리 위로 벗어냈다. 아이가 치마를 빼앗아 땅에 길게 폈다. 그리고 아 이는 아버지처럼 엄하게, 가루 눠라! 했다. 누이는 또 곧 순순히 하라는 대로 했다. 그러나 아이는 치마로 누이를 묶어 강물에 집어넣는 차례에 이르러서는 자기의 하는 일이면 누이가 죽는 한이 있더라도 아무 항거 없이 도리어 어머니다운 애정으로 따라 할 것만 같은 생각이 들며, 누이가 돌아간 어머니와 같은 애정을 베풀어서는 안된다고 치마 위에 이미 죽은 듯이 누워있는 누이를 그대로 남겨둔 채 돌아서 그곳을 떠나고 말았다.

누이는 시내 어떤 실업가의 막내아들이라는 작달막한 키에 얼굴이 검푸른, 누이의 한반 동무의 오빠라는 청년과는 비슷도 안한 남자와 아무 불평 없이 혼약을 맺었다. 그리고 나서 얼마 안되어 결혼하는 날, 누이는 가마 앞에서 의붓어머니의 팔을 붙잡고는 무던하나 슬프게 울었다. 아이는 골목에 몸을 숨기고 있었다. 누이는 동네 아낙네들이 떼어놓는 대로 가마에 오르기 전에 젖은 얼굴을 들었다. 자기를 찾고 있음에 틀림없다고 생각하면서도, 아이는 그냥 몸을 숨기고 있었다. 그리고 누이가 시집간 지 또 얼마 안 되는 어느날, 별나게 빨간 놀이 진 늦저녁때 아이네는 누이의 부고를 받았다. 아이는 언뜻 누이의 얼굴을 생각해내려 하였으나 도무지 떠오르지가 않았다. 슬프지도 않았다. 그러다가 아이는 지난날 누이가 자기에게 만들어주었던, 뒤에 과수 노파가 사는 골목 안에 묻어버린 인형의 얼굴이 떠오를 듯함을 느꼈다. 아이는 골목으로 뛰어갔다. 거기서 아이는 인형을 묻었던 자리라고 생각키우는 곳을 손으로 팠다. 흙이 단단했다. 손가락을 세워 힘껏힘껏 파댔다. 없었다.

짐작되는 곳을 또 파보았으나 없었다. 벌써 썩어 흙과 분간치 못하게 된 지가 오래리라. 도로 골목을 나오는데 전처럼 당나귀가 매어있는 게 눈에 띄었다. 그러나 전처럼 당나귀가 아이를 차지는 않았다. 아이는 달구지채에 올라서지도 않고 전보다 쉽사리 당나귀 등에 올라탔다. 당나귀가 전처럼 제 꼬리를 물려는 듯이 돌다가 날뛰기 시작했다. 그리고 아이는 당나귀에게나처럼, 우리 뉠 왜 쥑엔! 왜 쥑엔! 하고 소리질렀다. 당나귀가 더 날뛰었다. 당나귀가 더 날뛸수록 아이의, 왜 쥑엔! 왜 쥑엔! 하는 지름소리가 더 커갔다. 그러다가 아이는 문득 골목 밖에서 누이의, 데런! 하는 부르짖음을 들은 거로 착각하면서, 부러 당나귀 등에서 떨어져 굴렀다. 이번에는 어느 쪽 다리도 삐지 않았다. 그러나 아이의 눈에는 그제야 눈물이 괴었다. 어느새 어두워지는 하늘에 별이 돋아났다가 눈물 괸 아이의 눈에 내려왔다. 아이는 지금 자기의 오른쪽 눈에 내려온 별이 돌아간 어머니라고 느끼면서, 그럼 왼쪽 눈에 내려온 별은 죽은 누이가 아니냐는 생각에 미치자 아무래도 누이는 어머니와 같은 아름다운 별이 되어서는 안된다고 머리를 옆으로 저으며 눈을 감아 눈속의 별을 내몰았다.

1940 가을

별

별과 어머니, 그리고 조국

단편 「별」은 단편 「그늘」 「병든 나비」 「노새」 「독 짓는 늙은이」 「눈」 등과 함께 단편집 『기러기』에 포함되어 있다. 단편 「별」과 「그늘」은 해방 전에 발표 될 수 있었으나 다른 작품들은 한글 말살 정책으로 활자화되지 못하고 해방 후에야 비로소 간행 될 수 있었다. 따라서 단편집 『기러기』(명세당, 1951)는 우리 글을 발표할 수 없었던 일제하의 질곡속에서 작가가 명멸하는 그 자신의 생명의 불씨를 일구며, 어두운 시기를 견뎌 낸 투지의 결실이라 볼 수 있다. 그런만큼 이 단편집속에는 삶의 어두운 양상을 드러낸 일련의 단편들 (「노새」 「그늘」 「머리」 「세레나데」)을 중심으로 하여 민족현실과 이상의 괴리가 빚어내는 갈등의 양상들이 내재되어 있다. 동시에 어머니에 대한 그리움(「별」)과 잃어져가는 우리 고유의 전통에 대한 안타까움 같은 것들이(「그늘」) 조국애와 상징적으로 연결되어 있다. 즉 단편집 『기러기』에는 황순원 문학의 기저에 자리하고 있는 모성의식이 민족의식과 연결되고 있음에 주목해야 한다.

단편 「별」(1940.가을)은 어둠속에 빛나는 '별'의 이미지를 아름답고 절대적인 어머니의 이미지와 접맥시킨 작품으로서 여기서 '빛' 곧 '별'은 '이상'을 상징하며, '어둠'은 '현실'을 상징한다. 이 작품에서 누이는 죽은 어머니와 같은 애정으로 아이에게 사랑을 베푼다. 그런데 밉게 생긴 누이가 어머니와 닮았다는 말을 듣는 순간부터, 아이는 누이를 강하게 거부하기 시작한다. 왜냐하면 아이에게 있어서 어머니의 존재는 이 세상에서 가장 예쁘고 별처럼 아름다운 절대적인 존재로 인식되었기 때문이다. 그리하여 아이는 누이가 준 예쁜 각시 인형을 땅에 묻어버린다. 즉 아이가 절대적으로 아름답다고 인식하는 어머니의 존재는 관념적인 이미지로서가 아니라, 아이의 내면에서 항상 살아 숨쉬는 어머니로 존재하는 것이다. 아이에게 있어서 어머니의 존재는, 끝없는 꿈과 희망과 구원을 표상하는 이상화된 존재로서 별과 같이 아름다운 존재이다. 자의식이 싹트는 열네살 때 소녀가 입술을 요구하자, 아이는 "이 소녀도 어머니가 아니라는 생각"을 하며 돌아선다. 또 누이가 연애사건을 일으켰을 때 아이는 "돌아간 어머니까지 들추어내게 하는 일을 저질렀다가는 용서"하지 않겠다고 주먹을 쥔다. 그러다가 아이는 누이가 돌아간 어머니까지 더럽힌다고 생각하여 누이를 아버지의 말처럼 초매(치마)로 묶어 강물에 집어 넣으려고 생각한다. 그러나 아이는 "누이가 죽는 한이 있더라도 아무 항거 없이 도리어 어머니다운 애정으로 따라할 것만 같은 생각이 들며, 누이가 돌아간 어머니와 같은 애정을 베풀어서는 안된다고" 생각하게 된다. 자의식이 성숙한 아이가 밉게 생긴 누이로 하여금 자기에게 어머니와 같은 애정을 베풀게 해서는 안된다는 것, 그것은 달리 말하면 어머니에 대한 그리움의 극치라고 할 수 있다. 어느 누구도 손상시킬 수 없고 침해할 수 없는 신성하고 절대적인 존재가 바로 아이가 인식하는 어머니의 존재이다.

따라서 아이는 어떠한 회의나 갈등도 없이 밉게 생긴 누이를 거부할 수 있었다. 아이는 자기를 감싸주는 누이에게서 어머니의 애정 같은 것을 느끼면서 더욱 강하게 누이를 거부한다. 그러나 결국 결혼한 누이의 부고장을 받고서야 비로소 아이는 눈물을 흘리며 "우리 뉠 왜 쥑엔!"하고 소리 지른다. 그때 오른쪽 눈에 내려온 별이 돌아간 어머니라고 느끼면서, 그럼 왼쪽 눈에 내려온 별은 죽은 누이가 아니냐는 생각에 미치자 아이는 "아무래도 누이는 어머니와 같은 아름다운 별이 되어서는 안 된다고 머리를 옆으로 저으며 눈을 감아 눈속의 별"을 내몬다. 누이의 죽음으로까지도 상쇄되어질 수 없는 아름다운 '별', 그것은 곧 아름다운 어머니의 절대적 표상으로서 아이가 누이의 별을 내모는 행위는 아름다운 어머니에 대한 그리움과 애정의 극치를 표백한 것이라 볼 수 있다. 곧 사랑하는 누이의 죽음으로도 따라갈 수 없는 어머니에 대한 애정의 절대성을 드러내는 것으로서, 어머니에 대한 그리움의 한 정점을 표출시킨 것이다. 누이의 죽음으로 인한 아이의 눈물과 그 속에서 빛나는 눈 속의 별이 어두워가는 하늘의 빛나는 별과 교합되면서 어머니의 이미지와 환치된다. 이 작품의 미적 리얼리티는 결미 부분에 이르러 극에 달한다고 볼 수 있다. 아이의 눈 속으로 내려오는 누이의 별과 그 별을 다시 몰아내는 상승감은 이 작품 전체를 더욱더 돋보이게 하며 미적 리얼리티를 유발시킨다.

그렇다면 이렇게 누이의 죽음으로까지도 획득되어질 수 없었던 별 곧 절대적인 어머니의 모습이 황순원의 단편 「왕모래」(1953.10)에서는 어떻게 드러나고 있는가. 절대적으로 아름다운 어머니를 그리던 「별」에서의 아이는, 「왕모래」에서 돌이로 변신하여 나타난다. 돌이의 어머니는 돌이를 버리고 정염을 찾아 떠나간다. 그런 어머니를 돌이는 못내 그리워하면서 애타게 기다린다. 그러나 「별」에서의 아이가 아름다운 '별'로서 그토록 그리워하던 어머니는 「왕모래」에서 아름다운 모습으로서가 아니라 추한 모습 곧 아편쟁이가 되어 돌아온다. 그러면서도 자식에 대한 애정 때문이 아니라 결국 아편을 얻기 위해 돌아오는 타락한 어머니의 모습으로 변질되어 돌아온다. 이럴 때 돌이는 절대적으로 아름다운 어머니에 대한 아이덴티티를 상실하면서 어머니의 목에 힘을 준다. 곧 「왕모래」에서 어머니가 추한 아편쟁이로 돌아왔을 때, 죽은 어머니를 아름다운 별로서 미화시키던 「별」의 아이는 돌이로 변신하여 어머니를 살해할 수밖에 없다. 즉 「별」에서의 아이가 누이의 죽음으로까지도 용납하지 않았던, 절대적으로 아름다운 어머니의 이미지에 대한 추구 곧 이상의 세계가, 「왕모래」에 와서 추한 현실로 돌아왔을 때 오히려 작가는 돌이로 변신하여 추한 모습으로 돌아온 어머니를 살해할 수밖에 없었던 것이다. 이상과 현실의 세계가 괴리되어질 수밖에 없었을 때, 돌이는 슬프면서도 결연히 어머니를 살해하게 된다. 이것은 바로 「별」과 「왕모래」에서 볼 수 있듯이 끝까지 추한 모습으로 돌아온 어머니 곧 현실을 수용하지 않으려는 아이(「별」)의 강한 거부이며 각오에 다름아니다. 달리 말하면, 현실을 강하게 부정하는 것만큼의 커다란 어머니에 대한 애정의 깊이 곧 애정의 극치라 할 수 있다.

이 작품을 우리 민족의 시대적 상황과 연관시켜볼 때 무엇을 의미하는 것일까. 「별」에서의 아이가 그토록 그리워했던, 절대적으로 아름다운 어머니의 모습은, 일제 하에서 우리 민족 또는 작가가 그토록 그리워하던 해방된 우리 조국의 모습이기도 하다. 그러나 해방을 그리워하고 있던 우리 민족 또는 작가에게로 돌아온 조국의 모습은 아름다운 조국이 아닌 실망과 기만을 함께 가져다 준 조국의 모습으로 돌아온다. 곧 해방과 함께 우리 민족에게로 돌아온 조국이 6·25를 거쳐 남·북의 분단이라는 돌이킬 수 없는 실망을 안겨주었을 때 작가는 「왕모래」의 돌이로 변신하여 아편쟁이로 돌아온 어머니를 살해할 수밖에 없었던 것이다. 곧 「별」(1940.가을)에서의 아이가 그토록 그리워하던 '어머니' 곧 '모국(母國)'이 6·25를 거치면서 「왕모래」(1953.10)에서 볼 수 있듯이 추한 '어머니' 곧 남·북의 분단이라는, 우리가 기대하지 않았던 '모국'으로 변질되어 돌아왔을 때 '어머니' 곧 '모국'을 죽일 수밖에 없었던 것은 역설적으로 작가의 지극한 '조국애'의 발로라 볼 수 있다. 따라서 단편 「별」과 「왕모래」는 작가의 민족의식과도 연결시킬 수 있는 작품들이라 볼 수 있다.

이렇게 모성의식을 통하여 작가의 민족의식을 함께 유추해 볼 수 있는 작품으로는 단편 「기러기」(1942.봄)와 「독 짓는 늙은이」(1944.가을)를 들 수 있다. 자식을 위해 무섭고 싫은 남편을 찾아 나서는 모성상을 보여준 작품 「기러기」에서 쇳네는 "애에게만은 아비 없는 자식을 만들어서는 안될 것"같은 마음으로 남편을 찾아 나서기로 결심한다. 그날 밤 쇳네는 한번씩 생각난 듯이 바늘 든 손을 멈추고 잠든 애를 바라보고 나서는 어서어서 하는 듯 다시 재게 손을 놀리는 것이었다. 우리 글을 발표할수 없었 던 일제하에서 작가는 어둠속에서 언제 빛을 볼 지 모르는 작품을 쓰면서 "이 밤은 얼마나 깊었는지, 어디서 봄기러기 날아가는 소리가 들려왔다."로 표현하고 있다. 아이 때문에 남편을 찾으러 떠나가기로 결심한 쇳네가 "어서어서 하는 듯" 바늘 든 손을 재게 놀리는 모습은 어쩌면 절박한 현실속에서나마 희망을 버리지 않고, 조국의 광복을 애타게 열망하는 작가의 모습을 반영한다고도 볼 수 있을 것이다.

「독 짓는 늙은이」에서 송영감은 자신의 의지의 결정체이며 생명의 표상인 독을 찾아 단정히 무릎을 꿇고 앉는다. 지금 마지막으로 남은 생명이 발산하는 듯, 어둠속에서 찾는 그 무엇은, 이제 마지막 남은 생명의 불씨를 일구며, 절망속에서도 한 줄기 빛과 희망을 찾으려는 집념에 다름아니다. 그것은 작가와 대응시켜볼때 무엇을 표상하는가. 열어젖힌 곁창으로 새어들어오는 늦가을 맑은 햇빛 속에서 터져 나간 자신의 독 조각들 앞에서 조용히 몸을 일켜 단정히, 아주 단정히 무릎을 꿇는 송영감의 모습은 암울하고 절박한 일제하의 상황속에서나마 언젠가 늦가을 맑은 햇빛처럼 스며들어올 해방의 그 날을 기원하며, 생명을 태워 경건하게 조국을 위해 죽음으로써 저항하려는 작가의 모습으로 비유될 수 있다. 죽음으로써 온 생명을 태워 송영감이 자신의 터져나간 독을 대신하려 했듯이, 작가는 "늦가을 맑은 햇빛" 속에서 우리 조국의 해방을 기원하며, 문학이라는 작업을 통해 언제 빛을 볼 지 모르는 우리말과 글을 지키기 위해 자신의 생명을 불태우는 것이다. 이는 곧 죽음으로써 온 생명을 태우며 조국의 광복에 대신하려는 작가의 내적 절규이며 울부짖음일 것이다. 송영감이 터져나간 자기의 독을 대신하듯이 작가가 잃어버린 조국에 대신하여 온전히 자신의 온 생명을 바치려는 것 그것은 바로 뜨거운 조국에 대한 사랑이며, 잃어버린 조국을 되찾고자 하는 열망이며, 결연한 의지라고 할 수 있다. 여기에서 우리는 일제 하의 막바지를 살아가며, 그 어둠의 시대를 극복하려 했던 작가자신의 고독한 내면세계와 결연한 의지를 감지할 수 있다. 이런 점에서 단편 「독 짓는 늙은이」도 새로운 시각으로 의미해석을 해야 할 작품이라 본다.

병든 나비

정노인의 낮산보 길이란 그가 지팡이를 짚고 골목을 빠져나가는 것으로 시작된다. 골목 밖에는 작은 거리가 있고, 이 거리를 북향해 걸어 올라가느라면 얼마 아니 가서 왼편에 목공소 하나가 나타난다. 주로 관을 짜는 그리 작지 않은 목공소이다. 정노인이 낮산보를 나오면 그냥 지나치지 않고 으레 들르는 곳. 도리어 여기를 들르기 위해 낮산보를 나오는 것이라 할 정도로.

그렇게 정노인은 이 목공소에를 자주 들렀다. 처음 여기다 관 한집을 사 놓은 뒤로, 어느 날쯤 새 관감이 와닿는다든지 하면 그날은 아침결부터 와서 관감을 구경하고, 그리고 자기가 먼저 마춘 관보다 나은 것이면 돈을 더 주고 바꾸기도 했다. 그리고는 이 관이 다 짜이는 동안 와 지키다시피 하는 수도 있었다. 힘에 부친 대로 대패질을 맞잡아도 주고, 관이 다 되면 칠하는 것도 돕곤 했다. 얼마 전에 치두푼짜리 무절 백자 관감 한 집이 들어와 정노인은 오십원 가까이나 더 돈을 주고 전번 것과 바꾸어 짜놓고는 몇번이고 와서 자기 손으로 칠을 했다. 그리고 매일 낮산보 때 들러서는 이 윤나고 매끄러운 관을 쓰다듬는 것이 한 낙이 되어있었다. 쓰다듬을 뿐만이 아니었다. 이 윤나고 매끄러운 관 속에 조용히 들어가 누워 있는 자신을 그려보는 것이 더할나위 없는 낙이었다.

정노인이 이렇듯 관을 사랑하게 된 동기라는 것은 자신도 모른다. 늙은 마누라가 먼저 세상을 떠나 관 속에 드는 것을 보고 어쩐지, 아 이제는 편안하겠다는 생각을 한 뒤부터인 것만은 사실이다. 물론 젊은날의 정노인은 그렇지 않았다. 스물세살 땐가 처음으로 친구의 입관하는 것을 보고 무척 관이라는 것을 두려워하고 꺼려한 그였다.

그때, 도리어 시체만은 그 위에 덮어씌웠던 홑이불을 걷어치우는 순간 본능적으로 머리가 쭈뼛해짐을 느꼈으나 원래 건강하던 친구의 몸집이 좀 부은 것같았을 뿐 생시와 다름없는 모양에 곧 예사로울 수 있었다. 젊은 친구 부인이 향을 탄 물을 솜에 적시어 얼굴을 닦고, 염습하는 사람이 수의를 입히더니 소위 갈 양식을 준다는 거로 굳어진 시신의 입을 벌리고 쌀을 떠넣어주었다. 떠넣은 후 시신의 입을 다물려주어도 잘 다물려지지 않고 입술 새로 쌀알이 흘러 떨어졌다. 이번에는 또 친구 부인의 저고리로 시신의 얼굴을 싸매고, 다음에 두 손을 가슴 위로 모아 검은 헝겊으로 매고, 그리고는 염포로 몸뚱이의 군데군데를 꽁꽁 묶었다. 그것이 말로 듣던 악수면모 열두매끼라는 것으로, 나중 시신의 뼈가 가급적 흩어지지 않게 하기 위해서, 또는 원래 시신이라는 것은 붓기를 잘하는 것이어서 때로는 관까지를 튀게 하는 수도 있으므로 그것을 막기 위해서 하는 일이라는 것을 모르는 바 아니었으나, 얼마나 단단히 졸라 묶는지 시신 속에서 우적우적하는 소리가 날 정도였다. 그러나 그것은 나은 편이었다. 다음에 시체를 들어 관에 넣고, 천금이 덮이고, 관 뚜껑이 덮이고, 아 보기만 해도 육중하고 튼튼한 관 뚜껑, 그리고 이 뚜껑에 사개못을 주는 진동을 가슴속 깊이 받으며, 전에 어떤 곳 사람이 마침 알맞은 관이 없어 입관하지 못했다가 관을 마추어 오는 동안에 다시 살아난 일이 있다는 얘기가 다 생각나면서, 사실 그때 입관을 시켰던들 그 사람은 어떻게 됐을까 하는 것이 소름끼치게 느껴지는 것이었다. 지금 친구의 관 뚜껑에 사개못을 치는 진동 속에서 혹시 관 속에 든 친구가 다시 피어나는 몸짓이 들어있는 것은 아닐까 하는 생각에 가슴이 답답해져 더 오래 그자리에 서있을 수가 없었다. 이런 일이 있은 뒤부터 정노인은 마냥 관이란 것이 싫고 무섭기까지 했던 것이다.

이런 정노인이 그 뒤 사십이 가까워 아버지 어머니의 입관을 보고, 작년 봄에 아내의 입관을 보고는 웬일인지 자기가 먼저 들어가야 할 자린 걸, 하는 생각과 함께 관 속에 드는 것이 한껏 편안하리라는 생각까지 들게 된 것이었다.

마누라가 간 뒤, 정노인은 칠순이 가까운 나이이기도 했지만 갑자기 더 늙어 보였다. 늦게 둔 두 아들에게서 본 귀엽기만 할 손자들이 와서 매달리는게 말할 수 없이 짐스럽게만 느껴지는 것이었다. 종시 정노인은 두 아들을 한꺼번에 세간을 내고 말았다. 그리고는 자기도 큰 집을 팔아 가지고 여기 칠성 문 밖 모래터에다 자그마한 집 하나를 장만하고 늙은 식모에게 맡긴 간편한 살림을 시작한 것이었다. 그게 작년 늦봄의 일이었다.

정노인은 집안에서 홀로 먹을 갈아 서투르나마 사군자를 치고, 화분의 꽃을 손질하는 것이 한 일과가 되었다. 술 담배는 본디 좋아하지 않았다. 자연 제편에서 기대어오지 않는 묵화나 꽃이 정노인에게는 좋은 것이었다. 사실 요새 손자애들이 할아버지집이라고 찾아와 떠들어대는 것이 노상 귀엽지 않은 것도 아니었으나, 고놈들이 잠시도 가만히 있지 않고 움직여대는 데는 감당해낼 길이 없어, 그만 자리에 와 눕곤 했다.

언젠가 아들네가 자기네끼리는 벌써부터 의논해 온 일인 듯, 아버지의 잔등이라도 긁어드릴 어머니를 한 분 모시자는 말을 틔어온 일이 있었다. 정노인은 자식들의 뜻을 모르는 바 아니었으나, 그리고 한때는 몇 여자와의 새에 문제를 일으켜온 그이기도 했으나 자식들에게 아예 그런 일로 다시는 자기를 건드리지 말아달라고 단마디에 잘라버렸다. 이 말을 어디서 들었는지 홀아비 친구 하나가 오래간만에 들러서, 참말 자네는 효자 두었다고, 자기는 아들이 네 녀석이나 되지만 어느 한놈 아버지 사정 알아주는 놈이라곤 없다고, 그렇다고 이 나이에 자청해서 여편네를 얻어 들일 수는 없고, 어쨌든 사내란 늙어 죽는 날까지 여편네가 있어줘야지 아들 며느리가 스물이 된대도 다 소용없다고 하고는 허허 웃음을 터뜨려 놓는데, 정노인은 그 친구의 말과 웃음마저 감당하기 어려운 느낌이었다.

또 전에 같이 일하던 친구들이 와서는 이제 늙마에 다시 한번 실업계에 나서보지 않겠느냐고들 권하는 수가 있었다. 그러면 정노인은, 이미 모든 것을 자식들에게 맡긴 지 오래인 걸 다 알고 있지 않느냐고, 그러니 제발 자기를 건드리지 말아달라고 했다. 그래도 정노인 왕년의 패기를 아끼는 사람들이, 자제는 자제고 영감은 영감이니 직접 앞에 나서지 않아도 좋다고 하면서, 실업계의 재출발을 권하는 것이었으나 정노인은 머리를 흔들 뿐이었다. 그리고 나중에는 이 시끄러운 사람들을 쫓기 위해서, 해보려면 서화 골동상을 한 번 크게 해보든지, 거리 한복판에 화원을 하나 널찍이 차려놓는다면 자기도 한몫 끼겠노라고 했다. 사람들은, 이제 정노인은 참말로 노망하고 말았다고 하며, 다시는 그런 일로 찾는 사람은 없게 됐다.

오히려 그것을 다행으로 여기는 정노인이었다. 이제는 정노인은 서투르나 사군자를 치고 화분의 꽃들을 가꾸면 그만이었다.

그러나 차차 정노인은 이 사군자 치기와 꽃 가꾸는 일에도 전처럼은 감당 해나갈 수 없게 됐다. 진한 먹냄새와 짙은 꽃향기같은 자극에도 가끔 현기증을 일으키는 것이었다.

이러한 어떤 날, 정노인은 되도록 냄새가 덜한 먹을 구하러 지팡이를 짚고 집을 나섰다. 골목을 빠져나가 작은 거리를 북향해 올라가던 정노인의 눈에 언뜻 길 왼편 목공소 안의 관들이 띄었다. 정노인은 저도모르는 새 그리로 들어갔다.

관 한 짐 사자는 말에 젊은 목공소 주인은 좋은 관이 있다고 하면서 곡척 든 손으로 관 하나를 가리켰다. 정노인이 관이 좀 작아뵌다고 했더니 주인은 얼마나 장대하신 분인지는 몰라도 큰 관 축에 드는 관이라고 했다. 정노인은 자기가 쓸 것이라고 하고는 자기의 키를 한번 재봐 달라고 했다. 주인은 구석에서 장자를 집어가지고 오며, 미리 관을 지어다 두시면 오래 사십네다, 하고는 얼마 전에 요 뒤 이층집에서도 두 집이나 들여갔느니 아무개네도 한 집을 들여갔느니 하며, 정노인의 등뒤에서 키를 재고 나서, 저 널(관)이 다섯자 여덟 치니 넉넉하다고 했다.

정노인이 관 앞으로 가, 두 손을 배 위에 모으고, 눈을 감고, 악수면모하고 들어갈 자신을 조용히 그려보는데, 목공소 주인은 정노인이 지금 말한 관이 어느 것인가 몰라하는 줄로 알았는지 앞으로 나서며, 이 널 말입니다, 하고 일러준다. 정노인이 눈을 떠 주인이 가리키는 옆의 관을 보았다. 그러자 관보다도 그 위에 놓여있는 아직 먹지 않은 밥 쟁반이 눈에 들어왔다. 그러나 지금의 정노인에게는 관 위에 음식이 놓여있다는 사실같은 것은 아무 충격도 가져오지는 않았다.

이것도 젊어서는 그렇지가 않았다. 정노인이 처음으로 친구의 입관하는 것을 보고 얼마 안되어서의 일이었다. 그가 갓 결혼을 하고 성안으로 세간나가서 곧이었으니까.

아침에 아내가, 오늘은 돌아오는 길에 찬장 마춘 것을 찾아가지고 들어오라던 말이 생각나 가구점을 찾아갔더니, 그 가구점이라는 곳이 문짝이며 찬장 따위 외에 관을 짜는 목공소였다. 그는 먼저 자기네의 신혼에 쓸 찬장을 마춘 곳이 관도 짜는 곳이라는 데 불쾌했다. 하필 이런 데다 찬장을 마출 게 뭐람! 그런데 불쾌는 다만 이런 불쾌만으로 그치지 않았다. 그가 아내한테서 받아가지고 나온 연필로 끼적여 쓴 영수증을 주인인 듯한 사내에게 내주었을 때 사내는 자기가 쓴 것임에 틀림없는 것을 한참이나 알아보기 힘든 듯이 들여다보다가야 별안간, 아 이것 말입네까, 저기 다 짜 났습네다, 하며 한구석을 가리키는 것이었는데, 이 주인이 가리키는 데로 고개를 돌린 그의 눈은 어느덧 불쾌함을 지나 어떤 분노로 변하고 있었다. 자기네가 마춘 찬장이 지금 관 두 짐을 붙여논 위에 놓여 있는게 아닌가. 찬장을 관 위에다 올려놓다니! 그는 부지중에 고함치듯이 말했다. 어서 속히 찬장을 관 위에서 내려놓으라고. 그것은 그가 바로 얼마 전에 생전 처음 친구의 입관하는 것을 보고 받은 충격의 탓도 있었다. 목공소 주인은 주인대로 보매 그렇게 신경질로 생기지 않은 젊은이가 화를 내는 게란 필시 언제 마춘 찬장을 여태 해주지 않은 때문이라고 생각한 듯이 자기딴은 상냥한 웃음을 얼굴 전체에 띠면서, 대단히 미안하게 됐쉐다, 벌써 해드렛서야 할껄, 그새 널 멫집을 급하게 짤 게 있어놔서요, 그러나 이제 다 됐습네다, 이젠 머 와니스칠만 하믄 되니까요, 이왕 참으시든 김에 한 이틀 더 참아주시소, 하며 얼굴의 웃음을 되도록 오래 머물리려고 애썼다. 그러나 그는 이미 이틀이고 하루고간에, 그 찬장을 찾아 가리라고는 생각지 않고 있었다. 종시 그는 계약금도 포기해버리고 그길로 남문거리로 내려가 가구와 찬장만을 전문으로 만드는 가구점에서 찬장 하나를 골라 사 지워가지고 돌아왔다.

이런 젊은날의 정노인이 지금은 관 위에 놓인 음식을 보고도 아무렇지도 않은 것이었다. 그리고 옛날처럼 자기가 지금 관 아닌 찬장을 사러 왔다 해도 그 찬장이 관 위에 놓여있건 말건 별 관심이 가지 않았을 것이었다.

정노인은 조용히 쟁반이 놓인 관을 쓰다듬으며 주인에게, 달라는 가격을 다 줄 터이니 새로 한번 더 칠을 해달라고 하고, 그 관을 샀다. 그리고는 다음 날부터 낮에 산보처럼 나와서는 이 목공소에를 들르는 것이었다. 그러다 더 좋은 관감이 들어오면 돈을 더 주고 바꾸곤 했다. 그럴 적마다 정노인은 아침결부터 와 손수 대패질을 맞잡아도 주고 칠하는 것도 돕곤 했다. 그러다가 요즈음와서 치두푼짜리 무절 백자 관과 바꾸어놓고는 자기 손으로만 세 번씩이나 칠을 해놓다시피 하고 (이상스레 이 관에 칠하는 와니스라든지 라크냄새만은 견디어냈다), 낮산보마다 들러서는 이 윤 나고 매끄러운 관을 쓰다듬어보는 게 한 큰 낙이 되어있었다.

정노인의 낮산보는 이 관을 사둔 목공소에를 들렀다 다시 좀더 북향해 올라가면 왼편으로 뚫린 한길이 나선다. 이 한길로 접어들어서 얼마 내려가지 않아 오른편에 소학교 운동장을 끼고 지나게된다. 이곳만은 정노인이 그닥 지나기를 달가워하지 않는 곳이기도 하다.

애들이 모두 교실에 있어 운동장이 텅 비어있을 때는 다행이지만 쉬는 시간같은 때 애들이 한마당 와자하면 절로 현기증이 날 지경이었다. 공연히 맞붙잡고 뒹구는 놈, 히히덕거리며 달아나는 놈의 뒤를 이건 또 기어이 잡고야 말겠다는 기세로 따라가는 놈. 정노인은 마치 서로 맞붙잡고 뒹구는 놈들이 마구 자기를 비비대기치는 것처럼 느껴지고, 뛰고 따르는 놈들이 수많은 애 들의 새를 부닥칠 듯 달리는 게 곧 그놈들이 자기를 떠밀치기나 할 것처럼 불안했다.

혹 체조 시간이어서 수십명의 아동이 선생의 호령 한마디에 한결같이 움직이는 것은 한편 재롱스럽기도 했지만, 터치볼을 한다든지 모자 빼앗기를 하느라고 몰려다니며 고함을 치는 데는 질색이었다. 하기는 어떤 때 애들이 다 교실에 들고 운동장이 비어있어 다행스럽다가도 어느 교실에선가 갑자기 수십명의 노랫소리가 울려나와 놀란 적도 있었다.

이런 길을 정노인이 낮산보 길로 잡은 데는, 냄새 덜한 먹을 사러 나왔던 날, 그러니까 목공소에서 처음 관 한 집을 사던 날, 이 한길로 꺾이는 모퉁이 문방구점에서 먹을 한 개 골라 샀던 것인데, 그때 이리로 해 집으로 돌아간 게 가까워 이 길을 택한 것이었다. 그뒤부터 목공소에 사둔 관도 볼 겸 낮산보라도 나오게 되면 자연 이 길로 해서 집으로 돌아가곤 했다.

소학교 운동장 앞을 지나 얼마 내려가지 않아, 왼편으로 꺾이는 길 건너편에 사기점이 하나 있었다. 이 사기점만은 언제나 정노인에게 어떤 안정감을 주는 것이었다. 희고 찬 사기 그릇들, 그것만은 아무때고 한자리에 말없이 앉았을 뿐 아무 움직임도 없었으니.

그런데 이 정노인의 낮산보도 차차 매일같이는 계속되지 못하게 됐다. 물론 날이 궂어 못 나가는 날은 말할 것도 없고, 어디 뜨끔히 아픈데도 없건만 자리에 누워 못 나가게 되는 날이 많았다. 그러나 이런 날은 또 이런 날대로, 벼루며 화분도 다 물리치고 혼자 누워 목공소에 사둔 치두 푼짜리 무절 백자 관을 생각하며 날을 보냈다. 내가 아무리 발을 내뻗고 드러누워도 관 길이는 넉넉하렷다. 이렇게 악수면모를 하고, 정노인은 조용히 눈을 감고 손을 모아 가슴에 얹는다. 아, 얼마나 편안할 것이냐.

이러는 동안 정노인은 사군자 치기와 화분 다루기에도 감당해내지 못하게 됐다. 화분일랑 저만치 멀찍이 앉히어놓고는 그저 맞은 벽에다 이미 자기가 친 서투른 사군자를 붙이고, 때로 생각난 듯이 그걸 바라볼 뿐인 것이었다. 그리고 요새와서는 늙은 식모가 아침 저녁 재로 깨끗이 닦아 들여보내는 놋요강에서 풍기는 놋쇠 냄새에까지 못견디어, 식모를 시켜 그 소학교 운동장을 지나 꺾인 길 건너편에 있는 사기점으로부터 사기요강을 하나 사오게 하고는 다음 날은 또 상에서 놋식기를 물리고 사기그릇으로 대신하게 했다. 이제 언제 은수저마저 사기로 된 숟가락이나 대젓가락으로 바뀔지 모를 일이었다.

그러한 어느 꽃샘바람이 불다 멎은 화창한 봄날 오후였다. 정노인은 오래간만에 지팡이를 짚고 집을 나섰다.

목공소에 들러서는 치두푼짜리 무절 백자 관 위에 앉은 먼지를 손수 정성 들여 닦아낸 후 이제는 이만큼 기름도 글대로 글었으니 내일쯤은 집으로 보내달라는 부탁을 하고 그곳을 나왔다.

소학교 운동장 앞을 지나는데 마침 이날이 토요일 오후라 모두 집으로 돌아간 뒤이어서 그런지 운동장에는 별반 애들이라곤 많지 않았다. 저쪽 미끄럼대와 늑목대에 몇 애가 붙어있고, 이쪽 한옆에 계집애들이 몇 줄 넘기를 하고 있을 뿐. 그렇건만 이날 정노인은 이 애들이 미끄럼을 탄다든가, 늑목에 매달렸다든가, 줄넘기를 하는 것까지 어떤 현기증을 느끼며 그쪽에서 눈을 거두고 만다. 어쩌면 이 운동장 동북편 뒤로 둘러서있는 모란봉 일대와, 서편으로 집집의 지붕 너머 저어기 서장대를 감돌아 퍼져나간 보통벌 일대에 아른거리며 피어오르는 봄기운 때문에 더했는지 몰랐다.

그러면서였다. 정노인이 멈칫 발걸음을 멈춘 것은. 무어 별다른 일은 아니었다. 줄넘기 하던 계집애 중의 한 애가 달려왔다고 생각했다. 그리고 그애가 쭈그리고 앉았다고 생각했다. 그리고는 급한대로 거기서 소변을 보는 거로 알았다. 그뿐이었다.

그런데 웬일일까. 정노인은 무슨 뜻밖의 것이나 발견한 듯이 걸음을 멈추고 그 한곳으로 눈을 주는 것이었다. 그러는 정노인은 자기 몸 어느 한군데에서 부르짖는 소리를 들은 듯했다. 꽃! 저게 정녕 꽃이 아닐까. 꽃!

정노인이 자기의 눈을 의심하듯, 또는 무엇에 끌리듯이 그리로 발걸음을 옮기기 시작했다. 그러나 곧 그는 눈앞이 아찔해지며 걸음을 멈추고 말았다. 앞의 계집애가 일어나 저 놀던 곳으로 달려간다. 정노인은 그자리에 주저앉으며 눈을 지그시 감았다. 그 모양을 하고 숨을 거두기라도 한 듯이.

　사실 다음날 목공소 주인이 관을 가지고 정노인을 찾았을 때에는 그는 이미 이세상 사람이 아니었다.

1942 봄

병든 나비

죽음, 그 영원한 모체속으로

단편 「병든 나비」(1942.봄)는 현실에 적응하지 못하고 죽음만을 동경하는 노인의 내면적 풍경을 섬세하게 묘파한 작품이다. 「병든 나비」에서 정노인은 일상속에서 생활의 기쁨을 잃어버린 '병든 나비'로 표상된다. '나비'가 기쁨을 상징하고 영혼, 죽음, 부활, 불멸성을 상징한다고 볼 때, 정노인은 현실에서 기쁨을 잃어버리고 죽음만을 편안한 것으로 인식하는 병든 나비이다.

젊은 날의 정노인은 관을 두려워하고 꺼려했었다. 그런 그가 어머니의 입관과 아내의 입관을 본 후 "어쩐지, 아 이제는 편안하겠다는 생각을 한 뒤부터" 죽음을 편안한 것으로 인식하게끔 된다. 세상사에 대한 번거로움과 부담감에서 벗어나고 싶어 오히려 죽음을 갈망하고 있는 그의 내면적 상황은 생동하는 생명감을 감당하지 못하고 현기증을 느끼는 그의 심리상태와 연결되고 있다. 곧 정노인은 살아 있는 생명체의 약동감이나 생명감까지도 감당하지 못하고 현기증을 느낄 만큼 쇠약해 있고 병들어가는 존재이다. 그리하여 그는 생명을 가진 꽃을 가꾸는 일이나 사군자치기까지도 이제는 감당하지 못하고 현기증을 느끼면서, 자신이 죽은 후 들어갈 관을 짜맞추어놓고는 죽음을 동경한다. 정노인에게 있어서 죽음이란 바로 편안함과 평화의 표상으로 인식된다. 이러한 정노인의 죽음에 대한 의식은 노장사상에서 말하는 죽음의식과도 상통한다고 볼 수 있다. 정노인이 죽음에서 느끼는 편안함이란 바로 희·노·애·락 그리고 죽음까지를 대자연의 이치에 따른 결과로서 보고, 그것을 받아들일 때 얻을 수 있는 마음의 평화인 것으로 이는 장자가 얘기하는 지락(至樂)의 상태라 볼 수 있다. 곧 정노인에게 있어 죽음이란 어머니의 자궁속에서와 같이 보호된 상태, 가장 근원적 상태로의 회귀를 뜻하며, 이는 자연에 대한 영원한 회귀를 의미한다. 이렇게 현재의 문제나 현실을 피해서 자꾸 편안한 상태를 추구하는 정노인의 내면적 상황은 이 작품 결미에 이르러 극적으로 상승되면서 정노인이 실제로 죽음에 이르는 사건으로 반전되고 있다.

계집애가 운동장에 쭈그리고 앉아 소변을 볼 때에, 땅에서 꽃처럼 번져가는 물기의 번짐, 이것이 자궁의 이미저리와 교묘하게 접합되면서, 정노인은 "꽃! 저게 정녕 꽃이 아닐까. 꽃!"하고 경탄한다. 땅 곧 대지는 어머니를 상징하며 대지 위에 쭈그리고 앉아 있는 계집애의 모양은 곧 모체속에 있는 태아를 연상하게 하고, 그리하여 정 노인도, "그 자리에 주저 앉으며 눈을 지긋이 감았"던 것이다. 정노인은 '모체속에 있는 태아'의 모습을 하고 죽어간다. 대지 위에 쭈그리고 앉아 소변을 보는 계집애의 모습은 바로 어머니의 자궁속에 있는 태아를 상징하는 것으로서 이것이 '꽃'으로 인식되었다는 것은, 정노인이 내면 깊숙이에서 '모체속으로의 회귀' 또는 '모체속으로의 퇴행'을 갈망하고 있었음을 단적으로 드러낸 것이라 볼 수 있다. 현실에서 행복을 찾을 수 없어 자꾸만 현실에서 도피하고자 하는 정노인, 죽음을 통해서 평안함을 갈구하는 정노인에게 있어서 자궁속으로의 회귀야말로 진정한 생명과 재생과 부활이 이룩되는 곳으로 인식된다. 이럴 때, 정노인은 "꽃! 저게 정녕 꽃이 아닐까. 꽃!"이라고 하며 절규하는 것이다. 진정한 꽃, 진정한 생명에 대한 추구는 부담스럽고 번거로운 이 세상을 떠나 어머니의 태내 곧 자궁회귀에서 가능하다는 것을 인식한 바로 그 순간, "그는 눈앞이 아찔해지며" 실제로 죽음에 이르게 된다.

그렇다면 작가가 정노인을 통해서 보여주는 죽음의식은 어떠한 시대적 상황하에서 말미암은 것일까. 그것은 바로 1942년 일제하의 닫혀진 현실속에서 탈피하여 자유롭게 날아오르는 한 마리의 생명 있는 나비가 되고픈 작가의 열망이 정노인이라는 병든 나비를 통하여 역설적으로 표출된 것이 아닐까. 또는 현실의 암울한 상황에서 도피하여 아무에게도 구속받지 않고, 부담을 느낄 필요가 없는 자꾸만 편안한 상태로 나아가고 싶다는 작가의 내면세계가 모체속으로의 퇴행을 갈망하는 정노인으로 표출된 것은 아닐까. 분명 정노인은 모체회귀속에서, 곧 죽음속에서 진정한 자기자신의 부활과 재생, 진정한 생명을 발견할 수 있다고 인식한 것이다. 이러한 정노인의 내면세계는 그대로 일제하의 밀폐된 삶속에서 느끼는 작가의 내면세계와 대응된다고 볼 수 있다. 그렇다면 이렇게 자꾸만 편안한 상태를 갈망하는 정노인을 단순히 현실 도피주의자라고 규정해버릴 수 있을까. 오히려 작가는 일제하에서의 절박한 시대상황속에서 정노인이라는 인물을 내세워 '모체속으로의 퇴행' 즉 죽음을 통해 오히려 어두운 현실을 저항하고 부정한 것이라고 볼 수는 없을까. 「병든 나비」에서의 정노인과 같이 '모체회귀'를 통하여 오히려 새로운 자아를 찾으려는 희망이 표출된 것이라고 볼 수는 없을까. 다시 말해서 정노인의 '모체회귀'욕구는 단순히 현실을 외면하고 도피하려는 것이 아닌, 현실에서의 도피이지만 좀더 나은 무엇인가를 위한 도피라 볼 수 있다.

1942년 일제하의 죽음과도 같은 닫힌 현실에서 작가의 분신이라 할 수 있는 정노인은 그 엄청난 위화감과 갈등속에서 차라리 죽음과 같은 현실을 거부하고 저항하며 영원한 평안과 안온이 있는 '모체속으로의 회귀', '모체속으로의 퇴행'을 갈망했던 것이다. 정노인은 어둡고 밀폐된 죽음의 현실속에서 한 송이 '꽃'을 찾아 헤매는 '나비'가 되어 세속을 벗어나 영원한 평화의 세계로 돌아가고 싶었던 것이다. 현실속에서 진정한 생명과 행복을 표상하는 '꽃'을 발견할 수 없었던 정노인은 분명 '병든 나비'일 수밖에 없다. 아니면 정노인으로 하여금 '병든 나비'로 존재할 수밖에 없도록 만든 현실이 이미 굴절되고 왜곡된 닫혀진 공간인지도 모른다. 여기에 현실의 고통을 잊고 나아가 죽음으로써 자유로와지고 싶었던 작가 황순원의 고뇌가 이 작품속에는 담겨 있다.

　시인 정지용이 죽음의 현실에서 벗어나 훨훨 청산을 넘는 호랑나비에게 자기자신을 비겨 정신의 자유를 갈망했듯이(시「호랑나비」,1941년), 작가 황순원은 고통스러운 세속을 탈출하고자 하는 무의식적 상념을, 꽃을 찾는 한 마리 '병든 나비'를 통해서 드러내고 있다. 이렇게 볼 때, 작품 「병든 나비」 역시 일제하라는 그 어둠의 시대를 살아가며, 죽음을 인식하고 고통스러워 했던 작가의 정신적 갈등과 자유에 대한 갈망이 투영된 작품이라 할 수 있다.

노새

유청년은 이날도 자기 집 옆 노새 가져다 매는 자리 앞을 지나면서 분명히 어젯밤 사이 새로 싸뭉개논 똥에 눈을 주고는, 이제 정말 노새 주인에게 여기 가져다 매지 못하도록 성가시게 굴어야겠다고 다시 한번 마음을 다져먹는다. 그래야만 자기네가 그걸 사게 된대도 헐값으로 뗄 수 있을 것이다. 유청년이 바로 이 노새 갖다 매는 자리 하나를 격해있는 옆집 영감을 찾아들어가니 언제나처럼 영감이 담뱃대를 들고 해바라기를 하고 있다.

— 하르반, 참 큰일났쉐다레. 노새새끼가 없어디든디 우리가 다른데루 이살 가든디 양단간에 어뜨케 해야디 어디 이 성화야 견디갔쉐까. 오늘 아츰에만 해두 동네사람들이 와서 우리보구 그놈의 똥꺼지 츠랩네다레. 우리가 노새 쥔보구 아무말 않구 내버레둬서 온 동넬 구주분스레 만든다 믄서. ……근체 사람들이 하르반한텐 나이 많으신 이보구 그러기가 멋하니긴 우리집에만 와서 그럽네다레. 이거야 어디 견데먹갔쉐까.

영감도 난처한 듯이 감투 쓴 고개를 끄덕이면서,

— 글쎄 오래 더럽히는 꼴 봐선 당장 갖다 매디 못하게 했으믄 돟갔디만 노새 쥔이 자꾸 자기네 죽을 거 살레주는 셈티구 좀 참아달랩네다레, 딴데루 옮길 때까지만…… 앞으룬 똥같은 것두 말끔히 츠겠다믄서,

한다.

— 말이야 돟디요. 그르나 그자 말만 듣다간 안됩네다. 요즘만 해두 호사디 이제 복거리엔 정 야단이야요. 동네 파리란 파린 다 뫼들 테니.

— 정 그르킨 해요.

— 아니 말씀 낮추시라구요.

— 차차 합세다레.

— 만주서 잡병이 많이 도는 것두 데놈의 똥이니 머니 때문이랩디다. 별별 병이 다 거기서 생긴다거든요. 글쎄 맬 자리가 없으믄 자기네 아낙에라두 갖다 맬 게디 왜 하필 남의 집 옆에다 갖다 매가지구 그 성환디 모르갔이요.

— 그럼 오늘 저낙엔 우리 함께 가서 니얘기해봅세다.

— 아니 집으루 찾아갈 거 없이 저낙에 갖다 맬 제 당장 매디 못하게 하시라우요. 나보담은 아무래두 하르반 말씀을 어려워할 테니까요.

그러면서 유청년은 생각나기나 한 듯이 미리 호주머니에 넣가지고 온 장수연 한 갑을 꺼내며,

— 하나 생긴 거 어디 피워보시소,

했다.

영감은 언제나처럼 담뱃대 든 손을 설레설레 저으면서,

— 아니 이건 웬걸 번번이……

하면서도 다른 한손을 내밀어 받는다.

— 그럼 하르반, 오늘 저낙엔 기어쿠 갖다 매디 못하게스리 하시라우요. 노새 쥔이란 작자가 논정히 말해선 모를 자 같습데다.

그러나 이날 저녁때 영감은 노새 주인이 노새를 가져다 매는 것을 알고도 그자리에서 당장 그걸 갖다 매지 말라는 말을 하지 못했다. 노새 주인이 자기 집에 가닿고도 남음직한 시간을 재어 영감은 꽤 떨어져있는

언덕진 곳의 그의 집을 찾아갔다.

  마침 노새 주인은 문간방에서 저녁상을 받고 있다가 영감이,

  — 저낙이 한창이웨다레,

하며 돌아서려니까 달려나와 잡아끌다시피 하면서,

  — 마츰 잘 오셌쉐다, 우리 밥찔게(밥반찬) 해서 한잔 하십세다,

했다.

  영감은 여기서, 언제나 이렇게 끔찍이 구는 사람보고 어떻게 노새를 갖다매는 그자리에서 당장 가져다 매지 말라는 말을 할 것이냐는 생각을 하며,

  — 아니 번번이……

그러면서도 마지못하는 체 끌려 들어간다.

  — 어서 들어오시소.

  노새 주인의 아내도 반색을 한다. 그리고, 이 영감네 집 옆에 자기네 짐승을 갖다 매 신세를 지고 있으니 오기만 하면 술 한잔쯤은 대접해 보내야 한다는 남편의 말도 있어서 곧 밖에 나가 술병을 사안고 들어오며,

  — 안주두 없는 거……

한다.

  안주 없이 김치와 북어쪼가리로 먹는 술은 곧 취기가 돌았다. 영감이 취기에 기운을 얻어,

  — 참 야단이웨다,

하고 말을 트니, 노새 주인은 또 영감의 이 말 나오기만 기다리고 있은 듯이 앞질러,

  — 그러실 줄 압니다만 그저 우릴 살레주시는 셈티구 좀 참아주세야디어 캅니까, 사실 아즈반두 아시다시피 그 노새새끼 한 마리가 우리 통

재산 아니 웨까? 내놓구 말씀이디 그 노새새끼 없었으믄 우린 벌써 굶어
죽은 디 오랬갔쉐다,
했다.

영감은 노새 없이는 살아갈 수 없다는 이 노새 주인에게, 더구나 번번
이 이렇게 술대접까지 받으면서는 차마 집 주위가 추접하니 그걸 가져다
매지 말라는 말은 아무리 술기가 돌았다 해도 하기 힘들어,

— 동네사람들이 자꾸 여러말 합네다레,
하고 만다.

— 그러시갔디요. 한데, 아즈반, 말씀 낮추시라우요. 젊은놈보구 멀 그
러시나요.

— 차차 합세다레.

— 전두 모르는 배 아니야요. 동네사람두 동네사람이디만 데일 아즈
반네하구 아즈반네 넢집에서 시끄럽갔디요. ……참 그 넢집 사람이 멀하
는 사람인가요?

— 요샌 노는가붑디다. 고무공당에 댕기다 고만두구선……

— 그래요?

— 들리는 말엔, 요새와서 뉘동생을 술집에다 팔게 됐는데, 그르케
되믄 제 손으루 할 걸 머이구 하나 할 모양입데다.

— 그래요? 하긴 작건 크건 간에 제손으루 할 걸 멀 해야디요. 참,
요새 갈보룬 얼마씩에나 팔리나요?

— 사천눅백냥이라나요.

— 괜찮긴 합네다레. 하기야 요샛돈 사백눅십원 막상 쓰자구 하믄 아
무 부난없디만.

— 그럼요. 참, 장의넨 밑천두 많이 들어갔디만 돟은 업 붙잡았디요.

— 그것 아니믄 정말 우리 밥 굶어죽은 디 오랬디요. 사실 오금 센

젊은사람 같으믄 돈 잡디요. 자꾸 끌구댕기기만 하믄 되니까요. 한데,
정, 아즈반, 여지껏두 아즈반이가 우릴 살레왔디만 앞으루두 그저 우릴
살리시야 하갔쉐다. 아즈반두 아시다시피 남의 집이기두 하디만요 괭이
상판만한 마당에야 어디 노샌 말구 괭이새끼 한 마리 맬 자리가 있습네
까?

　── 사실 난 상관없습네다만……

　── 아즈반께서 동네사람들보구 우리집 헝펜 말씀을 좀 해주시소고레.
우리 목숨이 이 노새새끼 하나에 달렜다구……

　영감은 여기서 고개를 끄덕이며 대통에 장수연을 담다가 문득 옆집
유청년 생각이 나 노새 주인이 술병을 들어 술을 부으려는 것을 막으며,

　── 이젠 그만둡세다, 단단히 쳈쉐다,

했다.

　노새 주인이,

　아니 몇 잔만 더 하십세다,

하는 것을 영감은 그냥 일어서며,

　── 우리겥애선 일없습네다만 자우간 어디 자릴 얻는 대루 옮게다 매두
룩 하시소,

했다.

　영감이 가자 노새 주인의 아내는 상을 치우며,

　── 어서 그 넝감보구 노샐 팔아달래소고레, 요새겥애선 멋부담두 여물
에 체미잽헤서 어디 먹이갔습데까,

했다.

　── 님잔 잠자쿠 있어, 다 예산이 있어서 그러는 거야, 그저 우린 그
노새 없으믄 굶어죽을 것같이만 말해야 해, 그래야 짠값을 받을 수 있거
든,

하고 노새 주인은 노란 수염가에 속웃음을 한 번 띠우고 나서,

— 어차하믄 이내 팔리디 않으리, 누구한테 멕일 거까지 짐작이 갔어,
했다.

　다음날은 유청년의 누이동생이 술집으로 팔려가는 날이었다.

　유청년은 아침결에 집을 나서고 말았다. 그날따라 유청년의 눈에는 자기 누이동생 또래의 계집애들이 많이 보였다. 그리고 별나게 말달구지도 많이 보였다. 유청년은 자기 누이동생 또래의 계집애나 말달구지를 안 보도록 힘썼다. 그렇다고 유청년은 사람이 뵈지 않는 모란봉 쪽같은 외딴 곳에 가있을 마음도 없었다. 그렇다고 또 약장사 광고하는 데같은 사람들 틈에 끼어있을 수도 없었다. 그저 뭇사람이 오가는 위아래 거리를 쏘다니는 수밖에 없었다.

　저녁때가 가까워서야 유청년은 피곤한 몸을 이끌고 집으로 돌아왔다. 누이 동생은 물론 없었다. 늙은 어머니가 말없이 떨리는 손으로 꽁꽁 묶은 지폐뭉치를 내주었다. 유청년도 말없이 그걸 받아들고는 어떤 흥분으로 지금까지의 피곤도 잊고, 그달음으로 옆집 영감을 찾아갔다.

— 어떻게 됐습네까?

— 야단이웨다. 자꾸 사정을 합네다레.

— 글쎄 그렇게 집으루 찾아가선 안된다니까요. 갖다 맬 제 당장 못 매게 해야디.

— 그저 자기네 집안 목숨이 그 노새 한 마리에 달렸다구 제발 살레주는 셈티구 참아달랩네다레.

— 글쎄 것두 유분수디 하구한날 어뜨케 참는단 말인가요.

— 노새 없었으믄 굶어죽은 디 오랬갔다구 그저 사정이니 어뜨카갔소.

— 글쎄 하르반네나 우리 노새겉으믄 서루 참는 수두 있갔디만 뚱딴디

같은 사람네 해를 하구한날 어뜨케 참는단 말인가요.

— 그르킨 해요.

— 아니 말씀 낮추시라구요.

— 차차 합세다레.

— 글쎄 노새새끼 하나 맬 자리 없는 작자가 어뜨케 그걸 멕이노. 우리 성미 겉애선 속상해서두 당장 팔아버리구 말든디 하디 그냥 두디는 못하갔쉐다.

— 그르기 말이웨다,

하고 영감은 언제나처럼 감투 쓴 머리를 끄덕이다가 불쑥 생각나는 바가 있어 담뱃대로 유청년의 앞 허공을 찌르며,

— 참, 유주사가 그 노샐 사구말소고레,

한다.

— 제가 그걸 사서 멀 하게요?

— 아니 벌이가 괜찮은가붑디다. 오금 센 젊은이한테 데일 합당한 업입데다.

— 벤벤티두 않은 거 달래긴 꽤 달랠껄요.

— 하긴 거기다 목들을 매달았대니낀 팔디 않기두 쉽갔군. ……자우간 한 번 말을 틔워볼까요?

— 그러실 것 없이 오늘 저낙엔 마즈막으루 한번 단단히 말씀하시라구요. 다른 데루 옮게 매갔나 안 옮게 매갔나. 안 옮게 매갔대믄 내 손으루라두 풀어팡가티구 말갔쉐다. 우자우자 하니낀 어디 그꼴 보갔쉐까.

이날 저녁에도 영감은 노새를 가져다 맬 때가 아니라 노새 주인이 자기 집에 다 가닿고도 남을 시간을 재어 집으로 찾아갔다.

그리고 거기서 언제나처럼 술대접을 받다가 영감은,

— 까짓것 노새새끼 팔구 맙세다레,

했다.

노새 주인은 허황스레 한 번 놀라 보이고 나서,

— 아니 갑재기 걸 팔믄 우린 뭘루 살아가게요? 한다.

— 그르킨 하웨다.

노새 주인의 아내가 재빠르게,

— 아니 누가 사재나요?

하는 것을 노새 주인이,

— 님잔 가만있으라구, 누가 사재건 건 알아 멋해?

하고 짐짓 아내를 나무라고 나서 영감더러는 혼잣말처럼,

— 거 야단이웨다, 한다.

— 그르킨 하웨다만 동네에서들 자꾸 거기 노새새끼 갖다 매는 걸 싫어합네다레. 사실 난 조금두 일없습네다만 다들 싫어합네다레. 어떤 사람은 오늘 당장 다른 데루 옮게 매디 않으믄 막 풀어팡가티갔다구꺼지 합데다.

— 사실 아즈반이나 그렇디, 누군들 그른 거 갖다 매는 거 동와할 사람이 있나요, 노새새끼 하나 벤벤히 건사 못 하는 걸 생각해선 쌍놈의 거 죽든 살든 칵 팔아버리구두 싶구. ……

— 그랜요.

— 아니 말씀 낮추시라우요. 젊은놈보구 멀 그르시나요.

— 차차 합세다레.

여기서 노새 주인은 다시 혼잣말처럼,

— 누가 요새 값을 바루 놔줘야디,

한다.

— 김장의네 해걸은 거 지금 얼마나 셌나요?

— 글쎄 우리 핸 샀든 값두 있구 해서 달구지채 오백원 덜해선 죽어두 못 팔갔이요.

　— 오천냥 말이디요?

　— 요새 웬만한 말겉으믄 칠팔백원 안 주군 넘두 못냅네다. 노새티구두 막 눅은(싼)값이디요. 그리구 사실은 노새가 짐은 더 암팡스레 잘 끌거든 요.

　이튿날 유청년이 찾아왔을 때 영감은,

　— 유주사가 노샐 가지구 마소, 벌이두 괜찮은갑디다,

했다.

　유청년이 의외인 듯이,

　— 걸 개제멀 하게요?

하고는 이번엔 혼잣말처럼,

　— 벤벤티두 않은 노새새낄 달래긴 수태 달랠걸,

했다.

　— 오천냥 덜해선 못 팔갔답데다.

　— 오백원요?

　— 그래 오천냥이요.

　— 턱없구만!

　— 글쎄요. 요새 웬만한 말겉으믄 칠팔천냥 안 주구는 넘두 못낸답데 다. 노새티구두 막 눅은값이라든데요. 그리구 넷날부터 노새가 짐은 암 팡스레 잘 끌디요.

　— 아니 정말 말씀 낮추시라우요. 어린놈 보구 멀……

　— 차차 합세다레.

　청년은 여기서 다시 혼잣말처럼,

— 오백원? 야 무던하군,

하며 손으로는 호주머니 속에서 장수연 갑을 꺼내어 영감에게 내주면서,

— 하나 생긴 거 피워보십시오,

했다.

영감은 또 언제나처럼 대 든 손을 설레설레 저으며,

— 이거 웬걸 번번이……

하면서도 받아든다.

유청년이 다시 한번 혼잣말처럼,

— 오백원? 야 무던하군,

하고 이번에는 담배 꺼낸 손으로 호주머니 속 돈뭉치를 꼭꼭 쥐어보면서,

— 그런대루 한 사백원이래믄 모르갔디만,

했다.

이날 저녁때 영감의 중개로 유청년과 노새 주인은 북새거리 한모퉁이에 있는 장국집에서 만났다.

술국 한 그릇을 가운데 놓고 술잔이 두어 차례 돌았을 때 유청년이,

— 이 하르반이 가자구 해서 오긴 했쉐다만 누가 봐두 오백원이믄 비싸요,

하니 노새 주인은 또,

— 그럴 탁이 있나요. 난두 이 아즈반이 가자구 해서 오긴 했쉐다만, 천천히 돟은 작잘 추면 눅백원 하나야 갈데없디요, 더군다나 걸 팔믄 당장 우린 야단이웨다,

했다.

— 그렇다믄 관두소고레. 난두 머 그 노새새끼가 탐나서 살래는거 아니구, 마침 듣자하니 노새새낄 맬 자리두 없구 하대기에 같은 값이믄 걸 팔아줄까 해서 그러는 게니—.

이내 영감이,

— 가만들 계시소, 우리 이르케 합세다, 김장원 오천냥을 달래구, 유주산 사천냥을 보니, 우리 절반씩 반타개해서 사천오백냥에 팔구 사구 합세다, 난머 구전겉은 건 바래디 않을 테니 오늘밤 두 분이 술이나 한탁 내시소,

하고 나서, 그래주기를 바라는 낯으로 유청년과 노새 주인을 번갈아 쳐다보았다.

— 모르갔쉐다, 하르반 말씀이니,

하고 유청년이 주머니에서 꽁꽁 묶은 지폐 뭉치를 꺼내었고, 노새 주인은 또 일부러 지폐 뭉치에서 눈을 피해 뜨악한 기색을 짓고 있었으나,

— 난두 모르갔쉐다, 아즈반 말씀이니,

하고는 이번에는 유청년이 세는 돈만을 눈여겨 들여다보기 시작했다.

술이 이제는 잔뜩 되었으니 그만두자는 영감의 말을 듣고야 그곳을 나왔다.

영감의 걸음은 어두운 밤중이어서가 아니라 취기로 어지러웠다. 유청년과 노새 주인은 서로 오늘따라 조금도 술이 취해지지 않는 마음으로 영감의 뒤를 따르고 있었다.

영감은 집에까지 와서도 안으로 들어가지 않고 노새 있는 데로 갔다. 유청년과 노새 주인도 뒤따랐다.

노새 앞에 서자 유청년은 누이동생 생각이 불현듯 떠올랐다. 노새 주인은 또 호주머니의 지폐뭉치를 꼭 쥐어보면서 내일이라도 이 돈으론 미리부터 점쳐오던 리어카를 사야겠다는 생각을 하고 있었다.

노새의 목을 긁어주던 영감은 영감대로 어둠 속의 유청년과 노새 주인을 돌아보며 진작 이 두 사람에게 이걸 사고 팔게 했으면 좋았을 걸 하는 생각과 그래도 용히 자기가 잘 해결을 지었다는 만족으로 해 절로 소리

내는 웃음을 웃는 것이었다.

유청년과 노새 주인은 영감이 오늘은 정말 술이 지나치게 취했구나 했다. 웃음 끝에 영감은,

— 누구 담뱃불 좀 주게,

하고 나서 이어,

— 참, 이제부턴 하게 하갔네, 나쁘 생각들 말게, 하고는 흡족스런 잔기침까지 몇번 해댔다.

다음날부터 곧 유청년의 노새달구지 벌이가 시작됐다. 미리 생각해두 었던 대로 서평양역으로 나갔다. 벌써 공지에는 말달구지가 여러 채 와 있었다. 한 길에 가 붙어섰다. 영 차례에 와닿지 않았다. 내일은 일찌거니 나와야지.

거리로 나섰다. 말달구지가 자꾸 눈에 띄었다. 전에 누이동생이 팔려 가던 날처럼. 그러나 이날 유청년에게는 누이동생의 일은 떠오르지 않았 다. 달구지들이 짐을 실었나 어쨌나 하는 것에만 관심이 갔다. 그런데 눈에 띄는 달구지는 거의 다 짐을 싣고 있었다.

대동문통으로 꺾여 들어서느라니까, 웬 중년 사내 하나가 불러세우더 니 감북이까지 나가는 비석을 싣지 않겠느냐고 한다. 싣겠다고 하니까 얼마에 가겠느냐고 한다. 요량해 달라고 했더니 일원팔십전에 가려거든 가자고 한다. 말하는 품이 벌써 뗏가로 여러 사람과 부닥쳐 본 눈치였다. 그러니 부르는 게 물론 싼값임에 틀림없었다. 그러나 유청년은 이 짐을 놓쳐서는 안된다고 생각했다.

그리 크지도 않은 단갈비 하나에 대석 하나였으나 역시 돌이라 보기보 다는 무거운 모양이었다. 가루갯고개에 다다랐을 적에는 이미 노새는 온 몸에 흠뻑 땀이 내배고 걸음걸이도 힘들어 보였다. 유청년은 그것이 자

기가 직접 당하는 일이나처럼 느껴졌다. 비석 주인이, 고놈의 노새새끼가 꾀를 부리느라고 고런다고, 한 번 매질을 하라고 했으나 유청년은 아무리 길이 더디더라도 차마 노새 등에다 채찍을 내릴 마음은 일지 않았다.

비석을 날라다주고 이번에는 전찻길을 따라 본평양역까지 갔다 돌아오는 도중은 헛걸음을 쳤다. 그러나 첫날 마수걸이는 했으니 됐다 싶었다.

다음날은 일찍이 서평양역으로 나갔다. 나온 달구지가 하나도 없었다. 오늘은 됐나보다 하는데 삽시간에 말달구지가 여남은 모여들었다.

한낮이 되어 재목을 실릴 사람이 왔으나 후에 온 말꾼들이 저희끼리만 가격을 의논해가지고 대여섯 바리 얼려 가고 말았다. 유청년은 오늘도 그냥 거기에 있어야 소용없을 것같아 성안으로 들어섰다.

대동강 둑으로 갔다. 뗏목 싣는 말달구지가 많았다. 그러나 그 말달구지들은 모두가 네통 말달구지들뿐이었다. 두통 달구지로서는, 더구나 노새달구지로서는 도무지 실을 엄두도 못낼 짐이었다.

혹시나 하여 강둑을 따라 비석공장을 돌아보았으나 짐은 없었다. 다시 대동문 앞을 지나 거리로 들어서다가 노새가 오줌을 누는 틈을 타 다리쉼을 하러 길 옆에 앉았다. 차츰 더워오는 날씨 때문에 몸이 더 피곤한 듯했다. 그렇게 얼마 동안이고 앉아있고만 싶었다. 그러는데 뒤에서, 달구지나 한옆으로 몰고 낮잠자라는 고함소리에 놀라 일어서니 거기 뗏목 실은 네통달구지가 연달아 있었다. 네통말달구지가 활기있게 다 지나간 뒤에 빈 달구지를 끌고 그곳을 떠나는 유청년은 다리쉼을 하기 전보다 더 맥이 없었다.

그리고는 이틀 동안 비가 내려 나가지를 못하고, 사흘째되는 날 일찍 서평양역으로 나갔던 유청년은 마침 한 말꾼이 이삿짐 실을게 있는데

같이 신자고 해 따라갔다. 평천리까지 십리가 넘는 진 길이었으나 힘든
줄을 몰랐다. 그런데 평천리 다 가서였다. 길 가운데 파인 조그만 웅덩이
를 건너다가 들추는 달구지를 감당치 못해 유청년의 노새가 그만 앞다리
를 꿇고 말았다. 같이 가던 말꾼과 함께 잡아일으켰을 때에는 노새의 진
흙투성이된 무릎에서 붉은 피가 흐르고 있었다. 같이 가던 말꾼이 달구
지 기름을 내어 상처난 자리에 발라주었다.

그날밤 유청년은 몇번이고 촛불을 켜들고 나가 상처난 다리에 기름을
발라주었다.

이튿날 보니 노새가 하룻밤 새에 퍽 마른 것같았다. 유청년은 하루
쉬기로 했다. 콩여물을 먹였다.

그러나 다음날은 노새 여물값만이라도 벌어야겠다는 생각에 다시 끌
고 나서야만 했다.

낮이 기울어 대동강 다리 아래에 자그마한 짐을 하나 실어다 부리고
돌아오다였다. 무심코 다리 쪽으로 고개를 돌린 유청년의 눈에 거기 다
리 한가운데를 이리로 질주해 오는 한 마리의 말이 보였다. 말은 뒤에다
짐 실은 네통 달구지를 단 채였다. 갈기를 곤두세우고 흰 이빨을 시리물
고 달려오는 품이 아무래도 예사롭지가 않았다. 달구지에 실었던 짐짝이
다리 위에 내동댕이 쳐졌다. 말은 자기를 해치려고 뒤쫓아오는 적에게나
대하듯 뒷발로 달구지 바짓살을 걷어찼다. 그리고는 발에 채는 달구지가
성가신 듯 다시 차고 또 차면서 달렸다. 말이 조선은행 앞을 지나 평양역
쪽으로 꺾이는데 달구지 뒷바퀴가 제가끔 떨어져 옆 상점으로 굴러들어
갔다.

다음날 아침 서평양역에 모인 말꾼들의 이야기로는 그 말이 처음부터
힘에 부친 짐을 실었다가 선교리 쪽 다릿목 비탈에 와서는 움직이지 않
게 되자 말 주인과 짐 주인은 말이 꾀를 부리는 거라고 매질을 해 가까스

로 고비를 넘기긴 했으나 웬일인지 거기서 말은 화닥닥 내달리기 시작한 게 달리면서 달구지 바짓살을 차 그만 뒷발통 회목 하나가 부러져나갔는데도 그냥 달리며 자꾸 뒤의 바짓살을 차서 나중엔 남은 발통마저 부러져나갔지만 말은 그렇게 뒷발통 둘이 없이도 얼마큼을 더 달려 법원 앞에까지 가서야 그만 쓰러져 죽고 말았다는 것이다.

유청년의 노새는 종시 다리의 상처가 덧나고 말았다. 그래서 그런지 노새는 날로 파리해만가는 듯했다. 그러나 유청년의 형편으로는 노새를 며칠이고 그냥 놀리며 약을 쓴다든지 콩여물만을 먹인다든지 할 수만도 없었다.

하루는 저녁때 돌아오는 길에 풀이라도 좀 뜯겨가지고 들어갈까 하고 서평양역 앞을 지나는데 전에 이삿짐을 같이 실은 말꾼이 또 오늘은 동바리 실을 게 있으니 실어보지 않겠느냐고 해서 그러기로 했다. 미리 다리의 상처를 생각해서 좀 가볍게 짐을 실었다. 그러나 유청년의 노새는 그만 몇 발자국 못 가 절던 앞다리를 꿇고 말았다. 잡아일으키려 했으나 노새는 도시 일어설 기색조차 뵈지 않았다. 요놈의 노새새끼가 꾀를 부리는구나. 채찍질을 했다. 그러나 노새는 처음 몇번은 움직거렸으나 나중에는 내리는 채찍 속에서 맞는 자리만 경련을 일으킬 뿐 움쭉도 하지 않았다. 이게 그냥 꾀를 부리는 것이 아닌 줄 알면서도 처음으로 노새에게 매운 채찍을 내렸다. 그러면서 유청년은 이 매질이 노새 아닌 곧 자기 자신에게다 하는 거로 착각도 하며 속으로 몇번이고, 이 노새가 얼마 전에 발통이 부러져 죽은 말처럼 죽는 한이 있더라도 한 번 그렇게 시원히 뛰어라도 줬으면 했는지 몰랐다.

좀 뒤에 빈 달구지를 끌고 집으로 돌아오며 유청년은 자기가 채찍질한 노새 잔등을 바라보지도 못하면서 혼자 속으로 울고 있었다.

집에서는 또 그날따라 술집에 팔려간 누이동생이 병이나 드러누웠다는 소식을 들었다고 하며 어머니가 울고 있었다.

어떤 형용할 수 없는 노여움이 유청년의 가슴을 엄습했다. 들어오던 맡에 밖으로 뛰어나갔다. 한참은 거기 정신없는 사람처럼 서있었다. 그러다가 퍼뜩 무슨 생각이 들어 몽둥이를 들었다. 그리고는 노새께로 달려갔다. 뒤이어 노새 잔등에다 몽둥이를 내리치기 시작했다. 너부터 쥑이구야 말갔다, 너부터 쥑이구야 말갔다는 부르짖음이 그러나 흡사 무슨 신음소리처럼 연신 유청년의 입에서 새어나왔다.

이런 유청년의 몽둥이든 팔을 와 붙잡는 사람이 있었다. 전 노새 주인이었다. 그도 사실은 지금 며칠째 빵꾸에다 공만 치는 빈 리어카를 밀고 알지 못할 울분에 가슴을 썩이며 집으로 돌아오던 참이었다.

— 그래 아무리 즘생이기루서니 그르게 매질을 하는 법이 어딨어?

그러나, 이 전 노새 주인의 말소리가 채 떨어지기도 전에,

— 넌또 머이가?

하는 유청년의 악받친 소리가 질러짐과 동시에 둘의 몸뚱이는 어느새 땅에 나뒹굴었다. 노새의 똥 위고 어디고 마구.

그러는데 옆집 영감이 저녁을 먹고 전에 유청년이 준 아껴아껴 피우는 장수연을 대통에 담으며 나오다가 이 광경을 보고 달려왔으나 감히 두 사내에게 손을 대지는 못하고,

— 이사람들, 왜들 이르나? 할말이 있으믄 말루 할 게디,

하며 그 주위를 돌기 시작했다.

— 이사람들, 말루 하라구 응? 말루들 하라구!

1943 늦봄

노새

가난의 슬픔, 그 외로움에서

단편 「노새」(1943.늦봄)는 가난으로 인하여 빚어지는 울분에 찬 사람들의 생활을 긴박한 구성과 짧은 대화로써 보여준 매우 짜임새 있는 단편이다. 이 단편에는 노새를 중심으로 하여 빚어지는 노새주인과 유청년과 영감의 제각기 다른 심리상황이 섬세하게 묘사되고 있다. 또한 단절되어 있고 이해타산만이 팽배해 있는 어른들의 내면세계를 아이러니하게 보여주면서 작가는 가난이 빚어놓은 그 시대의 보편적 삶의 모습을 사실적으로 리얼하게 묘파하고 있다.

이 작품의 작중인물인 유청년은 영악한 노새주인의 계략으로 인해 누이동생을 술집에 판 돈으로 비싸게 노새를 사게 된다. 곧 가난 때문에 누이동생과 노새를 바꾸게 된 것이다. 그러나 누이동생을 술집에 판 돈으로 산 노새가 제대로 제 몫을 다하지 못하고 힘겨워할 때, 유청년은 "자기가 직접 당하는 일이나처럼" 고통스러워 한다. 곧 유청년에게 있어서 노새의 존재는 유청년의 존재와 동일시되고 있으며, 누이동생의 삶과 유청년 가족 모두의 삶 그 자체를 표상한다고 볼 수 있다. 노새가 과도한 짐과 사고로 부상을 당하여 제 몫을 다하지 못하자 유청년은 자기네 식구에게 있어서 생존의 도구인 노새에게 드디어 채찍을 내리기 시작한다. 그것은 가난의 현실에 대한 분노의 표출이면서 누이동생을 술집에 팔

수밖에 없었던 자기자신에 대한 분노와 절망의 표출에 다름아니다. 노새와 바꾼 누이동생의 삶마저도 온전하지 못하고, 누이동생이 병들어 누워 있다는 소식을 들었을 때, "어떤 형용할 수 없는 노여움" 과 분노로 유청년은 "노새 잔등에다 몽둥이를" 내리친다.

이런 유청년의 몽둥이 든 팔을 전 노새주인이 붙잡으면서, 두 사람의 싸움은 시작된다. 노새를 판 돈으로 리어카를 사 밥벌이를 시작하려 했던 전 노새주인도 사실 며칠째 밥벌이를 제대로 하지 못하고 "알지 못할 울분에 가슴을 썩이며" 집으로 돌아오던 참에, 유청년이 노새에게 몽둥이질을 하는 것을 목격하고, 제가끔의 울분 때문에 서로 싸움이 붙는다. 가난의 현실이 빚어놓은 슬픔은 이 작품의 결말에 접어들면서 가속화되어 극적 긴박감을 상승시키고 있다. 그리하여 노새를 사이에 두고 유청년과 전 노새주인과 이들의 싸움을 말리는 영감이 맴을 돌기 시작한다. 유청년과 전 노새주인의 울분이 서로 마찰하면서 폭발하여 터져버릴 때, 소설이 가지는 극적 긴박감과 리얼리티가 야기된다. 동시에 "이 사람들, 말루 하라구 응? 말루들 하라구!"라는 영감의 말로써 상승하고 있던 작품의 호흡을 다시 급격히 하강시키면서, 소설이 가질 수 있는 여운과 미적 리얼리티를 획득하고 있다.

특히 이 단편에 도입되고 있는 에피소드는 그 어려운 시대의 현실을 살아가는 우리 민족의 삶을 표상한 점에서 매우 상징적이다. 즉 과도한 짐에 견디지 못한 말이 달구지 바짓살을 차 발목이 부러져 나갔으면서도, 질주해가다 죽음에 이른 것은 무엇을 상징하는 것일까. 그것은 바로 구속에서 벗어나고자 하는 의지이며 자유에 대한 갈망이다. 말은 과도한 짐과 매질에서 벗어나려고 바짓살을 차서 발통마저 부러져나갔지만 죽음으로써 저항하여 자유로와지고 싶어한 것이다. 이것은 어쩌면 가혹한 일제하에서 죽음의 현실을 벗어나고자 갈망하는 우리 민족 또는 작가자신의 자유에 대한 추구를 암시한다고 보아도 될 것 같다. 곧 일제하의 절망적인 현실, 구속적인 현실속에서 탈출하고픈 작가의 열망과 자유에 대한 갈망이 이렇게 '말'로써 형상화된 것인지 모른다.

단편 「노새」에서의 유청년과 노새주인은, 생존하기 위해 어떻게든 가난한 현실을 이겨내려 하지만 그것조차도 여의치 않게 될 때, 이상과 현실의 괴리 사이에서 갈등할 수밖에 없는 인물들이다. 특히 작가는 이 작품을 통하여 인류의 보편적인 문제라 할 수 있는 가난의 문제를 간결하면서도 긴박한 구성을 통하여 극적으로 묘파하고 있다. 이런 점에서 단편 「노새」는 리얼리즘의 한 대표적 작품이라 볼 수 있다.

눈

밤 들면서부터 눈이 내리기 시작했다. 처음에는 열어보는 문 밖에 그저 흰 재같은 것이 희끗거리더니 어느덧 함박눈으로 변했다. 툇돌에 올라서며 신발을 털고 어깨를 털고 들어서는 마을꾼의 등뒤에 함박눈이 펑펑 쏟아져 내린다.

이날밤도 나는 아랫동네 육손이할아버지네 일간에 가있었다. 작년 가을 고향에라고 돌아온 뒤에 나는 이태 겨울째 틈만 있으면 밤에 이 육손이할아버지네 일간으로 마을가는 것이 한 일과처럼 돼있었다.

여기 모이는 전부가 내 어려서부터 익히 아는 사람들이었다. 단지 얼마 전에 함경도 어디선가 이사해 왔다는 삼봉이아버지란 사람을 제외하고는.

모여 앉았댔자 별 신통한 이야기가 있을 리 없었다. 시기가 시기니만큼 우리들의 얘기는 대개가 공출과 징용에 관한 얘기였다. 모두 남의 걱정을 제 걱정처럼, 제 걱정을 남의 일처럼 얘기했다.

스러져가는 질화로의 잿불을 돋우어가며 나는 이 고향사람들과의 이야기 속에서 아직 내 몸 속 어느 깊이에 그냥 남아있는 농사꾼으로서의 할아버지와 반농사꾼으로서의 아버지의 호흡을 찾고, 그 속에 고향사람들과 나자신의 생명을 바라보며 고개 숙이는 것이었다.

밖은 여전히 함박눈이 내리고 있었다. 누가 문을 열었다 닫으면서, 벌써 한 자는 실히 왔겠다는 말을 한다. 뒤이어 금년엔 오월달에 비가 많이 왔으니 이렇게 눈이 일찌감치 온다는 둥, 작년 겨울엔 강추위만 해서 밀보릴 얼궈놓더니 그래도 올해는 이렇게 눈이 덮여 밀보리 농사는 괜찮을 것같다는 둥, 이런저런 이야기 끝에 누군가가 삼봉이아버지더러, 참 그쪽에는 눈이 와두 굉장히 온대디요? 하고 묻는다. 삼봉이아버지는 그렇다고 하면서 함경도 사투리가 섞인 말투로 이야기를 꺼냈다.

아닌게아니라 삼수갑산 눈은 굉장하다. 겨울에는 집집마다 뒷간까지 밧줄을 매두고 눈이 쏟아져 쌓이게 되면 그걸 흔들어 굴을 만들어서 뒷간엘 가고 온다든가, 누군가는 눈 위를 다니다 신발을 빠뜨렸는데 이듬해 봄에 나가 보니 그 짚세기가 자기네 집 뒤 소나뭇 가지에 걸려 있더라든가 하는 얘기가 나올 정도로 예서는 상상조차 못 할 만큼 눈이 많이 오는 것만은 사실이다. 그리고 눈속에 한번 흠뻑 빠지면 이듬해 해동기까지 외부와의 교통이 일체 끊어지는 일이 있다는 것도.

한번은 어떤 외따른 산골 집에서 양식이 떨어져 남편되는 사람이 식량을 구하러 타처로 간 사이에 큰 눈이 내리기 시작했다. 그날 저녁 그곳을 지나던 나그네 하나가 눈에 막혀 그집에 들게 되었다. 주인여편네는 나무를 부엌 가득히 들이고 방안에까지 끌어들여 아랫목 삿자리 한 닢 깔이만 남겨놓고는 빽빽이 들이쌓았다. 그리고 밑바닥 뚫린 동이 하나를 들여다 자배기에 앉혀 받치어놓더니 거기에다 두어 말밖에 안 남은 콩 한 됫박을 쏟고 물을 붓는다. 콩나물을 기르자는 것이다. 며칠 계속한 눈에 왕래라곤 전연 할 수 없게 되었다. 주인여편네와 나그네는 콩나물 몇 오라기를 장물에 끓여 마시며 한해 겨울을 났다.

이듬해 봄 눈이 녹아 길이 난 뒤에야 나그네는 제 갈길을 떠난다. 그리고 가다가 날이 저물어 주막에를 들었다. 마침 거기에 눈 오기 전 양식을 구하러 떠났던 그집 남편도 들게 됐다. 이 남편되는 사람도 식량을 구하러 갔다가 역시 눈에 잡혀 지금에야 집으로 돌아오는 길인 것이다.

두 사람은 밤에 한방에 누워 이런 얘기 저런 얘기를 하는 동안, 남편은 이 나그네가 어느 곳 어떤 집에서 한겨울을 났다는 것이 바로 자기네 집이라는 걸 안다. 그래 남편은 그집 여인이 굶어죽지는 않았느냐고 묻는다. 나그네는 콩나물로 한해 겨울을 같이 난 이야기를 한다. 남편은, 그러냐고, 대단히 고맙다고, 그집이 바로 자기 집이노라고 하며 치하까지 해 마지않는다. 이렇게 해, 이튿날 아침 둘이는 술까지 나눈 뒤 서로 몸조심하라는 간곡한 인사를 하고 헤어진다.

여전히 밖은 함박눈이 쏟아지고 있었다.

일간에 모인 사람들은 잠시 말을 끊고 묵묵히 앉아있었다. 보답되지 않는 내년 농사에나마 한가닥 희망의 줄을 이어보며 어떻게든 이 겨울을 무사히 나야 할 궁리에 잠긴 듯. 나는 또 다 스러져가는 질화로의 재를 몇번이고 돋우어올렸다.

1944 겨울

눈

인간 신뢰와 절대 선을 향하여

　단편 「눈」(1944.겨울)은 작가가 일제하의 절박하고 피폐한 삶의 양상 속에서도 인간에 대한 꿈과 희망을 잃지 않고, 인간에 대한 무한한 신뢰와 긍정의 시선으로 인간 상호간의 정(情)의 교감을 시적 서정성으로 묘파한 대표적 작품이다. 단편 「눈」속에는 우리 민족이 겪어야 했던 현실 상황 뿐 아니라 가난과 황폐한 삶속에서도 그것을 극복하며 피어나는 인간애와 인간에 대한 신뢰와 긍정 그리고 절대 선으로 향하는 인간의 의지가 내포되어 있다.

　함경도 삼수갑산의 눈사태를 중심으로 펼쳐지는 이야기를 통하여, 작가는 인간을 절대 선의 경지로까지 끌어올리고 있다. 양식이 떨어져 식량을 구하러 떠나간 남편과 눈 때문에 겨울내내 한 방에서 콩나물을 길러 겨울을 난 주인여편네와 나그네, 그리고 나그네와 남편의 만남속에서 나타나는 인간에 대한 신뢰와 믿음은 오늘날 거친 삶을 살아가고 있는 우리들에게 강한 감동을 느끼게 한다. 아내와 나그네에 대한 의심이 철저히 배제된 채, 한 겨울 내내 자기 아내가 굶어 죽지 않도록 보살펴준 데 대해 치하해 마지않는 남편은 가난한 삶속에서도 찌들지 않고 순수를 지킬 수 있었던 절대 선을 표상하는 인물이다. 여기에 황순원 문학이 지향하는 지향점이 있다고 본다. 곧 현실의 어둠을 감싸고 안으로부터 피어나는 것은 바로 인간에 대한 무한한 신뢰이며 긍정이며 희망이다.

그렇다면 단편 「눈」에서 '눈'이 상징하는 세계는 무엇일까. 이 작품에서 삼수갑산의 '눈'이 표상하는 공간은 구속과 죽음의 공간이 아니라 오히려 죽음의 현실을 극복하고 세속을 뛰어넘어 순수한 삶의 지평을 향해 열려있는 열림의 공간이다. 또한 '눈'은 일제하에서의 죽음의 현실과 가난한 삶속에서도 그 고통과 어둠을 덮어주는 희망, 순수한 삶, 사랑, 따뜻한 인간애를 표상한다. 죽음의 현실속에서 파행적인 삶을 살 수밖에 없었던 작가에게 있어서 그래도 가슴 한가운데에 피어나는 것은 바로 희망과 따뜻한 인간애와 사랑과 정(情)이라는 것을 단편 「눈」 속에서 남편의 모습을 통하여 투영시키고 있다.

곧 황순원 문학의 지향점이란, 바로 어둠속에서도 꺼지지 않고 피어나는 불씨와 같은 삶에 대한 희망과 진실하고 순수한 삶에의 열정 그리고 따뜻한 인간애이며, 인간에 대한 신뢰인 동시에 어두운 현실을 끝까지 이겨 나아가려는 작가자신의 투지와 같은 것들이다. 또한 황순원이 추구하는 이상적 세계는, 바로 어둠의 현실을 뛰어넘어 영원과 순수와 사랑으로 지향하는 절대 선의 세계이다. 이 지향점이 바로 작가 황순원을 일제하의 질곡속에서 꿋꿋이 견뎌내게 했던 동인이었던 것이다.

이 작품은 일제하에서 쓰인 작품 중 그 마지막 단편이라는 점에서 또 어둠의 시대를 견디려는 작가의 정신적 자세가 어느 작품보다도 뚜렷이 반영된 점에서 그 의미는 더욱 크다고 본다. 이 작품속에서 드러나는 시대적 상황과 고향의 피폐한 삶의 양상은 "모여 앉았댔자 별 신통한 이야기가 있을 리 없었다. 시기가 시기니만큼 우리들의 얘기는 대개가 공출과 징용에 관한 얘기였다. 모두 남의 걱정을 제 걱정처럼, 제 걱정을 남의 일처럼 얘기했다."라는 지문에서 나타나고 있다. 억압이 가속화되어 가는 일제하에서 점차로 잃어져가고 있는 우리 민족의 생명과 우리 선조들

의 호흡을 찾으며 이를 경건하게 기리기 위해 고개 숙이는 작가의 정신
적 자세는 "스러져가는 질화로의 잿불을 돋우어가며 나는 이 고향사람들
과의 이야기 속에서 아직 내 몸 어느 깊이에 그냥 남아 있는 농사꾼으로
서의 할아버지와 반농사꾼으로서의 아버지의 호흡을 찾고, 그 속에 고향
사람들과 나 자신의 생명을 바라보며 고개 숙이는 것이었다."에서 볼 수
있다.

스러져가는 질화로는 점차로 일제의 폭압적인 횡포속에서 잃어져가는
우리 조국의 모습을 표상한다. 그런 질화로의 잿불을 돋우어가며 할아버
지, 아버지의 호흡을 찾는다는 것은, 바로 우리 민족의 얼을 되새기며
조국의 광복을 기구하는 작가의 모습에 다름아니다. 밀폐되고 절박한 현
실의 어둠속에서도 민족혼을 추구하면서 어떻게 하면 이 시대를 견뎌낼
수 있는가에 대해 골몰하는 작가자신의 민족의식과 직결된다고 본다. 어
둡고 절망적인 삶속에서도 굴하지 않고 "어떻게든 이 겨울을 무사히 나
야" 한다는 작가의 정신적 자세는 곧바로 암울한 일제하의 현실 속에서
도 밝은 해방의 그날이 오기까지 생명을 지키며 견뎌내야 한다는 작가의
식과 대응한다.

이렇게 볼 때 분명 황순원의 문학은 작가의 문학행위에 대한 집념과
투지의 소산이라 볼 수 있다. 문학에 대한 열정과 투지 그리고 우리 글을
지켜야 한다는 그의 민족의식이 그를 일제하의 질곡속에서 그 자신을
지키게 했던 버팀목이 아니었을까 한다. "어떻게든 이 겨울을 무사히 나
야 할 궁리에 잠긴 듯. 나는 또 다 스러져가는 질화로의 재를 몇번이고
돋우어올렸다."라는 단편 「눈」의 결미 부분은 이와 같은 작가의 정신적
자세를 반영한 점에서 매우 상징적이라고 본다.

두꺼비

　남 죽음 내 고뿔만 못하다, 이런 속담이 언뜻 지금 남대문 쪽을 향해 걸어가는 현세의 머리에 떠오르는 것이었다.

　오늘 아침만 해도 그렇다. 같은 전재민의 어린 딸자식이 채독으로 온몸이 통통 부어 종내 죽고 말았을 때, 죽은 애를 가운데 놓고 소리를 죽여가며 울고 앉았는 그 젊은 부부를 먼저 위로는 못 할망정, 죽은 애와 같은 또래의 자기네 딸년이, 쟤가 왜 잠만 자? 하여 그렇지 않아도 슬픈 낯으로 앉았던 아내가 울먹울먹하는 것이 현세에겐 도리어 귀찮기만 해 딸년과 아내를 한꺼번에 흘겨주었던 것이다. 남은 이제 뭣을 팔러 나갈 참인데 재수없이 구는 것만 같아서였다. 그래 애 죽인 젊은 부부한테 가서 사람의 힘으로 못 하는 게니 참으라는 위로말을 하면서도 마음속으로는, 내가 이러고만 있을 때가 아니라 어서 남대문시장으로 가 양복을 팔아가지고 감자알이라도 사와야 하지 않느냐는 생각뿐이었던 것이다. 바로 달경 전에 북지에서 고국으로 돌아오는 뱃간에서도 이렇지는 않았었다.

　배에서 이런 애가 셋이나 죽었다. 세 아이가 다 갓 젖떨어진 애들이었다. 그리고 똑같이 몹쓸 설사를 하다가 배가 부산에 와닿기 전날 전후해서 죽고들 말았다. 죽기 바로 전까지 지독한 냄새를 피우는 물똥을 줄곧

쌌다. 그렇건만 누구 하나 더러우니 어서 죽어버렸으면 하는 사람은 없었다. 위생반에서 주는 봉지약 물약이 듣지 않자 낯도 모르는 사람이 설사에 신효한 약을 가지고 오던 것이 있다고 하며 갖다 먹이기까지 하였다. 그 약도 효험 없이 죽고말았지만. 아무리 전염성이 없는 시신이라 해도 날이 무더워오던 때이니 하루라도 더 그냥 둬둘 수는 없다고 하여 바닷장사를 지내는 수밖에 없다는 말을 듣고 애 죽인 어버이들이 이왕 죽은 건 할 수 없지만 애 뼈만이라도 고국땅에 묻지 못하는 것이 한이라고 애타하는 것을 볼 때, 모두들 자기가 당하는 일처럼 가슴이 뻐근해졌던 것이다. 거기에는 전에없이 한 고국을 가진 같은 겨레라는 느낌이 서로의 가슴속을 뜨거이 흐르고 있었던 것이었다. 이런 현세의 가슴이 어느새 식어버리고 말았던 것이다.

어느새가 아니라 그것은 현세네가 고국으로 돌아온 지 얼마 되지 않아 바로 고국이 현세네에게 살아나갈 길을 주지 않은 때부터였다. 지금도 현세는 자기와 같은 처지의 사람을 얼마든지 골라낼 수가 있었다. 지금 자기와 어기는 사람이 그렇고, 그리고 이 사람, 이 사람…… 에익 이까짓 생각보다도 이제 남대문시장에서 양복을 팔아가지고 동대문시장으로 가 감자를 살 생각이나 하자. 무에나 파는 데는 값을 잘 놓는다는 남대문시장에서 양복일랑 될수록 비싸게 팔아야 한다. 그리고 무에나 좀 싸다는 동대문시장에서는 또 감자를 싼 놈으로 골라 사야 한다. 그러면 자기 창자에도 무엇이 들어갈 수가 있다. 그러자 현세는 몸 어느 한구석에서 속삭이는, 나도 살아야 한다는 소리를 들은 듯하며, 그래야만 한다는 듯이 들고 있는 보퉁이를 꽉 그러쥐어보는 것이었다.

현세는 눈을 들어 남대문을 바라보았다. 비죽이 내민 남대문의 한쪽 위아래 추녀가 흐릿하다. 지금 현세의 눈에는 무슨 눈물의 흐림이 있어 그런 것은 아니었다. 날씨가 흐린 것도 아니었다. 그저 현세가 오늘 아침을 긁은 탓이었다. 이렇게 남대문을 바라보던 현세는 문득 자기는 지금 고국에 와있는 게 아니라 만주나 북지 어느 곳에 와있는 듯한 착각을 일으키는 것이었다. 만주나 북지에 저런 집이 많았느니라. 그러면 눈에 보이는 모든 사람이 또한 이국에서 보던 사람들이다. 만주나 북지에서 얼마든지 만나던 사람들이다. 예가 그럼 타국이다.

이러는 현세의 눈앞을 웬 뚱뚱한 얼굴이 하나 스치고 지나간다. 알 사람이다. 이 얼굴만은 전에 고국에서 보던 얼굴이다. 누굴까? 갑자기 현세의 머릿속에 소학 시절의 한 동무의 얼굴이 떠오르는 것이었다. 어렸을 적 동무의 얼굴, 그러니까 지금 현세에게는 정말 고국 사람의 얼굴 같은 얼굴이었다. 돌아다보니 그 사나이는 저만치 자기 가는 길만 걸어간다. 그런데, 저자 이름이 뭐더라? 저자 별명만은 뚱뚱보든가 불독이었는데?

막 현세가 남대문시장 초입에 당도했을 때 누가 뒤에서 어깨를 탁 치며,

"여, 현세 아니야?"

하여 놀라 돌아다보니 거기에는 어느새 좀전의 고국 얼굴이 와 웃고 섰다.

"오!"

하고 저도모를 소리를 지르느라니까 그 뚱뚱보 사내는,

"나 두갑이야,"

한다.

"알아!"

그러고보니 이친구의 별명이 뚱뚱보라든가 불독이 아니요, 두갑이라는 이름이 두꺼비라는 말과 비슷한 데다가 입이 두꺼비처럼 생겼다 하여 두꺼비라고 부르던 것이 생각났다.

"얼핏 몰라보겠는데? 이자 자넬 어기어놓구두 갑자기 자네 이름이 생

각나야지, 그래 그냥 가다가 자네 이름이 생각나기에 달려왔네, 자 우리 가서차라두 한잔 마십세,"

하고 두갑이는 현세의 대답도 기다리지 않고 지금 자기가 달려온 길을 앞서 걷기 시작하여 현세도 그 뒤를 따랐다.

두갑이는 자꾸 뒤떨어지는 현세를 향해 몇번이고,

"이게 우리가 얼마만인가? 한 이십년 됐지? 그새 모두 영감들이 됐네 그려, 그래두 사람이란 그저 죽지 않으믄 만나게 마련야,"

하는 말을 거듭 외었다.

진고개 어느 찻집으로 들어가 자리를 잡고 마주앉으면서도 두갑이는,

"이게 우리가 얼마만인가? 이렇게 서루 만나서 정말 반갑네,"

하였다.

그리고 두갑이는 주머니에서 손수건을 꺼내어 얼굴의 땀을 훔쳐내며 일변 태극이 박힌 부채로 활활 부채질을 하면서 이곳저곳에 앉았는 사람들과 그 두꺼비 입에 미소를 띠워 눈인사를 주고받고 하다가 심부름하는 계집애가 가까이 오니까 현세에게,

"뭘 할래나?"

하여 현세가,

"아무거나,"

하니,

"홍차 하나,"

하고 익숙하게 부채 든 손의 둘쨋손가락을 심부름하는 계집애 앞에 펴 보이고는 현세에게,

"난 조금 전에 마셨어."

현세는 우유같은 것을 주문했더면 좋았을걸, 그랬으면 얼마만이라도 시장 멈춤이 될 텐데, 하는 생각을 해보는 것이었다.

이런 궁출에 든, 그리고 건축장에서 입던 낡은 작업복을 입은 자기에게 비겨 두갑이는 누르끄레 변색은 했으나 대림질로 뻔들거리는 백색 세루양복에 머리엔 기름을 바른 모습이 우선 훤했다. 그저 입만이 별명처럼 두꺼비입을 닮은 것이 흠이라면 흠이었지만.

홍차가 와 현세가 한 모금 마시고 나자 두갑이는 이편으로 윗몸을 내밀며,

"참, 이거 얼마만인가? 그새 자네 북지에 가있었지? 난 해방 전까지 폐양에 백혀있다가 해방 이후에 이리루 올라왔네. 그런데 말야, 우리 여기서 피차 그 동안 지난 일일랑 이야기 맙세. 지나간 일 중언부언해봤자 별수 없는 일. 이제 앞으루의 일만 생각할래두 겨를이 없을 때 아닌가?…… 참, 자네 지금 어딨나?"

두갑이의 입에서는 어젯저녁 불고기와 마늘에 소주를 먹었음에 틀림없는 독특한 냄새가 입을 열 때마다 풍겨왔다.

"저, 경신학교 자리라든가 한, 전에 서양 선교사네 살던 집에 들어있어." "내 그럴 줄 알았네. 듣느라니 그 선교사네 집 자리에 숱한 전재민이 들어 있다두만. 그럼 마침 잘됐네. 내 방 하나 얻어주지. 정말이지 요즘 서울 장안에서 방 얻기란 하늘의 별따기보담두 힘드네. 마침 잘 만났네. 어쩐지 자넬 그냥 지나쳐버리구 싶지 않더니…… 우리가 서루 도와야지 어쩌겠나. 그런데 말야, 내가 말하는 방은 말야, 연극을 한막 해야 해. 연극이래야 그리 힘든 연극두 아니지만."

현세를 만나기 전부터 미리 정해진 사실이나 알리듯이 이렇게 말하고는 지금 자기가 하는 말 속으로 현세를 끌어들일 여유나 주려는 것처럼 잠깐 말을 끊었다가,

"저 삼청동 막바지에 있는 집인데 말야, 연극이라는 게 다른 게 아니구 이래. 사실은 지금 그집에 빈 방이라구는 없는데 말야, 지금 있는 사

람들을 내 보내가지구 누굴 주겠다는 거야. 이렇게 말하믄 요즘 세상에 어떻게 셋방사람들을 내보내는 수가 있나 하겠지만 그게 연극이거든. 어떻게 하나 하믄 누가 그집을 사는 것처럼 하거든. 그리구서 다 내보낸 단 말야. 알겠나? 그래 집을 다 내가지구는 자네가 한 방 차지하구 들어 가거든. 아주 쉬운 연극이지 뭐. 그래 자넨 그저 집을 사는 사람의 연극 만 하믄 되는 거야. 그런데 한가지 주의할 건 말야, 그저 꿈에라두 연극 처럼 뵀단 안돼.”

두갑이는 여기서 다시 말을 끊고, 어떤가? 하듯이 현세를 건너다보고 나서,

“그런 연극을 해서까지 지금 있는 사람을 내보낼 게 머냐구 하겠지만 사실은 말야, 그집 쥔이 요새 부로커 노릇을 해서 돈냥이나 착실히 잡았 는데 말야, 앞으룬 대대적으루 물품을 사들였다 팔았다 할 예정인데 말 야, 그럴래믄 지금 셋방 논 문간방을 창고루 써야해. 그런데 한 방만 내 보낼 수두 없구, 그래 두 방 다 나가게스리 아무리 말해두 나가지 않는 거야. 서울사람들 좀 깜진가? 그래 할수없이 이런 연극을 하려는 거지. 그집 쥔관 이번 서울 와서 첨 안 사람인데, 그래 나라두 연극을 해줄까 했지만 난 또 그집에 드나드는 사람이 돼서 셋방사람들과두 다 낯을 아 는 터에 그럴 수두 없구, 그럴 만한 사람을 찾던 중인데 마침 잘 만났네. 자네두 방 땜에 고생일 텐데 바루 됐어. 그래 자넨 방을 얻으니 좋아, 집쥔은 셋방사람들을 다 내보내니 좋아, 그야말루 매부 좋구 뉘 존 일 아냐?”

두갑이가 제법 서울말을 써가며 이렇게 말하고는 현세에게 그렇지 않 으냐는 웃음을 그 두꺼비입에 한번 지어 보였다.

그러나 현세는 그다지 마음에 당기지가 않았다. 그것은 자기가 방 걱 정이 없어서 그렇다는 것보다도 지금 당장 자기에게 급한 것은 굶는다는

것 그것이었기 때문인지도 몰랐다. 어서 자기는 남대문시장에 가서 양복을 팔아가 지고 동대문시장에 가서 감자를 사가지고는 식구들이 있는 곳으로 가 그놈을 솥에 쪄가지고……

"그래 어떤가?"

두갑이의 재촉하는 말에 현세는 저도모르게 그저,

"이따 좀 생각해보구,"

하고 말았다.

"이따 생각해보구? 그럼 자넨 아주 방 걱정은 없는 사람같네 그려. 혹 인정상 어떻게 지금 있는 사람을 내보내구 내가 들어가노 하는 생각을 할는지 모르지만 건 쓸데없는 생각야. 내 발잔등의 불부텀 꺼야지 남 생각 할 땐가? 그 사람들은 그래두 여지껏 서울 본바닥에서 살던 사람들이니까 아무런대두 다시 방을 얻을 수 있는 사람들이거든. 알겠나? 이런 좋은 기횔 놓치지 말란 말야. 오늘루, 뭣하믄 낼 아침에라두 삼청동엘 찾아가서, 내가 가르쳐주는 복덕방에 들러 집 한채 사겠다구 하믄 돼. 집쥔이 벌써 집을 복덕방에 내놨으니까 말야."

그리고 종이쪽지에 복덕방이랑 집의 위치를 그려가며 일러주고는,

"생각해보구 뭐구 할 것 없이 내 말만 들어둬. 그럼 낼 오후 한시쯤 이 다방에서 만나세."

그러나 현세는 두갑이와 헤어져, 남대문시장에서 양복을 팔아가지고 그길로 동대문시장으로 가 감자 몇 관을 자루에 사 메고 처자가 있는 곳으로 돌아가는데 허기증으로 허리는 자꾸만 까부라져오고 이마에서 흘러내리는 땀이 눈과 입에 흘러들어 손으로는 훔쳐낼 힘도 없어 입은 악물고 눈을 꽉꽉 감아 땀을 내모느라면 눈앞이 아뜩아뜩해지는 속에서 생각은 그저, 어서 이놈의 감자를 쪄가지고 한입 크게 베물어 먹었으면…… 혹 너무 더울라치면 훅훅 김이 오르는 놈을 식혀가면서…… 가

루가 풀풀 이는 놈을…… 아니, 감자만 먹어선 당하지 못한다, 우거지국을 훌훌 마셔가며 감자는 조금씩…… 하는 생각뿐이었고, 그리고 현세는 사실 아무것도 넘어갈 것이 없는 목구멍의 침을 몇번이고 삼켜보는 것이었다.

대낮이 되었는데도 모두들 누워있다. 도로공사 인부나 청소부로 뽑히어 나가는 사람들 외에는 모두들 이렇게 드러누워서 아침을 맞고 보낸다. 될수록 아침을 느지막하게 먹어 하루의 세끼를 두끼로, 또는 두끼를 한끼로 줄이려는 것이다. 그리고 애들이 딸린 사람네는 밥 달라는 성화에 견디다 못해 감자밥같은 걸 해놓고는 어른들 자신이 배고픔을 참지 못하고, 에라 애들 먹는 김에 우리도 먹어두자고 아침을 먹고 나서는, 행여 그것이 쉬 삭을까봐 누웠기도 한다. 애를 잃은 젊은 부부네는 또 그들대로 이번에는 자기네가 앓아눕기라도 한 듯이 드러누워있다.

여기저기서 잠꼬댄 듯 앓는 소리가 들린다. 하기는 모두가 중병을 앓는 사람의 꼴이다. 그러니까, 칸을 막지 않고 횡하니 터진 이 양옥 밑층은 어느 병원의 무료 입원실 그대로다.

현세도 애에게 졸려 감자를 쪄 우거지국과 함께 먹고는 자리에 누워버렸다. 가만히 누워있는데도 별나게 땀이 흐른다. 속이 빈 데다가 더운 것을 먹어 그런가보다. 그리고 이제부터 진짜 여름의 더위가 시작되는 때가 아니냐. 어서 더운 고비가 지났으면 좋겠다. 하긴 그러지 않아도 이제 덥다덥다 하는 새 어느덧 또 춥다춥다 할 때가 오고야 말리라. 그러나 우리같은 전재민에게는 아무래도 추운 겨울날보다는 더운 여름철이 낫다. 다른 것은 다 그만 두고, 거처할 곳만 해도 여름철에는 이런 마루 위에고 아무데고 지낼 수 있으니.

그럼 겨울에는? 그러나 겨울까지는 고사하고 지금 당장이 문제인 것이다. 이틀이 멀다 하고 위층에 있는 김장로의, 집을 내달라는 독촉을 받고 있는 것이다. 그 무테안경을 끼고 옆배가 나온, 언제나 가죽 뚜껑을 한 성경책을 들고 다니는 김장로. 참 점잖은 사람이다. 이 김장로는 현세네가 이리로 거처할 곳을 찾아온 지 며칠만에 이 집을 지키는 직분을 띠고 왔다. 온 지 사흘째 되는 날 아침에 김장로는 밑층으로 내려왔다. 점잖이 손에 가죽뚜껑을 한 성경책을 들고. 그리고 하는 말이, 형제들 있을 집이 없어 이렇게 와있는 거 매우 동정하오마는 어떻게 된 일인지 이리루 온 날 밤부터 형제들 때문에 내 꿈자리가 사나워 한잠 잘 수 없으니 큰일이오, 형제들 날 동정해서라도 하루속히 집을 내주오, 아무래도 예서 겨울은 못 날 테고 나갈 바에는 날 동정해서 하루라도 속히 나가줬으면 매우 감사하겠소, 했다. 몸가짐뿐 아니라 말투며 음성까지가 아주 점잖다. 그 말소리를 듣고는 아예 그 말에 거역치를 못할 음성이다.

현세는 무심중 지금 자기가 누워있는 앞뒤에 얼마큼씩 간격을 두고 같이 누웠는 전재민들을 둘러보았다. 그러자 이들 전재민들이 예서 나가면 갈 데도 없건만 하나하나 자기네 짐을 꾸려싸는 모양이 뻔히 눈앞에 떠오르는 것이었다. 이렇게 되면 아무리 거역키 힘든 김장로의 말이라도 현세는 죽기를 한사코 여러 전재민을 대신해서 말한다. 얼마 동안만 참아주십시오. 그러면 김장로는 다시 말하리라. 형제들이 이 늙은이를 동정해주오, 형제들 때문에 밤에 한잠도 못 자는 이 늙은 동포를 동정하오. 이러는 김장로의 목에서 울대뼈가 유달리 불룩거린다. 그게 꼭 누구를 닮은 것같은데? 오라, 저 두갑이가 두꺼비입을 닮은 것처럼 이 김장로도 두꺼비를 닮았다. 그 무테안경하며 옆배가 나온 것하며 꼭 두꺼비상이다. 그런데 웬일일까, 이 두꺼비상이 김장로로 하여금 한층 점잖은 맛을 주는 것은. 그래 결국 현세는 자기 혼자서는 도저히 당해낼 수가 없어서 응원을 청하려 같은 전재민을 돌아다본다. 그랬더니 거기에는 모조리 짐을 꾸려가지고 어디론가 가버리고 텅 비어있는 방안만이 휑하다. 할수없이 현세는 혼자 죽을힘을 써서 애걸한다. 다들 가고 나 혼자뿐이니 얼마만이라도 참아주십시오, 잡살스레 또 집사람 몸풀 달이 돼나서 한데루 날 수두 없습네다레. 그러나 김장로는 한결 같이 점잖은 목소리로, 형제가 날 동정하오, 이 늙은이를 동정하오, 하는 것이었다. 그리고 이러는 김장로의 불룩거리는 울대뼈 아래서 어쩐지 두꺼비배가 자꾸 커지는 것만 같았다. 이러다가는 이 양옥집 밑층이 김장로의 배로 가득 차겠다.

현세는 벌떡 일어나 앉고 말았다. 등에 땀이 후줄근하게 내배었다. 누구의 입에선가 앓는 소리가 들려온다.

현세는 무엇에 쫓기는 사람처럼 밖으로 나오고 말았다. 그리고 그길로 삼청동을 찾아가고 있었다.

처음 찾아가는 사람에게도 곧 알 수 있게 복덕방은 두갑이가 말한 대로 삼청동 초입에서 얼마 올라가지 않은 왼편에 있었다. 복덕방이라 쓴 낡은 헝겊조각이 달린 대문을 들어서니 마침 대문 안 마루에 수염을 빡빡 깎은 한 늙은이가 꾸벅꾸벅 졸고 앉았다가 인기척 소리에 정신을 차리며 현세를 맞아주었다.

"여기 집 한채 살 게 없습네까?"

현세는 어느새 이런 말을 하고 있었다.

"있습죠,"

하고 늙은이는 지금 자기가 한 말이 부족한 듯 허리에 찬 안경집에서 돋보기를 꺼내어 끼고 다시 현세를 쳐다보면서,

"참 존 집 하나 났습죠, 열두 칸짜리 집인데, 가보시렵니까?"

하며 일어서 앞장을 섰다.

현세는 이 늙은 집주름을 따라 오른편에 개천을 끼고 올라가기 시작했다. 꽤 맑은 물이 흐르는 개천에는 여기저기 빨래하는 아낙네들이 수두

룩하다. 우선 빨래하기에 편한 곳이다 싶었다.

길이 개천을 버리고 골목으로 접어든다. 얼마큼 올라가다 골목 끝이 오른 편으로 꺾여 그리로 나가 보니 꽤 높은 낭떠러지 위다. 그리고 밑은 다시 개천이다. 개천은 윗쪽에 턱이 진 곳이 있어서 물이 제법 요란한 소리를 내며 떨어진다.

현세가 개천에서 눈앞에 다가온 솔밭으로 눈을 옮기는데 늙은 집주름은,

"으떻수, 사람 살기 참 존 뎁죠? 삼청동이란 이름부터가, 산청수청 허니 인자청이라, 산 맑구 물 맑으니 그 속에 사는 사람 또한 절루 맑더라…… 을마나 사람 살기 존 뎁니까,"

하고 지금 자기가 한 말의 효과나 엿보려는 듯이 현세를 돌아다보았다.

현세는 벌써 고맛 언덕배기 길을 걸은 것이 힘들기만 해, 어서 자기네가 찾아가는 집이 나타나주기만 바라는 마음뿐이었다.

그러나 막상 막바지 끝집 두어 집 전 집에 이르러 집주름 영감이 안으로 들어갔을 때, 현세는 왠지 쓱 뒤따라 들어갈 수가 없었다. 안에서 집주름 영감의, 어서 들어오라는 말소리를 듣고서야 대문을 들어섰다.

다행히 집주인은 안에서 나오지 않았다. 그저 셋방사람인 듯한 여인이 장독대에서 현세의 행색을 힐끔힐끔 쳐다보는 것이었다. 연극이라는 것을 눈치채어서는 안되겠다는 생각과 함께 뒷짐을 지면서 집을 한번 둘러보았다. 지은 지가 상당히 오래 된 집인 데다 이런 집치고도 그리 재목을 잘 쓴 편이 아니라고 현세는 생각했다. 현세는 건축일을 해온 만큼 절로 그런 데 눈이 갔다. 집주름 영감은 여기여기가 방이요, 여기가 부엌이요, 저기가 변소요, 하고 일일이 설명을 해주었다. 집주름 영감의 말을 귓등으로 들으면서 건넌방은 고사하고, 문간방에라도 어서 이사를 오게 됐으면 하는 생각이 자꾸 읾을 어쩌지 못했다.

늙은 집주름이 집 뒤로 돌아가며 현세보고 따라오라고 한다. 집 뒤에도 좁으나마 뜰이 있고, 한끝에 일각대문이 나있어, 대문 밖은 꽤 가파로운 비탈길이었다. 비탈길을 다 내려가니 우물터가 되었다. 큰 바위 밑에서 솟는 박우물이었다.

늙은 집주름은 마침 우물에 나와 물을 긷는 계집애에게서 쪽박을 얻어 가지고 물을 떠서는,

"자, 참 물맛 좋습죠,"

하고 현세에게 내밀었다. 그러지 않아도 목이 마르던 차라 현세는 쪽박을 받아들고 한참이나 벌컥벌컥 마셨다.

현세가 쪽박에서 입을 떼자 집주름 영감은 기다리고나 있었던 듯,

"으뗳수? 물맛 좋죠? 이게 보통 우물이 아니올시다. 이 우물은 아무리 가뭄이 심해두 마르는 법이 없습죠. 을마나 먼 데서꺼지 이 물을 길어다 먹는데요. 이런 우물에 비기면, 원, 요새 수도야 어디 그게 수돕니까 안 나오는 날이 태반인걸요."

여기서 늙은 집주름도 목이 마른지 물을 떠서 꿀꺽꿀꺽 맛있게 소리를 내어 마시고는,

"물맛 참 조옿다, 은제 와 먹어두 새맛이거든,"

하고 말에다 가락을 붙여 아주 감탄을 해뵈는 것이었다.

다시 비탈길을 올라가 둘이는 일각대문으로 해서 집 뒤를 돌아 그곳을 나왔다.

"이 집이 절이랍니다,"

하고 집주름 영감이 한 곳에 걸음을 멈추며 좀전에 올라올 때도 본 단청칠한 집을 가리켰다.

"절두 설 만헌 곳이죠. 자 보십쇼, 집자리 좀 존가. 뒤에는 산이 병풍처럼 둘러있겠다, 맑은 물이 있겠다, 이런 명당자리는 구할래두 힘들 겝니

다.”

현세는 집주름 영감이 주위를 쳐다보느라고 고개를 뒤로 젖혔기 때문에 그의 머리가 가마를 중심으로 접시 둘레만큼 맨숭맨숭 벗어진 자리에 맺힌 땀방울을 보았다. 입으로 벌어먹는 이 늙은 집주름의 생업도 그리 용이한 것은 아니라고 생각했다.

현세는 그만 이제는 내려가자고 재촉하는 뜻으로,

“저 집을 얼마나 달랩네까?”

하니 늙은 집주름은 그제야 다시 앞장을 서며,

“집값은 또 좀 헐하게요, 자기네가 달래길 매칸 일만천원씩 달래거든요, 요새 웬만한 문안 집은 매칸 일만오천원 안 주군 못 삽죠,”

하고 당신도 집 사러 다니니 그런 건 다 알 것이라는 듯 현세를 한번 돌아보고 나서,

“그렇지만 내 매칸 일만원씩에 떼내보리다,”

했다.

“어디 문안집하구 차이가 단 오천원만 됩네까? 던찰 한번 탈래두 십리만큼 나가야 하는 이런 데다 돈있는 사람이야 누가 집을 삽네까. 게다가 집두 헐구.”

“집이 헐었게 만원 소릴 하지 않수? 집만 새집이라면 예가 문안 집값에 지지 않죠. 공기 좋구 물 좋다구 일부러 이런 델 골라잡는 사람이 을마나 많은 뎁쇼. 사실 테건 남헌테 떼이지 말구 곧 사시두룩 허슈. 한 칸에 만원씩이면 모두 십이만원이죠.”

여기서 현세는 이게 연극이라는 걸 눈치채이지 않기 위해서라도 한마디 해야 했다.

“에누리없이 십만원이믄 몰라두.”

“천만에유, 어림두 없습니다.”

그러나 늙은 집주름은 자기 집 앞에 이르자 발걸음을 멈추며,

"좌우간 약금을 내두룩 허슈. 약금을 갖구 가야 저편에서두 참말을 하게 마련이니까요."

"좀 생각해봅세다,"

하고 현세가 오늘은 이만 돌아갈 것같은 눈치를 보이자 늙은 집주름은 또 집주름대로 자꾸 사라고만 해도 안된다는 듯이 말을 바꾸어,

"참 어디루 가십니까. 종로 쪽으루 가시려건 지름길이 있습죠. 자, 저를 따라오십쇼."

그리고 안국동 쪽으루 뚫린 길까지 와서는,

"낼이라두 약금을 내십쇼. 약금을 내놓구 흥정허는 게 실값이랍니다."

결국 이 말을 한번 더 하기 위해서 여기까지 따라왔음이 분명했다.

집주름 영감과 헤어져 진고개 다방을 들어섰을 때에는 좀전에 우물에서 먹은 물이 온통 땀이 되어 흐르기나 하는 듯 온몸이 땀투성이가 돼있었다.

다방에 아직 두갑이는 와있지 않았다. 한시가 다 됐건만.

심부름하는 계집애가 와서 무얼 들겠느냐고 한다. 현세는 얼른,

"우유!"

했다.

우유 한 잔을 성차지 않게 다 마시고 나서 얼마를 앉아있어도 두갑이가 나타나지를 않아 현세는, 두꺼비같은 자식이 허튼수작을 해서 누굴 놀려먹는 게나 아닌가, 그렇다면 자기는 공연히 이 먹을 것도 없는 우유 한 잔을 십오원씩이나 주고 사먹지 않느냐, 십오원이면 감자가 반관이요, 감자가 반관이면 자기네 온 식구가 하룰 살텐데, 이런 생각을 하며 앉아있기도 한참만에야 두갑이는 분주히 다방문을 확 밀어젖히며 들어섰다. 유난히 어깨를 흔들어댔다.

두갑이는 여기저기 앉아있는 사람들과 두꺼비입에 미소를 띠워 인사를 주고받으며 현세가 있는 곳으로 오자,

"비가 오실려는지 되게 물쿠눈,"

하고 양복 윗저고리를 벗어 의자에 걸고 손수건으로 목과 이마의 땀을 훔치면서,

"나 지금 그집으루 해서 오는 길이야,"

했다.

두갑이가 그집에 들렀다 온다는 말에 현세는 무엇보다도 자기가 그집에 갔던 이야기를 먼저 꺼내지 않아도 좋게 된 것이 다행스러웠다.

그냥 더운 듯 두갑이가 예의 태극 박힌 부채를 활활 부치며 후우 하고 입김을 내뿜는데 여전히 소주와 불고기와 마늘을 먹은 뒤에 나는 독특한 냄새가 풍기어 왔다. 현세는 문득 좀전에 보고 온 그집 뒷켠에 있는 나무숲은 정말 고깃근이나 하고, 소줏병이나 가지고 올라가 앉았으면 나쁘지는 않겠더라는 생각과 함께 혹은 이 두갑이는 어제도 그집 주인과 같이 그 나무숲 속에서 술을 나눴을는지도 모른다는 생각을 해보는 것이었다.

"자네나 뭐 한잔 들게, 난 딴 데서 금방 마시구 왔어."

"자네 기대리는 동안 우유 한잔 했네."

"그럼,"

하고, 두갑이는 의자에 건 양복저고리 안주머니에서 수표 한 장을 꺼내 현세 앞에 내놓는다.

"자, 이게 계약금."

현세가 수표를 집어들고 만원이라는 액수부터 들여다보는데 두갑이는, "자, 서울사람들 보게, 얼마나 빈틈이 없나, 수표에 횡선 그어놓은 거 말야, 혹시 이걸 잃어버린다든지 해두 은행에 전화만 하믄 그만이거든,"

했다.

　그러나 현세는 비단 서울사람뿐 아니라 누구나 이런 경우에는 그렇게 하리라고 생각했다. 그러니까 지금 두갑이의 속뜻은 서울사람 빈틈없다는 말을 하려는 게 아니고, 현세 자기가 혹 딴마음을 먹더라도 이런 수표니 어쩔 수 없다는 것을 알리는 데 지나지않으리라. 사실 집주인은 말고 이 두갑이 자신이 지금 형편에 자기에게 얼마만한 액수의 돈이나 믿고 맡길까. 아마 몇 백원은 고사하고 단돈 몇 십원이라도 못 미더워하리라는 것은 뻔했다.

　"낼이라두 가서 계약을 하게. 그런데 말야, 반드시 집 전부를 명도해야 잔금을 치른다는 대목을 계약에 밝혀야 해. 같이 온 전재민 몇이서 얼름으루 사는 게 돼놔서 다 써야 한다구. 그리구 말야, 명도기일두 지금 당장 있을 데가 없어서 그런다믄서 될수룩 짧게 잡으란 말야. 그대신 집값은 달래는 대루 주는 척하게나. 하여간 연극이란 눈치 조그만치라두 보여선 안되네. 그럼 낼 계약이 되믄 이리루 오게나. 난 매일 오후 한시쯤해서는 한 번씩은 꼭 예 들리니깐. 하긴 난 그집에 가서라두 계약된 걸 알 순 있겠군. 좌우간 잔금 날짜에는 아침 열시쯤해서 예서 만납세."

　이튿날, 현세는 다시 삼청동에를 갔다. 그러나 현세는 복덕방에를 들리지 않고 곧장 어제 본 집으로 올라갔다. 오늘은 셋방사람들한테 한번 더 자기가 집구경하는 것을 보여 이제 계약이 되는 날이면 다른 데로들 이사를 해야 한다는 생각을 미리 해두도록 하기 위해서였다.

　어제 집주름 영감이 하던 대로 집구경을 좀 하자고 안뜰로 들어서니 안방 미닫이가 열리며 여남은 난 계집애가, 어른들 안 계시다고 한다. 집주인이 없어 쑥스러운 대면을 하지 않게 된 것만은 도리어 다행이었다. 그러고보니 안주인도, 그리고 셋방사람들도 모두 어디 나가고 없고 이애 혼자 집을 보는 듯했다. 지금 이리로 올라오는데 배급소 앞에 긴 줄을 지어 섰더니 이 집에서도 모두 배급을 타러 나갔는지 모를 일이었다.

공연히 헐레벌떡 올라왔다고 돌아서려는데 건넌방 미닫이문이 조금 열리며 한 노파가 고개를 이쪽으로 내미는 것이었다. 어디 몸이라도 편찮아 누워있었던 듯 머리카락은 형클어져있고, 긴 목이 무슨 구렁이같은 인상을 주었다.

"집구경 왔댑습니다."

"네."

"어제두 와 봤디만 집이 되기 낡았구만요."

현세는 고맛 걸음에도 피곤해, 노파가 미닫이를 열어놓고 있는 마루 끝으로 가 앉으며 안방 계집애가 듣지 못하도록 나직이,

"방에 구들골 내레앉은 데나 없쉐까?"

했다.

"물은 안 납죠. 이북서 오셨수?"

"예. 고향은 폐양입니다만 그동안 북지에 가있다가 이번에 전재민으루 돌아왔습니다. 그래 있을 데는 없구 해서 멫이서 얼름으루 집을 하나 살까 해서요."

현세는 자기도 모르게 이런 말이 나왔다.

"네에,"

하고 노파는 그러리라고 구렁이목을 끄덕이고 나서, 이 역시 안방 계집애가 들어서는 안된다는 듯이 음성을 낮추어,

"방고래 빠진 데는 없지만 방꼴이 엉망이죠. 작년 장마에 이 위에서 내리미는 물이 미처 빠지지 않아 이 방안에 물이 펑덩하니 괴었었으니 어땠겠수."

그것은 그런 일이 있었다는 사실을 은근히 현세에게 일러주는 것 같으

면서도 거기에는 또한 이런 말을 함으로써 이 집이 매매되지 않아 자기네가 다른 데로 이사가는 일이 없기를 바라는 말같이도 들렸다.

그러나 그곳을 나와 걸어내려오며, 그런 흠점을 가릴 처지가 아니라고 현세는 생각했다.

날이 몹시 무덥다. 비가 오려는가보다. 하기는 여길 오르내리느라고 더 더운지 모르겠다. 그닥 높다고 할 곳도 아닌데. 그러나 하루에 밥 세끼 안 먹고는 오르내리기 힘든 곳이라고 그런 생각도 하는 것이었다.

복덕방 앞까지 오자 현세는 그저 집주인이 얼른 돌아와주기나 했으면 하는 생각뿐이었다.

안에서는 늙은 집주름이 마루에 앉았다가 현세를 맞아,

"어서 오십쇼, 금방 올라가시더니 벌써 내려오시는군,"
하는 게 현세가 좀전에 이 앞을 지나가는 것을 내다본 모양이었다.

"근데 그집 장마땐 큰 결딴이라누만요, 아낙에루 막 물이 밀레들어와서."

역시 이제와서 현세에게 제일 궁금한 건 이 문제였다.

"누가 그럽디까, 건넌방에 있는 그 구렝이노파가 그럽디까?"

사람의 눈이란 비슷한 모양이어서 집주름 영감도 그 셋방 노파를 구렁이라 불러 말하고는 이쪽의 대답을 듣지 않고도 현세에게 그런 말을 한 것은 분명히 그 구렝이노파에 틀림없다고 단정한 듯,

"그 구렝이노판 집 팔리게 되면 방 내야겠으니 그게 다 집 못 사게 허느라는 수작이죠. 이런 말 저런 말 들으시다간 집 못 사구 맙니다. 공연히 우물쭈물허시다 남헌테 뺏기슈, 뺏겨요,"
했다.

"좌우간 그런 흠덤을 여러가지 말해서 집값을 깎두룩 하시우. 그럼 내 노인당을 믿구 계약금을 내리다. 잘만 해주시우. 우리 폐안도사람은 무

어나 이렇게 씨원씨원하웨다."

현세가 계약금 수표를 내놓으니 늙은 집주름은 그것을 받아들고 들여다보다가 현세가 혹시 도로 달라기나 하면 어쩔까 싶었던지 얼른 주머니 속에 집어넣으며,

"그래야 내집 돼는 거죠," 했다.

"근데 집값두 집값이디만, 집 명도기일을 기껏 바투 잡으시우. 이것두 혼자서 사는 게 아니구 전재민 몇이서 얼러서 사는 데다가 모두 당장들 있을 데가 없어서 그러니까요."

"암, 압죠, 그럼 내 주인 있을 때 다녀오리다,"
하고 늙은 집주름이 일어서는 걸 현세가,

"참 지금 쥡쥔 없습데다,"
하니,

"선생님이 이리루 들어오시기 바루 전에 올라가는 걸 봤는뎁쇼,"
하고 집주름 영감은 분주히 대문 밖으로 나가 사라졌다.

현세는 혼자 앉아서 좀전에 올라갔다면 자기와 어겼을 텐데, 어떤 사람일까, 아무리 생각해 봐도 좀전에 이리로 내려오면서는 아무도 만나지 않았던 것만 같고, 한편 생각해보면 많은 사람을 만났던 것같기도 해서 종잡을 수가 없었다. 하여튼 왔다니 됐다.

그리고 현세는, 에 물큰다, 소낙비라도 한바탕 내리부었으면 좀 시원할 것 같다, 이런 생각을 하며 조는 듯 마는 듯 한참 앉아있는데 누가 들어서는 인기척이 나, 보니 집주름 영감이었다.

"거 참 힘든다,"
하고 후우 하고 한숨을 한번 내쉬고 나서 현세 앞에다 계약서와 계약금 영수증을 펴놓는다.

"글쎄 십이만원에서 한푼두 덜허지 못 허겠다구 딱 잡아떼는 걸 교통

이 불편허느니, 수도가 없느니, 그야말루 별별 소릴 다 허다못해 결국 저편에서 구문을 그만두기루 허구서 겨우 말 약 먹이듯 십만오천원에 떼내 왔습죠. 그리구 집 명도기한만 해두 보통 한 달 기한은 해야 허는 게지만 내가 책임지구 셋방사람들 방 구해주마 허구, 이달 말일루 정했습죠. 자랑이 아니라 내 아니면 이렇게 못 헙니다. 어쨌든 선생님이나 구문을 넉넉히 생각해주셔야 합니다."

정말 힘이 드는 듯 땀을 뻘뻘 흘리는데, 그것은 바로 마지막 말을 하기 위한 힘들임같이 보였다.

비가 내리기 시작했다. 처음에는 오래 가문 뒤라 사람마저 가뭄이 들어 비가 삼사일 계속할 때까지는 지리한 줄도 몰랐다.

현세네가 있는 곳에서도 처음에는 비라도 한번 흠뻑 쏟아졌으면 속이 시원할 것같다고 비오는 걸 반기기까지 했다. 그래 젖먹이애들의 푸우푸우 투레질하는 것을 보고는 서로, 요것들이 비 올 걸 신통히 알아맞히거든, 그래두 이젠 그만 오래라, 하고 오래간만에 웃기도 했다. 그랬던 것이 한 주일이 지나도 비는 멎지를 않고 계속됐다. 장마철까지는 달경이나 남았으니 이러다가 멎으려니 했던 어른들은 젖먹이애들의 투레질을 보고 웃기는 고사하고 이야기할 맛도 없는 듯 모두 궁상스럽게 누워들만 있는 것이었다. 더구나 부인네들은 부엌 아닌 의지간도 변변치 않아 그나마 한두 번 끼니를 끓일 때마다 난리였다.

어떻게 해서 밖에 나갔다 들어오는 사람은 또 지금 마포가 떴느니, 평택이 떴느니 하는 말에 이어, 이 장마가 사십년만에 처음인 큰 장마로 아직도 비가 더 오리란다는 무서운 소식을 전하는가 하면, 쌀 한 말에 오백원에도 없어서 못 사느니, 감자 한 관에 팔십원을 하느니 하는 기막힌 소리뿐이었다.

현세는 누워서 자기네에게는 전쟁이 끝난 것이 아니고 지금 한창 하는 중이라는 생각을 하곤 했다. 마포가 물에 잠기고, 평택이 떴다는 소식도 전쟁으로 어느 곳이 함락되었다는 것만 같았다. 그래 지금 자기네는 피난 온 것이다. 고국 아닌 어느 곳으로.

도로공사 인부나 청소부로 일 나가던 사람이며, 낮이면 그래도 밖에 나가 놀던 애들까지 들끓어 그 넓은 방이 비좁아 보였다. 이런 속에서 이따금 앓는 소리가 들렸다. 여실 모두가 병든 피난민의 꼴 그것이다.

현세는 그래도 북평서 이웃에 살다 한배로 돌아온 서울사람에게 부탁해둔 건축일 취직자리가 어떻게 되었는가 알아보러 빗속을 무릅쓰고 찾아가보기도 했다. 그러나 좀더 기다리라는 말뿐이었다.

그러한 어떤 날, 커다란 배를 안은 아내가 팔굽이 가렵다고 자꾸 긁어대더니 누구에게 보였는지 옻이라더라고 하며, 옴에는 죽지 않아도 옻엔 죽는다던데, 그까짓 나같은 것 칵 죽었으면 상팔자지, 하고 언짢은 소리를 하는 것이었다. 옻엔 검정 암탉 삶은 물에 씻으면 낫는다니 이왕이면 약에 쓸 겸 닭 한 마리를 사왔으면 좋으련만 그럴 수도 없고, 할수없이 그만은 못하다지만 달걀 흰자위라도 발라보는 수밖에 없었다. 현세가 빗속에 나가 사온 달걀 한 알을 아내는 흰자위만을 공기에 옮겨가지고 몇번이고 팔굽에 바르는 것이 아내도 사실은 죽기는 싫은 모양이었다. 어린 딸년이 달걀 노른자위는 어서 자기를 삶아 달라고 성화를 먹였다. 현세는 이런 아내와 어린 딸년을 번갈아 보며 사람이 옻같은 것 때문에 죽을 리는 없고, 그저 굶어야 죽느니라, 그런 생각을 해보는 것이었다.

늘어가는 앓는 소리 속에는 이놈의 장마가 우리 전재민을 아주 죽이는구나 하는 소리가 분명히 들리곤 했다. 그리고 빗발이 좀 가늘어졌을 땐 위층에서 김장로의 부르는 찬송가 소리가 종종 들렸는데 이 소리만은 동떨어지게 맑고 밝은 것이었다. 이 김장로가 장마가 지면서부터는 차마 집을 내라는 말은 못 하고 있으나 그게 언제 또 시작될지 모를 일이었다.

이런 불안한 가운데서 현세는 또 구렁이노파의 말대로 그 집이 이번 장마에 물이 들지나 않았을까 하는 걱정이 겹치곤 했다.

명도기일을 이틀 앞두고 무엇보다 현세는 기한까지 집을 다 내기나 하려나 하는 걱정 때문에 장마가 좀 걷힐 듯 비가 뜨음한 틈을 타서 집주름 영감을 찾아갔다.

집주름 영감은 이날은 또 마루에 나앉아서 비오다 멎은 하늘을 쳐다보고 있다가 반가이,

"어서 오십쇼, 그러지 않어두 오늘쯤 한번 오시면 허구 기다리든 참입죠,"

하고는 이어서,

"그런데 그 셋방사람들 말입니다, 지금두 막 그곳을 다녀오는 길인데 문간방은 오늘 이사를 보냈는뎁쇼, 건넌방 그 구렝이노파가 말썽을 부리는군요. 사실은 내일모레가 명도기일이 아닙니까. 그런 것을 셋방사람들한테는 오늘이라구 했습죠. 이런 일이란 이렇게 미리 댕겨 서둘러야 허는 게죠. 그래 문간방은 벌써 딴데 얻어놨다가 오늘 내보냈는데 그 구렝이노파가 끝내 말썽이군요. 지금 그 노파는 손주하구 사는뎁쇼, 그 손주만은 이왕 팔린 집이구 산 사람이 다 써야 헌다면 내주는 게 당연헌 일이라구 그러죠. 그래 나와 같이 다니면서 조 너머 화동에 방까지 얻어놨는데 노파가 막무가내 안 나가겠다는군요. 알구보니 그렇게두 됐습디다. 현 집쥔이 전에 방세를 올릴 참으루 집이 팔렸다구 그줏말을 허구 방을 내놓으란 일이 있었드면요. 그래 이번에는 덮어놓구 안 나가겠다는 거예요. 그 노파 말허는 눈치가 둔냥이나 집어주면 쉬 나갈 모양입디다만, 그러나 선생님, 걱정 마슈. 그저 저헌테 맡기십쇼. 그러면 다 됩니다. 그저 나중에 선생님 구문이나 잘 생각해줍쇼. 그럼 선생님 우리 한번 같이

가서 결말을 짓구 맙시다, 자아.”

집주름 영감이 앞장을 서는 것이었다.

현세는 그의 뒤를 따르며 이렇게 연극하는 것을 누구에게나 눈치채이게 하지 말라고 당부하던 두갑이의 말이 다시 한번 생각났다. 그리고 지금 집주인이 셋방사람들을 내보내는 데 있어 자기와 같은 사람을 시켜 연극을 꾸미게 된 것은 결국은 그렇게 하는 것이 셋방사람들 돈을 주어 내보내는 것보다 싸게 치인다는데 있다는 것을 비로소 안 듯했다.

집주름 영감은 앞장서 약간 비탈진 길을 올라가면서 몇 번이고,

“조금이라두 늦구어주는 듯한 기색일랑 뵈지 맙쇼. 이런 일이란 하루 이틀 끌기 시작하면 한이 없는 게니까요,”

하는 말을 했다.

그 집에 들어서니 대청마루에는 주인네 세간인 듯한 짐짝들이 그득히 놓여 있었다. 집주인도 이번만은 연극이라는 게 드러나지 않게끔 꽤 신경을 쓰고 있는 모양이라고 생각했다.

이쪽 건넌방 앞에 한 젊은이가 하늘을 쳐다보고 서있었다. 현세는 첫눈에 그 젊은이가 구렁이노파의 손자라는 것을 알 수 있었다.

집주름 영감은 젊은이에게로 가까이 가,

“잘 생각해보슈. 오늘이 명도기일이라서 집 사신 이가 이렇게 오시지 않았수? 잘 생각해서 피차 편리를 봐줍시다.”

지금 젊은이가 하늘을 쳐다보며 무엇을 생각하고 있는 것은 분명히 집문제를 생각하고 있음에 틀림없다고 단정한 듯 집주름 영감이 이렇게 말을 하니 젊은이는 이리로 고개를 돌린 채 미처 무슨 말도 못 하고 있는데, 건넌방 미닫이가 득 열리면서 파뿌리머리카락이 수세미처럼 헝클어지고 그새 목이 더 길어진 듯한 구렁이노파의 얼굴이 나타나며,

“세상없는 사람이 와서 그런대두 우린 못 나가요, 못 나가아!”

하고 악을 썼다. 그것은 집주름 영감 들으라는 것보다도 현세와 그리고 집주인이 들으리라는 소리같았다.

"우린 못 나가아! 이런 장마철에 앓는 사람이 어딜 움직인단 말이야아! 아 제집 못 쓰구 사는 사람두 사람이지, 그래 함부루 사람을 내쫓으면 누가 그냥 쫓겨나가나아!"

거기에는 좀전의 집주름 영감의 말대로 이집 주인이 전에 방세를 올릴 참으로 집이 팔렸다는 거짓말을 했던 일을 포함시켜 이번에 진짜 팔릴 때에 한 번 혼나보라는 뜻과 함께 역시 방을 내게 하려면 이사 비용이라도 달라는 뜻이 들어있는 듯한 말이었다. 그러나 아까부터 안방에선 아무 기척이 없었다.

집주름 영감은 미리 준비나 하고 있던 말처럼 옆의 젊은이에게, 그러나 구렁이노파에게 들리도록,

"아까두 말했지만 이제 집값두 다 치르구 했으니 오늘부터 이 집은 새루 산 이의 집이우."

아무리 방을 안 내고 버텨봐도 전 주인에게서 돈냥이 나오기는 틀렸다는 뜻의 말을 했다.

그러자 구렁이노파에게서는 한층 악이 오른 발악 소리가 나왔다.

"누구의 집이건 우린 못 나간다아, 못 나가!"

젊은이가 현세에게,

"초면에 미안하지만 하루이틀만 참아주실 수 없으세요? 지금 집의 할머니가 저러시니 이따 조용히 말씀드려 내일이나 모레는 꼭 집을 내드리도록 할테니까요,"

하고 애원하듯 말하는 것이었다.

현세는 여기서 늦추어주었다는 안된다는 생각에,

"댁의 사정두 사정이디만 남의 사정두 봐주어야디요, 전재민 세가구

가 지금 이집 하나 나기만 기대리구 한데 나서 있습네다,"
했다.

젊은이는 할수없다는 듯이 안으로 들어가더니 이쪽 밖에서는 뵈지 않
으나 거기 자기 아내라도 있음이 분명해,

"짐을 다 챙기우, 난 비오기 전에 할머니를 먼저 뫼셔다놓구 올 테니,"
하고는 구렁이노파에게 등을 내밀고 앉았다.

그러자 구렁이노파의 뼈만 남은 두 주먹이 젊은이의 등을 치기 시작하
며,

"이 우라질 자식아, 갈랴건 너나 가라아! 난 예서 죽겠다아! 앓는 핼미
그래 온돌두 없는 데 데려다 죽일 작정이냐아! 차라리 날 예서 죽여라아,
죽여!"

손자는 매질 속에서도 할머니를 끌어다가 업고 일어났다.

그리고 젊은이가 자기 아내에게 무어라 말하는데 무슨 말인지 잘 들리
지 않는 것은 등에 업힌 구렁이노파가 그냥 손자의 등을 때리면서 야단
을 하는 소리 때문이라는 것보다도, 젊은이의 말소리가 목이 메어 낮은
탓인 듯했다. 뜰로 내려서는 젊은이의 두 눈은 눈물은 없었으나 붉게
충혈이 돼있었다.

이런 손자의 등에서 구렁이노파는 벌써 때릴 힘도 없는 듯 어깨숨을
몰아 쉬며 그래도 그냥,

"모두 베락맞어 뒈질 것들아, 비가 아직 적다아, 그냥 펑펑 쏟아져서
이놈의 집 떠나가구 말아라아!"
하고 소리소리 지르는 것이었다.

현세는 한자리에 그대로 서있었다. 구렁이노파는 업혀 대문 쪽으로 나
가면서 이제는 기운이 다한 듯 얼굴은 젊은이의 등에 박고서도,

"이놈의 집 모두 떠내려가라아! 모두 베락맞어 뒈져라아! 나 죽는다

아, 이놈들…… 모두 날 이냥 공동묘지루 갖다 묻어라아, 묻어!"

이런 구렁이노파를 업고 앞을 숙인 채 아무 말 없이 걸어나가는 젊은이가 대문 밖으로 온전히 사라졌다.

현세의 마음은 개운치가 못했다. 그러나 곧 생각을 딴데로 옮겼다. 그래도 그들은 갈 곳을 마련한 사람들. 정말 이번에 두갑이를 못 만났더라면 자기는 어쩔 뻔했는가.

현세는 집주름 영감에 앞서 그집을 나와버렸다.

아직 벗겨지지 않은 구름 새로 햇빛이 눈부시게 내리쏘곤 한다. 한여름에 들어선 뜨겁고 센 햇빛이다. 현세는 오늘이 잔금날이어서 지금 두갑이와 만나기로 한 다방으로 가는 도중, 이 오래간만인 햇빛이 쏠 적마다 다리를 후들거리는 것이었다. 마치 햇빛이 무슨 힘을 가지고 다리오금탱이라도 치는 것을 현세는 현세대로 넘어지지 않으려고 그렇게 후들거려야 하는 것같기만 했다.

그때마다 현세는 들고 나온 가벼운 보퉁이마저 거추장스러운 생각이 들었다. 그러나 다음 순간 현세는 넘어지지 않기 위해서 무엇을 붙잡듯이 보퉁이를 그러쥐는 것이었다. 보퉁이 속에는 또 오늘 팔아야 할 양복 한 벌과 감자를 사가지고 갈 자루가 들어있었다. 이것으로 현세가 북지에서 돌아올 때 전 재산 셈으로 해가지고 온 양복은 이제 한 벌밖에 더 남지 않는다. 간장이 말라오는 심사였다.

현세는 오늘은 양복을 좀더 비싸게 팔아야 할 텐데 하는 생각을 한다. 그리고 이번 장마에 턱없이 오른 감자를 어떻게든 싼값으로 골라 사야 할텐데 하는 생각을 한다. 같은 동대문시장의 같은 감자라도 값은 우명구멍하니 다르다. 힘들더라도 온 시장을 다 돌아보고 싼놈으로 골라 사야겠다.

그러는 현세의 눈앞에는 금세 김이 물물 오르는 갓 쪄놓은 감자가 떠오른다. 정말이지 누구는 벌써 감자에 물렸다지만 그것을 자기는 속이 트지근하도록 한번 먹어봤으면, 더운 놈을 훅훅 불어가면서. 아무리 더운 날에라도 감자는 김이 물물 오르는 놈이라야 해. 그놈을 훅훅 불어가면서 한번 잔뜩 먹어 봤으면!

구름 새로 다시 햇빛이 내리쏘아 현세는 또 다리를 후들거린다. 그것은 또 흡사 어떤 병원에서 금방 퇴원하고 나오는 사람이거나 지금 병원을 찾아가는 사람의 그것이기도 했다. 보퉁이를 든 것까지.

현세가 다방문을 열고 들어서니 아직 이른 탓인지 텅 비다시피한 다방 안에 두갑이가 먼저 와 와이셔츠바람으로 앉아있다가 부채든 손을 번쩍 들어 자기가 거기 있다는 것을 알렸다. 그리로 갔다. 미리 생각해뒀던 대로 우유를 주문했다.

두갑이는 한 손에 들고 있던 손수건으로 이미 땀이 걷힌 이마와 목덜미를 문지르다가,

"이거 잔금이네,"

하고 의자에 걸어놓은 양복저고리 안주머니에서 은행수표 두 장을 집어내었다.

"이건 구전이구."

구만오천원짜리 수표와 천원짜리 수표가 모두 요전 계약금 때와 같이 횡선이 그어져있었다.

현세는 수표를 접어 주머니에 넣다가 문득 생각나는 바가 있어,

"참, 천원이믄 제 구전 다 되는 건가? 둥개인 녕감은 크게 생각하구 있는 모양이던데,"

하고 두갑이에게 말을 건네보았다.

"그 영감 탁없는 영감이데. 이번에 집쥔편에서 계약하는 날 구전을

구전대루 다 줬대는데 말야, 그젯저녁에는 또 와서 셋방사람들 방 얻어
내보내준 탁을 내라구 성화를 부리두만. 그래 또 백원이나 떼가데. 그럼
방 얻어준 사람들은 그저 얻어준 줄 아나? 거 다 구전을 먹었어. 찰거마
리 영감같애가지구스리 무어든지 물구늘어지구 본단 말이야. 자네 우자
우자했단 끝없네. 잡아뗄 젠 딱 잡아떼구 말아야지. 사실 이번에 그 영감
좋은 일 한 것뿐이지 뭐 있어."

그러면 집주름 영감이 집주인한테서는 구전을 못 받았다고 한 건 거짓
말이었나.

날라온 우유를 다 먹자 두갑이가,

"그럼 갔다 오려나?"

해서 현세가 보퉁이를 들고 일어서는데 두갑이가 다시,

"그럼 갔다 오게. 내 예서 기다리겠네. 예서 만나기루 한 사람두 있구
하니."

우유 한 잔을 먹었건만 현세는 아까와 다름없이 몇번이고 햇빛 속에서
다리를 후들거려야 했다.

현세가 삼청동 집주름 영감네 집에 들어서니 늙은 집주름은 마루에
삿부채를 들고 앉아 꾸벅꾸벅 졸고 있었다. 현세의 기척에 집주름 영감
이 눈을 뜨며,

"난 또 누구시라구…… 잠깐만 앉아계슈. 내 가서 집쥔 데려오리다."

현세는 그럴 것 없다고 했다. 이젠 연극도 끝났다고 생각했던 것이다.
그냥 집주름 영감에게 수표를 주어보냈다. 그리고 앉아 부채를 들고 바
람을 일으키는 동안 현세는 절로 매사하니 눈이 감겨져 깜박깜박 졸았다.

얼마를 그렇게 졸았는지 집주름 영감이 돌아온 것도 깨닫지 못하다가
영감의,

"대단히 곤하신 모양이군, 퇴침을 베시구 누실껄,"

하는 소리에 번쩍 정신이 들었다.

집주름 영감이 잔금 영수증을 건네고는 부채를 집어들더니 자기의 더위가 현세에게 옮아가지 않게 하려는 듯이 좀 떨어져 앉아 자기와 현세를 번갈아 부채질하기 시작하면서,

"인감증명을 해다놨으니 아무때구 이전등기를 해가시랍니다. 근데 참 집쥔 말이 자기네만은 며칠 더 있기루 선생님과 직접 말씀이 있었다구요?" 했다.

현세는 그저,

"예, 예,"

하며 머리까지 끄덕여 그렇다는 표시를 할 수밖에 없었고, 그러면서 자리를 일어섰다.

현세가 대문을 나서는데 집주름 영감이 뒤에서,

"저어, 선생님,"

하고 힘든 말이나 할 것처럼 불렀다.

"사실은 천천히 말씀드려두 좋은뎁쇼, 실상은 요즘 양식이 떨어져서 당장 쌀되라두 좀 팔아와야겠는뎁쇼."

그제야 현세는 자기가 깜박 구문 줄 것을 잊고 있는 것을 깨달으며,

"참 내가 잠에 취했었군,"

하고 주머니에 손을 넣는데 늙은 집주름은 다시,

"이거 미안허우, 천천히 말씀드려야 옳은 일이지만 당장 양식이 떨어져놔서요,"

하고 현세가 내주는 수표를 받아들고 액수를 들여다보고 나더니 금세 낯빛이 굳어지며,

"선생님, 이러지 마시구 좀더 생각해주셔야죠,"

하는 것이었다.

"그만하믄 되디 않습네까?"

"선생님두 다 아시다시피 이번 사신 집이야 그저 은으셨죠. 어제두요 뒤에 집매매가 있었는데 매칸에 꼭꼭 일만오천원씩에 팔렸죠. 그런데 비기면 그저지 뭡니까. 거 다 선생님 복이지만, 내가 별별 수단을 다 써서 그렇게 싸게 사셨다는 것두 생각허셔야죠. 그리구 전에두 잠깐 말씀 드렸지만서두 일이 성사만 되게 허느라구 저편에서는 일전한푼 못 받았습죠. 그뿐인가요, 전재민으루 오신 선생님네 하루라두 속히 이사오시두룩 허느라구 셋방사람들 방 내는 덴 을마나 또 속을 썩였다구요. 선생님두 그날 같이 가셨었으니까 짐작이 가시겠지만 그동안 내가 하루에두 몇번씩 그 노파 성화를 받았는지 모르죠. 증말 이번에 학질뗐습니다, 학질뗐어요. 제 자랑이 아니라 나 아니면 절대루 셋방사람들 내보내지 못헙니다. 그 다 선생님네 하루라두 속히 이사오시두룩 허기 위해 헌 게 아닙니까. 그러니 선생님이 이런 거 다 생각해주셔야 헙죠."

셋방사람들 내보내는 데 힘들었다는 것은 집주름 영감의 말대로 그렇다 해도, 저편 집주인 구문은 물론 셋방사람들 방 얻어 내보내준 삯까지 모두 두갑이의 말대로 받았을지도 모른다고 생각했다. 그러나 그건 어찌됐건 현세는 이 일을 어서 끝내고만 싶었다.

"우린 전재민이 아니웨까?"

"그런 말씀을…… 어디 전재민이구 전재민 아니구가 있나요. 선생님 겉은 이헌테 비기면 우리가 전재민이죠. 수다한 식솔에, 식구가 자그만치 열넷이랍니다. 버는 사람이라군 이 늙은 것 혼자구 그나마 조금씩 보태든 아들녀석은 턱 앓아눕지를 않았수. 그런데다 엊그젠 또 며늘애가 몸꺼지 풀어놨으니, 그래 우리 성한 사람이야 어쨌건 앓는 사람 죽술이나 허구 애어미 미역국이나 끓여먹여야 허잖겠수? 선생님 그러시지 마시구 더 좀 생각해주십쇼."

그러는 늙은 집주름의 얼굴은 온통 땀투성이가 되고 눈도 충혈이 돼있었다. 현세는 문득 자기네도 미역 이파리나 사놔야 하지 않나 하는 생각이 들었다. 그러자 현세는 이 늙은 집주름에게 이번 집 매매의 내막을 툭 털어놓고 얘기하고 싶은 충동을 느꼈다. 그러나 다음순간 현세는 그런 이야기를 할 경황도 경황이려니와 우선 그럴 기운이 없다는 걸 느꼈다.

현세가 그냥 걷기 시작하니까 집주름 영감은 다급하게,

"아니 선생님, 다른 건 다 그만두구 보통 구문대루 일푼만 친대두 천원이면 십만원에 대한 구문밖엔 더 안 되지 않수? 어디 그래서야 되나요," 하고 수표를 도로 돌려주기라도 할 것 같은 기세를 보이는 것이었다.

여기서 현세는 두갑이가 말한 찰거머리라는 말과 잡아뗄 적에는 딱 잡아떼야 한다는 말이 떠올랐으나 그보다도 이제는 더 서서 말할 기운조차 없어 그냥 걷기만 했다. 이 현세의 태도가 늙은 집주름에게는 또 혹시 수표를 내준다면 그것을 그냥 받아가지고 갈 것같이 보였던지 탄원하는 어조로,

"그럼 선생님 다시 잘 생각해셔서 처분해주십쇼, 그럼 조심해 가시우," 하면서 꾸뻑꾸뻑 절을 했다.

퍼그나 구름이 걷힌 하늘 아래서 현세는 이제는 다리만 허청거릴뿐 아니라 눈에 보이는 것이 모두 아까보다 아주 흐리어졌다. 눈을 가느스름히 뜨면 좀 낫게 보이지만 그렇게 눈을 가느스름하게 하면 그러지 않아도 자꾸 들어만 가는 눈이 절로 찌쁘득하니 감기어지며 쓰린 눈물이 내배는 것이었다.

이미 현세에게는, 남 죽음 내 고뿔만 못하다는 생각같은 것은 떠오르지도 않았다. 그저 어서 다방에 들러 잔금 영수증을 두갑이에게 전한 후 남대문시장으로 가 양복을 팔아 동대문시장에서 감자를 사가지고 가

족들이 있는 곳으로 서둘러 가야 한다는 생각뿐이었다. 길이 한정없이 멀기만 한 것 같았다. 자연 다리가 더 허든허든 무겁기만 했다. 보통이가 크나큰 짐같았다. 그렇지만 지금 자기에게 누가 겨우 지고 일어설 만한 감자를 한 자루 지워준다면? 물론 자기는 죽는 한이 있더라도 그걸 지고 가리라. 이런 생각 뒤에 현세는 한층 맥이 풀렸다.

현세가 진고개 다방에 들어섰을 때에는 아뜩하니 눈앞이 캄캄해 무엇이 무엇인지 잘 보이지가 않았다. 두갑이가 저쪽에서 누구와 마주앉아있다가 예의 부채를 들어 자기가 거기 있다고 알리는 것을 어렴풋이 의식하면서 거기 빈 자리에 아무렇게나 주저앉아버렸다.

두갑이가 왔다.

"되게 덥지? 수고했네."

그리고 두갑이는 그 태극이 뚜렷이 박힌 부채로 활활 현세를 부쳐주며 일변 고개를 카운터쪽으로 돌리고 큰 소리로,

"아이스커피 둘!"

현세도 이제는 우유니 뭐니 가릴 것 없이 우선 시원한 것으로 목을 축이고만 싶었다.

아이스커피가 오자 현세는 입을 떼지 않고 단숨에 다 들이켰다.

두갑이가 자기 커피잔을 현세 앞으로 밀며,

"더운데 마자 하게. 영수증 가져왔지?"

그러고보니 두갑이에게 그것부터 전할 것을 잊고 있었다. 어째서 오늘은 이렇게 무얼 잘 잊어먹을까. 현세는 새삼스레 심신이 피로해있음을 느꼈다.

두갑이가 밀어놓은 커피마저 얼른 마시고 내일이라도 곧 이사를 했으면 좋겠다는 말이나 하고 일어서리라 하는데 두갑이가,

"그런데 말야, 자네에게 미안한 말 하나 하게 됐네,"
한다.

현세는 왜그런지 가슴이 섬뜩함을 느꼈다.

"저, 다른 게 아니구 말야, 집쥔이 자기네가 방을 다 써야 될 일이 생겼다누만."

현세는 종내 가슴이 철렁 무너앉을 밖에 없었다.

두갑이는 바지 뒤포켓에서 십원짜리 한 묶음을 꺼내 현세 앞에 놓으며,

"그래 미안하다구 하믄서 이걸 보내데. 정말 안됐네. 좋은 일 하려다 되레 자네한텐 원망 듣게 됐어."

그리고는 살피듯이 현세를 한번 바라다보고 나서,

"글쎄 첨엔 단돈 오백원을 내놓지 않겠어? 그래 내 고함을 질렀지. 그사람 이 돈이나 오백원 바래구 그런 숭한 광대놀음 할 사람인줄 아느냐구. 당신 눈에는 오백원이 대단해 뵐지 모르지만 그사람은 아무리 전재민이라두 이런 돈 없이두 사는 사람이라구 해줬지. 그랬더니 오백원을 더 내놓두만. 서울깍쟁이라더니 정말⋯⋯."

사뭇 분개해하는 말투요 표정이었다.

현세는 또 이 두갑이의 분개해하는 말투와 표정과는 달리 가슴속 한가운데서 누구에게라 없이 악이 머리를 들고 일어남을 느꼈다. 그것은 뱀 같이 독이 오른 대가리였다.

"하기야 요즘 아무리 돈 가치가 없대두 천원이믄 적잖은 돈이지. 그리구 말야, 자네 방문젠 내 또 알아봄세. 발벗구 나서믄 그까짓 방 한칸쯤 문젠가. 내 꼭 책임지지. 아예 이번 집에 못 가게 된 거 서운하게 생각 말라구. 되레 잘되는 일인지두 몰라. 교통두 불편하구 더구나 요새 그집 쥔은 돈냥이나 버니까 뭣 부족할 것 없이 들여다 먹는데 말야, 한집에서 그걸 보구 어떻게 견디나. 내 자네 있기 존 방 하나 구해주지."

현세의 악은 이제야 분명히 누구에게보다도 먼저 이 두갑이에게 향해

짐을 느꼈다. 그저 이놈의 우뚝한 코를 평안도식으로 한대 지끈! 그러나 그것은 벌써 이미 다 죽어가는 실뱀의 악에 지나지 못하는 것이었다.

두갑이가 윗몸을 현세 앞으로 내밀더니 돈묶음을 들어 엄지손가락으로 한 편 끝을 몰아쥐었다가 펄럭펄럭 놓아주면서,

"요새 십원짜리 2호에 가짜 돈이 많다데. 그래서 여긴 2호짜린 한 장두 받아오지 않았지."

그러는 두갑이의 두꺼비입에서는 또 불고기와 소주와 마늘을 먹은 뒤에 나는 냄새가 풍기어왔다.

현세는 종내 이 두갑이의 입김에 못 견디어 도망이나 하듯 그곳을 나오고 말았다. 저도모르는 새 돈묶음만은 집어쥔 채. 두갑이의, 자기는 이 다방에만 오면 만날 수 있으니 꼭 만나자는 말을 먼 메아리처럼 등뒤로 들으면서.

두꺼비같은 것, 두꺼비같은 것, 장마철에 떡돌 밑에서 기어나온 옴두꺼비 같은 것…… 옴에는 사람이 죽지 않는다지? 옻에는 죽어도…… 요행 아내가 옻이 아니었든지, 달걀 흰자위가 효험 있었든지 나아서 다행이다. 그런데 이번 집일을 아내에게 무어라고 말하노?…… 두꺼비같은 것, 옴두꺼비같은 것, 그놈의 아가리로는 파리 대신 불고기와 소주와 마늘…… 참 그놈의 두꺼비 아가리에서 나오는 냄새란 속이 빈 사람에겐 영 견딜 수 없더군.

문득 어려서 어른들한테 들은 옛이야기의 한토막이 머릿속을 스치고 지나갔다. 두꺼비가 자기를 길러준 처녀를 위해, 처녀를 채가려 온 구렁이에게 훅훅 독기를 내뿜어 대들보같은 구렁이를 통 하고 천정에서 떨어뜨려 죽이고 자기도 기진해 죽었다. 두꺼비의 독기가 이만한 것이다. 지금 자기가 두꺼비 입김에 쫓기어 나온 것은 무리가 아니다. 겨우 다 죽어가는 실뱀 푼수밖에 못 되는 자기쯤은…… 그리고 병든 구렁이노파도.

참 그 구렁이노파네는 어찌 됐을까? 그 가엾은 구렁이노파네는?……

  그러자 이번에는 두갑이가 그 병든 구렁이노파 있던 방안에 넓죽 앉아 있는 모양이 떠오르는 것이었다. 옛이야기 속에서는 두꺼비가 부엌에서 살았는데…… 두갑이가 두꺼비입을 하고 이쪽을 뻔히 내다보고 앉았다가 혹 하고 배곯은 사람으로서는 견디지 못할 그 독특한 입김을 내뿜는다. 훅훅……

  어느새 맑게 개인 하늘 아래서 현세는 눈앞이 캄캄해진다. 여지껏 현세가 어떠한 건축물 위에서도 느껴보지 못한 어지럼증이 엄습해왔다. 멍해지는 귓속에 무슨 말소리가 들려왔다. 이젠 장마도 걷히고 했으니 집을 내주시오. 형제들 때문에 꿈자리가 사나워 밤에 잠을 잘 수가 없으니 큰 일이오, 형제들이 이 늙은 동포를 동정해서라도 하루속히 집을 내주시오. 손에다 가죽뚜껑을 한 성경책을 들고, 누가 거역 못할 점잖은 말을 하는 두꺼비. 현세는 쓰러질 것만 같았다. 눈을 더 지그시 감는다. 그리고 쓰러지지 않게 무어나 붙잡듯이 돈묶음과 보퉁이를 그러쥐었다. 이러는 동안에 현세는 가슴속 한가운데서 분명히, 나도 살아야 한다, 나도 살아야 한다는 부르짖음 소리를 듣고 있었다.

1946 칠월

두꺼비
해방 후 민족현실과 리얼리즘

　단편집『목넘이마을의 개』는 황순원의 어느 단편집보다도 작가의 현실에 대한 감응력과 비판의식이 돋보이는 작품집으로 해방 후 민족현실과 혼란상은 단편「술」(1945.10)「두꺼비」(1946.7)「집」(1946.8)「담배 한 대 피울 동안」(1947.1)「모자」(1947.11)에서 보다 직접적으로 드러난다. 이들 작품들은 해방 후의 사회적 혼란과 생활고속에서 회의하고 갈등하는 인물군을 예리하게 포착한 점에서 비판적 리얼리즘을 반영한다. 비인간화되어가는 사회현실과 척박한 삶의 현장 속에서 나름대로 갈등하고 대응할 수밖에 없는 인물들의 행동양상들을 작가는 다각적인 시선으로 바라본다.

　단편「술」이 작가가 이북에서 겪었던 해방 직후의 현실상황을 제시한 것이라면 단편「두꺼비」「담배 한 대 피울 동안」「모자」등은 작가가 월남해서 겪어야만 했던 전재민들의 고달픈 삶과 현실모순 및 비리를 직접적으로 반영한 작품들에 해당한다.

　특히「두꺼비」(1946.6)에서 작가는 '두꺼비'의 이미지를 끌어다가 월남민들의 설움과 아픔을 희화시켜 보여줌으로써 작중인물의 형상화에 성공하고 있다. 이 작품에서 신앙으로 위장한 김장로나, 자기가 방을 얻으려고 의도적으로 현세로 하여금 광대놀음을 하게 하는 두갑이는 훅훅 독기를 뿜는 두꺼비의 모습으로 비유된다. 해방이 되어 북지에서 돌아온 전재민인 현세에게 두갑이나 김장로는 독기를 훅훅 뿜으려는 두꺼비와 같은 존재로서 다가온다. 친구를 속여서 자신의 이익을 챙기는 두갑이나 울대 뼈를 들먹이며 전재민을 내어쫓으려는 김장로는 다같이 가난한 현실속에서 인간성이 마멸되어가는 인간군상을 대표한다고 하겠다.

그러나 작가는 이들 작중인물에 대한 비판보다는 "현세네에게 살아나 갈 길을 주지 않는" 바로 고국의 현실 그 자체에 대한 절망을 보여준다. 이러한 절망은 현세의 심리묘사를 통해 묘파된다. 현세가 해방이 된 조국의 현실에서 느끼는 절망감은 집주름영감이나 구렁이노파의 경우와 같이 경제적 힘이 없으나 그래도 살아야만 하는 모든 가난한 백성들이 공유하는 감정들에 해당한다. 감자조차로도 끼니를 때우지 못하는 가난한 사람들, 기거하는 집을 구하지 못해 현기증을 느끼는 전재민들. 이들이 느끼는 현실상황은 사람이 사람답게 살 수 있는 최소한의 생계권까지 박탈당하고 마는 전장 바로 그곳으로 감지된다. 그러면서도 "이러는 동안에 현세는 가슴속 한가운데에서 분명히 나도 살아야 한다. 나도 살아야 한다는 부르짖음 소리를 듣고 있었다."에서 볼 수 있듯이 우리 민족은 어떻게든 이 가난하고 궁핍한 해방 후의 현실을 벗어나야만 한다는 당위론이 제기된다. 해방 후의 조국이 민족 대다수에게 살 길을 제시해 주지 못할 때 작가는 현세의 절망과 고통을 통해서 현실모순 및 굶주림과 비리를 고발하는 것이다.

따라서 단편집『목넘이마을의 개』와『곡예사』에서 살펴볼 수 있듯이, 황순원 문학을 현실이 배제된 순수문학이라고 단정지을 것이 아니라, 그의 문학이 생명주의, 인도주의, 자유주의, 영원주의를 지향해 나아가고 있으면서도, 끊임없이 역사와 현실을 응시하면서 이들을 그의 작품 속에 내면화시키려고 노력하였음을 간과해서는 안되리라 본다.

왕모래

그해 살구꽃이 흩날리기 시작한 어느날이었다.

새벽녘이면 으레 돌아오던 어머니가 이날은 낮이 기울도록 돌아오지 않았다. 돌이는 울음을 참아가며 머리맡에 놓인 요강만 바라보곤 바라보곤 했다.

새벽녘에 돌아오는 어머니는 먼저 요강을 찾았다. 그 소리에 돌이는 잠이 깨곤 했다. 어느새 그렇게 잠귀가 밝아진 돌이였다. 머리 위까지 이불을 뒤집어쓰는 어머니의 가슴을 더듬곤 했다. 홱 손이 뿌리쳐졌다. 왜 넌 세상에 나와가지구 이 성화냐. 술냄새가 끼얹혔다. 그런 어머니의 몸은 무슨 열기까지 띠고 있었다. 돌이는 저리 돌아눕는 어머니의 등뒤에서 숨을 죽이며, 어머니는 어디가 아파서 그러는지도 모른다는 생각을 해보곤 한다.

사실 낮에는 무슨 병자처럼 하루종일 자리에 누워있는 어머니였다. 지게문에 햇살이 훤히 비치기를 기다려 돌이는 어머니가 깨지 않게끔 조심히 이불을 빠져나온다. 살그머니 지게문을 열고 밖으로 나선다. 어머니의 고무신을 집어든다. 속을 들여다본다. 언제나처럼 왕모래 섞인 흙이 들어있다. 앞 개울 사금판에서 나온 버력흙인 것이다.

아버지가 살아서 사금판 삯일을 다닐 때에도 신발에 똑같은 왕모래 섞인 흙을 묻혀가지고 들어왔다. 아버지가 낮에 버력짐을 지면서 묻혀가지고 다니던 흙을 어머니는 어째서 밤마다 고무신 속에 넣고 오는지 알 수 없는 일이었다.

저녁때가 가까워야 어머니는 자리에서 일어나 그날 저녁 겸 다음날 아침밥을 끓였다. 이런 때의 어머니의 쌍꺼풀진 눈만은 앓는 사람같지 않게 날로 빛을 더해만 갔다. 그러나 저녁을 끓여먹고 나서 어머니는 다시 자리에 눕는다. 돌이는 오늘밤은 어머니가 밖에 나가는 걸 지키리라 마음먹는다. 그러나 번번이 헛일이었다. 자기도 모르는 새 잠이 들어버리고 마는 것이다.

밤중에 오줌같은 것이 마려워 눈을 뜬다. 물론 어머니가 없다. 새벽녘에 요강 소리에 다시 눈을 뜬다. 그제야 어머니는 돌아와있다. 이런 어머니는 여전히 또 몸이 편찮은 사람처럼 돌이에게 등을 돌려대고 잠이 들곤 하는 것이었다.

여느때 같으면 저녁 겸 다음날 아침밥을 끓일 시각이 되었건만 어머니는 여태 돌아오지 않는다. 돌이는 앉은 채 엎드려 졸았다. 문 여는 소리에 깜짝 고개를 드니 안주인이다.

안주인은 열었던 문을 닫으며, 년이 어젯밤에는 들어오지두 않었군, 하며 입속말을 중얼거리더니, 다시 문을 열고 이번에는 방안으로 들어선다. 대뜸 구석에 놓여있는 석유상자께로 가 뚜껑을 열어본다. 누더기 옷가지가 꾸겨박혀 있다. 그 석유상자를 냉큼 들어 문 밖으로 내놓는다. 그리고는 펴놓은 채로 있는 땟국이 절은 이불을 뚤뚤 말며, 이 화냥년이 집세를 두 달치나 잘라먹구…… 홱 돌이편을 돌아보며, 느이 엄만 인제 안 돌아온다, 멀리 도망갔다.

돌이는 안주인의 말을 잘 못 알아듣는다. 어머니가 안 돌아오다니? 그럴 리가 있나? 그러다가 돌이는 안주인이 요강마저 밖으로 내가는 것을 보고야 저것마저 없애면 정말 어머니는 안 돌아올 것만 같아 그만 울음을 터뜨리고 말았다. 돌이의 나이 아홉이었다.

자기 집 이불 속보다 따뜻했다. 그러면서도 자기 집 이불 속보다 더 추웠다. 돌이는 설렁탕집 굴뚝 모퉁이에서 밤을 새웠다.

야, 예 있는 걸 그렇게 찾아다녔구나. 곰보아주머니였다. 반가웠다. 이 곰보 아주머니면 어머니가 있는 데를 알 수 있을 것이었다.

아버지가 세상을 떠난 지 얼마 안 되어서였다. 하루는 어머니가 돌이더러 이 아주머니를 불러오라고 했다. 그날 어머니는 돌이에게 과자 사 먹으라고 돈까지 주었다. 돌이가 눈깔사탕을 다 녹여먹고나서 돌아오는데, 방안에서 어머니의 말소리가 들린다. 더는 이 고생 못하겠어요, 아주머니 말대로 팔자를 고쳐야겠어요. 돌이는 그게 무슨 말인지 알아듣지 못했다. 그저 이날 어머니의 눈이 이상한 빛을 띠었다고 생각했다.

다음날 다시 곰보아주머니가 왔다. 이번에는 웬 사내까지 하나 데리고 왔다. 코밑에 팔자수염을 기른 사내였다. 양복에 감발을 했다. 퍼뜩 보니 구두에 사금판 왕모래가 묻었다. 그러나 어린 소견에도 이 사람이 아버지처럼 버력짐이나 질 사람은 아닌 성싶었다. 이날도 돌이는 과자 사 먹으라는 돈을 탔다. 그리고 처음으로 어머니가 얼굴에 분 바르는 것을 보았다. 이날밤부터 어머니는 새벽녘에 돌아오는 버릇이 생긴 것이다.

지금 곰보아주머니는 재빠르게 자기 치맛자락을 뒤집어 돌이의 콧물을 닦아주면서, 늬엄마가 나헌테 널 맽겼다, 그러니 나 하라는대로만 해라. 돌이는 얼핏 그게 무슨 소린지 못 알아듣는다. 그저 이 곰보아주머니만 따라가면 어머니를 만날 수 있으리라. 참 어머니는 이 곰보아주머니네 집에서 자기를 기다리고 있는지도 모른다는 생각이었다.

곰보아주머니네 집은 사금판에 새로 들어선 동네에 있었다. 그런데 지금 돌이가 가는 곳은 그쪽과는 반대되는 산밑 거리였다.

어느 솟을대문 앞에 이르러 곰보아주머니는 돌이의 귀 가까이 입을 가져다 대고 속삭였다. 너 오늘부터 이댁 도련님이 된다, 새 엄마아빠 말만 잘 들으면 모든 게 네 세상이 된다, 알겠니? 그러나 돌이에게는 도시 알 수가 없는 말이었다.

더벅머리가 깨끗이 깎였다. 몸의 때가 말짱히 씻겨졌다. 새옷이 입혀졌다. 이름도 섭이라고 고쳐졌다. 그리고 난생처음 보는 사람더러 어머니 아버지라 불러야만 했다.

다음날 학교에도 들어갔다. 동무가 없었다. 쉬는 시간에는 혼자 운동장 한 옆에 비켜나있어야 했다. 거리가 내다보였다. 저쪽 끝에 사금판 버력더미가 보였다. 자기네가 살던 집은 어디쯤이나 될까.

거기 살구나무가 마지막 꽃잎을 떨구고 있었다. 문득 지난 겨울 진눈깨비 퍼뜩이던 날, 사금판에서 돌아온 아버지가 피똥을 누던 일이 떠올랐다. 그로부터 날로 핏기가 없어져가던 아버지. 그러나 사금판 일을 거르지는 않았다. 그런 아버지가 자리에 누운 지 열흘이 못되어 세상을 떠나고 말았다.

돌이는 학교서 돌아오는 길에 자기네가 살던 집까지 찾아가 보았다. 벌써 딴 사람이 들어온 듯, 자기네가 살던 방에서는 낯선 갓난애의 울음소리가 들렸다.

곰보아주머니는 가끔 돌이가 있는 솟을대문집에 들렀다. 안방에서 새 어머니와 이야기를 하였다. 그러다 돌아가는 곰보아주머니의 손에는 언제나 무슨 보자기가 들려지곤 했다. 이런 곰보아주머니는 돌이와 별로 말이 없었다. 그러나 반가웠다. 언제이고 이 곰보아주머니가 어머니를 만나게 해줄 것만 같아서.

새아버지가 밖에서 새고 들어오는 날이 있었다. 친구들과 얼려 마작을 했다는 것이었다. 그런 날이면 새어머니는 밤잠을 자지 않고 이튿날도 끼니를 굶었다.

하루는 새어머니가 돌이더러 아버지의 뒤를 따라가보라고 했다. 저만치 앞서 가던 새아버지가 으슥한 골목 안 한 집으로 들어간다. 웬 젊은 색시 하나가 아버지의 신발을 집어 들여간다.

이 말을 들은 새어머니는 사뭇 떨리는 손으로 치마를 갈아입더니 돌이를 앞세우는 것이었다. 아버지가 허둥지둥 양복저고리를 움켜쥔 채 그집에서 뛰쳐나왔다. 그 뒤로 새어머니가 머리를 헝크리고 쫓아나왔다. 길에서는 아무일 없었다. 집에 들어서기가 무섭게 새어머니는 아버지의 가슴패기를 박박 쥐어뜯으며 악을 썼다. 나 죽이구 그년하구 가 살아라, 어서 날 죽여라, 죽여. 한참 만에야 새아버지는 한마디, 내가 무어 그것한테 정을 두구 그러는 줄 알어? 씨나 하나 받아볼까 해서 그러지.

그 다음부터 새아버지는 밖에서 밤을 새우고 들어오는 일이 없었다. 그러한 어느날 저녁, 새어머니는 다시 돌이더러 목욕주머니를 들고 나서는 아버지의 뒤를 따라가보라고 했다. 아버지는 목욕탕 앞을 그냥 지나쳐서 거기 골목으로 접어들더니 어떤 집으로 들어선다. 여인 하나가 신발을 집어 들인다.

돌이는 깜짝 놀랐다. 얼마 전 그 색시였다. 그 색시가 전번 집과는 딴판인 이 집에 와있는 것이었다. 돌아섰다. 그러나 돌이가 골목을 다 빠져나오기 전에 누구의 손엔가 목덜미를 집혔다. 언제 쫓아나왔는지 지금의 그 색시였다. 요 망할 것아, 왜 남을 못살게 구는 거냐. 목덜미에 난 여인의 손톱자국이 며칠을 두고 쓰렸다.

이듬해 풋과일이 나올 무렵이었다. 새어머니가 웬일인지 자꾸 풋과일을 사들였다. 된서리가 내리는 가을철에는 새어머니의 배가 불렀다.

곰보아주머니가 왔다. 곰보아주머니는 새어머니와 새아버지의 나이를 묻고 한참이나 손가락을 꼽을락 펼락 하더니, 틀림없이 아들이라고 했다. 돌아갈 때는 여지껏보다 더 큰 보자기가 들려졌다.

그리고 이듬해 정월달에 새어머니가 몸을 풀었다. 사내애였다. 세 이레가 지난 어느날 오래간만에 곰보아주머니가 왔다. 이번에는 제편에서 들른 게 아니고 이쪽에서 식모를 보내어 오라고 해서 왔다. 그리고 이번은 안방에 들어가 새어머니와 만나보는 게 아니라 바깥 아버지와 이야기하는 것이었다. 이야기 끝에 새아버지는 지전뭉치 하나를 곰보아주머니에게 쥐어주었다.

그 즉시 돌이는 곰보아주머니를 따라 솟을대문집을 나섰다. 곰보아주머니가 혼잣말로 중얼거렸다. 태점에는 분명히 딸이었는데. 그리고 돌이를 돌아보며, 거 다 네 팔자소관이니 할 수 없다.

돌이는 이 곰보아주머니가 왜 오늘은 기분이 나빠하는지 알 수가 없었다.

포목점 심부름꾼 아이가 되었다. 곰보아주머니가 미리 애 얻어달라는 부탁을 받았던 듯, 그날 솟을대문집에서 곧장 이리로 옮겨왔다.

그다지 고된 일도 없었다. 주인 내외가 퍽이나 상냥했다. 여기에도 가끔 곰보아주머니가 들렀다. 주인이 철따라 옷감가지를 들려보내곤 했다.

이태가 지났다. 옷감 이름을 죄다 외게 되었다. 그런데 포목점 주인이 서울로 이사를 가게 됐다. 서울에다 좀더 큰 포목상을 벌여놓는다는 것이었다.

돌이더러도 같이 가자고 했다. 그럴까 해보았다. 곰보아주머니가 달려왔다. 이애만은 여기 남아있어야 한다는 것이었다. 돌이도 딴은 그렇다고 생각했다. 역시 이 곰보아주머니가 있는 곳에 있어야 한다고, 그래야만 어머니가 돌아온대도 만날 수 있을 거라고.

다음날로 농기구점으로 옮겼다.

상점에는 먼저 들어와있는 큰애가 하나 있었다. 여기 상점일을 보기 시작한 지가 꽤 오랜 듯, 주인 대신으로 물건을 사고팔고 했다. 돌이와 달라 자기 집에서 자고 다녔다.

돌이는 오는 날로 뜰도 쓸고 물도 길어야 했다. 주인이 농기구를 가지고 시골로 나가고 없을 때는 제손으로 상점 문도 열어야 했다.

주인집에 아홉살 난 애가 하나 있었다. 틈틈이 이애 동무도 돼줘야 했다. 철사로 안경을 만들어주기도 하고 팽이를 깎아주기도 했다. 제기와 연도 만들어줬다. 돌이는 이애 동무가 됐을 때가 가장 즐거웠다.

어느날 밤이었다. 변소에를 가려고 안방 미닫이 앞을 지나다 저도모르게 발걸음을 멈추고 말았다. 미닫이 유리창 안에 애가 지금 어머니의 젖가슴을 안고 잠들어있는 것이었다. 애어머니는 어머니대로 한 팔을 애의 목에다 걸고.

문득 돌이는 자기도 어둠속에서 어머니의 가슴을 더듬었다. 어머니편에서도 같이 안아준다. 그러나 다음순간, 자기 어머니는 저쪽으로 돌아눕고 만다. 돌이는 급히 미닫이 앞을 떠나고야 말았다. 그러면서 다시는 이 미닫이 속을 들여다보지 않으리라 마음먹는다.

그러나 다음날 밤도 돌이는 미닫이 앞에 발걸음을 멈추었다. 오늘밤은 애가 돌아누워 잔다. 그런데도 어머니의 한 팔이 애의 목을 감아안고 있다.

바깥주인이 시골 다녀온 날 밤이었다. 주인이 상점에서 장부를 펴놓고 주판을 튀기는 틈을 타 돌이는 변소에 가는 체 안방 미닫이 앞으로 갔다. 오늘 밤은 애가 어머니의 목을 그러안고 있다. 어둠속에서 자기도 어머니의 목을 그러안는다. 그와 함께 누구의 손이 자기의 목덜미를 와 잡는다. 전날 목욕탕 옆 골목에서 젊은 여인한테 잡혔던 손맛보다 더 억세다. 요 자식이 남의 금가락지맛을 보더니 또 뭘 훔쳐내려구. 주인의 목소리였다. 뒤이어 억센 손바닥이 볼에 와 부딪치며 눈앞이 번쩍했다. 요 자식아 가락질 내놔라.

어제 안주인이 빨래 가며 경대 위에 빼놓은 금가락지가 없어졌다는 것이다. 돌이는 달아오르는 볼을 싸쥐고 어찌된 영문인지 몰라해 했다.

큰애가 상점 뒷문을 벙싯하니 열고 고개를 내밀었다가 거둔다. 순간, 돌이 머리에 떠오르는 게 있었다. 어제 변소에 간 줄만 알았던 큰애가 신발을 신은 채 안방 미닫이 틈을 빠져나오다 돌이와 눈이 마주친 일. 돌이는 주인에게 그것을 말하려 했다. 그러나 못하고 말았다. 벌써부터 큰애네 집에는 중풍으로 오금을 못쓰는 아버지가 있다는 말을 듣고 있었다. 눈앞에, 그 한번도 보지 못 한 큰애 아버지의 모습이 떠올랐다. 그것은 죽기 전 자기 아버지 모습이었다.

주인이 큰애를 시켜 곰보아주머니를 오라 했다. 돌이는 그밤으로 곰보아주머니를 따라 그집을 쫓겨났다. 얼마큼 오는데 어둠속에서 큰애가 달려왔다. 손에 무엇을 쥐어준다. 지전이었다. 돌이는 도로 큰애의 손에 쥐어주었다. 이런 큰애의 손은 축축히 땀이 배어있었다.

다시 얼마큼 와서 곰보아주머니가 발걸음을 멈추더니, 내일쯤 삽이랑 곡괭일 하나 얻어갈까 했는데 너 때문에 틀렸다, 그건 그렇다허구 그 가락지나 이리 내라. 돌이는 무어라 대답할 말이 없었다. 곰보아주머니가 이번에는 은근한 말로, 너 가락질 팔았냐? 이왕 팔아버렸음 나두 돈 구경이나 좀 해보자. 그래도 돌이가 잠자코 있으니까, 곰보아주머니는 예의 혼잣말을 중얼거린다. 늬 애빗적부터 금이라면 사죽을 못쓰구 금싸래기구 왕모래구 마구 집어삼키다가 창자가 꿰져 뒈졌느니라.

돌이는 오늘 이 곰보아주머니의 말만은 알아들을 대목이 있다고 생각한다.

곰보아주머니네 집은 사금판에서 약간 떨어진 거리 한끝에 있었다. 지난해 사금판이 시시부지해지자 사금판에 있던 집을 거두어가지고 이리 옮겨앉은 것이었다.

단간방 집이었다. 방안에는 웬 젊은 사내 하나와 젊은 여자 하나가 술잔을 주고받고 있다. 엔간히들 취한 모양이었다. 요것아, 좀 가까이 와. 사내가 색시의 겨드랑 밑을 잡아끌더니 그대로 한손을 저고리 앞섶 새로 넣는다. 색시는 간지러운 몸짓으로 윗몸을 비틀면서, 약주 그만하세요? 하고 술상을 윗목 머리맡께로 밀고는 전등을 끈다. 이쪽 사람은 알은 체도 않는 말투요 몸짓들이다.

곰보아주머니가 앉았던 자리에 그냥 드러눕는다. 그리고는 어둠속에 손을 내밀어 돌이더러도 거기 누우라는 시늉을 한다.

어느새 곰보아주머니는 코를 골기 시작했다. 바로 윗목 어둠속에서는 젊은 색시가 킬킬대며 연신 아얏 소리를 질렀다. 도무지 이쪽 사람은 모른다는 짓이다. 돌이는 손으로 양쪽 귀를 막아버렸다.

좀 만에 곰보아주머니의 손이 돌이의 몸에 와 얹힌다. 잠결에 그러는 것이리라. 그런데 이 손이 움직이더니 저고리주머니를 더듬는다. 뿌리치려 했다. 그러나 그만두었다. 오늘 이리로 오는 길에서 곰보아주머니가 한 말들이 생각났던 것이다. 곰보아주머니의 손은 바지주머니까지 뒤지더니, 이번에는 온몸을 쓸 듯이 훑기까지 한다.

날이 새자 젊은 사내는 돌아가고 없었다. 젊은 색시만이 그냥 아무렇게나 몸을 흩뜨린 채 잠이 들어있었다. 술기운이 가신 젊은 색시의 얼굴은 어젯밤 전등불 밑에서 보던 것보다는 사뭇 부석부석하고 누르퉁퉁한 빛이었다. 나이도 더 먹어 보였다.

밖으로 나왔다. 사금판 쪽으로 걸어갔다. 한때는 금이 막 쏟아져나온다고 야단법석이던 곳. 지금은 큰 무덤같은 버력더미만을 무수히 남겼다.

돌이는 거기 한 버력더미 위에 앉았다. 왕모래 섞인 버력흙을 움켰다. 입에 좀 넣어본다. 돌이는 알 수 있을 것 같았다. 지난날 아버지가 여기 사금판 삯일을 다니기 시작한 지 얼마 안되어서부터 왜 요강에다 뒤를 보았는지를. 그리고 그것을 물 담긴 대야에다 옮겨가지고 열심히 찾곤 한 것이 무엇이었는가도. 그리고 진눈깨비 내리는 날 아버지가 타고 앉았던 요강에서는 왜 피가 나왔는지도. 그러다가 돌이는 가슴이 섬뜩해졌다. 아버지가 세상을 떠난 지 얼마 안 되어서부터 왜 어머니의 신발 속에 이곳 왕모래가 들어있곤 했는지도 알 수 있을 것만 같았다. 어젯밤 젊은 여인과 사내의 모양이 떠올랐다. 아버지가 세상을 떠난 지 얼마 안 되어, 어머니가 곰보아주머니를 불렀던 일. 그리고 곰보아주머니가 데리고 왔던 코밑에 팔자수염을 기른 사내의 일. 그 때 곰보아주머니의 집은 이 사금판 안에 있었다. 그러나 돌이의 가슴속에서, 아니다, 아니다, 하고 부르짖는 게 있었다. 어젯밤 여인은 날이 밝은 지금까지 곰보아주머니네 집에서 자고 있지 않느냐. 자기 어머니만은 날이 새기 전에 자기한테 와 주었다.

너 예 있는 걸 모르구 찾아다녔구나. 곰보아주머니였다. 그러나 지난 날 설렁탕집 굴뚝 모퉁이에서처럼 반갑지도 아무렇지도 않은 곰보아주머니였다. 너 울었구나, 왜 어디가 아프냐? 내 널 여관집에다 말해놨다. 요전번처럼 손버릇 사나운 짓 해선 못쓴다. 자, 가자.

돌이는 문득 이 곰보아주머니에게 자기 어머니는 어찌 되었느냐 물으려다 그만두었다. 혹시나 모른다는 말이 나올 게 무서웠다. 그러면서 우선 오늘밤엔 이 곰보아주머니네 집에서 자지 않게 된 것만이라도 다행이라고 생각했다.

여관집 안뜰에 서있는 살구나무가 세번째 꽃잎을 지우기 시작한 어느 날 새벽이었다.

뜰을 쓸고 있느라니 곰보아주머니가 치맛바람을 내며 들어섰다. 그동안도 가끔 돌이를 찾아와준 곰보아주머니였다. 와서는 무엇에 급히 쓸 데가 있으니 돈 얼마를 취해달라곤 해, 손님한테 심부름돈 모아두었던 것을 나눠주곤 했다. 그러나 이렇게 새벽에 찾아온 건 처음이었다.

얘, 늬 엄마가 왔다. 오래간만에 듣는 곰보아주머니의 상냥한 말소리였다. 그러나 돌이의 귓속은 웬일인지 먹먹해지고 말았다. 손에서 비를 떨구었다. 집어서 살구나무에 기대어 세웠다. 비가 바로 서있지를 못하고 넘어졌다.

얘가 왜 우물쭈물할까, 바루 문 밖에 늬 엄마가 와있다는데…… 대문간에 중늙은이 하나가 서있었다. 기름기 없는 머리털이 성글게 흐트러져 있었다. 얼굴빛이 아주 노오랬다.

어때, 그새 어른 다 됐지? 금년 열일곱살이어, 그동안 내 보살펴주느라구 무척 앨 썼네.

곰보아주머니의 말에 어머니는 아무 대꾸가 없었다. 움푹 패인 쌍꺼풀 진 눈은 눈곱이 낀 채 흐리멍덩하니 돌이 쪽을 바로 쳐다보는 것같지도 않았다.

참, 늬 엄마 앓는다, 어서 방에 모셔다 눕혀라.

참말 걸음도 꼭 앓는 사람의 그것이었다. 구석진 방에 자리를 펴고 눕게 하였다. 베개에 머리를 얹자 어머니는 눈부터 감았다.

곰보아주머니가 기다리고나 있었던 듯이 돌이에게 귓속말을 했다. 어젯밤 늬 어머니 약을 내 돈으루 샀다, 다른 사람같으면 구하지도 못할 약을 그래두 나기에 구해다 썼다. 그러면서 곰보아주머니는 돌이 앞에 손바닥을 내밀었다. 이런 곰보아주머니의 손은 지난날과 다름없이 살결

이 고왔다.

돌이는 어서 의사를 불러와야겠다고 했다. 그제야 어머니가 눈을 감은 채, 의사는 일없으니 이대로 가만히 누워있게 해달라고 했다. 목소리도 갈릴대로 갈려있었다.

어머니는 아침밥도 별로 뜨지 않았다. 점심도 그랬다. 저녁에는 미역 국물만 두어 모금 마셨다.

이날 돌이는 틈이 나는 대로 어머니 방에 와서는 잠든 듯 꼼짝않는 어머니를 내려다보곤 했다. 아무래도 지난날의 어머니 모습이 아니었다. 그저 지저분스레 눈곱이 끼고 움푹 꺼진 눈이긴 해도 쌍꺼풀져있는 것만이 옛모습을 남겼다고 할까. 그러나 돌이는 이 모든게 어머니가 지금 앓기 때문이라고 생각했다. 그러니 어서 어머니를 위해 판잣집이라도 장만해 가지고 병구완부터 해드리리라.

날이 어스레해서 정거장까지 손님의 짐을 들어다주고 돌아와보니, 어떤 방 손님 하나가 돈지갑을 잃었다고 야단이었다. 잠깐 변소에 다녀온 것뿐인데 방에 걸어두었던 양복저고리에서 돈지갑이 없어졌다는 것이었다.

어머니가 비틀걸음으로 대문을 들어선다. 아주 심한 환자의 걸음걸이었다. 변소를 찾아나갔었다고 한다. 돌이는 아차 하는 생각이 들었다. 요강을 하나 사올 걸 잘못했다. 손님이 돈을 잃었다고 난리를 벌이는 그 경황 속에서도 돌이는 어머니의 요강이 급했다.

사기점에서 그중 좋은 요강 하나를 사들고 돌아오며 돌이는 즐거웠다. 지난날 셋방 안주인이 자기네 요강마저 내갔을 때, 정말 자기 어머니는 돌아오지 않으리라 생각한 것처럼 오늘부터는 이 요강으로 해서 어머니를 완전히 자기 것으로 만든다는 생각에 절로 가슴이 두근거려졌다.

돌이가 들어가자 어머니는 웬 주사약병 하나를 내밀며, 이런 약 하나만 사오라고 했다. 네거리 앞 단골 약방으로 달려갔다.

약방 사환애는 주사약병을 보더니, 이런 주사약은 의사의 증명서가 없이는 팔 수 없다고 했다. 어젯밤에는 곰보아주머니가 와서 하도 조르기에 한 개 팔았다가 주인한테 야단을 맞았다는 것이다. 그리고 실은 좀 전에도 어떤 중늙은이 여인이 와서 갖은 사정을 다하는 걸 안 팔았다고 하면서, 대체 이게 무슨 약인지 아느냐고, 이게 바로 아편약이라고까지 일러주는 것이었다.

돌이는 가슴이 뜨끔했다. 어젯밤 곰보아주머니가 사기 힘든 약을 사다 썼다던 말. 좀전에 변소를 찾아나갔다던 어머니의 비틀거리던 걸음걸이. 여관 방 어떤 손님이 돈지갑을 잃었다는 일. 그러나 돌이는 그럴 리 없다고 고개를 내저었다.

빈손으로 들어서는 돌이를 보자 어머니는 무슨 기운에 벌떡 일어나 앉기까지 했다. 이 못난 자식아, 그래 그것 하나 못 사온단 말이냐, 당최 너같은 걸 낳아놓기가 잘못이다, 너만 낳지 않았던들 오늘날 난 이모양이 안 됐다, 내 이 배를 좀 봐라, 뱀 허물같은 이 자국을 좀 봐라, 이게 알량한 너같은 걸 낳느라구 그랬다, 그 마음씨좋은 사금판 감독이 멋 땜에 날 버린 줄 아니? 이 배 때문이다, 다음에 철도 감독이 날 버린 것두 이 때문이구, 얼마 전에 신길이 영감을 하나 만났다, 그 영감마저 날 버릴까봐 영감이 하라는대루 이걸 맞기 시작했다, 이 영감이 그만 며칠 전에 남의 구두를 훔치다가 붙들렸다, 그래 할수없이 너한테 몸을 의탁할까 해서 왔드니 요모양이냐. 그러나 곧 어머니는 애원조로 변하여, 아니다, 얘야, 모든게 다 내 잘못이다, 이 배의 허물자국을 볼 때마다 내 피를 물구 나온 널 생각지 않은 때가 없다, 세상 사내란 사낸 모두 매정스럽드라, 얘야, 이 어밀 불쌍히 여겨다오, 제발 좀 살려다오, 한 대만 구해 오너라, 그렇지 않으면 이 어민 죽는다.

더 들을 수가 없었다. 돌이는 그길로 병원으로 달려갔다. 그러나 병원에서는 그런 환자가 있으면 곧 경찰에 알려야 한다는 것이었다.

다시 아까의 약방으로 달려갔다. 주인을 만났다. 돈은 얼마든지 낼 테니 한 대만 꼭 파세요. 주인은 눈물어린 돌이의 얼굴을 지그시 바라보다가, 그럼 단골로 늘 약을 팔아주는 값으로 이것 한 대만 준다고 했다.

어머니는 돌이의 손에서 약병을 빼앗듯이 하여 미리 간수해두었던 주사기에 옮기기가 바쁘게, 후들거리는 손으로 가죽만 남은 젖가슴을 찔렀다. 오, 역시 내 아들이구나.

돌이는 슬픈 얼굴이면서도 무엇을 결심한 낯빛이었다. 여관 주인한테 가서, 오늘 저녁 잃은 손님의 돈은 자기가 갚겠노라고 했다.

돌아와보니, 어느새 어머니는 숨소리도 고르게 잠이 들어있었다. 전등을 끄고 자기도 그 곁에 누웠다. 그리고 팔로 조용히 어머니의 목을 안았다. 손이 뿌리쳐지지 않았다. 돌이는 팔에 점점 힘을 주었다. 여윈 어머니의 몸이 목 비틀린 잠자리모양 떨렸다. 숨이 괴로운 것이다. 그러나 돌이는 그냥 팔에다 힘주기를 멈추지 않았다.

1953 시월

왕모래

현실과 이상, 모래와 별 사이에서

단편 「왕모래」(1953.10)는 부정적인 모성상을 보여줌으로써 역설적으로 모성의 절대성을 강조하고 있는 단편이다. 이 단편은 어머니를 향한 그리움과 그 그리움이 현실속에서 추한 아편쟁이의 모습으로 돌아온 어머니로 인해 좌절될 때 야기되는 비극을 조명한 작품이다.

이 작품에서 '왕모래'의 이미지는 가난과 매춘을 동시에 표상한다. 아버지가 낮에 버력짐을 지면서 묻혀 가지고 다니던 왕모래는 가난을 표상하고 있으며, 어머니가 밤마다 고무신 속에 넣어가지고 오는 왕모래는 매춘을 표상한다. 따라서 '왕모래'의 이미지는 가난에 의한 죽음(아버지의 죽음)과 도덕적인 타락에 의한 죽음(어머니의 죽음)을 동시에 상징한다고 볼 수 있다. 돌이에게 있어서 '요강'은 어머니를 표상하는 매개체가 되고 있다. 이 작품은 돌이의 성숙의 단계 즉 '모른다' '알 수 없다'로 일관되는 무지의 단계와 '알 수 있을 것 같았다'로 표현되는 인식의 단계를 거쳐 어머니에 대한 그리움이 어떠한 행위로 나타나는가를 조명해 간다. 돌이는 점차 성장하면서 아버지가 죽은 원인과 어머니의 매춘을 인식하게 된다. 그러나 돌이는 어머니가 매춘 했다는 사실을 강하게 거부한다. 이렇게 돌이에게 있어서 어머니의 존재는 절대적으로 아름다운 존재로서 자리잡고 있었던 것이다. 그러나 도둑으로 오해 받으면서까지 어머니를 안타깝게 그리워하던 돌이에게 어머니는 아편쟁이의 추한 모습으로 돌아오게 된다. 더구나 자식에 대한 사랑 때문이 아니라 아편 때문에 돌아온다. 그리고 어머니는 아편약을 사기 위해 돈지갑까지 훔친다. 나아가 돌이에게 너 때문에 내가 이 꼴이 되었다고 원망한다. 그러다가 금방 애원조로 변해 아편약을 구해 오라고 애걸한다. 돌이는 아편약을 힘들게 구해온다. 그리고 어머니의 목에 힘을 준다.

즉 돌이가 그렇게도 그리워하던 어머니가 추한 아편쟁이로 돌아왔을 때, 그리고 자식에 대한 애정 때문이 아니라 아편약 때문에 돌아왔을 때, 절대적 존재로서의 어머니에 대한 아이덴티티(identity)를 상실하면서, 돌이는 어머니를 살해할 수밖에 없게 된다. 돌이가 어머니를 살해하는 행위는 신성하고 영원한 모성상을 회복하기 위한 몸부림의 한 반영이라고 볼 수 있다. 끝까지 자식에 대한 사랑 때문이 아닌 아편 때문에 찾아오는 어머니를 살해하는 행위는 자신이 그리던 아름다운 어머니의 모습을 회복하려는 의도이며 이것은 어머니에 대한 지극한 사랑의 역설적 표출로 볼 수 있다. 작가가 이 작품을 통해서 정염 때문에 자식을 버리고 떠나간 어머니로 하여금 끝내 아편 때문에 자식에게 돌아오는 타락한 모성상을 보여주고 있는 이유는 무엇일까. 이것은 바로 부정적 모성상을 통하여 역설적으로 모성애의 중요성을 강조하려는 작가의 의도라고 볼 수 있다.

한편 이 단편은 시대적 상황과 연결시켜 볼 때, 작가의 민족의식이 모성의식과 결부되고 있는 작품이다. 곧 「별」(1940.가을)에서의 아이가 그토록 그리워하던 '어머니' 곧 '모국'이 해방과 6·25를 거치면서 「왕모래」(1953.10)에서 볼 수 있듯이 추한 어머니 곧 남·북의 분단이라는 우리가 기대하지 않았던 '모국'으로 변질되어 돌아왔을 때, 이 '어머니' 곧 '모국'을 죽일 수밖에 없었던 것은 역설적으로 작가의 지극한 '조국애'의 발로라고 볼 수 있다.

비바리

바다 위에서 보면 제주도란 그저 하나의 커다란 산으로밖에 보이지 않는다. 배를 타고 저쪽 바다 한끝에 엷은 보랏빛으로 채색된 윤곽이 하나 얼룩질라치면, 아 제주도다, 하고 소리들을 지르는 것이지만, 기실 그것은 섬이라기보다는 오른쪽에다 큰 봉우리를 두고 왼쪽으로 낮은 봉우리를 연이어놓은 하나의 크나큰 산이란 느낌밖에 주지 않는 것이다. 제주도란 곧 한라산 그것으로 된 화산도인 것이다.

자연 포구나 촌락도 거의 모두가 한라산 기슭이자 바닷가에 붙어있게 마련이다. 그래도 제주읍만이 산기슭에서 퍽이나 떨어진 평지에 있다는 인상을 준다. 그러나 이것도 따지고보면 한라산 기슭이 이쪽으론 가장 완만스러이 흘러내려왔다는 것뿐이다. 읍 바로 잔등이 언덕과 고개요, 이 언덕과 고개가 그대로 골짜기를 이루면서 한라산 본봉우리 밑까지 주름잡혀있는 것이다.

본봉우리는 웬만한 날에는 대개 머리에다 구름이나 안개를 휘감고 있다. 이만큼 크고 높은 산이면 으레 골을 따라 물이 흐를 법도 하건만 한라산은 달랐다. 제주도에 물이 귀할 수밖에 없다. 흔히 제주도에서 아이들이 대로 엮은 구덕이라는 바구니 속에 허벅이라는 물항아리를 지고 다니는 걸 본다. 어디서나 물을 보기만 하면 여기 퍼담게 마련인 것이다.

이러한 제주도에서 서귀포만이 예외였다. 한림이나 모슬포나 그 밖의 다른 포구와 촌락들처럼 산기슭에 붙어있는 것만은 마찬가지다. 도리어 어느 포구보다도 더 산기슭에 바로 붙어있는 갯마을인 것이다. 그런데 이곳만은 다른 데서 볼 수 없을 만큼 물이 흔한 것이다. 맑고 깨끗한 산골짝물이 여러 갈래로 나뉘어 집 뒷모퉁이를 돌아 마당귀를 스쳐 제법 돌물소리까지 내면서 흐른다. 이 물이 마을 뒤꼍 석벽에는 목물터를 드리워놓고, 바다에 면한 돌벼랑에 이르러서는 그대로 작은 폭포를 이루어 밑에다 물안개를 피우기까지 하는 것이다.

　준이가 어머니와 함께 제주읍에서 서귀포로 옮겨온 것은 1·4후퇴를 한 그 해 여름철이었다. 본디 준이는 음식을 가려먹는 버릇이 있었다. 그래서 그런지 스무살이 지난 오늘날도 목덜미가 소녀모양 희었다. 이 준이가 또 곧잘 물을 탔다. 1·4후퇴 때 배편이 수월하다고 해서 어머니와 같이 인천에서 탄 배가 부산에는 들르지 않고 제주도에 대었을 때 첫째 준이를 괴롭힌 것이 이 물이었다. 몇번이나 몸에 두드러기가 돋혀 살갗이 벗겨지도록 소금으로 문질러야만 했다. 어머니가, 좋다는 물을 품을 놓아 쫓아다니며 길어다가 그것도 일일이 끓여서만 먹였다. 서귀포 물이 좋다는 말을 여러 사람한테서 들었다. 그러나 이제 자기네는 피난 때 트럭으로 먼저 내려간 삼촌의 기별이 있는대로 곧 육지로 나가야 한다는 생각에 제주읍에서 엉거주춤하고 반년 남짓을 보내고 말았다. 그동안 이리저리 수소문해보았으나, 웬일인지 삼촌의 거처조차 알 길이 없었다. 그렇다고 무턱대고 육지로 찾아나가는 수도 없어서 주춤거리다가 우선 준이에게 물이라도 갈아먹여야겠다고 서귀포로 옮긴 것이었다. 어머니가 누구한텐가 제주도 물에는 철분이 부족해서 꼽추와 절름발이가 많이 생긴다는 말을 듣고는 더 참을 수가 없었던 것이었다. 피난때 갖고 온 물건 중에서 값나가는 물건을 골라 팔았다.

준이네가 서귀포로 오던 날은 며칠째 비가 뿌리다가 날이 들면서 바람이 좀 치는 날이었다. 버스에 실리어 4·3사건 당시 쌓아올렸다는 두 길 세 길이 넘는 성벽에 둘린 촌락을 지나며, 그저께인가도 동제주도 어느 부락에 빨치산이 출몰했다는 소문을 상기해보면서 서귀포에 닿은 것은 거의 낮때가 되어서였다. 말로 듣던 서귀포가 여긴가 싶게 한산한 고장이었다. 오는 길에 버스 차창으로 내다 본 모슬포의 부산스런 모습은 찾아볼 수가 없었다. 그 어마 어마한 성벽도 둘려있지 않았다. 준이는 잠시 어떤 예기했던 일이 어긋났을 때 느끼는 어리둥절함을 맛보았으나, 곧 여기야말로 한동안 쉬어갈 수 있는 곳이란 생각이 들었다. 발밑을 스치는 실개천을 대했을 때 더욱 그랬다. 참으로 오래간만에 대하는 서늘한 물이었다. 며칠 동안 내린 비에도 더럽혀지지 않고 그냥 맑고 깨끗하기만 했다. 발목을 벗어 물에 담그며 지금 약간 나부리를 일으킨 바다 쪽을 내다보았다. 여태 보아온 어느 바닷물보다도 남빛으로 푸르고 맑았다. 무심코 고개를 돌리니, 한라산 봉우리에는 바람에 밀려오다 걸린 구름으로 해서 서북쪽은 흐리고, 이쪽 동남쪽은 파아란 하늘이 호수모양 그대로 드러나있었다.

준이는 밀짚모자바람으로 매일같이 거의 밖에서 살았다.

마을 남쪽 끝에 단추공장이 하나 있었다. 흰 회를 바른 단층 함석집으로 앞 바다에서 나는 조개껍데기 소라껍데기 전복껍데기 따위를 이용해서 단추를 만드는 곳이었다. 제주도에서도 이 서귀포에서 나는 패각류가 제일 결이 곱다는 것이다. 공장 한옆에는 제품을 만들고 버린 패각류 부스러기가 더미로 쌓여있었다. 어쩐 일인지 공장은 쉬고 있어서 언제 보아도 조용하기만 했다. 울타리 대신으로 두른 협죽도가 한창 연분홍 꽃을 달고 있었다.

이 단추공장을 옆에 끼고 돌면 조그만 방파제로 나서게 된다. 이 방파제 앞 바로 손에 닿을 듯한 곳에 조그만 섬이 하나 가로놓여있다. 새섬이라는 섬이다. 가장자리로 돌아가며 나무가 약간 서있을뿐 한가운데는 그저 민민하다. 이 섬 바로 저편에 문섬이라고 하는, 새섬보다도 약간 작은 섬이 얌전하게 솟아있다. 이것이 서귀포 제일 남쪽 끝인 것이다. 이 섬은 도리어 꼭대기에 나무가 좀 서있고, 둘레에는 바위가 박혔다. 이 문섬과 새섬 사이가 목이 좁고 물살이 아주 빨라서 잠녀(제주도에서는 해녀를 이렇게 부른다)들도 가까이 가지 못하는 곳이다.

방파제에서 돌아서 바다를 끼고 크고 작은 속돌이 깔린 해변가로 돌아오면 저만치 앞에 숲섬이라는 역시 자그마한 섬이 건너다보인다. 크기는 새섬 정도일까. 그런데 위에만 나무가 서있고, 둘레로 돌아가면서는 바위투성인 것은 문섬 비슷하다. 백도라지와 약초가 나는 것으로 이름있는 섬이다. 그리고 여기가 서귀포치고도 잠녀들이 가장 많이 모여드는 장소이기도 한 것이다. 오월경 미역 딸 절기가 되면 사방에서 잠녀조합원들이 모여드는 것이다. 가장 가까운 보목리는 말할 것도 없고, 십리 남짓 떨어진 동홍리, 멀리는 이십 리나 떨어진 법환리에서까지 떼를 지어 이 숲섬가로 모여드는 것이다. 준이네가 온 때는 마침 농삿일이 바쁜 때라 그처럼은 잠녀가 들끓지 않았지만, 그래도 매일 칠팔 명의 잠녀가 숲섬 근방에서 떴다 잠겼다 하는 것이었다. 그 독특한 휘파람소리, 그리고 선돛대라 불리우는 이들 잠녀가 자맥질할 때 물 밖으로 곧추세우는 두 다리의 모습. 준이는 해변가에 앉아 지금 자맥질해 들어간 잠녀가 나올 위치를 눈으로 점쳐본다. 대개는 점친 위치와는 딴데서 솟구쳐나와 휘파람을 부는 것이다. 이번에는 자맥질해 들어간 잠녀가 얼마나 오래 있는가를 재어본다. 자기도 숨쉬기를 멈춘다. 그러나 준이가 참다못해 세번째 숨을 쉴 때까지도 올라오지 않는 수도 있었다.

다음으로 준이는 작은 폭포가 떨어지는 곳으로 가서 한참 앉아있기도 한다. 그러다가 더위가 느껴지면 마을 뒤꼍에 있는 자구리 목욕터로 가는 것이다. 준이는 이곳 사람들이 자구리 목욕탕이라고 부르는 그 자구리라는 말이 어디서 온 것인지를 모른다. 원래 제주도에 와서 처음 듣는 말이 굉장히 많았다. 어디 갑니까를 어디 감수꽈, 어디 보낼 것이오?를 어디 보낼 거우꽈, 좀 앉읍시다를 좀 앉이쿠다 하는 말들은 그래도 짐작이 가는 사투리지만, 돼지를 도새기, 닭을 독, 달걀을 독새기, (병아리는 따로 삥아리라는 말이 있다) 마늘을 콕대사니, 무우를 놈삐, 성냥을 곽, 먼지를 구듬, 처녀를 비바리, 노처녀를 작산비바리라는 따위는 처음 듣고서는 통 무슨 말인지 알 수가 없는 것이었다. 이 자구리 목욕터만 해도 이곳 사람들이 자구리 목욕탕 자구리 목욕탕 하기에 무슨 공동 목욕탕이라도 가지고 그러는 줄 알았더니, 마을 뒤꼍에 있는 천연 목욕터를 그렇게 부르고 있는 것이었다.

넓이가 열대여섯간쯤 되는 웅덩이였다. 이쪽 둑에는 둥굴둥굴한 검은 바위가 아무렇게나 굴러있고, 웅덩이 속도 돌자갈이 깔렸는데, 깊은 데라야 어른들 배꼽노리에도 차지 않는 물이었다. 그러나 이곳이 여름철 목욕터로서 유례없는 조건을 갖추고 있는 점은, 웅덩이 물이 원래 맑고 찰 뿐 아니라 웅덩이 안쪽으로 병풍처럼 둘린 석벽 위에서 언제나 맑고 깨끗한 물이 쏟아져내리는 것이다. 웅덩이 물보다도 아주 더 차가운 물이었다. 처음에 준이는 그 석벽 밑으로 목물을 맞으러 들어갔다가 대번에 흑 느끼고는 그대로 뛰쳐나오고 말았다. 어찌 물이 찬지 뛰쳐나와서도 한참 온몸에 소름이 돋쳐 위아랫니가 떡떡 맞부딪쳤다. 그 후에 여러 차례 이를 악물고 들어가 참아보았으나 여태껏 열을 세지 못하고 뛰쳐나오곤 하는 것이다.

이날도 준이는 웅덩이에서 세수를 하고 몸을 한번 담갔다가 석벽 밑으로 들어섰다. 처음으로 열셋까지 세고 뛰쳐나왔다. 그리고는 웅덩이 둑에 있는 바위로 나와 햇볕을 쬐는 것이다. 흰 살갗이었다. 벌써 한 주일 가까이 햇볕을 쬐건만 좀처럼 타지 않는 살갗이었다. 본래부터 햇볕을 먹지 않는 살갗인 듯했다. 동그스름한 어깨와 잔등이 약간 분홍빛으로 물들었을 뿐 겨드랑 밑과 허벅다리 안쪽은 그냥 희고 투명한 살결 그대로였다.

준이네가 들어있는 집은 중늙은이 내외가 어린 손자 하나를 데리고 사는 집이었다. 아들은 4·3사건 때 의용군으로 뽑혀나갔다가 죽었다는 것이었다. 준이 어머니가 이웃집 부인한테 들은 말에 의하면 며느리되는 사람이 유복자를 낳고 애 첫돌이 되자마자 어디론가 종적을 감추어버렸다는 것이다. 뒤에 들리는 소문이 성산포에 사는 어느 남자와 배가 맞아 거기 가 산다는 것이었다. 이런 소문이 있건만 중늙은이 내외는 한번도 며느리를 찾아나서는 일 없이 젖도 채 안 떨어진 어린 손자를 자기네 손으로 키워온다는 것이었다.

언제나 말이 적은 조용한 내외였다. 밭농사 조금과 돼지 한 마리에 닭 십여 마리를 쳐서 생계를 이어가고 있었다. 제주도의 풍습대로 장날이 되면 마누라가 그동안 받아두었던 달걀을 채롱 속에 담아가지고 내다 팔았다. 밭농사도 거의 마누라가 짓는 눈치였다. 닭에게 조개껍데기같은 것을 빻아준다든가 돼지우리에 풀을 베어다 들여뜨려주는 일까지 마누라가 도맡아 했다. 영감은 그저 어린 손자나 보는 게 일인 것 같았다. 애를 재울 때는 뜰에 서있는 멀구슬 나무 그늘 밑에 광우리를 내다놓고 그 속에 어린것을 눕히고는 대고 흔들어대는 것이다. 생각하기에는 들었던 잠도 깰 듯싶은데 곧잘 어린 것이 잠이 들어버리곤 했다.
이렇게 한가한 영감이라 준이와 같이 낚시질을 시작한 것도 무어 찬거리나마 장만해보겠다는 뜻에서가 아니고, 그저 심심파적에서 온 것이었다.

밀물이 들어왔다 나간 뒤 해변가에 깔려있는 돌 밑을 들치면 육지의 지렁이보다 약간 가늘고 야무진 갯지렁이가 나온다. 그것을 병에 넣어 소금으로 죽여가지고 미끼로 삼는 것이다. 낚시터로는 숲섬을 택했다. 배를 빌려 타고 섬으로 건너가 그 한귀퉁이에 자리를 잡고 낚시를 던져보았다. 그러나 준이는 처음 해보는 낚시질이니 그만두고라도 주인집 영감도 무던히 낚시질에는 서툴러서 둘이 잡은 고기를 합쳐도 고작 고맹이새끼나 술맹이새끼 몇 마리씩밖에 되지 않기가 일쑤였다. 그저 준이는 해변가에서 멀찌감치 보고듣던 잠녀의 휘파람소리와 선돛대를 눈 가까이 대할 수 있는 것만도 그때그때의 심심풀이가 되는 것이었다.

그날도 낚시질은 허탕을 치다시피 하고, 둘이는 섬 꼭대기로 올라가 백도라지꽃이 핀 풀섶에 누워 한잠씩 자고 나서 집으로 돌아오는데, 누가 뒤에서 쫓아오는 기색이 있었다. 고개를 돌렸더니 웬 잠녀 하나가 따라오고 있는 것이었다. 금방 물에서 나온 물기가 가시지 않은 어깨에 감물 들인 헝겊조각을 하나 걸치고는 한 손에다 전복과 소라가 들어있는 망태기를 들고 있었다. 그 전복이나 소라를 팔아달라는 것이었다. 늘 낚시질에 재미를 못보고 돌아오는 준이를 보아두었다가 이날은 이거라도 사서 대신하라는 눈치같았다. 망태 안에 들어있는 전복과 소라가 큼직하고 먹음직스러웠다. 원래 준이의 식성은 육류보다도 어류를 좋아했다. 더우기 이번 제주도에 온 후로는 돼지고기같은 것은 통 사들이지도 못하게 했다. 이곳 돼지우리는 변소와 서로 통해 있는 것이다. 사람이 변소로 가까이 오는 기색만 보여도 벌써 더러운 것을 받아먹으려고 눈깔을 희번덕거리며 변소구멍으로 대가리를 들이미는 것이다. 준이는 미처 뒤도 채 못보고 뛰쳐나온 적이 한두 번이 아니었다. 평생 돼지고기는 입에 대지 않으리라는 마음까지 먹었다. 그대신 제주도의 생선은 좋았다. 그중에서도 서귀포 생선은 물이 맑은 탓인지 더욱 살이 싱싱하고 야드르르했다. 이날 준이는 젊은 잠녀를 집으로 데리고 와 전복과 소라 얼마를 팔아주었다.

그 뒤로 준이네는 따로 생선을 사러 나가지 않아도 되었다. 그 젊은 잠녀가 자기 손으로 잡은 해물을 갖고 오곤 하는 것이었다. 그때마다 소용되는 것을 팔아주었다. 잠녀는 연일 들를 때도 있고 하루이틀 거르는 때도 있었다. 아마 좋은 것을 잡지 못하는 날은 거르는 모양이었다. 갖고 오는 물건도 전복과 소라뿐만 아니고 붉바리라는 생선도 있었다. 농어같이 생겼으나 입이 좀더 크고 몸에 주홍색 잔 점이 얼룩져있는 생선이었다. 물속에서 작살로 잡는다는 것이었다. 작살로 잡는 것으로 다금바리라는 생선이 또 있었다. 이것도 농어 같이 생겼는데 붉바리보다 더 입이 크고 등쪽은 담청색이고 배쪽은 은백색인 고기였다. 이 다금바리나 붉바리는 작살에 맞고도 좀처럼 죽지를 않아 도마 위에 올라서도 펄떡거렸다.

준이네는 어느새 이 단골로 드나드는 젊은 잠녀를, 그 처녀니 그 해녀니 하는 대신에 제주도 말로 그저 비바리라는 것으로 통했다. 나이는 딱이 알 수 없으나 아직 스물 안팎의 비바리임은 틀림없었다. 이 비바리가 하루는 물건을 팔러 와서 전에없는 짓을 했다. 다금바리 한 마리를 팔고 돌아가면서 큼직한 전복 한 개를 덥석 준이의 손에 쥐어주는 것이었다. 준이는 얼김에 받기는 했으나, 받고나서 이것을 그냥 받아야 옳을지 어떨지 망설였다. 그동안 적잖이 물건을 팔아준 게 고마워 덤으로 주는 것이라고 생각할 수도 있었다. 그러나 그런 뜻으로 주는 것이라면 흥정할 때 어머니에게 어엿이 내놓았어도 좋을 것이었다. 준이는 새삼스러이 비바리의 나가는 뒷모양을 바라다보았다. 옹골찬 몸매에 구릿빛으로 윤나는 피부가 새롭게 눈에 스며들었다. 그러면서 공연히 얼굴이 달아오름을 느꼈다.

그 이튿날이었다. 이날도 숲섬으로 건너가 물리지 않는 낚시를 드리워놓고 있느라니까 오래간만에 찌가 쑥 물속으로 들어가는 것이었다. 준이가 한눈 파느라고 미처 보지 못한 것을 주인집 영감이 보고 알려주었다. 낚싯대를 잡는 순간 벌써 엔간히 큰 것이 물렸다는 걸 알 수 있었다. 낚싯대가 마구 휘었다. 주인집 영감이 달려와 맞잡아주었다. 둘이서 조심조심 끌어올렸다. 그러나 낚시에 물린 것이 얼핏 물 밖으로 나타나는 것을 본 준이는 그만 낚싯대를 내던지면서 뒤로 털썩 주저앉아버리고 말았다. 사람의 머리인 것이다. 그러나 자세히 보니 그것은 죽은 사람의 머리통이 아니요 산 사람의 것이었다. 머리 다음에 동체가 드러나고 그 다음에 둑으로 올라서기까지 하는 것이었다. 잠녀였다. 잠녀 중에도 다른사람 아닌 비바리인 것이었다. 입에 낚시를 물고 있었다. 입술 새로 피가 번져 나왔다. 비바리는 옆에 누가 있다는 것은 아랑곳않는 듯이 준이만을 바라보았다. 검은 속눈썹 속의 역시 검은 눈이 흐리지도 빛나지도 않고 있었다. 이윽고 비바리는 제손으로 낚시를 뽑더니 그 피묻은 입술에 불현듯 미소같은 것을 띄우고는 그대로 몸을 돌려 바다로 뛰어들었다. 그리고는 맵시있는 선돛대를 보이면서 물속으로 사라져버렸다. 준이는 어리둥절했다. 사람이 낚시에 걸려 나오는 것을 보고 놀라기도 했지만 비바리가 이쪽의 실수를 나무라듯 바라보는 동안은 온몸을 웅송그리고 있을밖에 없었다. 그러다 비바리가 피묻은 입술에 미소같은 것을 띄우고 돌아서는 것을 보고야 자기 낚시가 실수를 해서 잘못 입술을 꿴 것이 아니고 비바리편에서 장난을 치느라고 자기 낚시를 와 물었다는 걸 알 수 있었다. 절로 얼굴이 달아오름을 느꼈다. 그러면서 바다로 눈을 주었을 때는 이미 비바리가 저쪽 잠녀들이 떠있는 가까이에 솟구쳐오르며 휘파람을 부는 소리가 수면을 타고 건너왔다.

주인집 영감이 낚시를 거두어 챙겼다. 비바리의 소행이 괘씸하다는 적이 일그러진 얼굴빛이었다. 준이도 따라 낚싯대를 거두었다. 그러나 웬일인지 비바리의 소행이 밉게만 여겨지지는 않았다. 좀전에 낚시를 물고 반나체의 젖은 몸으로 자기 앞에 나타났다가 도로 물로 뛰어들어간 비바리가 하나의 크나큰 생선모양 생각되기도 하는 것이었다. 그리고 그것은 비록 다시 물로 뛰어들어갔다고는 하더라도 잡았던 고기를 놓쳐버린 뒤의 심정이 아니요, 이제 물린 고기를 들어올릴 때의 가슴 두근거려지는 그런 느낌이었다.

이날 집으로 돌아오는 길에 준이는 주인집 영감한테서 비바리에 대한 놀랍고도 무서운 이야기 하나를 들었다. 좀전의 비바리의 행동이 그처럼 괘씸했던지 본시 말수가 적던 영감이 배에 오르자 준이에게 해준 이야기였다. 비바리가 자기 오빠를 죽인 여자라는 것이다. 비바리네는 원래부터 서귀포에서 동쪽으로 한 오리 가량 떨어져있는 벌목리라는 곳에 살았다. 4·3사건 때였다. 어쩐 일인지 오빠가 빨치산에 끼여 산으로 올라가고 말았다. 토벌전이 전개되었다. 올케가 어린 자식들을 남기고 누구의 손엔지 모르게 죽임을 당하여 한라산 기슭에서 발견된 것도 이 무렵이었다. 토벌전도 거의 다 끝나 이제 산속에 남은 잔당이 서른 몇으로 세이게쯤 된 어느날 밤이었다. 오빠가 산에서 내려왔다. 비바리가 그 오빠를 죽인 것이다. 잠깐 뒷간에 다녀 나오는 오빠를, 그가 갖고 온 장총으로 쏘아 죽인 것이다. 비바리가 이렇게 자기 오빠를 죽인 것은 어린 자식 둘 달린 올케를 죽게 하고 집안꼴을 그르쳐놓은 게 분해서 한 짓일거라고 했다. 혹은 그때 오빠가 노략질을 하러 내려왔기 때문에 그것이 드러나는 날이면 정말 집안을 망쳐놓을 게 두려워서 한 짓일거라고도 했다. 이야기 끝에 주인집 영감은 한마디 덧붙였다. 한때 사람들은 비바리의 한 짓을 겉으로는 장한 일을 했다고 하면서도 내심으로는 꺼려서 통 상대도 안했다는 것이었다. 준이는 알 수 있었다. 주인집 내외가 그렇게 자주 집에 드나들건만 이 비바리와는 인사말 한마디 건네는 법 없고, 아까 비바리가 낚시에 장난을 쳤을때만 해도 그처럼 성미가 온유한 이 영감이 자못 괘씸해 못견디겠다는 얼굴빛을 한 것도 실은 그 때문일 것이었다. 주인집 영감의 얘기를 다 듣고 난 준이는 문득 까닭도 없이 그 작살에 맞아 피멍이 들고도 오히려 펄떡이는 붉바리나 다금바리의 모습이 눈앞에 떠오름을 어찌할 수가 없었다.

하루는 낮이 좀 기울어 자구리 목욕터에서 미역을 감고 내려오다가 비바리와 마주쳤다. 우연히 마주쳤다느니보다는 비바리가 거기서 기다리고 있었음이 분명했다. 이날은 일찍 집으로 돌아가는 길인 듯 팔굽과 무릎이 드러나는 감물 들인 무명 고의적삼을 걸치고, 한 손에다는 둠박이며 망태기같은 바다에서 쓰는 도구를 들고 한자리에 선 채 이쪽을 바라보고 있는 것이었다. 언제나처럼 검은 속눈썹 속의 흐리지도 빛나지도 않는 눈 그대로였다. 준이는 알은 체를 해야 할 것이라고 생각했다. 그러나 그만 저편의 시선을 피하면서 그냥 그곁을 지나쳐버리고 말았다. 저쪽에서 자기를 기다리고 있는 눈치인 바에는 먼저 저쪽에서 무슨 말이고 붙이거던 이쪽에서 대구를 하리라는 생각이 퍼뜩 지나간 것이다. 비바리는 길을 비키는 법도 없이 한곳에 선 채 아무 말도 없었다. 준이는 걸음을 재게 놀렸다. 그러면서 자기는 자기 집 영감한테 비바리가 제 오빠를 죽인 여자라는 말을 듣고 나서부터 그네를 무서워하는 게 아니냐는 생각을 해보았다. 그렇지는 않다고 마음 한구석에서 대답했다. 집에 돌아오니 어머니가 전복회를 앞에 가져다놓으며, 좀전에 비바리가 와서 널 찾는 눈치더라고 하면서 네가 있었으면 또 무엇을 하나 주고 가려고 그랬는지, 하고 웃는 것이었다. 어머니는 서귀포에 온 뒤로 아들의 건강이 좋아진 것이 기뻐 못견디겠는 것이다. 그러나 준이는 이 어머니의 우스갯말은 우스갯말대로 좀전에 자기가 그처럼 멋없이 비바리를 대할 필요는 무엇이었는가 하는 생각에 절로 얼굴이 달아올랐다.

그런 지 이삼일 뒤였다. 본시 제주도의 기온이란 아무리 여름철 더운 고비라 하더라도 해가 기울기 시작하면 바다에서 시원한 기운이 풍겨와, 새벽녘 같은 때는 육지의 가을 맞잡이되는 냉기가 몸에 스며들기도 하는 것이다. 그런데 이날만은 저녁때가 다 되었는데도 더위가 가시지를 않아 느지막하게 자구리 목욕터로 올라갔다. 마침 다녀갈 사람은 모두 다녀간 뒤인 듯, 석벽에서 물 쏟아져내리는 소리만이 크게 들렸다. 이제 저녁들이 끝나고 날이 어스레해지면 여인패가 이곳을 차지하게 되는 것이다. 준이는 늘 하던대로 웅덩이로 들어가 낯을 씻고 물속에 몸을 담가 땀을 밀어낸 후 석벽 밑으로 들어섰다. 이날도 열 몇밖에 세지 못하고 나오고 말았다. 나오다 웬 사람이 웅덩이로 뛰어들기에 쳐다봤더니 바로 비바리였다. 뜻밖의 일에 놀라 얼른 하체부터 물속에 가리고 앉은걸음을 치는데 비바리는 웅덩이에 몸을 담그는 법도 없이 다짜고짜 석벽 밑으로 들어서는 것이었다. 그 틈을 타서 준이는 둑으로 올라와 옷을 꿰입었다. 노타이 단추를 채우며 언뜻 돌아다보니 아래와 젖가슴만 가리운 몸으로 그냥 쏟아져내리는 물속에 서있는 것이다. 준이는 저도 모르게 하나 둘을 세었다. 스물까지 세고는 그만 자기편에서 온몸에 한기가 끼얹혀져 그만두었다. 동굴동굴한 바위 틈을 지나 샛길을 내려오느라니까 어느새 뒤따라왔는지 비바리가 젖은 머리를 쥐어짜면서 곁으로 오더니 불쑥, 귤나무 구경하러 안 가겠냐는 것이다. 자기네 마을에 귤나무가 많다는 것이다. 준이는 제주도에 유명한 이 귤나무를 아직 제주읍에서나 서귀포에서 보지 못한 것이었다. 그러나 너무나 당돌한 제안에 선뜻 가겠다 안 가겠다는 대답은 못하고 그저 서쪽 하늘을 한번 쳐다보았다. 비바리는,

이따 날이 저물면 바래다주겠노라고까지 하는 것이다. 그리고는 준이의 대답도 기다리지 않고 앞장서 걷는 것이었다.

비바리네가 사는 보목리도 바로 산기슭이자 앞에 숲섬을 둔 바닷가 마을이었다. 한 오리 남짓 동쪽으로 걸어 마을이 있는 해변가에 이르자 비바리는 여기가 자기네 동네라고 하면서, 저것이 귤나무라고 손을 들어 산그늘진 한 곳을 가리켰다. 마을 한옆에 잎새가 검푸른 나무들이 늘어서있어, 거기에 갓난애 주먹만큼씩한 파아란 열매가 조롱조롱 달려있는 것이었다. 준이는 여름 귤이 아직 조만큼밖에 크지 못하냐고 의심스러워했다.

이때 마을 쪽에서 예닐곱살쯤 나 보이는 계집애 하나가 이리 달려오는 게 보였다. 맨발이었다. 어린것의 발바닥이 용히도 깔린 순비기나뭇가장이에 찔리지 않는다고 생각됐다. 이 애가 비바리에게 오더니 무어라 조잘거렸다. 비바리의 조카애인 것이다. 말뜻을 새겨들으니 내일 육지로 팔기로 된 말 한 필이 어디로 갔는지 뵈지 않는다는 것이었다. 비바리는 준이더러 예서 잠깐 기다리라고 하고는 조카애와 함께 마을 쪽으로 들어갔다. 원래 제주도에서는 말들을 놓아 기르다 일년에 한두 번씩 거둬들이곤 했는데 4·3사건과 6·25 동란을 겪고 난 후로부터는 저녁마다 끌어들인다는 말을 준이도 들어서 알고 있었다. 아마 이날 어린것이 말을 몰아들이다가 그중의 한 마리가 없어진 걸 발견한 모양이었다.

준이는 거기 앉았다. 바닷물소리가 멀지 않은 곳에서 어떤 일정한 간격을 두고 들려왔다. 어느쪽이 바다라는 건 이 일정한 간격을 두고 들려오는 바닷물소리가 아니더라도 알 수가 있었다. 거기에 깔려있는 순비기나무들의 휘어진 방향으로써 알 수 있는 것이다. 바닷가 식물 특유의 쿠티쿨라가 발달된 동글납작하고 등뒤에 흰 털이 돋친 잎새와 짙은 자줏빛 조그마한 꽃송이를 소복이 달고 있는 이 일년초와도 같은 가련한 난쟁이

나무들이 자라나는 동안 해풍에 불리어 모조리 바다와는 반대 방향으로 누워있는 것이다.

　이윽고 마을 쪽에서 좀전의 어린 계집애가 달려오더니 준이에게 파아란 열매 두 개를 내밀어주고는 다시 온 길로 달아나버렸다. 귤열매였다. 한줌안에 들고도 모자라는 작은 열매였으나 솜털이 나있는 거죽이 도들도들한 게 그래도 귤모양을 하고 있었다. 준이는 양손에 한 개씩을 쥐고 번갈아가며 코에다 대고 냄새를 맡고 바닷물 소리를 듣고 하는 동안에 어느덧 땅거미지기 시작한 주위가 어스레해졌다. 이따금 마을 쪽에 어른거리던 사람들의 그림자와 집과 귤나무들이 차차 어스름속에 자취를 감추어버리고 말았다. 뒤이어 바다와 뭍도 서로서로 한빛으로 이어졌다. 거기에 초닷새 가는 달이 떴다. 사뭇 먼 달이었다.

　마을 쪽 어스름 속에서 인기척소리가 들렸다. 처음에 준이는 여러 사람이 이리 몰려오는 줄만 알았다. 그러나 초닷새 달빛 속에 나타난 것은 비바리와 두 필의 말이었다. 비바리는 준이 있는 데로 오더니 데리고 온 한쪽 말의 목을 쓰다듬어주며, 너는 내일 육지로 팔려간다, 하고는 다른 한쪽 말 뒤로 끌어다 세우는 것이었다. 그쪽 말은 어스름 속에서도 몸에 흰 점이 보이는 얼룩말이었다. 준이는 비바리가 무슨 생각으로 말을 끌고 왔는지 알아차릴 수가 없었다. 뒤로 간 말이 별안간 코를 불며 번쩍 앞굽을 들어 앞말의 뒤를 덮쳤다. 준이는 이 갑작스런 광경에 흠칫했다. 초닷새 으스름달빛 속에서 커다란 두 몸뚱어리가 한덩어리가 된 것이다. 비바리가 몸을 돌려 준이의 손목을 와 잡았다. 그리고는 끌고 내달리는 것이다. 이 말들은 말들대로 둬둬야 한다는 듯이. 바닷기슭에 이르렀다. 거기서 비바리는 몸에 걸친 것을 홀랑 벗어던지더니 바다로 뛰어들었다. 그리고는 준이더러도 어서 들어오라는 것이다. 준이는 얼굴만 화끈거릴 뿐 어인 영문인지를 몰라 주춤거렸다. 비바리가 바다에서 올라왔다. 준이에게 다가오더니 대뜸 노타이 앞섶을 좌우로 잡아헤치면서 옷을 벗기는 것이다. 노타이 단추가 뚝뚝 뜯어져나갔다. 양손에서 귤알이 떨어졌다. 어스름 속에 준이의 희멀건 육체가 드러났다. 비바리의 손길이 탐내듯이 준이의 몸을 돌아가며 어루만지기 시작했다. 준이는 그만 몸을 빼야 한다고 생각하면서도 아지못할 힘에 이끌려 그냥 내맡기고 있었다. 점점 비바리의 손에 힘이 주어지며 입가에 어떤 미소같은 게 지어졌다고 생각되는 순간, 뜨거운 입김이 준이의 목줄기를 와 물었다. 그리고 뿌듯한 어떤 무게에 가슴을 눌리면서 그 무게와 함께 나뒹굴어졌다. 순비기나뭇가장이가 몸에 찔렸으나 아픈 줄을 몰랐다. 먼 조각달이 한번 휘뚝하고 눈앞에까지 다가왔다가 도로 제자리로 올라갔다.

이 초닷샛달이 밤마다 커서 둥글게 찼다가 다시 이울어 조각달이 될 때까지 준이는 매일밤 이곳에서 비바리를 만났다.

그믐께 가까운 어느날 밤, 비바리를 만나고 돌아온 준이는 그대로 자리에 눕고 말았다. 미열이 나고 팔다리의 뼈마디가 쑤셔서 기동을 할 수가 없는 것이었다.

당황한 것은 어머니였다. 서귀포로 와 물을 갈아먹은 후부터는 아들의 몸에 두드러기도 내돋지 않고 몸도 충실해져 여간 기꺼이 여기지 않던 차에 그만 덜컥 자리에 눕게 된 것이었다. 어머니는 그 동안 아들이 밤마다 어디 무엇하러 간다는 걸 짐작은 하고 있었다. 그러나 그것을 발설하여 아들을 타이르지는 못했다. 아들의 비위를 조금이라도 거슬릴까 저어한 것이다. 언제나 그랬다. 어려서 준이는 무척 오징어를 좋아했다. 잘 때에도 머리맡에다 오징어 한두 마리를 놓고야 잠이 들었다. 한번은 이것이 얹혀서 까무러친 일까지 있었다. 의사의 말이 아예 다시는 오징어를 집에 들이지 말라고 했다. 그러나 준이가 조를라치면 어머니는 우는 낯을 하면서도 그것을 치마폭 밑에 사들고 오게 마련이었다. 이런 어머니라 이번에 준이가 자리에 눕게 됐어도 아들 보고는 아무말 못했으나, 그 앙갚음을 비바리에게 했다. 다른 데서 생선을 사 들이고 통 비바리의 물건은 팔아주지 않는 것이다. 너무 한 사람 물건만 팔아 주었더니 그것을 기화로 요새는 아주 좋지 않은 것을 가져다 떠맡긴다는 것이다. 물론 생트집이었다. 이런 어머니의 입에서는 어느새 비바리라는 말까지도 사라져버렸다.

비바리는 그래도 전과 다름없이 준이네 집에를 들렀다. 그날 잡은 전복이니 소라니 붉바리니 하는 것들을 들고 왔다. 와서는 흥정이 안 된 채 방안에 누워있는 준이를 먼발치로 바라보고 돌아가는 것이었다. 언제나처럼 흐리지도 빛나지도 않은 그런 눈이었다.

준이는 준이대로 처음에 미열이 나고 팔다리가 쑤시는 동안은 아무 생각도 없었다. 그동안의 자기 생활이 남의 일같이만 생각됐다. 거의 날마다 드나드는 비바리를 거들떠볼 마음도 나지 않았다. 그러나 어머니가 제주읍까지 가서 지어온 약을 먹고 몸조섭을 하는 동안 차차 미열도 떨어지고 몸의 피로도 풀리게 되자, 지난날 비바리와의 관계가 무슨 향수나처럼 다시 가슴 한가운데에 자리잡는 것을 어쩔 수가 없었다. 하루는 비바리가 갖고 온 붉바리 한 마리를 사게 했다. 어머니는 마음이 내키지 않았으나 아들의 청이라 거역치를 못했다. 준이는 바닷물을 떠오라고 했다. 그리고는 거기다 붉바리를 넣는 것이었다. 등허리에 작살을 맞아 피멍이 든 채로 붉바리는 아가미를 뻐끔거리고 지느러미와 꼬리를 활발히 내저었다. 용하다고 생각했다. 그러나 잠시 후에 붉바리는 제 몸을 가누지 못하고 한옆으로 기울어졌다. 애써 몸을 바로 잡았다. 그러나 곧 다시 한옆으로 기울어지고 말았다. 시간이 갈수록 그 기울어지는 각도가 더해 갔다. 준이는 그만 어머니를 시켜 붉바리가 든 버치를 밖으로 내가게 했다. 이날 저녁 준이는 그 고기를 먹지 않았다.

　한 보름 지나, 이제는 준이도 바깥바람을 쐬일 수 있게쯤 된 어느날, 육지에 있는 숙부한테서 편지가 왔다. 준이네가 서귀포로 오기 전 제주읍에 있을 때 알 만한 사람이 육지로 나갈 적마다 숙부의 거처를 수소문해달라고 부탁을 해두곤 했던 것이 지금에야 연락이 닿은 것이었다. 편지 사연은, 피난올 때의 계획으로는 부산에다 자리를 잡으려고 했었으나 형편상 대구에 주저앉게 됐다는 것과, 지금 거기에 연합대학이란 게 생겨 개강을 시작한 모양이니 곧 나오라는 것이었다. 그러지 않아도 숙부에게서 무슨 기별이 오기만 이젠가 저젠가 고대하던 어머니는 편지를 받자 그달음으로 짐을 꾸리면서 내일 아침 첫 버스로 떠나자고 했다.

　이날 준이는 오래간만에 밀짚모자를 쓰고 밖으로 나섰다. 마을 남쪽 끝에 있는 단추공장 옆도 거닐어보았다. 공장은 여적 일을 하지 않고 쉬는 듯 고즈넉한 주위에는 협죽도만이 끝물꽃을 피우고 있었다.

　방파제로 나가 새섬이며 문섬 쪽도 바라보고, 바다를 끼고 돌아오다 돌자갈이 깔린 해변에서 숲섬 쪽도 건너다보았다. 이날도 잠녀 네댓 명이 섬 근방에서 자맥질을 했다 떠올랐다 하며 휘파람을 불고 있었다.

　실개천물은 그새 더 맑아지고 차 보였다. 폭포수도 무척 야무져보였다. 자구리 목욕터로도 가 보았으나 도무지 미역감을 엄두는 나지 않았다. 웅덩이 안쪽 병풍처럼 둘린 석벽에서 쏟아져내리는 물만 보아도 절로 몸속까지 써늘해지는 것이었다. 고개를 드니 한라산 높은 봉우리 끝이 푸른 하늘에 선명한 선을 긋고 있었다. 목덜미에 쬐는 햇살도 쨋쨋하면서도 매끄러운 촉감이었다. 이렇게 계절은 준이가 누워있는 동안에 어느덧 가을로 접어들고 있는 것이었다.

　준이는 그길로 보목리 쪽으로 발을 옮겼다. 실은 집을 나서면서부터 그 생각을 하고 있었던 것이다. 마지막으로 비바리를 만나야 한다는 생각이었다. 천천히 걷는 걸음인 데다가 해도 또 짧아진 탓인지 보목리 마을이 바라뵈는 해변가에 이르렀을 때는 산그늘이 벌써 마을을 온통 덮고 있었다. 마을 한옆에 서있는 굴나무의 열매만이 전보다도 드러나 보였다. 이제는 웬만한 어른 주먹만큼씩한 열매가 누르께한 물이 오르기 시작한 채 주렁주렁 산그늘속에 두드러져 보이는 것이었다. 준이는 거기 순비기나무가 깔린 해변가에 앉아 비바리가 돌아오기를 기다리기로 했다. 멀지 않은 곳에서 바닷물소리가 어떤 일정한 간격을 두고 밀려왔다는 밀려갔다.

　마을사람 몇이 말을 몰고 내려오는 것이 보였다. 꽤 길을 들인 말이어서 그다지 사람들을 애먹이지 않는 성싶었다. 혹시 그 속에 비바리 조카애라도 끼어있지 않나 하고 눈여겨 바라보았다. 그러다가 지금 어떤 얼룩말의 등에다 한 손을 얹고 한 손으로는 말의 배를 쓰다듬으면서 마을로 들어서는 한 여자의 모습이 눈에 띄었다. 바로 비바리였다. 그리고 그네가 배를 쓰다듬어주고 있는 얼룩말은 언제밤엔가 본 그 말이 틀림없었다. 아마 비바리가 오늘은 일을 나가지 않았든가 잡히는 것이 없어서 일찍 돌아온 것이리라. 준이는 몸을 일으켰다. 비바리 뒤에 긴 채찍을 들고 따라오던 조카애가 먼저 알아보고 비바리에게 무어라 이르는 눈치였다. 비바리가 번쩍 고개를 들어 이쪽을 보더니 곧장 이리 걸어오는 것이었다. 준이는 다시 거기 앉아버렸다.

　비바리는 반가이 준이의 손을 잡고 어루만지면서 인제는 병이 다 나았느냐고 했다. 그러는 검은 속눈썹 속의 검은 눈동자는 언제나처럼 흐리지도 빛나지도 않은 그대로였다. 준이는 절로 얼굴이 달아오름을 느끼며 자기네는 내일 아침 첫 버스로 여기를 떠난다고 했다. 그리고 뜻밖의 말까지 해버렸다. 비바리더러도 같이 가지 않겠느냐고 한 것이다. 이 말은 아무런 준비도 없이 실로 그 순간에 퍼뜩 그의 입에서 튀어나온 말이었다. 그러나 정작 해놓고 보니, 어쩌면 자기는 이 비바리를 남겨두고는 갈 수 없을 것 같은 생각이 드는 것이었다. 어머니한테는 자기가 조르기만 하면 어떻게든 응낙을 얻을 수 있을 것이다. 준이는 잡힌 손에 힘을 주며 다시한번 다짐하듯이 말했다. 우리 육지로 나가 살자. 비바리는 잠시 그냥 그 흐리지도 빛나지도 않은 눈으로 준이를 바라보고 있더니 고개를 좌우로 내저었다. 그리고는 말하는 것이었다. 아무리 준이를 따라가고 싶어도 자기는 육지로 나가지 못할 몸이라는 것이다. 그래서 자기는 어느때고 준이가 육지로 나가는 날은 잠자코 보내주리라 마음먹고 있었다는 것이다. 뒤이어 준이는 이 비바리의 입으로부터 얼핏 이해하기 힘든 놀라운 이야기까지 들어야만 했다. 그네가 자기 오빠를 죽인 것은 세상사람들이 말하듯이 오빠가 그모양이 됐기 때문에 다른 가족마저 못살게 될까봐 그랜 건 아니라는 것이다. 어려서부터 오빠를 누구보다도 좋아한 것은 자기라고 했다. 오빠가 산으로 올라간 뒤에도 온갖 위험을 무릅쓰고 사람들의 눈을 피해가면서 식량이니 옷이니 하는 것을 날라다 준 것도 자기라고 했다. 그 오빠가 하룻밤 산에서 내려와 이제 자기는 일본으로 도망치는 도리밖에 없이 됐다고 했다. 그러나 그때 이미 오빠는 산에서 병을 얻어 겨우 운신이나 할 수 있는 몸이었다. 도저히 그 이상 더 고역을 견뎌낼 수가 없는 형편이었다. 자수를 권해보았다. 오빠가 한참 말없이 이쪽을 바라보고 있더니 들고 있던 장총을 놓고 변소로 들어갔다. 그때 그네는 알아차렸다는 것이다. 이 오빠를 다른 사람 아닌 자기 손으로 제주도땅에 묻어야 한다는 것을. 그리고 또 그것을 지금 오빠편에서도 바라고 있다는 것을. 아마 그때부터 자기는 무슨 일이 있어도 제주도를 떠나서는 안될 몸이 됐는지도 모른다고 했다. 마지막으로 비바리는 자기 이야기를 끝이라도 맺듯이 앞으로 육지로 나가는 말을 볼 적마다 준이를 생각하겠노라고 하며, 좀전에 얼룩 암말의 배를 쓰다듬던 솜씨로 자기의 배를 몇번 쓰다듬고는 그 손으로 준이의 목을 와안는 것이었다.

1956 구월

비바리

제주도 4·3사건과 생명 지향성

황순원 문학을 통시적으로 살펴볼 때, 제3기(1955년~1964년)는 황순원 문학이 화려하게 꽃핀 시기인 작가의 나이 40대에 걸쳐 창작된 작품들을 일컫는다. 이 시기의 작품으로는 단편집 『잃어버린 사람들』(중앙문화사.1958.3), 중편 『내일』(1957.11), 단편집 『너와 나만의 시간』(정음사.1964.5), 장편 『나무들 비탈에 서다』(1960.5)를 들 수 있다. 특히 제3기의 문학에는 제1기와 제2기 문학에서 부분적으로 나타나고 있던 애정의 문제가 본격적으로 작품화되고 있다. 이 시기는 분단역사의 현실속에서 야기되는 갈등과 아픔을 치유하고 포용할 수 있는 방법을 본격적으로 모색한 시기로서 작가의식이 정신주의와 이상주의, 영원주의로 지향해 나아가고 있음을 알 수 있다.

단편집 『잃어버린 사람들』속에는 애정의 절대성과 생명존중사상이 부각되고 있다. 애정의 절대성을 대표하는 작품으로는 단편 「불가사리」와 「잃어버린 사람들」을 들 수 있으며, 또한 전쟁의 상처와 생명의 존엄성을 보여준 작품으로는 단편 「산」 「비바리」 「소리」를 들 수 있다.

단편 「비바리」(1956.9)는 4·3사건의 와중속에서 겪어야만 했던 비바리의 운명적 삶과 사랑을 환상적이며 상징적인 이미지와 묘사로써 형상화시킨 매우 독특하고 아름다운 작품이다. 이 작품은 험난한 우리 민족의 역사를 배면에 깔면서 사랑의 세계를 신비적이고 환상적으로 형상화시키는데 성공하고 있다. 즉 사랑의 세계와 생명존엄의식 그리고 모성의식 등이 운명의식과 서로 중첩되면서 복합적으로 짜여져 있다. 1951년 1·4후퇴 시 준이는 어머니와 함께 제주읍에 와서 삼촌의 소식을 기다린다. 준이네는 중늙은이 내외가 어린 손자 하나를 데리고 사는 집에 든다. 중늙은이의 아들은 4·3사건 때 의용군으로 뽑혀나갔다가 죽는다. 이들 역시 4·3사건의 피해자로 설정되고 있다. 준이는 이곳에서 비바리를 만나게 된다. 이 작품에서 비바리는 대담하면서도 적극적이며 신비한 성적 매력을 지닌 여인으로 형상화되고 있다. 이 작품속에서 비바리는 "검은 속눈썹 속의 역시 검은 눈이 흐리지도 빛나지도 않는" 눈의 이미지로 특징지워진다. 특히 작가는 생명, 재생, 풍요를 표상하는 달과 여성과 바다의 이미지를 아름답게 엮어 짬으로써 그들의 성적 결합을 신비화시키는데 성공하고 있다.

한편 비바리는 '말(馬)'을 이용해 자신의 관능적 사랑과 성적 욕구를 대담하게 표현하고 있다. 몸에 흰 점이 보이는 얼룩말은 암말로서 비바리 자신을 표상하며, 육지로 팔려가는 숫말은 준이를 표상한다. 비바리는 암말과 숫말이 성적 교합을 가지도록 유도한다. 육지로 떠나는 숫말로 하여금 암말에게 새끼를 가질 수 있도록 배려하는 비바리의 의도는 어쩌면 자신과 준이 사이에서 성적 결합을 갈망하고 있음을 무의식적으로 표출시킨 것이라 볼 수 있다. 암말과 숫말이 돌연히 성적 교합을 가질 때, 비바리는 준이를 끌고 내달린다. 죽음과 재생의 이미지를 표상하는 바다를 배경으로 하여 창조와 생명과 재생을 표상하는 초닷샛달이 뜬 달밤에 맺어지는 그들의 성적 결합은 열정적이고 맹렬한 말(馬)들의 성적 교합과 중첩되면서 신비화된다.

이 작품속에서 비바리는 기존의 도덕과 윤리 등을 뛰어넘어 자유롭게 준이와 성적 결합을 갖는다. 비바리에게 있어서 성(性)은 자연과의 합일 또는 화합을 의미하는 것으로 기존의 도덕의식에서 초월해 있다고 볼 수 있다. 마치 말(馬)들의 교합이 자연 상태 그대로의 원초적인 본능이듯 이 비바리에게 있어서도 성(性)은 원시적 생명력을 지닌 순수 그것으로 인식되고 있으며 기존의 도덕 사이에서 어떠한 갈등과 회의도 느끼지 않는다. 그들의 만남은 사랑의 시작을 표상하는 초닷샛달로부터 시작하여 조각달이 될 때까지 지속된다. 그들의 사랑은 생성과 소멸 그리고 재생을 반복함으로써 영원을 상징하는 '달'을 모티프로 하여 묘사되고 있으며 달의 상승과 하강의 이미저리를 통하여 환상적이며 신비하게 형상화되고 있다.

특히 이 작품속에서 말(馬)이 상징하는 의미는 '충실'로 표상되고 있으며, 이것은 비바리가 준이에게 가지는 '사랑에의 충실'을 의미한다. 또한 비바리는 말(馬)이 표상하는 열정과 담대함과 그리고 인내와 견인을 동시에 지니고 있는 인물로 형상화된다. 비바리와의 성적 결합을 가진 후 준이는 병이 나서 자리에 눕고 만다. 준이가 회복되어가는 사이 숙부에게서부터 대구로 들어오라는 편지를 받게 된다. 준이는 마지막으로 비바리를 만나야 한다는 생각으로 비바리를 기다린다. 비바리는 "얼룩말의 등에다 한 손을 얹고 한 손으로는 말의 배를 쓰다듬으면서" 마을로 들어서고 있었다. "그녀가 배를 쓰다듬어주고 있는 얼룩말은 언제밤엔가 본 그 말이 틀림없었다."라고 준이는 생각한다. 이 작품에서 얼룩말은 암말로서 비바리 자신과 동일시되고 있으며 비바리는 그 말의 배를 쓰다듬는다. 비바리가 말의 배를 쓰다듬는 행위는 비바리 자신이 생명을 잉태한 것을 소중하게 생각하고 대견해하고 있음을 드러내는 행위라 볼 수 있다. 비바리의 "언제나처럼 흐리지도 빛나지도 않는 눈"을 보며 준이는 자기 자신도 뜻하지 않았던 말을 하고 만다. "우리 육지로 나가 살자"라고.

이 대목에서 작가는 애정의 절대성과 순수성을 준이를 통하여 드러내 보이고 있다. 그러나 비바리는 "아무리 준이를 따라 가고 싶어도 자기는 육지로 나가지 못할 몸"이라고 말하면서 그녀의 비극적 운명을 이야기한다. 오빠에 대한 지극한 사랑으로 오빠의 요구대로 오빠를 죽일 수밖에 없었던 자신의 운명적 삶과 그 운명 때문에 제주도를 떠날 수 없다는 비바리의 결의는 매우 비극적이다. 이점에서 비바리 역시 그녀의 오빠와 함께 이념의 갈등이 빚은 4·3사건의 희생자임에 분명하다.

이 작품 결미에서 비바리는 육지로 나가는 말을 볼 적마다 준이를 생각하겠노라고 말한다. 즉 말의 이미지는 비바리와 준이의 사랑을 영원히 이어주는 매개체가 되고 있음을 시사하고 있다. 특히 비바리의 임신을 암시적으로 보여주는 이 작품의 결미는 바로 모성의 절대성과 생명의 절대성을 강조한 대목이라 할 수 있다. 자신의 비극적이며 운명적인 삶 때문에 사랑을 찾아 함께 제주도를 떠나가지는 못 하지만 사랑하는 사람의 생명(자식)을 키우며 영원한 사랑을 추구하려는 비바리의 비장한 각오는 비극적인 아름다움을 내포한다.

이 작품에서 작가는 4·3사건의 폐해와 상처를 보여주면서 애정의 절대성과 함께 생명의 존엄성과 모성의 절대성을 동시에 지향하고 있음을 살펴볼 수 있다. 특히 작가는 이 작품에서 사회와 개인, 역사의식과 예술의식을 적절히 조정하면서 시대인식과 역사의식을 동시에 작품속에 내면화시키는데 성공하고 있다. 즉 작가는 준이를 통하여 4·3사건에 대한 적극인 현실 비판의식과 역사의식을 보여주지 않지만, 비바리의 운명적 삶을 통하여 역사적 사건이 한 개인에게 끼친 상처와 아픔을 이면적으로 보여주고 있다. 동시에 단편 「비바리」는 성(性)의 문제가 기존의 도덕이나 윤리의 틀속에 구속되지 않고 우주의 근원적인 힘과 원초적 생명력으로서 시적으로까지 형상화된 작품이라는 점에서 주목할 만하다.

모든 영광은

그날 나는 나가지 않는 원고와 씨름을 하고 난 뒤라, 심신이 약간 피로해있었다. 이런 피로도 나는 술로 풀곤 하는 것이 습관처럼 돼있었다.

늘 단골로 다니는 술집은 내가 사는 동네에 있는 조그마한 선술집으로, 저축은행 옆길을 남산 쪽으로 올라가다 퇴계로와 서울역 사이를 연결시키는 새로 난 큰길과 교차되는 바로 왼쪽 어름에 있었다. 주인아주머니가 원주서 왔다 하여 통칭 원주집이라 부르는 집이다.

물론 간판도 없다. 그저 앞 유리문에다 빨간 뺑끼로 약주, 소주, 빈대떡이란 글자가 씌어져있을 뿐이다. 그러나 실지로 들어가 보면 안주는 빈대떡뿐이 아니고, 철따라 조갯살이니 굴이니 꽃게니 낙지니 명태니 하는 해물과 제육이며 돼지족발이며 간천엽 등의 육류도 있다. 까놓고 말해서 이러한 안주들은 이집 장맛이 좋지 않아 신통하지가 못하다. 하지만 어찌 술꾼이 안주에 구애될까보냐. 이집 술맛만은 그만인 것이다. 내가 알기에는 사변 전 내가 재직하고 있던 학교가 그 부근인 관계로 한동안 단골로 드나든 일이 있는 사직동 대머리영감네를 제하고는 이집 술맛을 당할 곳이 없다.

부산 피난지에서 환도해 오면서 이곳 남산 밑에다 거처를 정해놓고 발견한 것이 이 원주집이다. 여자들은 집을 볼 때 물 사정부터 본다지만 나는 집 근처에 어디 한잔 마실 만한 곳이 없는가부터 살핀다. 그때 처음 이 선술집을 찾아들어가 보고 나는 적이 만족했다. 술청 한옆에 묻혀있는 두 개의 큼직한 술독의 빛깔과 술청 안에 서려있는 독특한 기운으로써 이집이 이번 환도와 더불어 생긴 술집이 아니란 걸 느낀 때문이다. 주모더러 물어보니 과연 해방 직후부터 시작했다는 것이다. 이런 선술집은 오래되어 모든 것이 기름때가 묻고 술냄새가 배어있을수록 술꾼들의 마음을 푼더분하게 해준다. 사직동 대머리영감네 술맛이 좋고 그곳 분위기가 마치 옛 친구나 만난 것처럼 서먹서먹하지 않고 마음이 놓이는 것도 우연이 아니다. 그집은 해방 전부터 해오는 선술집인 것이다.

내가 사는 동네에는 그동안 선술집이 서너 군데 새로 생겼다. 그러나 나는 특별한 경우 외에는 거기 들르지 않는다. 특별한 경우란 밤늦어 원주집 빈지가 닫히고 불이 꺼졌을 때인 것이다. 아침에는 일찍 문을 열어 해장국까지 파는 대신 밤에는 꼭꼭 열시쯤 되면 새손님은 받지 않고 문을 닫아버린다. 나는 밤늦게 돌아오다가도 술 생각이 나면 이 원주집에 들르는 수가 있는데, 그런 때 이미 문이 닫히고 불이 아주 꺼져있으면 할수없이 다른 술집으로 가지만, 빈지 사이로 아직 불빛이 새어나오기만 해도 문을 열어달라고 한다. 맨처음에는 아무리 문을 두들겨도 모른 척 하더니 이즈음와선 두어 번 두들기는 소리만 듣고도 나인 것을 알고 열어주게끔 돼있다. 대단한 특전이 아닐 수 없다. 내 뒤로 여하한 사람이 와서 아무리 사정을 해봤자 막무가내다. 이렇게 나한테만 특전을 베풀어주건만 주인아주머니는 조금도 그걸 내색해 보이는 법이 없다. 그저 묵묵히 내 잔에다 술을 따라줄 뿐인 것이다. 그것이 어딘가 구수한 맛을 풍겨주어 좋았다.

그날 내가 나가지 않는 원고와 씨름을 하다 원주집으로 내려간 것은 해거름 때쯤이었다.

이맘때부터 아주 어두울 때까지가 이집은 가장 바쁘다. 이집의 위치가 남대문시장과 가까운 탓에 그곳 노점 장사꾼들이 돌아가는 길에 한잔씩 걸치러 들르는 것이다. 술청 한쪽 벽을 따라 길게 붙여놓은 기름때가 낀 목로와 흙바닥에 마구 놓인 역시 기름때가 까맣게 낀 송판 탁자와 걸상이 모자라 여기저기 서서 돌아갈 만큼 붐벼댄다. 그리고는 한참 동안 북새통을 이룬다. 그러나 나는 그다지 시끄러움을 느끼지 않는 것이다. 그들은 그들대로 자기들만의 화제에 열중해있고, 이쪽은 이쪽대로의 세계에 잠겨있으면 그만이니까. 어떤 의미에서 나는 오히려 조용한 음식점에 들어갔을 때 더 안정성을 잃는 수가 있다. 피차 아무 상관도 없는 사이면서도 상대방의 본색을 탐지라도 하려는 듯한 눈초리를 받아야 하고 따라서 자연 거기에 신경이 쓰이기 때문에.

이날 나는 마침 때손이 되어 붐비고 떠들썩한 술청 한옆에 자리를 잡고 앉아 약주 두 사발을 마신 후 새로 술을 청해놓고 언제나처럼 가볍게 눈을 감았다.

이렇게 술잔을 앞에 놓고 있느라면 내 몸 속에서는 인제 내가 쓰려고 하는 작품의 어느 막혔던 대목이 강물 흐르듯이 자연스럽게 풀리고 거기 나오는 인물들은 하나하나 산 사람의 체온을 갖고 제각기의 생김새며 말투며 걸음걸이로 움직이는 것이다. 나는 이들과 함께 어떤 사건을 두고 같이 생각하기도 하고, 때로는 같이 웃고 노하기도 하고, 또는 서로 초조해하고 불안해하기도 한다. 이런 때 나는 얼마든지 마음이 풍성해지는 것이다. 그러나 이것을 일단 원고지에 옮기는 차례에 이르게 되면 나는 우울해지는 수밖에 없다. 가슴속에 키워온 이들 인물들이 내가 술잔을 앞에 놓고 대했을 때처럼은 살아 움직여주지 않는 것이다. 그들의 피부는 원고지 위에서 원고지 그것모양 체온을 잃어버리고, 그들의 심장에서 뛰고 있던 피는 한갓 냉각한 잉크로 변하여 헛되이 원고지를 적실

뿐인 것이다. 그뿐이 아니다. 강물처럼 자연스럽게 흐르던 작품의 전개는 마치 원고지칸이 커다란 제방이나 된 듯이 앞이 막혀버리는 것이다. 나는 나대로 그것들을 되살리기에 애써보는 것이다. 급기야는 불만스런 대로 눈 딱 감고 어느 잡지사나 출판사로 원고를 넘겨버리고 만다. 결국 나는 숲속에서 움이 트고 잎이 나고 꽃이 피었던 생화를 한낱 조화로 만들어버리고 말곤 하는 것이다.

이날도 나는 지금 쓰고 있는 작품의 인물들이 생기를 띠고 움직여주기를 기다리며 눈을 감고 있는 판인데 누가, 실례합니다, 하는 나지막한 말소리와 함께 곁에 와 서는 기척이 났다. 나는 눈을 떴으나 그쪽은 쳐다보지도 않고 한옆으로 죄어앉은 뒤 내 술잔을 옮겨놓고는 다시 눈을 감으려 하자 곁에 와선 사내가,

"피곤하신 모양이군요."

하는 것이다.

나는 감으려던 눈을 도로 떠 사내 쪽을 쳐다보았다. 검정 작업복을 입은 삼십대의 사내가 햇볕에 그을은 갸름한 얼굴에 흰 앞니가 드러나는 미소를 짓고 있다. 몸차림으로 보아 시장 장사꾼이라는건 짐작이 갔으나, 내가 아는 사람은 아니었다. 그러나 나는 곧 내가 한번쯤 어디서 인사를 한 사람이면 몰라 보기가 일쑤라는 것을 깨닫고, 기연미연하게나마 고개를 끄덕여 답례를 해 보이고는 시선을 돌려버렸다.

나는 본의아닌 오해를 받는 수가 있었다. 가끔 통성까지 한 사람을 다음에 만났을 때 상대방은 알아보고 인사를 하는데 이쪽은 통 기억이 나지 않아 어름거릴 때가 있는 것이다. 그것을 상대방이 눈치 못 챌 리가 없다. 기분이 좋지 않을 것이다. 길을 가다가도 그렇다. 나는 본디 안정이 무디기도 하지만 지나가는 사람의 얼굴을 잘 보지 않는 습성이 있다. 상대방이 볼 때는 이쪽이 부러 못 본체하고 지나치는 줄 아는 모양이다.

그래서 건방지다고 욕을 하는 사람이 있다는 말을 전해들은 일도 있다.

그러나 이날 원주집에서 만난 사내가 전에 한번도 상대해본 사람이 아니라는 게 밝혀졌다. 자기 술잔을 내 술잔 옆에 내려놓은 사내가,

"안직 인산 없습니다마는 항상 선생님을 먼발치루 뵙군 하지요,"

한 것이다.

이것으로 나는 한번이나마 인사를 한 사람을 몰라보았다는 비난은 모면한 셈이다. 그러나 나는 이 사내의 말을 듣자 적잖이 불쾌했다. 말투가 온공치 않아서가 아니다. 말씨는 어디까지나 나지막하고 조심성스러웠다. 그저 그 동안 나도모르는 새 내 술 먹는 모양을 그가 바라보곤 했다는 사실이 내심 불쾌했던 것이다.

나는 이 불쾌감을 상대방에게 알려주고 싶었다. 그것을 무슨 말로 표시할까 하다가 앞에 놓인 술잔을 거칠게 들어 단숨에 들이켜고는 사내에게는 일별도 주지 않고 벌떡 일어나 그곳을 나와버리고 말았다. 이렇게 함으로써 지금까지 그가 취한 행위가 옳지 못하다는 것을 깨닫게 하는 동시에 앞으로는 다시 남의 술 먹는 분위기에 간섭치 못하도록 방패막이를 했던 것이다.

나와 그와의 첫 대면은 이렇게 탐탁하지가 못했다. 지난해 가을도 느지막한 십일월 하순께의 일이었다.

그로부터 나는 어쩐지 원주집에 들를 때마다 공연히 마음을 쓰지 않으면 안되었다. 혹시 그 사내가 어느 한구석에서 이쪽을 바라보고 있지나 않은가. 또 곁으로 와 무슨 말을 붙이지나 않으려는가. 나는 술집에 혼자 들어간 이상 혼자이고 싶었다. 이런 때 아는 사람을 만나는 것도 그리 달갑지가 않다. 그것이 더구나 알지도 못하는 사람한테 내 분위기가 침범당한다는 것은 허용될 수 없는 일이었다.

되도록 나는 시장패들이 들이밀리는 시각을 피해서 원주집에 들르기로 했다. 그러나 술이란 저녁때 출출할 때가 제일 당기는 법이다. 집에 있는 날은 저녁그늘이 내리기 시작하면 절로 발길이 원주집으로 향해지는 것이었다. 그러니 자연 시장패들이 들이밀리는 시각과 맞먹게 마련이요, 그러니 또 나는 전에없이 그 사내의 거동에 대해 신경을 써야만 했다.

그 사내는 거의 날마다 시장이 파하면 이집에 들르는 성싶어 내가 간 날은 못 본 적이 없었다. 나는 그 사내와 상면하기를 꺼려 부러 목로상 앞에 벽을 향하고 앉아 술을 마시는 것이었는데, 그러다가 고개를 돌리면 한창 떠들어 대는 술꾼들 틈에 그가 끼어있곤 했다. 그는 언제나 같은 시장패들과 어울려 떠들어대는 법이 없이 혼자 술잔을 앞에 놓고 있었다. 그러다가 내 시선과 마주치기라도 하면 제편에서 얼른 눈을 아래로 떨구며 생각난 듯이 자기 잔을 들어 입으로 가져가곤 하는 것이었다. 그러는 그의 표정이나 동작에는 내가 그를 처음 만난 날 그에게 표시한 불쾌의 빛을 그가 충분히 깨달은 것이 분명해서 다시는 나와 가까이하려는 기색은 전혀 보이지 않았다. 다행이 아닐 수 없었다.

그러나 차차 나는 이 사내와 나 사이에 이상한 관계가 맺어져감을 느끼지 않으면 안됐다. 그날도 나는 목로상에 벽을 향해 앉았다가 부지중에 고개를 돌려 뒤를 돌아다보았다. 붐벼대는 술청 한귀퉁이에 끼어앉은 그의 옆모습이 보였다. 그는 지금 한 손에 잔을 들고 자기 눈높이만큼의 앞을 바라보고 있었다. 그것은 금방 그런 자세를 취한 것이 아니요, 좀전부터 계속해 그러고 있는 몸가짐 같았다. 그리고 이 자세는 오늘 비로소 그에게 지어진 것이 아니요, 이미 오래 전부터 몸에 밸 대로 밴 것으로 느껴졌다. 실상 그는 지금 눈앞의 것을 바라보고 있는 게 아니다. 눈은 밖으로 향해 열려있으나 시선은 자기 내부를 들여다보고 있는 것이다. 옆으로 보이는 그의 뾰족하니 날이 선 코끝과 며칠 동안 면도를 하지 않아 까칠하니 수염이 돋친 빠른 하관은 주위의 소란과는 상관없이 자기만의 세계에 잠겨있는 몸가짐이었다. 그것은 어딘가 고달프고 외로운 사람의 모습이었다.

이런 일이 있은 뒤로 나는 그를 지금까지와는 다른 눈으로 바라보게 되었다. 물론 그는 언제나 술청에서 같은 자세만을 취하고 있는 것은 아니었다. 하지만 그가 혼자 묵묵히 술잔을 기울인다거나 어쩌다 나와 시선이 마주치면 떨구어버리는 고개에서 풍겨오는 것은 피로와 고독의 그늘이라는 걸 나는 놓치지 않았다. 그러는 동안 나는 원주집에 들를 적마다 내편에서 자진해서 그의 모습을 찾아보게끔 됐다. 그런데 묘한 것은 대개 내가 첫번 눈을 준 곳에 그는 앉아있거나 서있곤 하는 것이었다. 그것은 마치 와작거리는 술청 안에서 그가 자리잡고 있는 부분만이 항상 고요함을 지니고 있어서 그리로 눈을 주기만 하면 되는 것과도 같았다. 사실 그가 자리잡고 있는 부분은 그만큼 쓸쓸한 그늘이 달무리처럼 서려 있는 것이었다. 그리고 이 달무리의 한 가닥이 나 있는 데까지 번져와 내 둘레를 에워싸는 듯함을 나는 느꼈다. 하지만 나는 그때까지도 그와 직접 인간적인 교섭을 갖고 싶다는 마음은 일지 않고 있었다.

그러한 어느날, 우리 두 사람은 접근해질 기회가 뜻하지 않았던 때 오고야 말았다. 그날밤 나는 출판사를 경영하는 원형을 만나 거리에서 한잔씩 마신 후 헤어져 돌아오는 길에 한잔 더하고 싶은 생각이 나 원주집에를 들렀다. 이미 빈지는 닫혔으나 불빛이 보이기에 문을 열어달래가지고 안으로 들어섰다. 그랬더니 다른 손님이라곤 하나 없는 술청에 그가 혼자 앉아있는 것이 아닌가. 나는 그를 보는 순간, 그는 나처럼 다른 데서 한잔 마시고 단골손님이란 특대를 받아 들어온 게 아니고, 언제나처럼 저녁시간에 와서 지금까지 앉아있다는 걸 짐작할 수 있었다. 대개 늦어서 들렀을 때는 선 채로 간단히 한두 잔 마시는 것이 상례인데, 그는 지금 앞에다 큰 술주전자를 놓고 있는 것이다. 그리고 첫눈에도 눈이 상당히 취해있어 보였다.

내가 선 채로 주인아주머니가 따라주는 잔을 받고 있느라니까 그는 꽤나 큰 목소리로,

"아주머니, 어서 여기 반 되만 더 주슈,"

하는 것이다.

오십이 가까운 이집 주인아주머니는 본래가 말수가 적은 편이지만 이 날은 특히 퉁명스런 낯으로 아무 대꾸도 하지 않았다. 아마 술이 취했으니 더 줄 수 없다는데 자꾸만 조르는가 보았다.

"아주머니, 내가 사년째 단골루 댕기지만 어디 실수헙디까. 안심허시구 반 되만 더 주슈."

그래도 주인아주머니가 아무런 반응을 보이지 않자 좀 사이를 두어 이번에는 내게,

"저, 선생님, 실례올시다마는 잠깐 저와 상대해주실 수 없습니까. 그래야 아주머니가 술을 좀 줄 것같군요."

나는 못 들은 척했다. 이날밤의 그는 처음 내가 그를 만났을 때의 그 나지막하고도 조심성스럽던 언성이나 그뒤에 그가 이 술청에서 차지하곤 하던 쓸쓸한 자세와는 달리, 오히려 질이 나쁜 술꾼의 언동 그대로를 나타내고 있어 어떤 새로운 반감까지 일으키게 했다. 지금까지 내가 그에게서 느껴오던 것은 일종 내 자신의 환각이었던가. 문득 나는 그의 술취한 꼴을 확인해두고 싶어졌다. 그러고 나서 그의 존재를 내 의식 속에서 완전히 제거해버리리라 마음먹었다.

그러나 내가 그에게로 고개를 돌린 순간, 나는 내 판단이 너무 조급했다는 걸 깨닫지 않으면 안되었다. 먼저 나는 거기에 어느때 보다도 큰 피로와 고독의 달무리가 그를 둘러싸고 있는 것을 보아야만 했다. 그 커

다란 고독의 달무리 속에서 그는 지금 한 손에 술주전자를 들고 술기운으로 해서 풀린 눈망울을 이리 향하고 앉았는 것이다. 그러자 이 피로와 고독의 달무리가 삽시간에 그 테두리를 넓혀 나 있는 데까지 와 에워싸 버리고 말았다. 나는 그만 나도모르는 새 이 달무리 중심으로 끌려들어 가듯이 술잔을 든 채 그가 앉았는 데로 걸어가고 있었다. 그리고 그와 마주앉아 그의 손에서 주전자를 옮겨받아가지고 주인아주머니에게 술을 가져오라고 손짓을 했던 것이다.

"전 오늘 술이 좀 취했습니다."

술주전자가 오자 그는 손수 자기 잔에 술을 따라 단숨에 들이켜고 나서,

"선생님, 전 가끔 내 자신이 술한테 먹혀버렸으면 할 때가 있지요. 허지만 그런 땔수록 술이 취해지지 않는군요."

그는 다시 잔에 술을 가득 부어 들었으나 입으로 가져가지는 않고 중도에서 멈추었다. 그리고는 그 자세대로 꼼짝않고 있는 것이었다. 여기서 그는 언제인가처럼 자기자신 속으로 침잠해 들어가버린 것같았다. 술기운에 풀리고 핏발 선 눈망울은 뜨고 있으나 무엇을 보고 있는 눈은 아니었다. 앞에 앉은 나도 그의 눈에는 들어오지 않음에 틀림없다. 술이 들어갈수록 창백해지는 체질인 듯 뾰족하니 날이 선 코끝이 해쓱해지면서 그 콧날개 양 옆으로 땀방울이 송송 내돋치기 시작했다.

그러자 그는 무슨 괴로움에서 벗어나려는 사람처럼 온몸을 한번 비틀고는 핏발 선 눈에 물기까지 떠올리면서 불쑥,

"저, 선생님, 사람을 죽이는 데는 무기만 필요한 게 아닙니다. 이 손가락 하나면 족하죠."

그는 들고 있던 잔을 내려놓고 그 손 둘째손가락 하나를 곧게 펴보이며,

"이 손가락 하나루 얼마든지 사람을 죽일 수가 있습니다. 어느 급소를 찔러서가 아닙니다. 먼발치루 그저 뒤통수를 가리키는 것으루 충분합니다. 충분하다마다요."

이렇게 밑도끝도없는 말을 내뱉고는 다시 술잔을 들어 단숨에 벌컥벌컥 들이켠 후 훌쩍 자리를 떴다. 그리고는 과히 비틀거리는 걸음걸이도 아니게 주인 아주머니한테로 가더니 셈을 치르고 혼자 먼저 그곳을 나가버리는 것이었다.

작가의식이란 할 수 없는 것이다. 이때부터 나는 이 사내와 좀더 접근할 기회를 얻어 그를 알고 싶은 충동을 금할 길이 없었다. 정작 알아놓고 보면 대단치 않은 것일지 모르나 하여튼 한번 캐어보고 싶었다.

이튿날 나는 네시쯤 집을 나섰다. 대체 그가 어떤 장사를 하고 있는지도 알아둘 겸, 될 수 있으면 오늘은 딴 음식점으로 가 그와 단둘이 이야기할 수 있는 기회를 만들어볼 예정이었다.

남대문시장 쪽을 향해 걸어가며 나는 지금 내가 찾아가는 사내의 본바탕이 무엇일까 하는 것을 생각해보았다. 암만해도 본디부터의 장사치는 아니고 중도에 전업을 한 사람같이만 여겨졌다. 비록 햇볕에 그을려 살갗이 검붉어졌으나 그 갸름한 얼굴 밑바닥에는 장사치의 그것이 아닌 어떤 교양의 빛이 깔려있는 것으로 생각됐다. 그렇다면 그의 심상치 않아 보이는 과거도 그가 장사꾼으로 나서기 전의 생활과 관련된 것이 아닐까. 그러나 그의 먼젓 직업이 무엇이었을까 하는 것은 좀처럼 추측되지 않았다.

남대문시장으로 굽어드는 어귀에서 주위를 한번 둘러본 나는 주춤 걸음을 멈추지 않을 수 없었다. 무턱대고 그를 찾아나선 것이 무모한 짓이 아닌가 하는 생각이 든 것이었다. 얼핏 눈앞에 뵈는 한도에서만도 북적거리는 인파 속에 누가 누구인지 알아보기가 어렵거늘 하물며 이 시장 전체에서 그를 찾아내기란 거의 불가능에 가까운 일일 것같았다.

한데 이날 운수가 좋았다. 찾아나선 김에 좌우간 시장을 한바퀴 돌아보고 가리라고 사람들 틈을 헤치고 들어가는 내 눈에 지금 맞은편 쪽에서 장사꾼 하나가 팔에다 미군용 겨울 내의며 점퍼며 바지며 와이셔츠 등을 한 아름 안고 이리 오는 것이 보였다. 바로 그 사내인 것이다. 본시 안정이 무뎌서 길가에서 아는 사람을 만나도 모르고 지나쳐버리기가 일쑤인 내가 그 법석거리는 인파 속에서 대번 그를 알아본 걸 보면 이날 나는 엔간히 그를 찾기에 골똘해있었던 게 분명했다. 그렇다고 하더라도 그것은 다분히 우연의 소치였다. 한 자리에 자리잡고 앉았는 장사꾼이라도 찾아내기 수월치 않을 텐데 시장을 싸돌아다니며 물건을 파는 그를 더구나 이렇게 시장 초입에서 만날 수 있었다는 것은 정말 요행이 아닐 수 없었다. 술청이 아닌 바깥 대기 속에서 보는 그의 얼굴은 덜 피로하고 덜 쓸쓸해 보였다. 나는 쉽사리 그를 찾아낸 기쁜 마음으로 사람들 새를 뚫고 그에게로 가까이 갔다. 그도 나를 알아본 듯 했다. 그러나 다음 순간 그는 슬쩍 외면해버리고 마는 것이었다. 그뿐만 아니고 내가 무어라고 말을 붙이기도 전에 그는 등을 이리 돌리고 오던 길을 되걷기 시작하는 것이었다. 확실히 나와 만난 것을 달갑게 여기지 않는 눈치였다.

이렇게 되면 나는 좀더 집요해질밖에 없었다. 그는 어젯밤 술이 취해서 내게 한 말을 후회하고 있는지 모른다. 그러면 그럴수록 그가 어떤 인간이며 그의 과거가 어떤 것인가를 천착해보고 싶어졌다.

나는 발길을 돌려 저축은행 옆에 있는 어떤 다방으로 들어가 시간을 보내기로 했다. 그러다가 시장패들이 원주집에 모여들 때보다도 더 시간을 늦잡아가지고 그곳으로 갔다. 내가 먼저 가 앉아있다가는 그 사내가 나를 보고 돌아갈 우려가 없지않다는 생각이 들었던 것이다.

시장패들이 한창 떠들어대는 술청 한옆에 끼어앉았는 그의 모양이 보였다. 나는 벽에 붙은 목로로 가 앉아 기회를 엿보기로 했다. 우선 시장패들이 얼마큼 없어진 뒤에 그의 곁으로 갈 참이었다. 그래 술잔을 받아 서서히 마시고 있느라니까, 누가 곁에 와 서는 기척이 났다. 보지 않아도 그라는 걸 알 수 있었다. 나는 말없이 그에게 자리를 내주었다.

　그도 아무말 없이 들고 온 잔을 내려놓고 내 곁에 앉았다. 그리고 두 사람이 잠잠히 각각 자기 잔을 비우고 났을 때 비로소 그가 입을 열었다. 나는 그가 내 옆자리에 와 앉는 것을 보고 그가 무슨 말이고 먼저 꺼내리라는 것을 예기하고 있었던 것이다.

　"참 어제밤엔 실례가 많았습니다. 그리구 아까 시장에서두 실례를 했구요. 시장에선 누구를 만나건 전 모른 척해버리지요. 아무리 옛날에 친했던 사람이라두 말입니다. 제가 시장에서 상대하는 사람은 같은 장사꾼끼리 아니면 손님뿐입니다."

　그는 조용조용 이렇게 말하고 나서 새로 부은 잔을 들어 두어 모금 마시고는,

　"그런데 선생님, 제가 보기엔 선생님께서두 혼자 약줄 잡숫는 습관을 가지신 것같든데요. 실례지만 제가 선생님의 약주 잡수시는걸 눈여겨 본 건 벌써 오래 전입니다. 어떤 때는 피로하신 것처럼 눈을 감구 계시기두 허구, 어떤 때는 무엇이 못마땅하신 것처럼 눈살을 찌푸리시구 고개를 젓기두 허시구, 또 어떤 땐 좋으신 기색으루 고개를 끄떡끄떡 허시드군요. 떠들어대는 주위엔 조금두 개의치 않으시구선. 그런데 늘 혼자이신데두 어쩌면 그렇게 여럿이 같이 계시는 것처럼 보이는지 알 수가 없어요."

　나는 소리없이 웃으며 고개를 끄덕여주었다. 내가 고개를 끄덕이는 걸 보자 그는 이어서,

"저, 선생님, 제 생각같애선 선생님께서 글 쓰시는 분같은데……."

나는 내가 작가라는 걸 알리지 않기로 하고 있다. 어쩌다 사람들이 자기의 경력이야기가 소설감이 되니 들어보라는 수가 있다. 내가 소설을 쓴다는 것을 아는 그 사람은 내게 조금이라도 소설다운 이야기를 해 들리려는 선입감에서 지금까지 자기가 읽거나 들은 소설을 무어론가 본따가지고 지난날의 자기 경력담을 가미시키는 경향이 있는 것이다. 그렇게 되면 그 사람의 이야기는 내게 아무런 흥미도 주지 못하고 만다. 그것을 나는 이 사내한테 염려했다. 이날 나는 이 사내를 이 사내 그대로 알고 싶었던 것이다. 그러기 위해서는 내가 작가라는 것을 알리지 않는 편이 좋았다.

그러나 이왕 이렇게 된 바에는 할 수 없었다. 나는 나대로 그의 사람을 보는 눈이라든가 말하는 품으로 미루어 여태까지 궁금했던 것을 물어보았다.

"노형께서두 지금은 장사를 허구 계신 것같지만 전엔 정신노동을 하신 분 같은데?"

했더니 사내는 솔직히,

"네, 전엔 학교 선생이었습니다. 인천에 있는 어떤 중학교였죠."

그러면서 사내의 눈에 어떤 쓸쓸한 기운이 깔리기 시작하며,

"사실 저는 이렇게 선생님과 서루 이얘길 주구받는 처지가 되리라구는 생각지 않았습니다. 그런데 얼마 전입니다. 아마 선생님께서두 기억허구 계시겠죠. 저녁때 여길 들르니까 마침 선생님 옆자리가 좀 비어있드군요. 그래 선생님 곁으루 갔던 것입니다. 가까이 가 보니까 그날 선생님은 퍽 피로해 뵜어요. 그래서 저도모르게 말을 건넸던 거죠. 뭐라구 할까요, 선생님의 그 피로해 뵈는 모습에 제가 끌려들어갔다구나 할까요. 그랬드니 선생님은 불쾌한 얼굴을 허시구는 한마디 대꾸두 없이

나가버리구 마시드군요. 그때 깨달았지요. 제가 주책없는 짓을 했구나하구요. 자기 분위기를 다른 사람한테 침범당하면 기분 좋은 일이 아니니까요. 다시는 선생님께 실례가 되지 않두룩 조심허기루 했죠. 헌데 어젯밤 또 선생님께 실례를 허구 말았으니…… 술이 엔간히 취해있긴 했었지만 지금까지 제가 술이 취했어두 그런 일은 없었습니다. 그러구보면 자신두 모르는 새 저는 선생님을 가까이허구 싶었든 모양예요. 허지만 어젯밤 몇마디 지껄이다 보니 내가 또 실수를 하는구나 하는 생각이 들드군요. 그래서 먼저 자리를 뜨구 말았지요. 오늘 아침 생각엔 다시는 여길 오지 말구 어디구 장솔 옮겨야겠다구 생각했었죠. 선생님 볼 낯이 있어야죠. 그랬는데 아까 선생님이 시장엘 나오시질 않았어요? 그때 저는 외면을 하면서두 선생님의 얼굴 표정을 보았지요. 선생님이 절 찾아 나오셨다는 걸 알았어요. 그러기 땜에 제가 오늘 여기 올 수 있었습니다. 자, 선생님, 드시지요. 혼자 이렇게 떠들어대는 것 용서하십쇼."

그는 자기가 말 많아진 게 안된 듯싶었던지 한동안 술잔만 기울였다. 나는 작가의식을 떠나 그 인간이 좋아지기 시작했다. 무엇보다도 솔직한 게 마음에 들었던 것이다. 술잔을 그에게 건네었다. 그는 받은 잔을 잠시 바라보며 무엇을 생각는 눈치다가 한 모금 입축임을 하고는,

"선생님은 어젯밤 제 말을 듣구 수상하게 여기셨겠죠. 괴상한 소릴 했으니까요. 이왕 꺼내논 얘기니 숨김없이 말씀드리겠습니다. 들어주십시요."

나는 잠자코 담배를 붙여물었다.

"6·25 때 저는 같은 학교에 있던 동료 한 사람을 죽인 일이 있습니다. 죽는 현장은 보지 못했지만 죽었음에 틀림없습니다. 그 사람과 저는 같은 규율부를 맡아보구 있었든 관계루 꽤 가까이 지내는 사이였죠. 학생들 단속이나 처벌 문제에 대해서두 우리는 거의 의견 대립이 없었습니다.

이 사람을 나는 1·4 후퇴를 얼마 앞두지 않은 어느날 부역자라는 이유루 파출소 순경에게 밀고를 했던 것입니다. 이 사람이 인공때 소위 교책이란 걸 지냈거든요. 정말루 그 사상에 공명을 했었는지 일시적 보신책이었는지는 모릅니다. 하여튼 해방 후 혼란기에 그처럼 창궐했던 좌익 학생 단속에 열성적이었든 사람이 인공이 되자 교책이란 지위에서 일을 보게 됐든 것입니다. 이 사람이 교책이 돼 가지구 어떠한 나쁜 짓을 했는지는 모릅니다. 나는 인민군이 들어오자 몸을 숨기구 학교에는 나가지 않았으니까요. 9·28 후에 학교에 나갔더니 이 사람의 비행이 한두 가지가 아니라구 야단들이드군요. 허지만 그런 때의 비평이란 자칫하면 과장되기 쉬운 법이라 어느 정도 그걸 믿어 좋을지는 모르죠. 그러나 저만은 분명히 이 사람한테 피해를 입었습니다. 적어두 그당시는 그렇게 생각했습니다.

인민군이 들어오자 전 학교에는 나가지 않구 장사를 시작했죠. 생계를 위해서 헐 수 없었습니다. 더구나 그때 제 집사람이 산욕열루 누워있었거든요. 옷가지를 주워팔아 장사 밑천을 삼았습니다. 그래두 이럭저럭 굶지는 않구 끼니를 이어나갔죠. 그런데 하루는 장사를 마치고 배다리시장에서 보리쌀 몇 되를 사갖구 집으루 돌아오는 길에서예요. 누가 쫓아와 팔을 잡기에 보니 내무서원이 아니겠어요? 그자의 말이 잠깐 물어볼 얘기가 있으니 서루 가자구요. 그때 어떤 사람의 뒷모양이 제 눈에 들어왔어요. 저쪽 골목으루 돌아서는 그 남자의 뒤통수가 틀림없이 사변 전까지 저와 테이블을 나란히허구 앉았든 그사람이 아니겠어요? 저는 그사람한테 밀고를 당했든 것입니다. 그게 팔월 하순께였죠. 그리구 그날부터 저는 유치장에 갇힌 채 유엔군이 인천에 상륙할 때까지 나오지 못허구 말았습니다.

별반 심문다운 심문을 받아보지두 못했죠. 그저 하루에 몇차례씩 큰

방에 끌려나가 공식적인 설교만 들었습니다. 전 몇번인가 집에 아내가 앓아 누웠다는 사정 얘기를 해봤지만 소용없었습니다. 그러다가 누구의 입에선가 유엔군이 인천 상륙작전을 개시했다는 소문이 유치장에 퍼진 날 밤, 저희들은 밖으루 끌려나가 대를 지어가지구 인천을 떠났습니다. 밤새두룩 뒤에서는 폿소리와 폭격소리가 끊이지 않드군요. 제가 그 대열에서 탈출한 것은 사리원 근방에섭니다.

그렇게 해서 집에 돌아와 보니 집안꼴이 어떻게 됐는 줄 아십니까. 집사람은 누구 하나 돌봐주는 사람두 없이 죽구 말았던 것입니다. 옆집 사람이 하두 여러날 사람소리가 들리지 않길래 와 봤드니 아내는 벌써 송장이 되어 썩는 냄새를 피우고 있드래지 뭡니까. 그래 동네사람들이 내다 묻었다는 거예요. 물론 그때 갓난애두 어미와 같이 죽어있었지요.

눈에서 불이 일드군요. 그달음으루 나를 밀고한 사람을 찾아갔죠. 빈집에 아무두 없었습니다. 필시 가족을 데리구 이북으루 갔구나 했습니다. 그런데 말씀예요……

1·4 후퇴를 얼마 앞두지 않은 어느날이었어요. 이 남은 목숨을 살리기 위해서는 하는 수없이 남하를 해야 한다는 생각에 부둣가루 나가는 길에 서입니다. 언뜻 앞서 가는 사람의 뒤통수가 눈에 들어오지 않겠어요? 오랫동안 머리를 깎지 않아 머리털이 덥수룩한 사내였습니다. 이 사람의 뒤통수를 보는 순간 나는 가슴이 울렁거렸습니다. 틀림없이 그자였던 것입니다. 나는 곧 길 가 파출소 순경한테루 달려가 그자의 뒤통수를 똑바루 가리켰습니다. 몇 달 전에 그자가 내 뒤통수를 향해 그렇게 했을지두 모르는 그대루 말입니다. 그저 그때와 다른 것은 그자가 내 뒤통수를 가리켜 보인 것은 인공의 내무서원이구, 내가 그자의 뒤통수를 가리켜 보인 것은 대한민국 순경이란 것뿐입니다. 저는 그자의 뒤통수를 가리킨 손을 거두어가지구 거기 골목으루 들어섰습니다. 이때 그자두 순경한테

붙들려 돌아서면서 내 뒷모양을 보았는지 어쨌는지는 모릅니다."

그는 여기서 앞에 놓인 잔을 들어 다시 두어 모금 마시고 나서 말을 이었다.

"저는 제가 한 처사에 대해 조금두 가책을 받지 않았습니다. 응당해야 할 일을 했다는 생각이었습니다. 그리구 비명에 죽은 거와 다름없는 아내와 어린 핏덩어리에 대한 면목두 어느 정도 섰다구 생각했습니다. 그랬는데 말입니다, 거제도까지 피난을 갔다가 휴전협정이 되어 다시 인천으루 돌아와서입니다. 학교가 시작되자 저는 다시 학교일을 보았지요.

하루는 오전 공부가 끝나구 점심 시간 때인데 웬 여자 하나가 저를 찾아왔습니다. 저는 처음 그 여자가 누구라는 걸 알아보지 못했습니다. 말을 들어가는 도중에야 그 여자가 1·4 후퇴 때 내가 밀고한 그자의 부인이라는 걸 알았습니다. 물론 사변 전에는 몇번 본일두 있는 여잡니다. 그런데 전혀 몰라볼 만큼 그 여자는 변해있었습니다. 입구 있는 옷주제두 말이 아니었지요. 등에 업혀있는 서너살 난 계집애와 옆에 따라온 대여섯살 난 사내애두 꼭 거지꼴이었습니다. 그 여자의 말이 남편되는 사람이 9·28 후에는 근신하기 위해 몸을 숨기구 있다가 1·4 후퇴 때 남하할 길을 알아본다구 집을 나간 채 영 돌아오지 않는다는 것이었습니다. 할수없이 여자 혼자서 애들을 데리구 대구까지 걸어 내려가 간신히 품팔이와 시장에서 뜨내기 장수루 연명해 왔다는 거예요. 그러면서 남편의 행방을 수소문해봤으나 통 알 수 없었다구요. 혹시 감옥에라두 붙들려 들어갔나 하구 여기저기 알아봤지만 그런 곳에두 없드라구요. 이래저래 고향에나 와 살려구 올라온 김에 혹시나 학교에서는 남편의 행방을 알까 해서 왔다는 겁니다. 그리구 지금은 배다리시장에서 광주리장사를 해서 겨우 애들 굶어죽이지나 않는 형편이라구요. 저는 여인의 말을 듣고 약간 놀랐습니다. 저는 제가 밀고한 사내가 그동안 놓여났거나 기껏해야 지금 감옥살이를 하구 있을 줄만 알구 있었던 것입니다. 그것이 1·4 후퇴 때 직결처분을 받았음에 틀림없다는 생각이 들었던 것입니다. 그러나 저는 곧 단정할 수 있었습니다. 내가 맛본 쓰라림을 너희들두 맛봐야 한다구요. 그래 저는 그 여자에게 그런 일을 학교에서 알 리가 없다구 해버렸죠. 그 여자는 고개를 숙이구 돌아서 교무실을 나갔습니다.

무심코 저는 교정을 내다보았습니다. 유리창 밖으루 지금 정문을 향해 걸어가구 있는 여인이 보였습니다. 그러자 저는 흠칫 하구 의자에서 일어섰습니다. 지금 어머니 곁에 붙어서 타박타박 걸어가구 있는 사내애의 뒤통수 모양이 어쩌면 제가 밀고한 그 사내와 그렇게 같습니까. 그날 저는 하숙집에서 싸준 점심밥을 제대루 목구멍에 넘길 수가 없었습니다. 그리구 그때부터 지난날 동료가 앉았든 옆자리에서 수시루 이 뒤통수의 환영을 봐야만 했습니다. 그러면서 저는 이런 생각이 듦을 어찌할 수 없었지요. 내가 가리킨 뒤통수는 그 사내의 것이 틀림없다. 그러나 내 뒤통수를 가리킨 사람이 꼭 그 사람이었다구 단정할 수는 없지 않느냐. 저는 제 옆자리에 수시루 나타나는 뒤통수의 환영을 감당하지 못해 마침내 한 열흘 뒤 학교를 그만두구 말았습니다.

그길루 배다리시장으루 달려갔지요. 마침 그 여자가 시장 한귀퉁이에 앉아 과자나부랭이를 팔구 있는 것을 찾아냈습니다. 영양실조에 떨어진 두 애가 엄마 양쪽 무릎을 베구 쓰러져 잠이 들어있었습니다. 저는 그 노오랗게 뜬 두 애의 얼굴을 바루 바라보지두 못허구 그 여자에게 남편 이야기를 해주었습니다. 그 여자는 제 이야기가 끝나기두 전에 그 자리에 까무러치구 말드군요. 저는 그때 눈앞에 쓰러진 세 사람의 무게보다두 더 큰 것이 제 가슴에 와 실리는 것을 느꼈습니다. 그리구 앞으룬 이 무게를 제가 달게 지니구 살아야 한다는 걸 느꼈습니다."

여기서 그는 잠시 말을 끊었다. 그리고는 잔에 남은 술을 다 마셔버렸다.

"그날밤으루 저는 그 여자와 어린것을 데리구 서울루 올라왔습니다. 그때부터 지금의 생활이 시작됐지요. 제가 이렇게 시장 장사를 택한 것은, 잠깐 동안이지만 6·25 때 경험으루 봐서 이것을 하면 어떻게든 살아나갈 수 있다는 생각이 들었기 때문이기두 헙니다마는 더 큰 이유는 이참에 아주 장사꾼이 돼서 지난날 교육자였다는 걸 잊어버리구 영 다른 내가 되구 싶었기 때문입니다. 그리구 저녁때 이렇게 술을 한잔 하면서 과거를 되살리군 했답니다.

그런데 선생님, 세월의 힘이 뭔지 모르겠습니다만 얼마 전부터 제 지난날의 악몽과 같은 기억이 흐려져가는 것이었습니다. 그리구는 그대신 새로운 잡념이 생기기 시작하는 게 아니겠어요? 오늘 저녁은 선생님께 모든걸 죄다 털어놓구 얘기허기루 작정했으니 숨김없이 말씀드리겠습니다. 이건 선생님이 글을 쓰시는 분이라구 해서 말씀드리는 게 아니구 어딘가 선생님에겐 저와 통하는 데가 있어 보이기 때문이에요. 여럿이 같이 계신 것처럼 보이지만 실상은 외로우신 게 아닌가 하는 점같은 게 말입니다. 아마 이게 선생님께 제 얘길 모주리 하게 된 동길 겁니다.

그런데 지금 말씀드린 새로운 잡념이란 다른 게 아닙니다. 제 몸속에 숨어 있는 남성이란 놈이 머리를 들기 시작한 것입니다. 그동안 저는 한 방에 같이 기거하면서두 제가 남성이란 입장에서 친구부인을 바라본 적은 없었습니다. 그저 제가 앞으루 부양해야 할 사람의 하나루만 보아왔습니다. 그러든 것이 얼마 전부터 이 친구부인이 제 눈에 한 사람의 여성으루 비치기 시작한 것입니다. 저는 제 자신을 채찍질하기에 힘썼습니다. 술을 마시면서두 제 자신에게, 너는 이 손가락으루 가리킨 사내의 뒤통수를 잊어서는 안된다구 타이르군 했습니다. 그래두 잡념이 사라지지 않을 땐 제 자신이 술한테 먹혀버려 아주 정신을 잃어버리려구 노력했습니다. 어젯밤두 그런 셈으루 술을 마셨던 것입니다. 그럼 따루 살면서 생활

비나 대주면 그만 아니냐구 하시겠죠? 허지만 그게 제게 있어선 간단치가 않습니다. 처음엔 그들 세 식구를 몸 가까이 데리구 있으면서 가슴에 와 실리는 세 사람의 무게보다두 더 큰 것을 실감하며 자신을 괴롭히려 했던 건데 그게 요즘와선 또 다른 뜻에서 헤어져 살 수가 없습니다. 이런 놈입니다, 선생님. 데데한 놈이죠?"

그는 약간 핏발이 선 눈을 들어 나를 바라보았다.

나는 이 자학하는 사내에게 다른 말은 말고 한마디 해주고 싶었다. 숫제 그 여인과 부부가 돼버리는 게 어떠냐고. 그러나 그 말이 지금의 이 사내에게 별 효과를 줄 것같지 않아 잠자코 말았다.

시장패들도 거의 다 돌아가고 술청 안이 좀 조용해져있었다. 그 속에서 우리는 술잔을 주고받았다. 나는 그를 오랫동안 사귀어온 사람이나처럼 마음속으로 어떤 친밀감을 느꼈다. 그가 예의 눈을 밖을 향해 뜬 채 시선은 자기 안을 들여다보는 자세를 취하고 있을 때는 나는 그가 거기서 벗어나 술잔을 들 때까지 담배를 피워물고 기다리곤 했다.

이날밤 그는 상당히 취기가 돈 뒤에도 어젯밤처럼 언성이 높아지거나 하지는 않았다. 물론 그는 이날밤도 술한테 자신이 먹혀버리기를 바라고 있는지는 몰랐다. 그러나 나는 이 사내에게 술을 그만두자고 하거나 그렇다고 술잔을 자주 건네거나 하지도 않았다. 이렇게 우리는 열한시 가까이까지 있다가 자연스럽게 같이 자리를 일어나 그곳을 나왔다.

다음에 내가 그를 만난 것은 삼사일 뒤이었다.

이날은 거리에 나갔다 여덟시쯤 돌아오는 길에 원주집에를 들렀더니 몇 안 되는 손님 속에 그가 앉아있었다. 그는 나를 기다리고나 있었던 듯이 반색을 하며 맞아주었다. 나는 무언가 기쁨을 감추지 못해하는 언제나와는 좀 다른 그의 태도에 잠시 어리둥절했으나 잠자코 그의 앞으로

가 앉았다.

"선생님께 알려드릴 일이 있습니다."

순간 나는 저번에 나 혼잣속으로 바랐던 결혼문제가 실현된 거나 아닌가 하여 귀가 솔깃해졌다. 그러나 그의 이야기는 엉뚱한 것이었다.

"부끄러운 얘기지만 그저께밤 저 양동이란 델 갔었습니다. 선생님두 소문에 들어 아시죠, 양동이 어떤 곳이란 걸? 제가 그런 곳에 발을 들여놓긴 이번이 생전처음입니다."

그는 멋적은 듯 한번 어설픈 웃음을 웃고는,

"그렇게라두 해서 제 몸속에 꿈틀거리는 남성을 쏟아버리지 않구는 못배길 심정이었지요. 그런데 말씀이에요, 웬일인지 저는 종내 남자행위를 못허구 말았습니다. 제 자신의 것이 말을 들어줘야죠. 어린 여자가 웃으면서 묻드군요. 나이가 얼만데 벌써 그렇게 됐느냐구요. 그런데 선생님, 저는 이때처럼 가슴속이 후련해진 적은 근래에 없습니다. 나는 불능자가 됐다, 다시는 그 여자와 한집에 산대두 딴 생각을 말아야 한다, 이렇게 자신에게 일렀죠. 저는 개운한 마음으루 그곳을 나왔습니다. 이젠 좀 괴로워하지 않구 살게 될려나 봅니다. 그런데 선생님께 한 가지 더 말씀드릴 게 있습니다. 앞으룬 선생님의 약주 잡수시는 분위기를 깨뜨리지 않기루 작정했습니다. 그러니 선생님두 저를 알기 이전으루 돌아가주십시요. 여기서 절 보시드래두 모른 척하십시요. 그런대두 전 조금두 나삐 생각지 않겠습니다. 오늘은 일전 말씀드린 얘기와 관련두 있구 제 자신 그젯밤 일이 다행스러워서 이렇게 선생님께 알려드리는 겁니다. 그럼 지금부터라두 선생님은 선생님대루 약줄 드십시요. 그럼 실례하겠습니다."

나는 알 수 있었다. 이 가엾도록 착한 사내는 요 며칠 동안 내가 여기 들르지 않은 것을 자기가 성가시게 굴어서인 줄로 생각하고 있는 것이다.

그러나 나는 구태여 변명할 필요도 없고 하여 잠자코 말았다.

그는 잔을 들고 다른 자리로 갔다.

좀 이따 그곳을 나오면서 보니 그는 내게 나갈 때 인사하는 번거로움마저 주지 않기 위함인 듯 등을 이리 돌려대고 저쪽을 향해 앉아있는 것이었다.

이런 일이 있은 지 사오일 후에 나는 실로 뜻하지 않았던 시각에 뜻하지 않았던 장소에서 그를 만났다.

내가 살고 있는 집이 바로 남산 밑이라 나는 철따라 남산에 아침산책을 가곤 했다. 이른 봄철부터 신록이 우거질 때까지와 선들바람이 나자부터 첫겨울이 되기까지의 두 절기에.

산책 코스는 간단했다. 어두컴컴할 때 남산 광장까지 올라가 거기서 남산동으로 통하는 길로 접어든다. 그리고 후암동으로 빠지는 굴 앞을 지나 휘엇이 굽은 길을 얼마 내려오느라면 오른편에 원천대 약수터라는 팻말이 서있는 곳에 이른다. 여기까지 오면 날이 훤히 밝는다. 거기서 나는 약수터로 올라가 그 물을 몇 모금 마시고 같은 길을 되돌아오는 것이다.

그날 내가 아침산책을 나선 것도 어둑어둑한 새벽이었다. 십이월 열흘께의 차가운 공기가 코끝에 시렸다. 이제 아침산책을 그만둘 때도 된 것이다.

남산 광장에서 남산동으로 통하는 길을 접어들었다. 산 위에서는 언제나 다름없이 누군가의 웅변 연습하는 소리가 들렸다. 그런데 후암동으로 빠지는 굴 앞에 이르러서였다. 컴컴한 굴 안에서 지금 웅변 연습자의 한창 흥분한 어조와는 다른 또 하나의 소리가 귓전을 때렸다. 우우 우우 하고 무슨 숨가쁜 신음소리와도 같고 환희의 절정에서 절로 새어나오는 환성같기도 했다. 컴컴한 굴속이라 무서운 생각도 없지않았으나 그 지르는 소리가 하도 절실해서 그냥 지나칠 도리가 없었다. 조심조심 가까이 가 보았더니 그것이 다른 사람 아닌 원주집에서 만나곤 하는 그 사내인 것이었다.

그도 어둠속에서 나라는 것을 알아보자 놀라는 눈치였다. 나는 그에게 무슨 일이 생겼느냐고 물었다. 그는 아무 대답도 없이 한참 서있더니 앞서서 굴 밖으로 나서는 것이었다. 나도 그 이상 더 묻지 않고 그 뒤를 따랐다.

광장을 엇질러 수많은 돌층계가 있는 데까지 왔을 때는 주위가 포도빛으로 밝아오고 있었다. 사내는 돌층계에 발을 내딛다 말고 나를 돌아다보았다.

"저 선생님, 제겐 또 변동이 생겼습니다. 지금 막 양동서 돌아오는 걸음에 이렇게 남산까지 올라왔습니다."

사내는 천천히 돌층계를 내려가기 시작하며,

"나라는 인간은 참말루 구원받지 못할 인간인 것같습니다. 처음 양동엘 다녀왔을 때는 제가 불능자가 된 걸 얼마나 만족스럽게 느꼈는지 모릅니다. 선생님께두 그때 제 심정을 말씀드렸죠 왜. 그런데 며칠이 못 돼서 제가 이 나이에 불능자가 됐다는 게 그렇게 못견디겠지 뭡니까. 그래서 지난밤 기어쿠 다시 거길 찾어간 거랍니다.

이번엔 나이든 여잘 일부러 골라가지구는 긴밤 작정을 했죠. 그래서 그랬는지 어쨌는진 모르지만 하여튼 저는 겨우 남성을 회복할 수 있었습니다. 저는 긴밤 값을 치렀으면서 곧 일어나 옷을 도루 주워입었습니다. 왜그런지 그대루 자리에 누워있을 수가 없었어요.

일어나 앉아서 머리를 벽에 기댔을 땝니다. 신문지 바른 담벼락에 큰 바가지 두 개가 매달려있는 게 눈에 띄었습니다. 한 통을 탄 꼭같이 생긴 바가진데 그 바가지 껍질이 호박처럼 파아랗지 않겠어요? 저는 여자에게 웬 박이 저러냐구 물었지요. 모른다는 것이었습니다. 허긴 모른다는 게 당연하드군요. 그날그날 손님이 생기는 대루 아무 집에나 빈 방이 있으면 방세를 내구 손님과 같이 들어가는 모양이니까요. 저는 바가지를 못에서 내려가지구 들여다 봤습니다. 자세히 보니까 제 껍질이 아니잖어요. 뻥끼칠을 한 것이었습니다. 저는 그 바가지를 붙안구 앉어서 주머니 칼루 그 뻥끼를 긁어내기 시작했지요. 동기두 목적두 저자신 모릅니다. 저는 그저 한 군데두 뻥끼 자국을 남기지 않으리라는 생각만으루 찬찬히 긁어나갔습니다. 여자는 잠깐 수상한 눈으루 바라보구 있다가 곧 잠이 들어버리드군요. 저는 새벽까지 걸려 뻥끼를 죄다 벗겨냈습니다. 그리구는 도루 제자리에 걸어놓구 잠든 여자를 놔둔 채 그냥 나와서는 그길루 여길 왔죠. 곧장 집으루 돌아갈 수가 없었습니다. 오늘 아침 동대문시장에 가서 물건을 좀 가져올 것이 있는데 그거나 가져다놓구 나중에 들어갈 참입니다.

지금 저는 뭐가뭔지 모르겠습니다. 기뻐해야 할 일인 것같기두 허구 슬퍼해야 할 일인 것같기두 허구."

일단 이야기를 시작하면 잇달아 자기가 하고 싶은 말을 다 하고야 마는 그가 이날도 이렇게 한꺼번에 지난밤의 일을 실토하는 것이었다.

나는 이 아직도 서로 통성을 하지 않아 이름조차 모르는 사내의 숨김없는 이야기를 듣는 동안, 이토록 고민을 하고 있는 그가 안타까우면서도 어떤 인간적인 친밀감이 느껴졌다. 다시한번 그의 얼굴을 바라보았다. 그 자신의 말대로 여전히 기쁘지도 슬프지도 않은 그런 얼굴빛이었다. 그러나 그 얼굴빛 안쪽에 마치 막혔던 지하수가 바위틈을 적시며 번져 나오듯이 그의 숨죽였던 생명의 한 줄기가 밀폐된 육체의 틈바구니를 비집고 숨쉬기 시작했다는 걸 나는 알아보았다.

동대문시장까지 갔다 와야 한다는 그와 나는 남대문 지하도 어귀에서 헤어졌다.

그로부터 한 보름 동안 나는 그를 만나지 못했다.

그즈음 원형이 경영하는 출판사에서 내 단편집을 내기로 되어 그 교정본 걸 전하러 거리로 나갔다가는 이래저래 친구들과 어울려 밤늦게야 돌아오곤 했다. 그러다가 교정도 얼추 끝나고 하여 오래간만에 원주집에를 들렀더니 그 사내는 와있지 않았다.

다음날은 그해 들어 첫눈이 내렸다. 첫눈치고는 꽤 큰 눈송이가 아침부터 쉴새없이 내리다가 저녁녘에 가서야 좀 뜸해졌다. 나는 집에서 입고 있던 점퍼 위에 외투만 걸치고 원주집으로 내려갔다.

술청에는 별로 손님이 없었다. 시장 노점들이 눈 때문에 쉰 듯싶어 시장패들도 뵈지 않았다. 딴 손님도 두셋밖에 없는 가운데 그가 앉아있었다.

나는 그를 보자 놀랐다. 그의 얼굴이 이상해진 것이었다. 왼쪽 입꼬리가 삐뚤어져있었다. 오똑하니 날이 선 코끝과 빠른 턱 사이에서 중심을 잃고 한편으로 삐뚤어진 입의 위치가 그의 갸름한 얼굴 전체의 균형을 마구 헝클어놓고 있었다.

나는 언젠가 그가 나더러 앞으로는 자기를 알기 이전으로 돌아가 조용히 나대로의 분위기를 즐기라고 한 일이 있음에도 불구하고 그의 앞으로 가 마주앉으며 어째서 그렇게 됐느냐고 묻지 않을 수 없었다.

"술이 취해가지구 찬 데서 잔 탓입니다."

그는 이렇게 말하면서 입가에 쓴웃음을 떠올렸다. 그것이 삐뚤어진 입을 한층 더 일그러뜨려 보기 흉하게 만들었다.

"언제부터 그렇게 되셨죠?"

"나흘째 됩니다."

"아직 방에 불을 안 때시는군요?"

"아니지요. 온돌이 아니구 이층 마루방입니다. 연탄 난로는 벌써부터 피워 오지만 어디……"

내 눈앞에는 애들과 여인을 난로 가까이, 그리고 그는 되도록 멀리 떨어진 곳에 혼자 웅크리고 자는 모습이 언뜻 떠올랐다.

"병원엔 가 보셨나요?"

"네, 매일 가서 주살 맞습니다."

"술이 좋지 않을걸요."

"압니다. 그러나 어쩝니까. 오늘부터 이렇게 또 마시기 시작했습니다."

저번에 이 사내를 남산에서 만났을 때 나는 그의 슬픔도 기쁨도 아닌 얼굴빛에서 그러나 숨죽였던 생명의 한 가닥이 새로 숨쉬기 시작했다는 걸 느낀 일이 있었는데, 그때 나는 이 사내의 이야기를 소재로 하여 소설을 쓴다면 이 새로 숨돌린 생명의 줄기로 인해 그가 다시금 괴로워해야 한다는 걸 생각한 일이 있었다. 하지만 그 괴로움의 한 결과가 이런 얼굴의 변모로 나타나리라는 것은 상상 못했던 것이었다.

"입이 그렇게 된 이튿날 저녁입니다. 그러니까 바로 그저께 저녁이군요. 그 날은 술두 안먹구 곧장 집으루 들어갔지요. 그랬드니 애들 엄마가 이걸 만들었다가 끼워주지 않겠어요?"

검정물 들인 군대용 외투 주머니에서 조그만 나무 갈고쟁이 하나를 꺼내어 손바닥 위에 올려놓아 보이며,

"입이 이렇게 된 데는 뽕나무가 좋다구요. 그래서 오류동까지 가서 꺾어 왔다나요."

그는 여기서 갈고쟁이를 삐뚤어진 입꼬리에 물리고 한끝에 맨 노끈 올가미를 귀에 걸었다. 그리고는 좀 어색한 웃음을 입가에 지어보였다. 그러나 그 웃음은 좀전과 달리 그리 흉헙지 않게 제자리에 지어졌다.

갈고쟁이를 벗겨 다시 손바닥 위에 올려놓으며 그는,

"이걸 내게 끼워주구 나서 애들 엄마는 이렇게 말하드군요. 그동안 내가 없었든들 자기나 애들은 어떻게 됐을지 모른다구요. 남편이 살아있었대두 그 이상은 못했을 거라구요. 그리구는 허는 말이 이제는 애들두 크구 해서 하루 종일 그것들헌테 매이지 않어두 되니 어떻게든 자기가 움직여서 생계를 이어보겠다는 거예요. 한마디루 말해서 따루 나가 살겠다는거죠. 저는 잠자쿠 듣구만 있었습니다. 애들 엄마는 이 이상 더 내게 고생을 시킬 수 없다는 말두 하드군요. 자기는 나 때문에 남편 생각두 완전히 잊어버렸다구요. 그리구 끝으루 나더러 언제까지나 이대루 살 수 없지 않느냐구요. 부끄러운 말이지만 나는 그동안에두 양동엘 한번 더 갔었지요. 물론 애들 엄마가 거기 대해선 조금두 내색을 해보이지 않았습니다. 그렇지만 여자의 직감으루 그걸 눈치 채지 못했을 리 없지요. 그리구선 내 귀에 끼워준 이 갈고쟁이 끈이 좀 늦다고 하면서 다시 매주지 않겠어요? 그 손이 어쩐지 떨리는 걸루 느껴졌습니다."

여기까지 말하고 나서 그는 소중한 물건이나 간수하듯이 갈고쟁이를 외투 주머니에 집어넣더니,

"그날밤입니다. 애들 엄마가 내 자리는 난로 옆에 깔구 자기는 내 자리루 갔습니다. 그럴 필요가 없다구 해두 막무가내예요. 저는 술 먹지 않은 말똥말똥한 정신으루 새벽녘까지 잠을 이루지 못했습니다. 이젠 남편 생각을 잊었노라는 말이 머리속에서 맴돌드군요. 그리구 저더러 이대루만 살 수 없지 않느냐구 한 말두요. 저는 어두운 속에서 애들 엄마가 누워있는 쪽을 바라봤습니다. 이불을 머리위까지 뒤집어쓰구 있었습니다. 저는 문득 난로에서 필요 이상으루 멀리 떨어져있는 그 자리가 내가 아니면 애들 엄마의 자리가 돼야만 할 까닭이 무엇인가 하는 생각이 들었습니다. 그러자 애들 엄마가 앞으루 따루 나가 살겠노라던 말이 머리를 치드군

요. 저는 대번 그래서는 안된다구 생각했습니다. 그렇지만 어떻게 해결을 지어야 할는지 저 자신은 알 수가 없어요. 그래서 이렇게 다시 술을 마시구 앉았는 거죠.”

그는 여기서 예의 자기자신 속으로 침잠해들어가는 얼굴빛이 되면서 술잔을 들어 입으로 가져가는 것이었다.

나는 삐뚤어진 그의 입술을 똑바로 바라보지도 못한 채 언제인가 이 사내에게 하려다 그만둔 말을 부지중에 입 밖에 내고야 말았다.

“노형, 나같으면 결혼을 해버리구 말겠수.”

그는 약간 술기운으로 해서 찬물을 끼얹은 듯이 된 눈을 내게 주며,

“결혼요? 누구와 말입니까?”

“상대가 여럿되는 것두 아니지 않수?”

그러자 그의 눈은 곧 다시 자기자신 속으로 침잠해들어갔다.

더 그에게 무슨 말을 해야 좋을지 몰라 잠잠히 나도 술만 마셨다.

이렇게 얼마 동안 두 사람이 말없이 술잔만을 상대하고 있는데 손님 하나이 술청으로 들어서면서, 어 첫눈이 대단한데, 하며 머리와 어깨의 눈을 털어 내는 것이었다. 저녁때 좀 뜸했던 눈이 다시 내리는 모양이었다.

이때 잠잠히 자기자신 속에 침잠해있다가는 생각난 듯이 술잔을 입으로 가져가곤 하던 그가 고개를 들어 손님 쪽을 바라보며 혼잣말처럼,

“눈이란 좋은 거지. 아무리 맞아두 싫지 않으니.”

나두 덩달아,

“나두 눈을 퍽 좋아하지요. 눈이 내리는 날 밤이면 고향 생각이 납니다. 우리 고향에선 한번 내린 눈이 조상눈이 돼 봄철에 가서야 녹는 수가 있어요. 그래 온갖 풀의 새움이 눈 밑에서 싹텄다가 눈이 녹는 대루 고개를 들지요. 그런데 참…….”

예기치 않았던 한 생각이 머리에 떠올랐다.

"내 친구 중에 이런 사람이 하나 있었어요. 해방 전 얘깁니다마는 같은 직장에 있는 여자를 좋아하면서두 어떻게 프로포즈해야 할지 몰라 끙끙 앓구만 있었죠. 여자두 내 친굴 좋아하는 눈치였으니 더 죽을 일 아니겠어요. 그런데 어느 눈이 펑펑 내리는 날 친구가 퇴근을 하구 돌아가는 길에 그 여자가 앞에 가는 걸 보았대요. 걸음을 빨리해서 그 여자 곁에까지 가긴 했는데 말이 나와야죠. 그대루 둘은 약속했던 사람들처럼 그냥 눈을 맞으며 무작정 걸어 돌아다녔답니다. 말두 없이 말예요. 그런데 어느틈에 보니까 둘은 손을 잡구 있드래지 뭡니까. 그 후에 이 두 사람은 결혼을 했습니다. 그 친구의 말이 자기네 두 사람이 결혼을 하게 된 건 눈의 공덕이라구 늘 얘기허드군요."

나는 이 말 끝에 앞에 앉은 사내를 향해,

"노형두 이 눈 오는 날 밤을 기념하두룩 하면 어떻습니까?"
하고 말았다.

나는 좀전에 이 사내에게 무슨 말을 더 해야 좋을지 몰라 그저 술만 마시고 있었지만 그러면서도 나는 혼자 생각하고 있었던 것이다. 이 사내는 그 여자와 부부가 될 그럴 만한 어떤 계기를 찾고 있다. 그 계기라는 것이 이 사내에게는 외부에서 오지 않는 한, 그것을 만들 가능성이 희박하다. 그것은 마치 어떤 나무가 적당한 곳에 가지를 내지 못할 경우에 원예사가 그곳에다 어떤 자극을 줌으로써 소기의 목적을 이룰 수 있는 것과도 같다. 이런 생각을 하고 있던 참에 새로 들어온 한 손님으로 해서 눈이야기가 나오고, 그 눈이야기 끝에 나는 금방 만들어낸 싱거빠진 얘기로써 이 사내를 다시 결혼이야기로 끌어왔던 것이다.

사내는 잠시 의아스런 눈으로 나를 건너다보았다. 보통때는 자기의 이야기를 조용히 들어줄 뿐 별반 말대꾸나 의견을 삽입하지 않던 내가 이런 말을 하니 좀 이상하게 여겨지는 모양이었다.

나는 말이 나온 김에 계속해서,

"속담에두 쇠뿔은 단김에 빼랬다구, 자 결정을 지으슈."

그리고 나는 어지간히 술기운이 돌아있었으나 조금도 농담이 섞이지 않은 어조로,

"그동안 맺은 인연으로 내가 후행을 서드리죠,"
했다.

그는 삐뚤어진 입꼬리를 일그러치며 미소를 떠올렸다.

나는 이번에는 그 일그러진 얼굴을 똑바로 바라보며 말했다.

"이미 노형네 둘이는 형식적으루 부부가 된 거나 마찬가지라구 봅니다. 누가 몇 해씩 한방에 같이 산 남녀를 부부가 아니라구 생각하겠습니까. 나야 노형의 말을 그대루 믿습니다마는…… 하여튼 이제 남은 것은 형식을 실제화하는 절차뿐입니다."

이 말이 얼마큼의 타당성을 가진 논리인지는 몰라도 그것이 그에게 어떤 반응을 일으킨 것만은 사실이었다. 그는 내 말이 떨어지자 목에 걸린 무엇을 넘겨나 버리듯이 마른침을 한번 삼켰던 것이다. 내가 만일 이 사내 이야기를 소설로 쓴다면 그 결말을 결혼으로 끝마치지는 않았을지 모른다. 그러나 나는 이 사내를 내 소설의 주인공으로서가 아니라 현실의 한 인간으로 대하고 싶었다.

나는 틈새를 주지 않았다.

"자, 일어나슈. 오늘은 축하하는 의미루 내가 술값을 내지요. 내일은 노형이 한턱 내슈."

한팔을 잡아 일으키는 그의 몸 중량이 그다지 거북스럽지 않은 것으로 미루어 그도 억지로 일어서는 것은 아니라는 걸 알고 마음이 놓였다.

밖은 함박눈이 내리고 있었다. 나는 외투깃을 세웠다. 그도 따라 외투

깃을 세우더니 주머니에서 예의 갈고쟁이를 꺼내어 입에다 끼웠다.

우리는 퇴계로와 서울역 사이에 뚫린 길을 잡아 서울역 쪽으로 걸었다. 약간 바람이 있어 눈이 흩날리며 얼굴에 와 부딪쳤다. 그것이 싫지 않았다.

오가는 자동차의 헤드라이트에 비치어 눈송이들이 제각기 파닥거리는 모습을 드러냈다가는 다시 어둠속에 묻혀 희끗거리는 무수한 점이 되어 내렸다.

옆에서 걷던 그가 불쑥,

"저 선생님, 선생님은 눈을 어떻게 생각하십니까?"

그게 무슨 말인지 몰라 그에게로 고개를 돌렸다. 갈고쟁이 때문에 말소리에 헛김이 섞인 음성이었다. 그러나 내가 몰라해한 것은 음성 탓이 아니고 그 말뜻이었다.

"선생님은 눈과 비를 볼 때 어느 쪽이 남성이구 어느 것이 여성이라구 생각하십니까? 전 비는 남성이구 눈은 여성이라구 보는데요. 눈이란 그 빛깔이나 모양이 여성적이거든요. 눈보라나 눈사태가 있긴 하지만 홍수에 비기면 아무래두 여성적이지요."

이걸로 나는 그가 지금 약간 긴장해있는 자기자신을 감춰보려는 것을 알 수 있었다. 전부터 눈이 여성적이고 비는 남성적이란걸 생각하고 있었다느니보다는 지금 그런 것을 생각해냈음에 틀림없었다. 그가 이런 말을 할 정도로 긴장해있다는 것을 나는 도리어 다행스럽게 여겼다.

이렇게 눈 속을 걸어가다 남대문 쪽과 남산 쪽을 이어놓은 다리 좀 못미친 곳에 이르러 그는 발걸음을 멈추었다. 보니 왼편쪽에 콘크리트 이층집이 서 있고, 그 창고처럼 생긴 이층 한끝에 전등불이 켜져있었다. 이곳에 그가 살고 있는 것이다.

그는 걸음을 멈추고 어둠속에서 나를 향해 미소를 지어 보였다. 갈고쟁이로 해서 그리 일그러지지 않은 미소를. 그러면서도 나더러 좀 올라 가자는 말은 않는 것이다. 나는 이 사내의 마음이 또 변하지나 않았나 하고 그를 지켜 보았다. 그가 그것을 눈치챈 듯 다시 미소를 짓더니 염려 말라는 뜻으로 고개를 크게 끄덕여 보였다. 그러고 나서 그는 돌아서 머리와 어깨의 눈을 털어내며 계단에 발을 올려놓았다. 계단이 끝난 곳에 출입문이 있는 듯 방안의 불빛이 문틈으로 새어나오고 있었다. 나는 나대로 그의 방까지 올라가려고 생각했던 것도 아니었다. 여기까지 그를 바래다준 것만으로도 후행의 소임을 다한 것으로 느끼며 그의 뒷모양을 바라보고 있었다.

그는 꽤 가파른 계단을 천천히 올라가기 시작했다. 내가 막 발길을 돌리려는데 그가 계단 위에서 걸음을 멈추는 것이었다. 거기 계단에는 눈이 소복이 쌓여있었다. 그는 무엇을 생각했는지 허리를 굽혀 두 손으로 눈을 움켜가지고 얼굴을 문지르기 시작하는 것이었다. 이 동작이 끝나자 그는 이번에는 또 바지 앞을 헤치더니 다시금 두 손으로 눈을 움켜다 문지르기 시작하는 것이었다.

나는 계단 위의 이 광경을 바라보는 동안 갑자기 어떤 아지못할 즐거움이 가슴에 충만해옴을 느꼈다. 그리고 나는 이 가슴에 충만해진 즐거움을 전신에 골고루 퍼치기라도 하려는 듯이 몸을 몇번이고 전후 좌우로 흔들었다. 그러면서 혼잣속으로 중얼거렸다. 모든 영광은 술에게, 그리고 모든 영광은 오늘밤 이렇게 파닥거리며 그러나 결국은 조용히 내려쌓이는 눈에게, 그리고 다시 모든 영광은 지금 새로운 생활을 향해 어두운 계단 위에서 저렇듯 자기 신체의 한 부분을 닦달질하고 있는 저 가엾도록 착한 한 사람의 사내에게.

1958 오월

모든 영광은

이념을 넘어 사랑으로

  단편집 『너와 나만의 시간』에는 단편집 『곡예사』 『학』에서와 같이 전쟁을 모티프로 한 작품이 많다. 「모든 영광은」 「너와 나만의 시간」 「안개 구름 끼다」 「가랑비」 「송아지」 「이삭주이」 속의 <사진> 등이 전쟁을 모티프로 하고 있다. 그러나 단편 「모든 영광은」 「너와 나만의 시간」 「가랑비」 등의 작품들은 전쟁이 빚어낸 아픔과 상처, 분노의 감정들을 직접적으로 드러낸 단편집 『곡예사』와는 달리 좌우 이데올로기의 갈등을 '생명존중사상'과 '사랑'으로 초극하는 양상을 보여주고 있다.

  단편 「모든 영광은」(1958.5)은 전쟁상황 하에서 이념의 갈등이 빚어낸 삶의 아픔과 상처를 생명존중사상과 사랑으로써 치유하고 있는 작품이다. 황순원의 작품 중에서 드물게 작가의 인품과 생활을 직접적으로 들여다볼 수 있는 이 작품은 작중화자인 '나'와 사내와의 사이에서 빚어지는 감정의 대립과 끌림 그리고 친숙의 단계를 거치면서 휴머니티를 보여주고 있다.

  '술'을 매개로 한 작중화자 '나'와 '사내'와의 이끌림은 '눈'(eye)의 이미지를 통하여 교감된다. 이 작품속에서 '눈'의 이미지는 외부와 내면을 동시에 볼 수 있는 '창'(window)의 이미지로 표상되고 있다. 사내는 6·25의 참상속에서 빚어진 밀고와 보복의 아픔으로 고통스러워하는 인물이다. 사내는 자기를 밀고한 동료를 찾아헤맨다. 그리고 1·4후퇴 당시 남하하기 위해 부둣가로 나가는 길에서 그를 밀고한 동료의 뒤통수를 발견하고 파출소 순경한테 달려가 "그 자의 뒤통수를 똑바루" 가리킨다. 그 동료가 사회주의사상에 공명을 했는지 일시적 보신책이었는지는 모르나, 분명 사내는 그 동료로 인하여 아내와 자식을 잃는 피해를 입은 것이다. 그래서 사내는 이 일에 대해 조금도 양심의 가책을 느끼지 않고 오히려 응당 해야 할 일을 했다고 생각한다. 그런데 휴전협정 후 밀고한 동료의 부인이 찾아온다. 남편이 9·28후에는 근신하기 위해 몸을 숨기고 있다가 1·4후퇴 때 남하할 길을 알아본다고 집을 나간 채 영 돌아오지 않는다고 말한다. 이 말을 듣고 사내는 약간 놀란다. 그는 그 동료가 놓여났거나 기껏해야 지금 감옥살이를 하고 있을 줄로만 알았던 것이다. 그것이 1·4후퇴 때 그가 즉결처분을 받았음에 틀림없다는 생각이 들지만 "내가 맛본 쓰라림을 너희들두 맛봐야 한다."고 생각한다. 사내는 그 여자에게 "그런 일을 학교에서 알 리가 없다."고 해버린다.

그런데 사내는 무심코 교정을 내다보다 흠칫하고 의자에서 일어서고 만다. 동료 아들의 뒤통수가 동료의 뒤통수와 똑같이 닮아 있었던 것이다. 동료에게로 향한 사내의 분노와 미움은 사내애의 '뒤통수'를 매개로 반전된다. 이러한 심리의 변화는 바로 사내의 내면속에 내재해 있는 생명존중사상에서 기인함을 발견할 수 있다. 곧 사내애의 뒤통수를 통해 그의 휴머니티가 회복되는 것이다. 이 작품속에서 순진무구한 아이의 모습은 미움과 증오로 얽혀있는 어른들의 내면세계를 화해시키는 동인이 되고 있다.

사내는 동료부인에게 남편 이야기를 해준다. 그리고 "눈 앞에 쓰러진 세 사람의 무게보다두 더 큰 것이 제 가슴에 와 실리는 것"을 느끼며 그들을 부양하며 죄의 무게를 느껴야 한다고 자책한다. 그런데 자책을 통해 스스로를 괴롭히려는 그의 자학행위가 세월이 지날수록 엷어지면서 이제 와선 또 다른 뜻에서 그들과 헤어져 살 수가 없게 되었다고 작중화자인 '나'에게 고백하며 사내는 괴로워한다. 즉 사내에게 있어서 그들은 더이상 자기자신을 자학하기 위한 대상이 아니라 사랑의 대상으로 자리잡게 된 것이다. 사내의 갈등과 고통을 보며 작가의 분신이라 할 수 있는 작중화자인 '나'는 "노형, 나같으면 결혼을 해버리구 말겠수."라고 말한다.

그리하여 함박눈이 내리는 날, 작중화자인 나는 사내를 격려해 그의 집까지 바래다준다. 소복이 쌓인 눈으로 자기의 얼굴과 성기를 닦는 사내. 이 작품에서 '눈'(snow)의 이미지는 이데올로기의 갈등을 해소하고 사랑을 완성시켜주는 배경적 역할을 담당한다. '사내애의 뒤통수'가 생명존엄사상을 표상하는 내면적 화해 동인의 이미지였듯이, '눈'의 이미지는 화평과 정화(淨化)의 축복을 표상하며 지상위의 모든 더러움과 악과 미움과 이데올로기의 갈등을 덮어버리고 사랑의 세계로 순환시키는 화해의 이미지로 표상된다. 특히 모든 영광은 술에게, 눈에게, 새로운 생활을 향해 나아가는 저 가엾도록 착한 한 사람의 사내에게, 라는 마지막 대목은 이 소설을 시의 경지로까지 끌어올린다.

이 작품은 이념의 갈등과 전쟁의 아픔을 사랑으로써 초극해내고 있는 사내의 모습을 통하여 휴머니즘의 승리를 보여주고 있다. 모든 영광이 술에게, 눈에게, 착한 사내에게 돌아가기를 축복하는 작가의식 또한 이념의 갈등과 전쟁의 상처와 아픔을 사랑으로써 치유하려 한 휴머니즘에 바탕하고 있음을 살펴볼 수 있다. 특히 이 작품은 전쟁의 상처와 아픔 그리고 이데올로기의 갈등을 화해와 사랑으로 포용하고 있다는 점에서, 또 작가의 직접적 면모가 반영되어 있다는 점에서, 또 미적 형상화에 성공하고 있다는 점에서 황순원의 대표적 작품이라 볼 수 있으며, 소설사에서도 중요하게 언급되어져야 할 작품이라고 본다. 이렇게 6·25로 인한 이념의 대립과 갈등을 우정과 사랑과 생명존엄사상과 인간애로써 극복하고자 하는 작가의 지향성은 단편 「학」(1953.1) 「산」(1956.6) 「모든 영광은」(1958.5) 「가랑비」(1961.3)를 통하여 지속적으로 나타나고 있다.

차라리 내 목을

딱합니다. 정말 딱해 견딜 수가 없습니다. 우리 도련님이 그런 사람이었다니. 저는 기가 막혀 고개를 썰레썰레 저었습니다. 이 너른 서라벌 천지에서 누구누구 해야 제일루 손꼽히는 남아인 우리 도련님. 재매정댁 김유신도령하면 정말 의리깊구 용맹하기 이를 데 없는 사나이였는데.

지금까지의 도련님을 저는 잘 압니다. 도련님의 부모나 친지들이 모르는 여러가지 면까지두 저는 다 알구 있습니다. 이건 결쿠 자랑의 언사는 아닙니다. 옛날부터 사람과 말은 같다 해서 병이 나면 동일한 약으루 다스렸다 합니다마는, 도련님과 저 사이는 아주 각별했습니다. 서루 마음과 마음이 통해있었으니까요. 이런 얘길 하긴 송구스럽습니다만 도련님의 얼굴 모습이 준수하긴 하나 길쯔막하여 이른바 말상이어서 서루의 생김새두 비슷했죠.

도련님과 서루 마음이 통하게 된 건 우연이 아닙니다. 도련님과 저는 육년간이나 고락을 같이하며 살아왔던 것입니다. 그동안 피차 위험한 고비를 몇 번 넘겼는지 모릅니다. 도련님은 글공부두 남에게 뒤지지 않았습니다만, 특히 무술에 뛰어났습니다. 큰소리가 아니라, 이 무술연마에 있어서 제 도움이 적잖았죠. 삼년간 가지산에 들어가 정성을 들여 무술을 연마할 때만 해두 그렇습니다. 검쓰기, 활쏘기와 함께 기마훈련을 맹

렬히 했습니다. 처음엔 빨리 달리기로부터 차차 별의별 기술을 다 닦았
죠. 한창 속력을 내어 달리다가 우뚝 서는 법, 달리다가 앞발을 번쩍 들
거나 뒷다리를 후딱 쳐드는 법, 질주하다 왼쪽이구 바른쪽이구 팽이 돌
듯 빙빙 도는 법, 각가지 장애물을 뛰어넘는 법. 이런 때 자칫하면 제
다리가 상하거나 도련님이 낙마를 하여 상처를 입을 위험이 있는 것입니
다. 저는 제 몸보다두 도련님이 낙마를 하지 않게끔 배려하는 걸 언제나
잊지 않았습니다. 그중에서두 위태한 것은 낭떠러지와 낭떠러지 사이를
건너뛰는 일이었습니다. 정말 필사적이었죠. 자칫 실수하면 저와 도련님
은 깊은 낭떠러지 밑으로 떨어져 형체마저 못 가릴, 그야말루 목숨을
건 훈련이었으니까요. 그러나 우리는 강행했습니다. 한 발 길이쯤에서
시작하여, 두 발, 세 발 늘여갔습니다. 이러한 훈련이 거의 완벽해진 다음
에는 제 등에 올라타구서의 검쓰기 활쏘기의 기술을 쌓았습니다. 마구
내달리다가 우뚝 서는 찰나 질주하는 도중 또는 팽이처럼 빙글빙글
돌 때 검을 휘둘러 표적을 베어버리거나 활루 과녁을 맞히기, 한창 달리
면서 검으루 표적을 후려치구나서 다시 한번 뒷손질루 검을 휘둘러 똑같
은 자리를 베어버리기, 빙빙빙 돌면서 활루 공중에 나는 새를 맞혀 그
새가 땅에 떨어지기 전에 화살을 몇개씩이나 더 쏘아 꽂기 등. 이와같은
모든 수련과정을 도련님과 저는 한몸 한마음이 되어 마쳐나갔습니다. 어
느 한쪽이구 조금이라두 정신이 흐트러지면 안될 훈련이었습니다. 그동
안 도련님은 저를 무척 아끼구 귀애해주었습니다. 연습이 끝나 둘 다 땀
에 범벅이 되었을 때만 해두 도련님은 늘 저부터 땀을 깨끗이 훔쳐주구,
발굽 속에 낀 더러운 것들을 일일이 파내주구, 빗과 솔루 털을 곱게 다듬
어주는 것이었습니다. 저는 그런 때 힘들구 위험했 던 일을 깡그리 잊어
버리구 그저 흡족함에 푸르르 코를 불군 했습니다.

　도련님 나이 열일곱살. 수련을 마치구 서라벌 성안으루 돌아왔을 땐

이미 무술이나 용맹에 있어 도련님을 당할 사람이 없었습니다. 다른 화랑도들과 사냥을 나가서두 제일 많이 잡는 건 두말할 것두 없이 도련님이었죠. 나이가 가장 적건만 다른 사람들이 빈손일 때두 도련님은 꿩, 산토끼, 노루 등을 잡아갖구 돌아왔습니다. 이런 때마다 도련님은 제 덜미를 툭툭 두드려주는 것이었습니다. 저는 목을 늘어뜨리구 가만히 기쁨을 맛보군 했죠.

한번은 여럿이 사냥을 갔을 때 일입니다. 커다란 멧돼지 한 마리를 다른 두 사람이 발견했습니다. 크기가 중송아지만하구 엄니가 입 밖으루 한 자가량 삐죽이 뻗어나와있었습니다. 육중한 몸이 엉금엉금 기어가는 것같은데두 빠르기가 노루 힘껏 내닫는 것에 비길 바 아니었습니다. 다른 두 사람이 이 멧돼지를 쫓아가며 활을 쏘아댔습니다. 그러나 화살이 멧돼지의 흰털 섞인 등허리와 엉덩이에 맞구는 튀어나는 게 대부분이요, 세게 맞은 화살이 몇개 꽂히기는 했어두 멧돼지는 꿈쩍않구 달아나기만 하는 것이었습니다. 도련님은 남이 일군 짐승이라 뒤따라가며 구경만 하구 있었습니다. 그런데 달아나던 멧돼지가 멈칫 섰습니다. 이제 쓰러지나보다 하는데 별안간 핵 돌아서더니 콧김을 뿜으면서 이쪽을 향해 반격해오는 게 아니겠습니까. 쫓아가던 말 하나가 놀라 앞발을 번쩍 들었습니다. 그 바람에 말 위의 사람이 굴러떨어졌죠. 위급하기 짝이없는 상태였습니다. 이때 도련님이 발루 제 배를 차면서 돌진하라는 신호를 했습니다. 그리구는 질주해가는 제 등위에서 도련님의 활시위가 퓽 하구 소리를 냈습니다. 이어서 또 한번 퓽. 위기일발, 저돌해오던 그 우악스런 멧돼지의 큰 몸뚱어리가 그자리에서 빙글빙글 돌며 요동을 치기 시작했습니다. 도련님이 쏜 두 개의 화살이 멧돼지의 눈을 꿰던 것입니다. 도련님이 바라는대루 제가 멧돼지 가까이루 달려가기가 무섭게 이번에는 검이 휘둘려지면서 멧돼지의 이마 한복판이 헤짝하니 갈라지구 말았습니다. 도련님만 아니었던들 큰 변을 당했을 겁니다.

이렇듯 도련님의 활이나 검 다루는 솜씨는 물론, 그 용맹과 의리에 있어 아무두 따를 사람이 없는 가운데, 도련님과 저는 일심동체의 경지에 이르러있었다구 감히 자부합니다. 그러나 딱 하나 아지못할 일이 도련님에겐 있었습니다. 그건 도련님이 무슨 생각엔가 깊이 잠겨 있을 때가 종종 있는 것입니다. 젊은이답지 않게 눈을 꾹 감구서 얼굴에 아무런 표정두 나타내지 않습니다. 제 위에 올라타 달리구, 활을 쏘구, 검을 휘두를 때와는 너무나두 다른 모습입니다. 이런 때 도련님의 몸은 나무토막처럼 뻣뻣하구 무겁습니다. 그런 촉감이 느껴질 때 고개를 돌려보면 영락없이 도련님은 깊은 생각에 잠겨있군 합니다. 대체 무슨 생각을 하는 것일까요. 도무지 알 수가 없습니다. 그러나 저같은 일개 필마가 그걸 알아 뭣합니까. 저는 그저 도련님의 깊은 생각을 흐트리지 않게끔 조심조심 발걸음을 옮기군 할 뿐입니다.

그런데 모를 일이 또하나 생겼습니다. 그처럼 용감하구 어른스런 도련님인데 어쩌면 그렇게 별안간 사람이 변해버릴 수 있을까요. 생각할수록 딱하구 안타까워 못견디겠습니다. 한 보름전입니다. 그날두 도련님은 자기를 따르는 몇백명의 낭도들과 훈련을 마친 후 집에 돌아와 저녁을 드시구서 제 등에 올랐습니다. 물으나마나 도련님이 가는 곳은 정해져있었습니다. 남문 밖 양짓골 천관아가씨네 집인 것입니다. 도련님이 그 아가씨를 얼마나 생각하구 있다는 건 제 등에 앉은 도련님의 감촉으루 알 수 있습니다. 몸 전체가 푸욱 제게 맡겨지면서 차분히 감겨드는 것입니다. 말하자면 이때의 도련님은 엄격한 대장부로서의 면모는 없어지구 단지 기대와 즐거움에 부푼 한갓 소년으루 돌아가는 것이었습니다. 그럴 때는 저두 자연 긴장을 풀게 되구 발걸음이 홀가분해질밖에 없죠. 한데 그날 저녁, 남문이 저만치 바라뵈는 곳까지 이르렀을 땝니다. 아무래두 누가 뒤를 밟는 것같아 슬쩍 돌아다봤죠. 아니나다를까, 어스름속에 사람의 그림자가 눈에 띄었습니다. 마굿간지기였습니다. 그러구보니 아까 집을 나설 때부터 마굿간지기의 거동이 좀 수상쩍었습니다. 도련님이 제 등에 오르자, 안녕히 다녀오십시오, 건성 인사를 하면서 싱긋이 웃는 게 아니겠습니까. 그 마굿간지기가 지금 미행을 하구 있는 것입니다. 저는 걸음을 멈추구, 히히잉 소리를 질렀습니다. 이것은 도련님에게 주의를 환기시킬 때의 언제나 하는 신홉니다. 도련님이 사위를 둘러보았습니다. 그러나 그땐 벌써 눈치를 챈 마굿간지기가 길가 집 모퉁이에 몸을 숨긴 뒤이었습니다. 저는 좀 가다가 샛길루 들어섰습니다. 아무래두 마굿간지기가 뒤를 밟는 게 꺼림칙했던 것입니다. 그러자 도련님이 제 목덜미를 툭 치면서, 임마 장난치지 말구 어서 가, 하는 것이었습니다. 전에 한두 번 일부러 장난삼아 샛길루 들어서서 도련님의 마음을 애태워준 일이 있었습니다. 즐거운 장난이었죠. 그러나 이날은 다릅니다. 마굿간지기가 염탐꾼처럼 따라오구 있지 않습니까. 그런데두 도련님은, 어서 가서 좀 쉬어야겠다 자아, 하구 재촉하는 것입니다. 저는 미행자를 떼어버려야 한다는 생각에 걸음을 재게, 그리구 발소리가 덜 나게 급히 걸음을 옮겼습니다. 그러면서 생각했습니다. 하기야 마굿간지기쯤 뒤를 밟는다구 대수냐, 도련님과 천관아가씨의 사이를 감히 누가 훼방을 놀 수 있단 말인가.

남문 밖 양짓골 천관아가씨네 집 마당귀에는 오래 묵은 벽오동나무가 한 그루 서있습니다. 집은 조그마한 초가집이지만 이 벽오동나무로해서 한결 운치있게 보입니다. 지금두 초여름 어스름속에 높이 서서 건들 부는 저녁바람에 새루 핀 잎새를 서걱거리며 시원한 소리를 내구 있습니다. 저는 대문 앞에 이르자 도련님이 당도했다는 표시루 코를 푸르르 불었습니다. 제 코 부는 소리를 기다렸던 듯 대문이 열리며 천관아가씨의 단정한 자태가 나타나 어스름속에 미소를 떠올립니다. 비록 창기의 몸이라구는 하나 기품이 있는 아가씹니다. 천박스런 교태는 전연 부리지 않습니다. 언제 보나 상냥한 가운데 의연한 자세를 잃어본 적이 없습니다. 이건 급자기 지어먹어서 되는 일이 아닐 겁니다. 원래의 인품과 오래 닦아온 미덕이 절루 밖으루 내비친 거라구 생각합니다. 도련님이 제 등에서 내리면 아가씨가 도련님을 모시구 방으루 들어갑니다. 제가 머무는 곳은 대문 안 외양간인데, 전에는 헛간이었던 것을 도련님이 드나들게 되면서부터 외양간으루 고친 곳입니다. 도련님댁 마굿간보다야 허잘것없는 곳이지만 항상 깨끗하게 치워져있습니다. 아가씨는 저를 퍽 위해줍니다. 겨울철 밤이 길 땐 손수 밤참을 내다주군 합니다. 어떻게 장만해뒀었는지 부드러운 건초와 귀리, 또는 쌀겨와 보릿겨를 잘 반죽하여 약간 소금기를 넣는 것두 잊지 않습니다. 이렇게 제게 먹이를 주러 나온 아가씨를 도련님은 부르는 것입니다. 그 음성이 잠시나마 아가씨를 곁에서 떠나보내지 않으려는 것같았습니다. 내 밤참 갖다주는 고 시간두 아까우서서. 그러나 저는 이런 때의 도련님이 조금두 섭섭하게 여겨지지 않았습니다. 도리어 아가씨에 대한 도련님의 남다른 애정을 생각하구 속으루 혼자 빙긋대군 했습니다.

그런데 이날 저녁 제가 외양간으루 들어가구, 도련님과 아가씨가 방으루 들어가 호롱을 밝힌 지 조금 뒤였습니다. 대문쪽에서 숨죽인 인기척이 들려와 고개를 돌려 바라보았습니다. 이제는 어두워서 잘 보이지는 않으나 누가 대문 틈으루 안을 들여다보는 기색만은 알 수 있었습니다. 마굿간지기임이 틀림이 없었습니다. 그예 쫓아오구야 말았구나. 저는 그만 얄미운 생각이 들어, 뒷발루 흙을 파 그쪽으루 뿌려주었습니다. 어쿠, 하는 억누른 외마딧소리가 들렸습니다. 제가 뿌린 흙이 눈에 들어간 모양입니다. 이윽고 마굿간지기는 무어라구 투덜대며 대문에서 떨어져나갔습니다.

다음날루 일은 벌어지구 말았습니다. 전날처럼 도련님이 낭도들과의 훈련을 마치구 집으루 막 돌아오자, 하인 하나가 달려와 어머니되시는 만명부인이 도련님을 내실루 드시란다는 것이었습니다. 저는 가슴이 섬 찍해지면서 마굿간지기를 흘겨보았습니다. 그는 제 고삐를 외양간에 매 는둥 마는둥 분주히 어디룬가 사라져버렸습니다. 아무래두 마음에 켕키는 데가 있는 모양이었습니다. 그러나 저는 마굿간지기를 원망하지 않았습니다. 깊은 내실에서의 만명부인과 도련님의 대화라 들을 수는 없었지만 필시 천관아가씨에 관한 일이 틀림없을 것이구, 그 일이라면 마굿간지기가 아니더라두 한번은 일어나구야 말거라는 생각이 들었기 때문입니다. 혹시 도련님 편에서 이런 때가 오기를 기다렸는지두 모르는 것입니다. 그리하여 천관아가씨와의 관계를 어머니에게 밝힌 후 자기 두 사람이 얼마나 사랑하는 사인가를 알리려 하구 있었는지두 모릅니다. 도련님의 천관아가씨에 대한 사랑이 어떻다는 것은 도련님이 아가씨를 찾아갈 때의 제 등에 느끼는 촉감만으루가 아닙니다. 어느날 밤 아가씨에게한 도련님의 말을 되새겨보지 않을 수 없습니다. 지금두 기억이 생생합니다. 도련님이 아가씨를 알구나서 얼마 안 되어서죠. 좁은 뜰을 사이에 두구 호롱불 켜진 아가씨의 방에서 새어나오는 말소리를 저는 들었던 것입니다. 이처럼 찾아주시니 고맙기 한이 없습니다마는, 여긴 귀중하신 몸이 자주 오실 데가 못됩니다, 이러시다가 남의 눈에라도 띄시게 되면 어찌합니까, 하는 아가씨의 말에 도련님은, 남아대장부가 하는 일에 남의 눈을 꺼릴 필요가 있을까, 문제는 천관의 마음에 달렸지. 그게 무슨 말씀이십니까. 날 사랑하는 마음만 있다면 두려울 게 뭐 있을꼬. 올라가지 못할 나무는 쳐다보지두 말라고 했습니다. 사랑에는 귀천이 없는 법, 서루 마음만 변치 않으면 되는 거지. 그럴 수 있을까요? 남아일언 중천금, 내 말을 믿어주게. 도련님의 말을 들으면서 저는 약간 얼굴이 붉어짐을 느꼈습니다. 저는 본시 거세 당한 몸이라서 사랑이 뭔지 모르구 지내왔습니다마는 도련님의 애정표시의 말투가 너무 딱딱하게 생각됐던 것입니다. 좀더 부드럽구 운치있는 말을 썼어야 했을 텐데. 허지만 언어의 기교를 부리지 않는 게 도리어 남자답기두 했습니다. 도련님이 아가씨를 이만저만 사랑하구 있지 않다는 증거는 지난 봄 전국 무술 경연대회가 있었을 때에두 또 제 눈으루 보구 제 귀루 들었습니다. 대회가 있기 며칠 전부터 저는 배탈이 나있었습니다. 정말 약먹기란 질색이었습니다마는 도련님이 먹이는 거라 참구 견뎠습니다. 그런데 저뿐이 아니구 도련님두 감기 기운이 있어서 대횟날 우리는 아주 불리한 상태루 출전해야 했습니다. 여태 어떤 경기에서건 최고점을 놓쳐본 일이 없는 우리였지만 이번만은 두세째가 고작일 것이 뻔했습니다. 그렇지만 예상치 않았던 일이 일어났습니다. 달리기 경주를 하기 위해 출발점으루 나갈 땝니다. 동산 쪽 한 소나무 뒤에 몸을 반나마 감춘 사람의 그림자를 본 것입니다. 그게 누구였겠습니까? 천관아가씨였죠. 도련님의 불편한 몸이 걱정되어 나왔음이 분명합니다. 멀어서 표정은 알 수 없으나 이쪽을 열심히 주시하구 있는 자세였습니다. 저는 히히힝 도련님에게 턱으루 그쪽을 가리켰습니다. 도련님두 곧 아가씨를 알아봤습니다. 그러자 제 목덜미를 한주먹 꽉 그러쥐는 것이었습니다. 갑자기 저는 자신두 모를 기운이 솟구쳤습니다. 제 등에서 도련님두 저와 같은 기분이라는 걸 느꼈습니다. 우리는 몸이 정상적인 때처럼 호흡이 맞아갔습니다. 이렇게 해서 모든 종목에서 으뜸을 빼앗기지 않았던 것입니다. 도련님은 경기가 끝나자 다시한번 제 목덜미를 주먹 가득 그러쥐었습니다. 어느 때보다두 강한 쩌릿한 쾌감을 맛보면서 저는 무한히 기뻤습니다. 아가씨가 나타났기 때문에, 아가씨가 보는 데서 승리를 한 것이 다시없이 즐거웠습니다. 이날 밤 도련님은 아가씨한테 말하더군요. 오늘의 영광은 그대 천관에게 바치지. 감기 기운 두 가신 듯 도련님의 말씨는 유쾌했습니다. 아가씨는 조용히, 한두 종목 쯤 버금이 되셨더라두 괜찮아요, 아니 꼴찌를 하셨대두 좋아요. 아니지, 겨루는 마당에선 으뜸을 하느니밖에. 하지만 소녀는 도련님의 몸성 하시기만 바랄 뿐이에요. 이처럼 아가씨는 아가씨대루 도련님의 지위나 명예에 상관없이 사랑하구 있었던 것입니다. 두 사람의 사이가 이러한지라 도련님이 어머니께 솔직한 고백을 털어놨을 테죠.

만명부인만 해두 그렇습니다. 천관을 사랑하노라는 도련님의 고백을 받아주리라 믿습니다. 천관아가씨가 창기의 몸이라 정식 며느리루는 받아들일 수 없다 하더라두 두 사람의 관계를 굳이 끊으라구 강요하지는 않을 것입니다. 만명부인 자신이 남녀간의 애정이 어떠하다는 걸 경험한 분이니까요. 들은 말에 의하면 만명부인 스스로가 신분의 계층을 따지지 않구 부모의 승낙두 받지 않은 채 결혼을 했던 것입니다. 지금두 변방을 지키러 나가있는 남편 서현장군은 가야국왕의 후손이긴 하나 신라에 귀화해온 터라 이쪽에서 보면 한갓 범골에 지나지않는 것을 부인편에서 자진하여 다가갔던 것입니다. 이를 안 부인의 부친 숙흘종이 따님을 골방 깊숙이 가두었으나 그곳을 몰래 빠져나와 끝내 부부가 되었던 것입니다. 이처럼 만명부인 자신이 파격적인 결혼을 이룩한 분이라 도련님과 천관아가씨와의 관계를 무턱대구 부정하지는 않을 것으루 믿습니다. 여기까지 생각하니 제 마음이 적이 놓였습니다.

그런데 그게 아니었습니다. 도련님이 어머니한테 불려 들어갔다 나온 뒤루는 천관아가씨를 다시는 찾아가지 않는 것입니다. 저는 저대루 헤아려보았습니다. 도련님은 아직 너무 젊다, 급작스레 자기의 여성관계가 어머니에게 알려진 게 겸연쩍어서 삼가구 있는 거다, 그런 천진한 점이 있어서 도련님은 더 좋은 것이다, 이제 시간이 좀 흐르기를 기다려야 할 거다.

그러는 동안 서라벌 성내에 한 소문이 쫙 퍼졌습니다. 도련님에 대한 칭찬인 것입니다. 김유신은 정말 결단력이 있는 남아다, 그처럼 좋아 다니던 여자와의 관계를 칼루 베듯이 끊어버리다니 감히 범인으루선 흉내두 못낼 일이다, 진짜 남아 중의 남아다, 그리구 효성은 또 어떠냐, 어머니의 말 한마디에 그처럼 순종하다니 효자치구두 하늘이 낸 효자다. 이런 속에서 도련님의 심정은 어떠했을까를 저는 짐작할 수 있을 것같았습니다. 도련님은 시종 별다른 낯빛을 하지 않았습니다마는, 마음속에 번민이 클수룩 짐짓 무관심한 빛을 띨 수두 있는 게 아닙니까. 도련님의 생활에 변화가 일어난 것두 마음속의 이 괴로움을 달래기 위한 하나의 방편은 아니었을까요.

도련님은 매일 꼭두새벽이면 저를 몰아 선도봉 계곡을 찾아가서는 찬물에 몸을 씻는 것이었습니다. 초여름이라구는 하나 그 시각의 산 속은 몹시 한기가 돕니다. 일종의 고행이라구밖에 볼 수 없죠.

이런 중에 도련님에게 특기할만한 일이 하나 생겼습니다. 이번 행실이 조정에까지 알려져 도련님에게 특사가 내려졌던 것입니다. 도련님이, 다름아닌 제 8대 화랑으루 추대됐던 것입니다.

오늘이 바루 그 임명을 받는 날입니다.

철릭에 주립을 쓰구, 긴 검을 찬 도련님의 모습은 늠름하기 견줄 데가 없었습니다. 실은 오늘 도련님이 차구 나선 검은 이번에 새루 장만한 것입니다. 지금까지 사용해온 검은 가야국의 무력왕, 즉 도련님의 할아버지가 물려준 유물이었습니다. 그것을 버리구, 서라벌 유명한 공장이에게 특별히 부탁하여 새 검을 만들게 했던 것입니다. 서슬이 시퍼런 칼날은 살기를 발하구 칼집은 금으루 용무늬를 아로새긴 아주 화사한 것입니다. 제 등 위에서 도련님은 어느때보다두 위엄기있는 몸가짐을 취했습니다.

그저 한가지 유감은 머지않아 와닿는다는 저 아닌 당나라의 백설같이 흰 명마 위에 도련님이 올라앉으셨더라면 얼마나 더 위풍이 당당했을까 하는 점입니다. 여기 잠깐 곁들여 말해둘 게 있습니다. 그건, 저 역시 도련님의 옛 고향인 가야국 태생이란 겁니다. 그러나 결국 그런 인연에 매달리려구는 않습니다. 이제 당나라에서 명마가 와닿으면 저는 도련님을 떠나 어느 농부의 달구지를 끌어야 할 신세가 되는지두 모릅니다. 그러면 어떻습니까. 도련님만 훌륭히 출세하신다면 전 아무렇게 된대두 상관없습니다.

그런데 도련님을 모시구 식장으루 가는 도중 엉뚱한 생각이 제 머리에 떠 올랐습니다. 지난날 도련님이 무술을 연마하러 산으루 들어가기 전 어느날의 일입니다. 도련님과 저는 거리를 지나다 한 싸움을 보게 되었습니다. 그것은 서라벌 토박이가 어떤 사람을 가야국 태생이라 업신여긴 데서 비롯된 싸움이었습니다. 그때 이를 바라보는 도련님의 온몸이 확 굳어짐을 저는 피부루 느낄 수 있었습니다. 도련님으로 말할 것같으면 할아버지 되시는 무력왕이 신라에 투항 귀화한 후 신라를 위해 무공을 많이 세웠을 뿐 아니라 아버지 서현장군은 또 숙흘종의 따님 만명부인과 부부가 되었는데두 늘상 변방 배치만 당하는 처지였던 것입니다. 그런 속에서 도련님은 벌써부터 어떻게든 완전한 신라사람이 되려던 게 아니었을까요. 따라서 도련님은 우선 오늘을 위해, 다시말하면 손색됨이 없는 신라인으루서의 첫걸음을 내디디기 위해 모든걸 계획해온 건 아닐까요. 부단히 무술을 닦아온 건 말할 것두 없지만, 한 여자의 진실을 일언반구의 변명조차 없이 짓밟은 것까지두 일종의 전시 효과를 노린 것으루서, 남아답다, 효성이 극진하다, 하는 걸 세상에 퍼뜨리기 위한 건 아니었을까요. 아닙니다. 이건 미천한 저의 한갓 망령된 사념에 지나지않을 것입니다. 그런데 다시 머리에 떠오르는 게 있었습니다. 지난 정월 보름날입니다. 도련님이 김춘추도련님과 더불어 안뜰에서 공을 갖구 희롱을 하다가 도련님이 김춘추도련님의 옷고름을 밟아 떨어뜨렸습니다. 부랴부랴 도련님은 누이동생을 불러 그 옷고름을 달아주게 했던 것입니다. 제가 똑똑히 보았습니다마는 도련님이 김춘추도련님의 옷고름을 밟아 떨어뜨린 건 암만해두 우연이 아니구 고의였던 것같습니다. 그래가지구 자기 누이동생을 김춘추도련님에게 선보이는 계기를 만들었다구밖에 볼 수 없습니다. 그러나 이건 지금의 저루서 뭐라 잘라 말할 수 없는 일이어서 두구봐야 알 터이지만 이 또한 도련님이 앞으루의 출세를 위해 발판을 쌓는 한 계책은 아니었는지요. 아닙니다. 이것두 제 지나친 억측으루 돌려야 할 것입니다. 세상에서 말하는 대정치가나 대장군이란 거의 예외 없이 자기 야망을 위해서는 수단 방법을 가리지 않는 모양입니다마는 우리 도련님만은 절대 그런 일이 없을 것입니다.

그런데, 정말 그런데 말입니다, 모를 것은 사람의 마음이드군요. 저는 도련님과 서루 마음이 통해있어 웬만한 것은 다 알구 있는 것처럼 생각해왔지만 그렇지가 않았습니다. 임명식이 끝난 뒤 축하연이 벌어졌습니다. 서천 가에 있는 송학루에서였습니다. 저는 누각옆 수양버드나무에 매어져있었습니다. 관기들의 가무 속에 주연이 흥감해졌을 무렵 한 화랑이 도련님에게, 천관이란 창기가 재색을 겸비했다면서요, 이런 때 한번 불렀으면 좋았을 뻔했구료, 하구 농말을 건넸습니다. 저는 도련님이 어떤 대꾸를 하나 두 귀를 쫑끗 치켰습니다. 그리구 실망을 하구 말았습니다. 도련님의 대꾸가 의외루 비속했기 때문입니다. 천관의 미색이야말루 천하일품이지요, 나이기 망정이지 귀공같은 위인은 한번 빠지면 평생 헤어나지 못했을 꺼요, 하여튼 그깟 아녀자루 해서 대장부 앞길에 그늘을 짓게 한대서야. 그리구는 너털웃음을 웃어제끼는 것이었습니다. 전에 한번두 들어보지 못한 호탕한 웃음이었습니다. 저는 귀를 틀어막구 싶었습니다. 아무리 취중이라 하더라두 그럴 수가 있습니까. 아니 취중에 도리어 진담이 나온다는 말을 생각하니, 왈칵 도련님한테 배신당했다는 느낌이 들어 절루 온몸이 부르르 떨렸습니다. 생각하면 할수록 도련님이 딱했습니다. 정말 딱해 견딜 수가 없었습니다. 우리 도련님이 설마 그런 사람이었다니.

어스름녘에 연회는 끝났습니다. 도련님이 제 등에 올라탔습니다. 별로 취한 것같지두 않았습니다. 집을 향해 얼마를 갔습니다. 저는 도련님의 몸이 나무토막처럼 뻣뻣해지구 무거워옴을 느꼈습니다. 고개를 돌려 보니 도련님은 눈을 감구 어떤 생각에 잠겨있는 것입니다. 그러나 웬일인지 이번만은 도련님이 무엇을 생각하구 있는지 알 수 있을 것같았습니다. 옛날과 달리 모든게 성취된 지금 도련님의 속마음은 외로운 것이다, 성공을 위한 그동안의 자기 언행에 대해 반성을 하구 자기가 한 처사에 대해 부끄러움을 느끼구 있는 것이다, 그래서 좀전에 내 등에 올라탈 때만 해두, 오늘같은 날은 으레 갈기쯤 쓰다듬어줄만한데 그러지를 않았지 않느냐. 저는 아까 도련님에 대해 품었던 불순한 소견을 뉘우쳤습니다. 그러면 그렇지, 우리 도련님이 그렇게 속되구 옹졸된 인물일 수가 있나. 그러면서 저는 도련님의 마음을 짚었습니다. 오늘 저녁 도련님은 천관아가씨를 만나보구 싶어하는 건 아닐까, 그리하여 아가씨에게 숨김없는 얘기를 하구 싶은 건 아닐까, 이젠 네가 싫어졌다든가 싫지는 않지만 내 장래를 위해 만나지 않기루 했다든가, 그것두 아니면 마지막으루 잠자쿠 서루 한번 바라보기만이라두 하구 싶은 건 아닐까, 그렇다면 이 길루 도련님을 아가씨한테 모시구 가는 게 어떨까. 제 가슴은 뛰었습니다. 그러나 신중을 기했습니다. 남문 밖 양짓골루 가는 길과 도련님의 재매정댁으루 가는 길이 갈리는 어름에서 저는 걸음을 멈추었습니다. 그리구는 히히잉 소리를 질렀습니다. 도련님의 결정을 얻자는 것입니다. 도련님이 눈을 떴습니다. 저는 도련님이 보는 앞에서 천관아가씨네 집 가는 길루 들어섰습니다. 잠시 후에 도련님은 도루 눈을 감았습니다. 제가 하는대루 맡긴다는 태도같았습니다. 제 걸음은 사뭇 가벼웠습니다.

어스름속에 천관아가씨네 집 마당귀에 서있는 벽오동나무의 모양이 드러나보였습니다. 바람 한점 없어 오동나무 이파리 하나 까딱않는 마냥 조용한 저녁입니다. 아가씨네 대문 앞에 이르렀습니다. 저는 뛰는 가슴을 누르구 푸르르 코를 불었습니다. 그러나 아가씨의 모습이 나타나지를 않습니다. 다시 코를 불었습니다. 그래두 아가씨의 모습은 나타나지를 않습니다. 도련님은 도련님대루 이미 눈을 뜬 채 제 등에서 내릴 생각을 않습니다. 아가씨가 나와 맞아주기를 기다리는 눈치같았습니다. 세번째루 코를 불구났을 때에야 대문이 열리며 아가씨가 나타났습니다. 전처럼 단정한 몸차림이었습니다마는, 어둠살이 깔리기 시작하는 속에서두 아가씨의 얼굴이 몹시 초췌해있다는 것을 알아볼 수 있었습니다. 그 얼굴에 놀라움과 함께 미소를 담았습니다. 거기엔 조금두 원망의 빛은 깃들어있지 않았습니다. 그제야 도련님이 제 등에서 천천히 내려왔습니다. 그리구는 곧장 제 앞을 막아서는 것이었습니다. 저는 도련님을 쳐다보았습니다. 제 눈이 도련님의 눈과 마주치는 순간, 저는 모든 걸 알아차렸습니다. 도련님의 계획은 딴데 있었던 것입니다. 도련님이 허리에 찬 검으루 손을 가져갔습니다. 아가씨가 허겁지겁 몸을 솟구치며 제 목을 감싸안았습니다. 도련님이 검 잡지 않은 다른 손으루 아가씨를 왁살스레 밀쳐냈습니다. 지금 도련님은 아가씨가 보는데서 제 목을 베어 또한번 전시효과를 노리는 동시에 자기의 마지막 남은 가야국과의 관계물을 없앰으로써 가야국 허물을 완전히 벗자는 것임에 틀림없었습니다. 저는 달아날 틈이 없는 것두 아니었습니다. 허지만 그러구 싶지가 않았습니다. 도련님의 눈 저 안 쪽에 슬픔이라구두, 괴로움이라구두, 외로움이라구두

딱이 가려낼 수 없는 갈등을 보았던 것입니다. 이때처럼 도련님이 불쌍하구 측은하게 여겨진 적은 없었습니다. 도련님의 새루 장만한 서라벌 검에 내 피를 첫번째루 묻혀주자. 저는 도련님의 검이 어서 휘둘러지기를 목을 빼구 기다렸습니다.

1967 이월

차라리 내 목을

애마가 바라본 영웅 김유신

단편집 『탈』속에는 애정의 양상을 드러낸 작품들(「자연」「차라리 내 목을」「우산을 접으며」)과 실존의식을 드러낸 작품(「우산을 접으며」「이 날의 지각」)이 포함되어 있다. 동시에 이순에 접어든 작가가 느끼는 늙음에 대한 인식과 죽음의식이 반영된 작품들(「수컷 퇴화설」「나무와 돌, 그리고」)이 포함되어 있다.

애정의 절대성을 강조한 작품으로 단편 「차라리 내 목을」(1967.2)을 들 수 있다. 이 작품에서는 김유신이 천관의 사랑을 배반한 것을 작가가 비판적으로 보여주면서, 작가의 절대적 애정관을 독특한 의인체 소설로 형상화하고 있다. 즉 이 소설은 말 (馬)의 시점으로 본 독백체 소설이라 는 점에서 특이한 아름다움을 보여주고 있다.

김유신은 자신의 혈통인 가야국의 피를 지우기 위해, 누이를 김춘추에게 의도적으로 선보이게 하고, 가야국의 여인인 천관의 사랑을 배반한다. 또한 가야국의 무력왕 즉 그의 할아버지가 주신 유물인 가야의 검을 버리고 서라벌 검으로 바꾼다. 그리고 당나라의 명마를 주문해 둔다. 그리고 효성을 내보이기 위해 가야국에서 데리고 온 애마를 천관이 보는 앞에서 죽이고 만다. 다시는 천관을 찾지 않겠다고 시위하는 김유신의 비열하고 야비한 모습이 드러나고 있다. 이렇게 자신의 출세와 영달을

위해 천관의 사랑을 배반하는 김유신에 대해 '차라리 내 목을' 기꺼이
바쳐 완전한 신라인이 되게 해주겠다고 애마는 씁쓸하고도 비난이 섞인
연민으로 술회하고 있다.

이 작품을 통해서 작가는 진실한 사랑을 배반한다는 것은 용서할 수
없는 일임을, 김유신에 대한 기존의 고정관념에서 완전히 벗어나 새로운
시각으로 이 설화를 다루면서 강조하고 있다.

막은 내렸는데

주인공 나와요! 아, 아, 걸음걸이가 그래서 쓰나. 끼니가 없어 죽는 자살자는 아니잖어. 실연한 자의 죽음두 아니구. 어깨를 좀 펴구 큰걸음으루 걸어요. 한 손은 포켓에 찌른 채루 좋아! 그렇지, 그 손으룬 약을 만지작거려야지. 이따가 먹을 극약 말야.

내가 죽음을 두려워하구 있는줄 아나보군. 천만에. 자살하기루 작정한 뒤룬 오히려 마음이 담담해졌다는 걸 알아야지. 내 걸음이 이런 건, 요 얼마전부터의 습관에서 온 것뿐인데.

남자는 약간 걸음에 신경을 쓰면서 앞으로 걸어 간다.

오늘밤에도 길에는 많은 사람이 오가고 있다. 남자는 사람들의 얼굴을 통 보지 않고 걷는다. 이것도 최근에 생긴 습관이다. 이 끊임없는 행인들 속에서 남자는 저만치 유리돼있는 자기를 느낀다. 돌연 앞에서 불빛이 번쩍한다. 거리의 사진사가 플래시를 터친 것이다. 물론 남자 자기를 향해서일 리 없다. 옆에 팔을 끼고 걷는 남녀를 향해서인 것이다. 그러나 남자는 어쩌면 자기의 어느 한 부분이 사진 속에 들어갔을지도 모른다고 생각는다. 아무런 개체를 지니지 못한, 사진 주인편에서 보면 거추장스럽기 마련인 한낱 군더더기로서. 그러면 어쨌다는 건가. 남자의 입가장자리에 잠깐 쓴 웃음이 번진다.

남녀에게서 반대편으로 고개를 돌린다. 쇼윈도우가 눈에 들어온다. 남자는 살 물건이나 있는 것처럼 가까이 가 들여다본다.

주인공의 뒤를 펜끝이 바싹 쫓는다.

형광등 불빛 속에 진열돼있는 각종 시계들. 그것들이 모두 저저끔의 시간을 가리킨 채 멎어있다. 남자는 아직 시간에 구애될 때가 아니라는 걸 안다. 그러면서도 점포 안에 걸려있는 괘종시계를 기계적으로 바라본다. 아홉시 삼십분 조금 전.

시계에 이어 진열된 보석에로 시선을 옮긴다. 갖가지 보석과 귀금속들이 저나름대로의 모양을 지니고 저나름대로의 광택을 발하고 있다. 남자는 한번도 이러한 것들을 소유해보고 싶었던 적은 없었다. 그것들의 용도가 없는 것이다. 그저 이러한 보석 귀금속들을 대낮에 허공을 향해, 또는 밤거리를 향해 쫙쫙 뿌려보고 싶은 충동을 느끼곤 한다. 지금도 남자는 이것들을 몇 움큼 쥐어서 수많은 사람이 오가는 포도에다 흩뿌려봤으면 하는 생각을 하며 그 앞을 물러난다.

얼마를 가다 남자는 눈에 띄는 한 골목으로 꺾어든다. 그리고 서너 집 들어 간 곳에서 걸음을 멈춘다. 왕대폿집 앞이다.

술 생각이 나는가보군. 들어가두 좋아. 그렇지만 너무 취하두룩 마셔선 안 돼. 몽롱한 상태에서의 자살은 내게 필요없으니까. 어쩌면 또 자살하려는 결심을 마비시킬지두 모르는 거구.

아니지. 남자는 얼른 부인한다. 술따위에 사로잡힐 내가 아니지.

남자는 홀 안으로 들어선다. 상당히 큰 홀 안이 왁자그르르하다. 아무데고 빈 자리를 찾아가 앉는다. 한 탁자에 여럿이 동석을 하게 된 자리다. 먼저 와 있는 옆의 사람들이 일방 마시고 일방 떠들어댄다. 남자는 막걸리 반되를 시켜 따라 마신다.

주위는 한결같이 왁자지껄하다. 그 소음 위로 간간 높은 노랫소리와 웃음소리가 솟는다. 이런 속에서 남자는 또 생각한다. 나는 혼자다. 떨어져나온 하나의 조각이다. 그러다가 남자는, 그러나, 하고 생각을 바꿔본다. 그렇지만 않았던 때가 내게도 있긴 있었지. 내가 설계한 빌딩의 현장 감독까지 맡고 있을 때였지. 의욕과 정열은 과로를 무시했고, 그래서 어느날 현장 2층에 맨 비계를 헛짚고 밑으로 떨어졌지. 실려가는 자동차 안에서 나는 자기의 전신이 도무지 내 몸같지가 않았어. 그런데도 잠시 동안 정신은 이상하게 또렷했지. 영롱할 정도로 또렷했지. 인제 자기는 죽을지도 모른다는 생각이 스치면서 눈앞에 떠오르는 얼굴들이 있었지. 어머니나 아버지 얼굴이 아니었어. 우리들만은 한번 보람있는 일을 해보자고 부푼 포부를 갖고 뜻을 같이했던 몇몇 친구의 얼굴들이었지. 서로가 배반하지도, 배반할 수도 없는 얼굴들. 그때 자기는 혼자가 아니었어. 그들과 함께 이세상에 무엇인가 손톱자국같은 것이라도 남기고 싶었는데. 정말 그대로 죽긴 억울했어. 눈물이 와락 솟았지. 그제야 부모의 얼굴이 눈앞에 어룽져왔었지.

남자는 반되 주전자를 비우고는 자리에서 일어난다.

됐어. 거기는 술을 먹자구 들면 서너 되쯤 문제가 아니지. 허지만 오늘은 그만해두는 게 좋아요. 역시 의지가 굳군.

남자는 담배를 피워문다. 그러고도 아직 담배 한 가치가 남아있다. 그거면 된다. 하늘을 쳐다본다. 별빛이 있다. 계속해서 날씨가 좋군. 그러다가 남자는 피식 웃는다. 날씨에 관심할 것 없지 않은가. 자기 주검 위에 비가 뿌리거나 이슬이 내리거나 무슨 상관이란 말인가.

포켓 속 약을 만지며 골목 안으로 들어간다. 시간을 보내기 위해 부근을 거닐 참이다. 자살할 장소와 시간은 이미 정해져있는 것. 장소를 한강

모래사장으로 택한 데에는 별 이유란 없다. 첫번째로 생각난 곳이란 것 뿐이다. 시간도 그렇다. 초가을이라 요즘도 밤에 강변을 산책하는 사람들이 있을 것이다. 그들에게 혹시 약을 먹은 뒤의 신음소리라도 들리게 되면 추한 실패로 돌아갈 우려가 있다. 그래서 사람들이 강변에서 없어질 열두시를 잡았을 따름이다.

골목 안으로 들어가는 남자의 앞으로 전선주 곁에 서있던 한 여자가 나와, 쉬어가세요, 한다. 남자는 모른 체 지나쳐버린다. 얼마 안 가서 또 여자 하나가 이번에는 팔까지 잡아끌며 같은 말을 한다. 여기에도 이런 동네가 있었던가. 남자는 몇번이고 여자들에게서 같은 단련에 같은 말을 듣는다. 남자는 문득 자기에게 남은 돈이 있다는 걸 생각한다. 그리고는 다음에 붙드는 여자 하나를 따라간다.

괜찮아. 그것두 시간을 보내는 한 수단이 될 테니까. 게다가 마지막으루 여잘 한번 안아보는 것두 괜찮지.

여자가 좁디좁은 샛길 안쪽의 어떤 집 한 방으로 먼저 들어가더니 전등을 켠다. 천정이 얕은, 한 평이 될까말까한 방에 요와 이불이 미리 깔려 있다. 여자가 선 채 이쪽을 건너다본다. 바깥 어둑한데서 얼핏 보았을 때보다 여자의 나이가 퍽 어려 보인다. 그다지 이쁘다고는 할 수 없으나 그런대로 전체의 균형이 잡힌 귀염성있는 자그마한 얼굴이다.

—몇살이지?

여자가 울림이 없는 나직한 목소리로,

—스무살이예요,

한다.

아니 이런 데 처음 오는 것두 아니면서 그 상투적인 대화를 하긴가. 이제 또, 이름이 뭐냐, 고향이 어디냐, 여기 온 지가 얼마나 되느냐, 어쩌다 이런 데에 오게 됐느냐, 하구 물을 참이겠군. 그러나 이 여잔 어쩌다 자기 나일 곧이 곧대로 대는 것같지만, 죄다 손님이 묻는 말에 적당히 얼버무려 대답한다는 걸 모르나?

참 그렇군.

남자가 담배꽁다리를 문 밖으로 던진다.

여자가 그냥 움직이지 않고 선 채 이쪽을 건너다본다. 오라, 값을 먼저 치러야지. 남자는 호주머니에서 꾸겨진 지전을 움켜내어 버스값만 남기고 천원 가량의 돈을 몽땅 여자에게 내준다. 여자가 돈을 받고는 잠시 머뭇거리다가,

—긴밤 주무세요?

한다.

남자는 대답지 않는다. 긴밤을 생각하고 줄 리 없다. 그렇다고 동정을 해서 준 돈도 아니다. 이따 한강까지 나가기만 하면 그 뒤론 자기에게 돈이란 게 필요없는 것이다. 어쨌든 차비만 남기고 털어줄 기회를 얻게 되어 마음이 홀가분하다.

여자가 밖으로 나간다. 포주에게 돈을 건네기 위해선지 이런 곳 여자들이 돈을 받아들자 일단 밖으로 나가는 수가 있다는 걸 남자는 경험으로 알고 있다. 그런데 여자가 좀체로 돌아오지를 않는다. 그냥 일어설까 하고, 남자는 생각한다. 한강 모래사장으로 나가 있자. 아직 산책하는 사람들이 있더라도 거기서 그들이 돌아가기를 기다리면 되지 않느냐.

옳은 생각이야. 그렇게 하두룩 해. 아니, 여자가 돌아오는데?

한참만에 돌아온 여자는 저쪽을 향해 옷을 벗으며,

—불 끄시겠어요?

한다.

뭣이 부끄러워서? 하며 남자는 불을 끈다.

어둠속에서 여자를 끌어안는다. 가슴에 여자의 브래지어가 와 닿는다. 원 이런 멍청이 여자가 있나. 이왕이면 하고, 남자는 거칠게 브래지어를 벗으라는 손짓을 한다. 여자가 잠시 머무적거리다가 벗는다. 남자는 그 것을 확인하려는 듯 여자의 가슴으로 손을 가져간다. 그 손에 팽팽한 유방이 만져진다. 남자는 이런 풍만스런 유방은 처음이라고 느끼면서 손아귀 듬뿍 그러쥔다. 여자가, 아, 하고 가느다란 소리를 지르더니,

—미안해요. 젖이 불어서 그래요. 긴밤 손님이라 나가서 젖을 짜내봤는데두 소용없네요. 그렇지만 기분나빠 마세요.

남자는 여자의 유방에 손을 멈춘 채,

—어린이가 몇달이나 됐게?

—엊그제 백날이 지났어요.

—이런 델 나오려면 우율 먹여야 하지 않어?

그 무슨 쓸데없는 소리람.

—우유값이 얼마나 비싸다구요. 그저 여기 나와있는 동안은 암죽을 먹여요.

—애아버지가?

—애아버진 없어요.

꽤 할 소리들이 없는 게로군.

잠시 후 여자는,

—뻔하잖아요? 남자한테 속는 케이스……

속는 케이스? 공부 좀 한 여잔가보다.

—그럼 이렇게 나와있을 땐 누가 앨 보나?

—집에서 놀구 있는 오빠가 봐주구 있어요. 자아, 그까짓 생각 마시구 어서……

애 얘기를 더 해서 손님에게 불쾌한 감정을 주지 않으려는 말투다.

여자의 말대루 어서 거기 할 짓이나 해치우지. 촌스럽게 미주알고주알 캐물을 것 없이.

그래야겠다고 남자가 다시 여자를 껴안는다. 그러나 자기의 남성이 행동으로 따라주지를 않는다.

펜끝이 멈칫한다.

웬일이지? 본시 임포는 아니잖어?

좀전만 해두 이렇지 않았는데.

그럼 어떻게 된 거야?

나두 모르겠소.

애어머니라구 해서 기분이 잡친 건 아냐?

그렇지만은 않은 것같은데.

불안하지 않어?

뭐 이제와서…… 하여튼 조금 두구봐야지.

남자는 여자의 팽팽한 유방을 아프지 않을 정도로 어루만진다. 속이 알차게 딴딴하다. 젖이 상당히 불은 모양이다. 남자는 다른쪽 젖으로 손을 옮긴다. 그리고는 적이 놀란다. 그쪽 유방은 이쪽것에 비해 반도 못되게 작은 것이다. 그리고 몰랑몰랑하다.

—본시 짝짝이었어요. 근데다가 애를 낳구선 이쪽 젖만으루 애가 배불리 먹군 해서 더 짝짝이가 돼버렸죠.

그리고 여자는 불은 젖쪽이 거북해 못견디겠다는 듯 손바닥으로 문지르며,

—이 젖만이 아니구 인생 자체를 짝짝이루 살아온 셈이에요 저는. 애아버지와의 관계만 해두 그렇죠. 제가 속았다는 걸 알았을 땐 이미 홀몸이 아니었어요.

여자의 말엔 제법 조리가 있다.

남자는 묵묵히 귀를 기울임으로써 다음 말을 재촉한다.

—어느날 저녁 그이의 부인이라는 여자가 찾아왔죠. 아찔하드군요. 애까지 셋 있다는 말을 들었을 땐 정말 하늘이 캄캄해지데요. 그러나 하는수없었죠. 저는 결심했어요. 다음날 아침 그일 찾아가서 결판을 내자, 그리구 그길루 몸속에 있는 핏덩이를 깨끗이 떼어버리자, 하구 말예요. 참말루…….

남자는 어둠속을 더듬어 호주머니에서 담배를 꺼내어 붙여문다.

그 담배가 마지막이란 걸 알아?

물론!

그렇다면 여기서 꾸무적거릴 때가 아니잖아? 그런 신파쪼 얘길 들으면서.

아직 시간이 남았으니까.

—그날밤 전 잠시두 눈을 붙이지 못했어요. 날이 새기를 기다려서 하숙집을 나섰죠. 방에 그냥 있을 수가 없었어요. 용산역 앞에 있는 그이 사무실을 찾아갔죠. 사무실이 있는 빌딩 앞에 가보니까 일곱시두 안됐지 뭐예요. 시간을 보내기 위해서 공연히 버스를 타구 시내쪽으루 들어갔다 오기두 하고, 노량진쪽으루 갔다 오기두 했죠. 그래두 어디 시간이 가야죠. 일월 말께였으니까 날은 또 좀 추워요. 생각다못해 역전에 있는 해장국집엘 들어갔죠. 막벌이 꾼같은 중늙은이 둘이 뭔가 먹구 있드군요. 저는 막걸릴 달라구 했죠. 그 두 사람이 제쪽을 힐끔힐끔 훔쳐봤지만 부끄러운줄두 몰랐어요 그땐. 뭐가 씌었었나봐요. 처음 먹는 술인데 막걸리 한 사발을 한두 번 쉬어가면서 다 들이켰죠. 여자가 아침에 와서 한 사발만 먹구 나가면 주인이 재수 없다구 할까봐 또 한 사발 청했어요. 사실은 술을 더 마시구 싶어서 그런 변명을 자신에게 했는지두 모릅니다. 이렇게 네 사발을 마셨죠. 속이 화끈화끈 달아오르는 게 무엇보다두 추위가 느껴지지 않아서 좋드군요. 걸음이 약간 휘청거렸지만 정신은 말짱했어

요. 그이 사무실이 있는 길 건너 맞은편에 가 섰죠. 얼마 있으려니까 사람들이 그 건물 안으루 들어가드군요. 그 빌딩 안에는 그이 사무실뿐 아니구 다른 여러 사무실이 있는 것같았어요. 근데 말예요, 눈이 흐려져 잘 보이지가 않아요. 술탓인지 전날 밤 잠을 못 잔 데다가 날씨가 차서인지, 눈이 자꾸만 흐려오는 거예요. 손으루 아무리 훔치고 닦아두 소용없었어요. 빌딩 안으루 들어가는 사람들이 모두 그이만 같애 보였어요. 아홉시가 지나서 들어가는 사람들 발길이 뜸해지구나서두 한참만에 길을 건너가 현관 수위에게 그일 좀 불러달라구 했죠. 수위가 인터폰으루 연락을 해주드군요. 조금 뒤에 2층에서 계단을 내려오는 그이 모습이 보였어요. 흐린 눈인데두 그이 모습이 화악 들어왔어요. 절 보더니 층층다리 도중에서 우뚝 서는 거예요. 그리구는 얼굴에 웃음을 띠우지 않겠어요. 그 웃음이 통 종잡을 수가 없었어요. 당황해하는 웃음인지, 반갑다는 웃음인지, 미안하다는 웃음인지, 날 가엾이 여기는 웃음인지…… 그런데 단 한가지 제가 바라구 기대했던 그런 얼굴은 아니었어요. 그때 제가 바라던 얼굴이 어떤 얼굴이었는지 지금두 모르지만요. 그만 눈앞이 더 캄캄하게 흐려지면서 아무것두 보이지 않는 거예요. 저는 말 한마디 못하구 홱 돌아서서 그곳을 정신없이 달아나와버리구 말았어요. 그리구는 그만예요. 그이두 날 쫓아오지 않구 나두 다시는 그일 찾아가지 않았어요. 돌아오는 길루 병원엘 들렀죠. 그랬드니 달수가 지나서 긁어낼 수가 없다는군요. 그때는 이미 뱃속에서 애기가 놀구 있었으니까요. 한약방에서 약을 지어다 먹었죠. 근데두 애기가 떨어지지 않는 거예요. 별의별 짓을 다해봤지만 그예 안 떨어졌어요.

—사내앤가, 계집앤가?

—계집애예요. 아주 이뻐요. 지금와선 낳길 잘했다구 생각해요.

—그동안 죽어버리구 싶다든가, 뭐 그런 걸 생각해본 일은 없구?

―글쎄요…… 이런 일은 있어요. 꿈에 그이가 나타나서 절 죽일 것처럼 막 때리구, 밟구, 나중엔 칼루 찌르기까지 하는 거예요. 근데두 왜그런지 조금두 아프지는 않데요. 꿈이 돼서 그럴까요?

남자는 담배를 두어 모금 깊이 빨아 들이켜고나서,

―그럼 앨 위해서라두 애아버지와 다시 인연을 맺구 싶진 않은가?

그러자 여자는 이제까지와는 달리 좀 딱딱해진 말씨로,

―그럴 필요 뭐있어요. 설사 그이가 모든걸 청산하구 온대두 전 받아들이지 않겠어요. 그인 그이대루 살아가는 길이 있구, 전 또 저대루 살아가는 길이 있는걸요. 애가 아주 커지기 전에 조그만 장사밑천이라두 쥐구 얼른 이짓을 집어쳐야겠는데 밤낮 그날이 그날이군요.

남자가 담뱃불을 빈 담뱃갑에 비벼 끈다.

자, 시시한 얘긴 그만허구 일어나지. 아무래두 거기의 남성행위는 틀린 것 같으니.

좀 기다리시오.

한강으루 달리려는 펜끝을 남자는 막는다.

아까는 모래사장으루 나가 사람들이 없어질 때까지 게서 기다리기루 하지 않았나. 자, 그만 일어나.

남자가 그 말에는 대꾸도 없이 나이어린 애어머니의 팽팽한 유방으로 다시금 손을 가져간다. 그 내민 손에 물기가 만져진다. 젖이 나와있는 것이다. 남자는 저도모르게 젖꼭지로 입을 가져간다. 조그만 젖꼭지다. 여자가 자연스럽게 가슴을 내맡긴다.

하기는 이왕 이런 데 들어온 바엔 한번 그런 장난 해보는 것두 무방하겠군.

빨아도 젖이 별로 나오지 않는다. 여자가, 좀 세게요, 하고 속삭인다. 그러나 팽팽한 유방에 젖꼭지가 작아 제대로 빨 수가 없다. 여자가 다시 귓속말처럼, 애기만두 못하시네요, 좀더 세게요, 하면서 한 팔을 이쪽의 목덜미 밑으로 넣어 머리를 받쳐 안 듯하고는 가슴을 이쪽의 얼굴 위로 가져온다. 한결 빨기 쉬운 위치가 되었다. 그래도 여자는 성차지 않은 듯, 다른 한 손으로 유방 안쪽을 주물러 젖을 짜내준다. 그제야 젖발이 선다. 남자는 입안에 찬, 달큰하고 배릿한 젖을 어디다 배알을까 하다가 꿀꺽 삼켜버린다. 그리고는 입에 힘을 주어 다시 빨아 삼키고 삼키고 한다. 목에서 꿀꺽 소리가 나고, 호흡이 거기에 맞춰진다. 어린 애어머니는 애어머니대로 곧잘 익숙한 솜씨로 이쪽이 편하도록 젖을 빨린다.

그만해둬 이젠. 꼴이 차차 망측스러워지지 않아?

남자는 자기도 왜 이러는지를 모르면서 그냥 젖을 빨아댄다. 입 양쪽 언저리가 뻐근하다. 그래도 힘껏힘껏 빤다. 연방 삼켜가면서. 그러는 남자에게 차분한 졸음기가 밀려온다. 무슨 일일까. 정신을 가다듬으며 다시 빨고빨고 한다. 그러나 자꾸만 졸음기가 밀려온다. 그것은 금이 간 심신 밑바닥에 겹겹이 쌓였던 어떤 불순물이 몰려나가면서 대신 밀려오는, 막을 수 없는 아주 아늑한 졸음기인 것이다.

아니 이봐, 대체 어떡하겠다는 거야. 주책없이 잠이 들어버릴 작정이야? 그러지 말구 어서 눈을 떠. 이제와서 죽는 게 겁이 났나? 그렇지 않음 빨리 여길 빠져나가 하려던 일을 실행하란 말야. 난 거기의 자살하는 모양을 정확히 보구, 그걸 상세히 그려야 해. 속히 정신을 차리구 일어나!

남자는 잠자코 여자의 젖을 문 채 자꾸만 잠 속으로 빨려들어간다. 그러는 그의 머릿속이 한순간 맑아온다. 지난날 건축 현장에서 떨어져 자동차에 실려갈 때와도 비슷했다. 그러나 지금의 그는 그때의 그가 아니었다. 병원에 누워있는 동안 서로 배반하지도 배반할 수도 없는 얼굴들의 변모. 그리고 그 뒤엎어진 얼굴들이 꾸민 추잡스런 거래. 견디기 어려웠다. 정말 견디기 어려웠다. 미칠 듯이 노해도 보고, 사내답잖게 울어도 보았다. 그러나 결국 그는 절망만을 안은 조각이 되고 말았다. 숫제 병원에서 그냥 깨어나지 않은 것만 같지못했다.

그러기에 한강 모래사장으루 나가야 하는 게 아냐? 시간 없다. 이때를 놓치면 영 틀려버린다. 자아, 어서 일어나라! 왜 아무런 대답이 없지? 무슨 말이건 해라. 그래야 졸음기를 물리칠 수 있는 거다!

남자는 빨려들어가는 잠 속에서 애써 정신을 차린다. 나더러 무슨 대꾸를 하라는 거지? 아무것두 할 말이 없소. 지금 나는 나 자신 예기치 않았던, 거기가 표현하려는 한계 밖에 있는 걸. 사실 남자는 조금 전까지의 자기와 지금의 자기는 분명 달라져있다는 걸 느낀다. 그러나 말로는 그게 어떠한 것이라는 걸 나타낼 수가 없었다. 다만 이 변화가 조금도 부끄럽지 않다는 것만은 은밀한 가운데 느낄 따름이다. 그러는 그의 눈앞에 저저끔의 시간을 가리킨 채 멎어있는 시계들이 다가온다. 그런데 다가온 시계들이 일제히 움직이기 시작한다. 초침들이 분주히 돌아간다. 뒤이어 가지각색의 보석 귀금속들이 저나름대로의 모양을 지니고 저나름대로의 광택을 발하며 다가오더니 곁의 어둠 속 여자에게로 쫙쫙 뿌려진다, 뿌려진다.

마지막으로 말한다! 제법 용기가 있는 자루 알았는데 이게 뭐야. 이러다간 비겁자란 누명을 면치 못할 거다. 그리구 그 추잡스런 인간관계 속으루 되돌아가는 길밖에 없는 거다. 이제라두 후딱 일어나기만 하면 늦지 않다. 지금쯤 모래사장엔 아무두 없을 거다. 자아, 정신을 차리구 일어나라, 어서 속히!

남자는 어느새 캄캄한 어둠속 깊이 잠겨들어가있다. 둘레가 아주 좁다랗다. 그 둘레만큼 자기의 몸뚱이도 조고맣다. 연약한 팔다리를 놀려본다. 조금도 부자유스럽지 않게 움직여진다. 갑자기 어떤 자극물이 자기를 이 둘레 밖으로 내몰려 한다. 기를 쓰고 버틴다. 몇번이고 같은 일이 거듭된다. 기진맥진되어서도 끝내 밖으로 몰려나지 않는다. 그리고는 유약한 몸을 움직거려 어두운 둘레 속을 유유히 돌기 시작한다. 남자는 이 탯속의 조고만 자신의 움직임을 안온한 마음으로 지켜보고 있는다.

　에잇, 한심한 녀석! 인제 난 모르겠다. 너 될대루 되거라!

　펜이 바닥으로 내던져졌다. 주위로 잉크가 튀어났다.

1967 칠월

막은 내렸는데

시점의 다양성과 실험정신

단편 「막은 내렸는데」(1967.7)는 친구의 배반으로 절망에 사로잡힌 한 남자가 한 창녀의 젖 불은 가슴으로 인해 새로운 인생의 길을 모색하게 되는 과정을 다룬 작품이다. 이 작품에는 '모체회귀'현상이 나타나 있는 데, 이것은 죽음을 통해서 새로운 삶에로의 재생을 갈망하는 심리상황을 표출시킨 것이라 볼 수 있다. 이 작품의 작중인물인 남자는 부모 이상으로 믿었던 친구들의 배반 때문에 이 세상과 유리된 채 고독감과 절망감으로 인해 자살을 결심한다. 그의 존재는 이제 인생에 있어서 한낱 군더더기와 같이 불필요한 개체로서 스스로에게 인식될 뿐이다. 그는 보석 귀금속들을 "몇 웅큼 쥐어서 수많은 사람이 오가는 포도에다 흩뿌려 봤으면 하는 생각"을 한다. 이러한 그의 심리상황은 생에 대한 절망과 허무감이 표출된 것이라 볼 수 있다. 그는 "나는 혼자다. 떨어져나온 하나의 조각이다."라고 생각하며 소외감을 느낀다. 이러한 소외감과 고독감은 그로 하여금 자살을 결심하도록 몰고 간다.

그러나 그가 자살을 결심함으로써 인생의 막(幕)은 내렸는데, 한 창녀에 의해 그 막(幕)이 걷힌다. 그리고 그는 태아와 같이 '모체속으로 회귀'함으로써 무한한 평화속으로 잠겨들어간다. 즉 창녀의 젖 불은 가슴을 문 채, 그는 '어린애'가 되어 '안온'과 '평화'의 상징인 어머니의 태내로 퇴행하고 있다. 남자는 친구의 배반도 없고 오직 평화와 안식만이 있는 모체속으로 들어가기를 염원한다. 이는 곧 자기자신이 '모체'속으로 들어가 다시 태어나고 싶다는 무의식의 표출이다. 남자는 다시 한번 '모성'의 암흑과 혼연일체가 되어 거기서 자기존재의 진정한 원천을 발견하려고 꿈꾸고 있다. 다시 태어나 이전의 자기가 아닌 새로운 자기로서 재생하고 싶다는 무의식적 욕구이다.

허무와 절망속에서 죽음을 결심했던 남자가 한 창녀의 젖 불은 가슴을 통하여 생에 대한 의미를 찾게되는 과정을 이 소설의 결미에서 보여준다. 그래서 그는 "지금 나는 나 자신 예기치 않았던, 거기가 표현하려는 한계 밖에 있는 걸."이라고 독백한다. 이 지문속에서의 '거기'는 물론 작가를 지칭한다. 작가가 남자에게 자살하도록 설정했음에도 불구하고, 뜻밖에 창녀와의 만남을 통하여 삶의 의미를 재발견하면서, 남자는 "조금 전까지의 자기와 지금의 자기는 분명 달라져"있음을 인지한다. 이제 남자에게 있어서 시계는 정지된 상태로 다가오는 것이 아니라 일제히 움직이는 시계로 다가온다. 또한 가지각색의 보석 귀금속들이 저나름의 광택을 발하면서 곁의 어둠속 여자에게로 쫙쫙 뿌려진다. 이러한 묘사는 결국 그가 허무와 절망에서 벗어나 생에 대한 적극적 의지와 의욕을 되찾고 있음을 보여준다. 한 창녀가 가지고 있는 '어머니'와 같은 무한한 포용력이 절망에 빠진 한 남자를 죽음으로부터 구출해내는 것이다. 이점에서 이 작품속에서의 창녀는 근원적인 인간구원의 원천이라 할 수 있는 '모성'을 표상하고 있다.

특히 이 작품에서 작가는 주인공에게 행동을 명령하고 지적하면서, 마음대로 작품 속에 들어갔다 나왔다 한다.

주인공 나와요! 아, 아, 걸음걸이가 그래서 쓰나. 끼니가 없어 죽는 자살자는 아니잖어. 실연한 자의 죽음두 아니구. 어깨를 좀 펴구 큰걸음으루 걸어요. 한 손은 포겟에 찌른 채루 좋아! 그렇지, 그 손으룬 약을 만지작거려야지. 이따가 먹을 극약 말야. 내가 죽음을 두려워하구 있는줄 아나보군. 천만에. 자살하기루 작정한 뒤룬 오히려 마음이 담담해졌다는 걸 알아야지. 내 걸음이 이런 건, 요 얼마전부터의 습관에서 온 것 뿐인데.

남자는 약간 걸음에 신경을 쓰면서 앞으로 걸어간다. (중략) 주인공의 뒤를 펜끝이 바싹 쫓는다.(중략)

에잇, 한심한 녀석! 인제 난 모르겠다. 너 될대루 되거라!

펜이 바닥으로 내던져졌다. 주위로 잉크가 튀어났다.

또한 시점도 전지적 작가시점과 1인칭 시점, 3인칭 시점이 혼효되어 있으면서도 전체적으로 조화와 통일성을 획득하였다는 점에서 작가의 역량을 인정하게 한다. 또한 끊임없는 실험정신을 시도하고 있음을 발견할 수 있다. 동시에 과거와 현재를 넘나드는 해체적이며 전위적 기법의 특이함을 실험한 소설로서, 독특한 아름다움과 리얼리티를 야기하고 있는 점에서도 주목할 만한 작품이라고 평가된다. 이 소설에서 볼 수 있듯이 1967년 작품에서 작가는 이미 기존의 소설 형식을 깨뜨리고 시점과 문체, 구성에서도 끊임없는 파괴와 틀 벗어나기를 시도했던 것이다. 황순원 그는 다양성과 실험성을 통하여 진정한 자유에로 지향해 나아간 작가임에 분명하다.

탈

다리에 총탄을 맞고 쓰러졌던 몸을 일으키려는데 대검이 가슴을 와 찔렀다. 의식을 잃는 순간 일병의 눈동자에 상대방 얼굴이 타듯이 찍혔다. 일병의 가슴에서 흐른 피가 황토땅에 스며들었다. 고향을 멀리 한, 그러면서도 자기 동네 근처 비슷한 어느 야산 기슭이었다.

피는 잦아들어 흙이 되었다. 처음에는 주위의 다른 흙빛보다 진했으나 차츰 한 빛깔이 되어갔다. 흙은 곧 목숨이라고 여기며 살아온 농군 출신의 일병이었다. 한 억새 뿌리가 슬금슬금 일병의 목숨의 진을 빨아올려 갔다. 일병은 억새가 되었다.

어지러운 군화가 억새를 밟고 이리저리 지나갔다. 겨울에는 눈 덮인 억새 위를 더 무거운 군화가 짓밟고 지나갔다. 몇차례나 몇차례나 짓밟고 지나갔다. 그러나 억새는 죽지 않았다. 군화가 사라진 후, 억새는 봄바람에 불리고, 햇볕에 쬐이고, 비와 이슬에 씻기고, 눈에 덮이고, 다시 봄바람에 불렸다. 늦은 봄 억새는 한 농군의 낫에 베이어 외양간으로 옮겨졌다.

소가 되었다. 황소였다. 전에 일병이 농군이었을 때 그러했듯이 주인 농군도 소를 자기 집에서 가장 소중한 식구로 위해주었다. 주인농군과 함께 부지런히 일을 했다. 멍에 가죽에 혹이 생기도록 일을 했다. 그러나 좀처럼 살림은 펴지지가 않았다. 그해가 그해였다. 홍수가 논밭을 휩쓸고 간 가을 어느날 밤 주인농군은 일병의 목덜미를 어루만지며 소리죽여 울었다. 그리고 일병은 장터와 기차 화물간과 도수장을 거쳐 시가지 푸줏간에 걸려졌다. 토막이 나 팔렸다. 거기서 알 사람을 하나 만났다. 야산 기슭에서 대검으로 일병의 가슴을 찌른 그 사람이었다. 동냥질을 하고 있었다. 한 식당에서 동냥한 찌꺼기 음식에서 일병의 살점을 먹었다. 일병은 그 사나이 속으로 들어갔다.

사나이는 들고 있던 깡통을 홱 내동댕이치고 기운을 내어 걸었다. 다 해진 작업복을 걸친 채 한쪽 팔이 없는 소매가 헐렁거렸다. 철공장 앞에 이르렀다. 전쟁터에서 한쪽 팔을 잃기 전까지 자기가 선반공으로 일하던 곳이었다. 거침없이 공장 안으로 들어섰다. 예전의 그 공장장이 있었다.

"안녕하세요?"

공장장은 달갑잖은 표정이 역력했다. 물고 있던 담배를 구두끝으로 뭉갰다.

"공장장님, 기분나빠하실 것 없습니다. 오늘은 제가 뭐 떼를 쓰러 온 게 아니니까요. 아시겠어요? 예전처럼 다시 일하러 온 겁니다."

공장장은 이쪽의 팔 없는 헐렁한 소매에 찜찜한 시선을 던졌다.

"뭘 보시는 거죠?" 사나이는 공장장을 정시하며 말을 이었다. "다리 하나 총탄에 맞아 못쓴다구 선반 깎는 일 못할 것 없잖아요?"

몸을 움직여가며 말하는 사나이의 한쪽 팔 없는 소매가 그냥 대롱대롱 흔들리고 있었다.

1971 구월

■ **작품해설**

탈

농민의 생명력이 도시인 속으로

단편 「탈」(1971.9)은 삶의 총체성 회복의지와 건강한 생명력에 대한 갈망을 보여준 작품으로 독특하고 개성적인 기법으로 형상화된 작품이다. 「탈」은 농민의 건강한 생명력과 영혼이 도시인의 각박한 삶속으로 들어가 조화, 화합되어 육화되는 과정을 보여준다.

다리에 총탄을 맞고 쓰러졌던 일병은 대검에 가슴이 찔려 죽는다. 일병의 가슴에서 흐른 피가 황토땅에 스며든다. 일병은 농촌 출신이다. 여기서 일병의 '피'는 건강한 농민의 생명력을 표상한다. 피는 잦아들어 흙이 되고 억새뿌리가 일병의 목숨의 진을 빨아올려갔다. 일병은 억새가 된다. 군화가 몇차례나 지나갔음에도 불구하고 억새는 죽지 않았다. 이것은 전쟁의 난국속에서도 농민의 건강한 생명력이 죽지 않고 있음을 의미한다. 억새는 한 농군의 낫에 베어져 외양간으로 옮겨졌다. 황소의 먹이가 되었다. 황소는 시가지 푸줏간에 걸려지고 토막이 나서 일병의 가슴을 찌른 그 사람에게 먹히워진다. 결국 일병은 사나이 속으로 들어간다. 곧 농군인 일병은 도시인의 건조하고 메마른 삶속으로 육화되어 들어간다. 사나이는 전쟁터에서 한쪽 팔을 잃기 전까지 자기가 선반공으로 일하던 곳으로 들어가 일자리를 부탁한다. "다리 하나 총탄에 맞아 못쓴다구 선반 깎는 일 못할 것 없잖아요?"라고 사나이는 말한다. 한 쪽

팔을 잘린 사나이가 다리를 부상당한 일병의 목소리로 말하는 것이다. 사나이가 농군인 일병의 부상당한 다리 하나를 사나이 자신의 잃어버린 팔에 대신하여 반대로 말하는 아이러니를 보여준다. 즉 이러한 현상은 건강한 생명력을 가진 농민의 영혼이 도시인인 사나이 속으로 들어가 육화된 것이라 볼 수 있다. 다시 말해 농민의 건강한 생명력과 영혼이 도시인의 메마른 삶속으로 들어가 화합됨으로써 삶의 총체성을 회복하고 있다.

이 작품의 표제인 '탈'은 '가면'을 의미한다. 전쟁터에서 죽은 농민의 건강한 생명력과 영혼이 순환하여 건조하고 메마른 도시인의 각박한 삶 속으로 들어가 총체적인 화합을 이룩하는 것이다. 이 작품은 메마른 도시인의 영혼과 삶에 농민들과 같은 건강한 생명력과 정신이 육화되어 건강한 삶의 총체성을 이룰 수 있음을 상징적으로 보여주고 있다.

숫자풀이

저를 이해하실 것같으니 얘길 하죠. 근본 원인은 내 얼굴빛에 있고, 도화선이 된 것이 그여잡니다. 그여자는 나와 같은 시민아파트에 살고 있습니다. 나는 5층에 살고, 그여자는 4층에 살고 있죠. 그여자와 내가 한 아파트에 산다는 걸 안 것은 달반쯤 전부텁니다. 그즈음 그여자가 이 사해왔는지, 혹은 전부터 살아온 걸 미처 내가 알지 못하고 있었는지 어쨌는지는 모릅니다. 지금은 그 여자가 4층 왼쪽 끝에 살고 있다는 것까지 알고 있습니다만. 나와 그여자는 거의 매일처럼 만납니다. 아파트 층계에서, 또는 아파트와 이어진 좀 비탈진 긴 골목 어느 지점에선가 나는 퇴근하여 집으로 돌아오고 그여자는 외출하는 길에 만나곤 합니다. 뭘하는 여자인진 모르지만 내가 회사에서 집으로 돌아오는 시각에 그여자는 밖으로 나가는 것입니다. 그여자는 언제나 한복차림입니다. 작은 얼굴에 눈이 크고 별로 짙은 화장을 하고 있지 않아 청초한 느낌을 주는 여잡니다. 그날 내가 그여자를 만난 것은 노인들이 할일없이 길가에 앉아들 있는 복덕방 앞 비탈진 골목 어귀에섭니다. 그날 그여자는 연두색 옷을 입고 있었습니다. 그런데 그여자는 혼자가 아니고 같은 또래의 양장차림의 젊은 여자와 동행이었습니다. 나는 언제부터인가 그여자와 만날 때는 그러는 것처럼 시선을 피하는 자세를 취했습니다. 실은 그여자편에서도 나와 지나칠 때는 고개를 다소곳이 숙입니다. 번번이 그렇습니다. 우리 두 사람이 그러한 몸가짐을 한다는 데에 나는 어떤 색다른 생각을 먹어왔습니다. 왜 있잖습니까, 남녀간의 그 미묘한 감정. 그런 감정은 하루하루 부풀어갔죠. 그러면서 좀더 그여자와 가까워질 기회만 기다렸습니다. 그런데 결국 내가 헛물을 켜고 있었다는 게 그날 밝혀졌단 말씀입니다. 나는 골목을 들어가고 그여자는 골목을 나오고, 이렇게 피차 거리가 줄어들어 다소곳이 고개를 숙인 그여자와 시선을 비킨 내가 막 지나칠 땝니다. 그여자가 동행인 젊은여자에게 무언가 속삭였습니다. 그리고는 두 여자가 소리를 죽여가며 쿡쿡쿡 웃는 것이었습니다. 나는 그여자가 무슨 말을 속삭였는지 알아듣지는 못했습니다. 목소리가 아주 작았으니까요. 그러나 나는 알 수 있었습니다. 그여자가 무슨 말을 하고, 두 여자가 왜 소리죽여 웃었는지를요. 나는 전신이 확 달아 올랐습니다. 내 얼굴빛을 두고 그러는 것이 분명합니다. 나는 그만 자제를 잃고 허둥지둥 걸음을 옮겼습니다. 한 발짝이라도 빨리 그여자에게서 멀어지려는 일념뿐이었습니다. 뭐라구요? 원래 얼굴이 흰 거라면 얼마나 좋으냐구요? 날 위로 하시는군요. 나는 내 허연 얼굴빛을 싫어합니다. 허연 내 얼굴빛뿐만이 아닙니다. 흰 빛은 모두 질색입니다. 흰색은 내게 늘 불안을 안겨주거든요. 무슨 빛깔이든 받아들일 수 있을 거라는 무한한 가능성, 결국 무슨 빛깔로도 채워질 수 없을 것같다는 생각에 겁까지 납니다. 내 이마에 감긴 흰 붕대만 해도 피가 번져 온통 뻘겋게 물들여졌으면 하는데 어떨는지요. 마침 이 침대의 시트는 하늘색이어서 다행입니다. 저 흰 벽도 깡그리 검정칠 했으면 얼마나 후련할까요. 하여튼 나는 이 허연 얼굴빛 때문에 모든걸 망친 셈입니다. 결정적으로는 학생때였죠. 이 허연 얼굴에서 벗어날 수 있었을지도 모르는 걸 놓치고 만것은요. 무한한 가능성에 대한 신중함에선지 겁이 앞서서인지 자신도 잘 모르는 사이에 그리 된 겁니다. 그여자와도 그렇습니다. 그날 나는 그여자에게 내 얼굴을 내밀었어야 합니다. 그리해서 결단을 냈어야 합니다. 허연 내 얼굴을 상대방에게 납득시키든지 아니면 혹독한 비난을 받든지 말입니다. 나는 또한번 기회를 놓치고 만셈이죠.

아파트로 돌아와 나는 내 방으로 갔습니다. 동생과 같이 쓰는 방입니다. 문고리를 잡아 열었습니다. 그리고 한 발을 들여놓다 말고 급히 문을 도로 닫아버렸습니다. 검은 손님이 방 한가운데에 우뚝 버티고 서있는 게 아닙니까. 문을 여는 순간 검은 손님은 방 가득히 부푸는 것같았습니다. 누가 와서 저 검은 손님을 밖으로 내쫓아 주었으면 좋겠지만 그렇다고 옆방에 계신 노모를 차마 부를 수는 없었습니다. 하는수없이 마루에서 동생이 돌아오기를 기다리는 도리밖에 없었습니다. 대학에 다니는 동생이 한참만에 돌아왔습니다. 나는 동생에게 귓속말로 일렀습니다. 방에 들어가면 와있는 손님을 돌려보내달라고. 동생은 얼마전부터 내게 대해 그러하듯이 떨떠름한 표정을 짓고 잠시 나를 바라보다가 아무말 없이 방으로 들어가더군요. 그리고나서 상당한 시간이 지났건만 검은 손님은 나오는 기색이 없고, 동생한테서도 아무런 기별이 없었습니다. 기다리다 못해 방문을 살며시 열어봤죠. 동생만이 혼자 방바닥에 팔베개를 하고 누워 담배를 피우고 있지 않겠습니까. 손님은 어디 갔느냐고 물었습니다. 동생은 어정쩡한 표정으로 말없이 나를 뻔히 쳐다보기만 하는 것입니다. 대체 검은 손님은 어디로 빠져나간 것일까요. 출입문은 마루쪽으로 나있는 것 하나밖에 없습니다. 검은 손님이 돌아갔다면 그리로 나갔을 터인데 나는 보지를 못했던 것입니다. 동생을 기다리느라 줄곧 그곳을 지킨 셈인데 말입니다. 검은 손님이 출입문으로 나가지 않았다면 필시 안쪽 벽에 나있는 들창으로 빠져나갔거나, 벽면으로 스며서 나갔을밖에 없습니다. 나는 그 검은 손님이라면 족히 그럴 수도 있을 거라는 생각을 했습니다. 동생에게, 그 손님이 뭐 가지고 간 거나 없느냐고 물었습니다. 동생은 그냥 어릿한 빛으로 나를 쳐다보기만 합니다. 나는 방안을 둘러보았습니다. 아, 없어진 게 있었습니다. 다른 물건은 다 그대로 있는데 벽에 걸어두었던 달력이 온데간데 없어졌습니다. 나는 다시 동생에게, 그 손님이 달력을 떼갔느냐고 물었습니다. 그제야 동생은, 며칠 전에 형이 떼어서 불에 태워버리지 않았느냐고 퉁명스럽게 대꾸합니다. 어림도 없는 소리! 내가 언제 달력을 떼어 불에다 태워? 그 손님이 떼어간 거다, 내 죽음에 유예를 주는 대신 내 세월을 몽땅 몰수해간 것이다! 그런것도 모르고 멍청히 누워있는 동생에게 화가 났습니다. 젊은놈이 방에만 죽치고 있지 말고 할일 없거든 나가서 막걸리라도 처먹어! 나는 주머니에서 손에 집히는대로 돈을 꺼내어 동생에게 던져주었습니다. 내가 화를 낸 건 실상 동생이 아니라 나 자신에게였습니다. 내 학생시절이 이즈음 자꾸 되살아나 공연히 동생에게 심술을 부렸던 거죠.

그 얼마전 일입니다. 토요일이어서 일찍 회사를 마치고 돌아오는 길이었죠. 버스정류장을 향해 가는데 별안간 앞에서 찬란하게 햇빛이 부서졌습니다. 차도로 달리던 자전거가 쓰러지면서 잔뜩 실었던 유리를 박살낸 것입니다. 길바닥에 흩어진 수많은 유리조각들이 저저끔 빛을 발했습니다. 현란한 빛이었습니다. 낭패한 표정으로 부서진 유리들을 내려다보고 있는 사나이와는 아랑곳없이 유리조각들은 시시각각으로 변화있는 빛을 퍼뜨렸습니다. 이렇게 모두 빛을 발하고 있는 속에 유독 한 유리조각만이 어둡게 죽어있었습니다. 그 조각은 다른 조각들과 떨어진 곳에서 빛을 잃고 아스팔트의 일부처럼 정지되어 있었습니다. 거기엔 1960년 4월 어느날 거리를 메우고 누볐던 행렬과 함께 그 대열을 짐짓 외면하고 방구석에만 구겨박혀있었던 내 몰골이 있었습니다. 엉거주춤해있는 내 몰골과 4·19. 그런데 언제부터인가 나는 이런 4·19의 9자를 6자로 바꾸어 생각하는 버릇이 생겨버렸습니다. 아시다시피 숫자 중에서 9자와 6자는 묘하지 않습니까. 9자를 거꾸로 놓으면 6자가 되고, 6자를 거꾸로 놓으면 9자가 되고. 아니죠, 9자를 바로 놓으면 6자가 되고, 6자를 바로 놓으면 9자가 되는 거죠. 다른 숫자들은 안 그렇지 않습니까. 위치를 위아래로 바꿔놓으면 아무것도 안되죠. 그중 8자만은 특이해서 거꾸로 놓든 바로 놓든 그대로 8자의 형태를 유지하지만요. 어쨌든 나는 9자를 보면 6자를 잘못 거꾸로 놓은 것같고, 6자를 보면 9자를 잘못 거꾸로 놓은 걸로만 여겨집니다. 그래 9자는 6자로 바로잡고 6자는 9자로 바로잡기로 한 것입니다. 그게 어디 바로잡는 거냐구요? 그럼요, 바로잡는 거구 말구요. 내 머리가 조리 있게 움직이다가 왜 그런 혼란을 가져오느냐구요? 그건 혼란이 아닙니다. 절대 그게 옳습니다. 그러니까 1960년 4·19는 1690년 4·16으로 바로잡아야 하는 겁니다. 그뿐만이 아닙니다. 얼마 전부터 나는 회사의 사무기록에도 틀린 것을 바로 잡았습니다. 9자는 6자로, 6자는 9자로 말입니다. 과주임의 주의를 받고도 나는 내가 믿는대로 하곤 했죠. 언젠가는 과주임도 내가 한 일이 맞다고 깨달을 날이 있을 겁니다. 틀림없이 그럴 날이 오고야 말 겁니다. 이렇게 이해 못하는 사람들 틈에 끼어 사는 게 참 힘이 듭니다.

가까이 지내는 친구가 없느냐구요? 왜 없어요. 대학 동창도 있고 같은 회사동료들도 있죠. 허지만 친구들과 만나지 않은 지 오래 됩니다. 만나봐야 대화의 공통성을 찾을 수가 없는걸요. 개들의 신나 떠들어대는 얘기가 내게는 아무런 흥미도 느껴지지 않으니요. 그럴 바에야 나 혼자 있는게 낫지 뭡니까. 같은 회사 동료들과도 말을 주고받는 게 귀찮아 며칠이고 대화 한마디없이 지내는 수도 있었죠. 오늘만은 아까 말씀드린 것처럼 저를 이해해주실 것같아서 털어놓고 얘길 하는 겁니다. 차츰 더 나는 될수록 혼자이기를 원했습니다. 그리고 그것이 전혀 내게 고통이나 불편을 주지 않았습니다. 출근은 안하느냐구요? 9자와 6자의 그릇된 것을 바로잡는 나를 이해할 때까진 회살 쉬기로 했습니다. 결국 나는 내 뜻대로 스물네시간 거의를 혼자 있게 되었죠. 원대로 말입니다. 그런데 이렇게 혼자 지내는 동안 어느결엔지 골똘히 되풀이 하고 있는 어휘가 생겼습니다. 사랑, 그리고 희생, 이 두 어휩니다. 얼마나 소중하고 아름다운 어휘들입니까. 이런 어휘들을 되씹고 되씹고 하던 어느날 나는 뜻밖의 일에 생각이 미쳐 자신도 놀라고 말았죠. 그것은 소중하고 아름다운 어휘들이 내 머리에서 떠나지 않는 반면, 그와 반대되는 것을 나 자신은 찾고 있다는 사실을 발견했던 것입니다. 그러고보니 그것이 무엇인지 밝혀내는 게 내 의무와도같이 여겨지게 됐습니다. 그러나 구체적으로 그것이 무엇인가는 좀처럼 정확히 잡혀지지가 않았습니다. 그러한 며칠전, 분명히 따져서 나흘하고 열여덟시간 전입니다. 그것이 어떤 것인지를 드디어 알아내고 말았습니다. 오후에 잠깐 바람을 쐬러 동네 주위를 돌다가였습니다. 요즈음 나는 의식적으로 그여자와 만날 것을 피해 전의 퇴근시간 아닌 때를 골라 동네 주변을 돌곤 했습니다. 그날도 오후 3시쯤 집을 나서 비탈진 골목을 반쯤 내려갔을 땐데 예닐곱살 나뵈는 사내애와 같은 또래의 계집애가 길가에서 싸우고 있는 게 시야에 들어왔습니다. 계집애가 뭐라고 악을 쓰며 대들고 있고, 사내애는 대꾸 한마디 못하고 비슬비슬 뒤로 물러서고 있었습니다. 계집애의 대드는 품이 심해지는데도 사내애의 물러서는 걸음이 더뎌 서로의 거리가 거의 마주칠 데까지 이르렀습니다. 그러자 사내애가 계집애에게서 자기를 방비하려고 그랬는지 어쨌는지 한 손을 내밀어 계집애의 입고 있는 원피스 앞깃을 건드렸습니다. 그만 계집애가 자기 앞가슴을 두 손으로 감싸안으며 그자리에 주저앉아 와앙 하고 울음을 터뜨리는 것입니다. 사내애가 계집애를 떠다밀친 것도 아니고, 계집애의 옷깃을 나꿔챈 것도 아닌데 말입니다. 사내애는 좀전처럼 비슬비슬 뒤로 물러서다가 홱 몸을 돌리더니 거기 샛골목으로 달려들어가는 거예요. 세상에는 대수롭지 않는 일에서 어떤 힌트를 받는 수가 있지 않습니까. 그냥 주저앉아 울고 있는 계집애와 사내애가 떠나고난 자리를 바라다보는 내게 그때까지 무슨 의무나처럼 찾고 있던 것이 구체적인 양상을 띠고 나타났던 것입니다. 이제 이를 실천에 옮기기만 하면 모든게 성취된다는 생각에 짜릿한 희열까지 맛보았습니다. 그러자 말입니다, 다시 발길을 옮기는 내 앞에 예의 검은 손님이 막아서는 것이었습니다. 그러나 왜그런지 그 검은 손님이 무섭지 않았습니다. 가만히 검은 손님을 마주 바라보았습니다. 검은 손님은 일시 부풀어 커지는가 싶더니 홀연 맥없이 줄어들면서 자취를 감춰버리고 말더군요.

언제부터 검은 손님을 보게 됐느냐구요? 지금도 분명히 기억합니다. 내가 처음 검은 손님을 대하기는 대학 4년 가을이었죠. 갑작스런 무기휴강이 게시판에 나붙던 날이었습니다. 친구들과 몰려서도 술집엔 별로 드나들지 않던 나는 그날 혼자 대폿집에 갔습니다. 이런 사태는 내 대학생활을 되돌아보게 했습니다. 당당치 못한 초라한 내 모습이 거기 있었습니다. 그것은 쓴 안주였습니다. 그 쓴 안주를 씹으면서 자꾸만 술을 마셨습니다. 아무리 마셔도 취하질 않았습니다. 그러고 있는데 한떼의 같은 학교 애들이 떠들면서 밀려들어 왔습니다. 잘 그을은 피부와 다부진 체격들로 보아 한눈에 운동선수들임을 알 수 있었습니다. 이들은 자리에 앉아서도 선수 스카웃 애기로 떠들어댔습니다. 요즘 선수 한 사람 스카웃하는 공정가격이 운동종별로 얼마씩 한다느니, 누구는 어느 대학에 스카웃돼 가지만 누구는 어느 대학에 스카웃돼 갈 것처럼 돼있지만 실상은 트릭이 있다느니, 열들을 올리고 있습니다. 나는 그만 술잔을 들어 그쪽을 향해 뿌렸습니다. 용감하다구요? 그럼요. 단지 그 용감성을 자연스럽게 행동으로 옮기지 못하는 체질일 뿐이죠. 내가 술을 뿌리자 그 쪽에서 가소롭다는 표정을 한 얼굴들이 이쪽으로 몰리드군요. 나는 그러한 얼굴들을 향해 이번엔 술주전자를 집어던졌습니다. 그쪽패의 하나가 일어나 내게로 다가오는가 싶더니 나는 턱언저리에 세찬 충격을 받고 의식을 잃어버렸습니다. 얼마나 시간이 지났는지 누가 내 등깃을 잡아 일으켰습니다. 보니 낯선 남자입니다. 상대방쪽은 하나도 보이지 않고 주위는 조용했습니다. 나는 입안에 괴인 찝찔한 액체를 내뱉었습니다. 따라와! 남자가 거친 목소리로 말했습니다. 나는 손으로 턱을 받치듯 하고 사나이의 뒤를 따라 나섰습니다. 그러나 턱의 아픔이 아픔으로 느껴지지는 않았습니다. 오히려 이상스러울 정도로 후련했습니다. 경찰서로 끌려간 나는 무릎을 꿇리우고 앉았습니다. 사나이는 다짜고짜, 대학생이면 다야? 하고 따귀를 후려갈기더군요. 눈앞이 번쩍하면서 무너질 듯 비틀대는 무릎에 힘을 주며 나는, 되레 대학생 된 게 설웁습니다, 하고 말했습니다. 이새끼 아직 성깔이 살았어? 하는 소리와 함께 눈앞이 다시 번쩍 했습니다. 이땝니다. 번쩍한 눈앞에 검은 그림자가 나타났습니다. 그것은 내 앞을 막아선 사나이만큼 크기의 검은 그림자였습니다. 그 그림자가 점점 커져 사나이 뒤에 막아선 벽만큼이나 커지더니 온 실내를 가득 채우는 것이었습니다. 나는 두 눈을 지그시 감아버렸습니다.

그러지요. 그동안 머리에 둥둥 떠돌던 것이 구체적인 형태를 띠고 나타난 뒤의 내 실천을 얘기해야죠, 이제. 사내애와 계집애의 하찮은 싸움을 본 다음 날 저녁때, 그러니까 내가 전에 회사에서 퇴근해 돌아올 때쯤을 가늠해 골목 어귀에서 서성거리며 그여자가 골목을 빠져나오기를 기다리기로 했습니다. 예상대로 그여자는 전처럼 같은 시각에 비탈진 골목을 걸어 내려왔습니다. 그러나 그날은 복덕방 앞에 장기두는 사람들이 있는데다가 골목 안에도 행인이 오가고 있어 실패를 했습니다. 다음날은 그여자에게 동행이 있어 실패를 하고, 다음날은 또 그여자가 전에없이 일찍 나갔는지 혹은 앓고 있는지 그렇지 않으면 전날 집에 돌아오지 않고 밖에서 묵었는지 만나지를 못하고, 네쨋날에 가서야 기회를 잡을 수 있었습니다. 나는 골목 어귀에 몸을 비키고 서서 주위를 살폈습니다. 다행히 복덕방에도 사람이 없고 행인도 눈에 띄지 않았습니다. 나는 상대방이 눈치채지 않게끔 사리고 서서 가까이 오기를 기다렸습니다. 그여자는 아무 거리낌없이 치마끝을 차며 골목을 내려오고 있습니다. 이날은 엷은 오렌지색 치마저고리를 입고 있었습니다. 여나믄 발짝 가까워져 이제 맞받아 나가려는데 좀 떨어진 샛길에서 한 남자가 나오고, 뒤이어 또 한 여인이 시장구럭을 들고 나오는 게 보였습니다. 나는 오늘도 실패로구나 했습니다. 그러나 다음순간 나는, 누가 본다고 해서 그 일을 못할 게 뭐 있느냐, 도리어 다른 사람이 보는 데서 할수록 효과적이 아니냐, 하는 결론을 얻었습니다. 나는 단행할 것을 재촉하면서 똑바로 그여자를 주시한 채 다가갔습니다. 그여자가 당혹해하는 얼굴로 걸음을 멈췄습니다. 나는 바싹다가가 대뜸 그여자의 저고리고름을 나꿔챘습니다. 툭 하고 양쪽 고름이 무질러져나갔습니다. 그여자가 양손으로 자기 가슴을 감싸며 눈동자에 경악의 빛을 떠올림과 함께 화장기 별로 없는 얼굴에서 핏기가 가시면서 입을 반쯤 벌렸습니다. 나는 여유를 주지 않고 열려진 저고리 안의 치마 여민 곳을 거머쥐고 힘껏 잡아챘습니다. 치마가 밀려 내리며 젖가슴이 뭉클 드러났습니다. 여자가 짤막한 비명을 지르며 단정하던 얼굴이 숭하게 일그러지는 모양을 본 나는 몸을 돌려 뛰기 시작했습니다. 어디를 어떻게 뛰는지 모르게 마구 달렸습니다. 한참만에야 내가 사는 동네에서 퍽이나 떨어진 거리를 뛰고 있는 자신을 깨달았습니다. 사람들 사이를 비집고 그냥 뛰었습니다. 한참을 더 달리다가 숨이 차 더 뛸 수가 없게 돼서야 뜀질을 그만두었습니다. 길이 꺾이면서 널따란 쇼윈도우가 눈앞에 나타났습니다. 그속에는 스타킹이 신켜져 거꾸로 쭉 뻗친 마네킹 다리와 뿌듯이 솟은 마네킹 유방에 둘린 브래지어, 그리고 장갑이 끼워진 채 팔뚝에서 잘린 손들이 있었습니다. 그중 검은 장갑을 낀 손이 나를 부르는 손짓을 하고 있었습니다. 나는 그리로 다가갔습니다. 스타킹과 브래지어 사이에 얼굴이 비쳐졌습니다. 저 얼굴! 나는 와락 그 얼굴을 들이받았습니다. 날카롭게 부서지는 소리에 이어 안면이 시원해 짐을 느꼈습니다. 아니 안면뿐이 아닙니다. 온 몸이 온 마음이 다 시원해 지는 것이었습니다.

이마의 상처가 여러날 가겠다구요? 그게 뭐 대숩니까. 나는 죽은 사람 인걸요. 앞으로 죽을 사람이 아니라 이미 죽어버린 사람이란 말예요. 어 젯밤, 분명히 따지면 오늘 새벽 3시 이후에 나는 죽은 겁니다. 그 좀전인 데 사방이 훤하여 머리맡의 손목시계를 보았습니다. 3시 조금 전을 가리 키고 있었습니다. 시계가 멎었나 했습니다. 아무리 봐도 시계는 가고 있 었습니다. 그래도 뭔가 시계의 잘못같이만 여겨졌습니다. 나는 슬리퍼를 끌고 간호원실로 가 보기로 했습니다. 발바닥의 땀으로해서 슬리퍼가 미 끈거렸습니다. 그러고보니 발바닥뿐 아니고 전신에 식은땀이 나있는 걸 깨달았습니다. 잠 속에서 누군가가 내 몸을 밑으로 잡아끄는 걸 끌려가 지 않으려고 애쓰면서 솟은 식은땀이 틀림없습니다. 그러자 내 몸을 잡 아끈 것이 예의 검은 손님이었다는 생각이 들었습니다. 나는 실내를 구 석구석 살폈습니다. 검은 손님의 자취는 아무 데도 없었습니다. 병실을 나와 간호원실로 갔습니다. 불안스런 흰빛의 간호원 하나가 종이에다 무 엇인가를 적고 있었습니다. 나는 간호원에게 지금이 몇시냐고 물었습니 다. 간호원은 고개도 들지 않고 볼펜 든 손으로 뒷벽을 가리켰습니다. 거기에 둥근 벽시계가 걸려있었습니다. 그 시계도 3시를 가리키고 있더 군요. 발길을 돌리다 말고 나는 간호원에게, 상처가 쑤셔서 잠을 이룰 수 없으니 약을 좀 달라고 했습니다. 아침까지 깨어있어야 할 것이 겁났 던 겁니다. 간호원은 그제야 고개를 쳐들고 나를 빤히 쳐다보았습니다.

나는 여태껏 한숨도 자지 못했노라고 사정을 했습니다. 한참만에 간호원
은 무표정한 채로 병에서 하얀 약 한 알을 꺼내줬습니다. 도로 병실로
돌아와서야 실내가 훤한 까닭을 알았죠. 바깥 외등 때문이었습니다. 나
는 수면제를 먹을까 어쩔까 망설이다가 약알을 아무데나 던진 후 미끈덕
거리는 슬리퍼를 벗어버리고 침대로 들어갔습니다. 맑은 정신으로 한번
검은 손님을 대해보자고 별렀습니다. 검은 손님이 나타나기를 이젠가 저
젠가 기다리다가 그만 풀낏 잠이 들었던 것같습니다. 아닙니다. 말뚱한
생십니다. 누군가가 내 몸을 침대 밑으로 잡아끌기 시작했습니다. 보지
않아도 검은 손님이 분명했습니다. 그런데 이상스럽게 조금도 두렵지가
않았습니다. 잡아끄는대로 내맡겨두었습니다. 한참 끌려가다보니 어둠
이 꽉 차있는 공간입니다. 자세히 살피니 무덤 속이 아니겠습니까? 사면
과 위아래가 짙은 어둠으로 빈틈없이 막혀있습니다. 나는 생각했습니다.
나는 죽은 거라고. 그게 전혀 부자연스럽게 느껴지지가 않았습니다. 나
는 평안하게 죽어있으면 되는 것입니다. 그러니까 지금 나는 선생께 얘
기를 하러 잠시 무덤을 빠져나왔을 따름입니다. 인제 도로 무덤속으로
돌아가야겠습니다. 언제 다시 나오겠느냐구요? 글쎄요, 알 수 없습니다.
대체 오늘이 며칟날입니까? 4월 16일이라구요? 햇수는요? 그럼 1974년
4월 16일 이라는 거죠? 또 6자와 9자가 바뀌었군요. 바로잡으면 1674년
4월 19일이겠군요. 아시겠어요? 그러니 1천 6백년대가 1천 9백년대로
잘못 돼있지 않은, 진정 1천 9백년대에 가서나 몰수당한 내 세월을 되찾
으러 다시 나와볼까요, 어디.

1974 오월

숫자풀이

4.19와 자의식의 환멸

　단편 「숫자풀이」(1974.5)는 4·19에 동참하지 않았다는 죄의식 때문에 미쳐버린 한 남자의 심리상황을 내적 독백을 중심으로하여 보여준 1인 칭 소설이다. 이 단편에서 작가는 실존적 자의식의 문제를 초현실주의적 이며 신심리주의적 기법으로 형상화하면서 상징적으로 보여준다. 이 작 품에서 '나'가 보여주는 숫자풀이는 바로 4·19 이전의 시간속으로 퇴행 하고 싶은 욕구와 태어나기 이전의 상태로 돌아가고 싶은 내적 욕구의 반영이며, 이러한 무의식적 심리상황이 빚어내는 도착적 행위라 볼 수 있다.

　나의 숫자풀이는 근본적으로 4·19의 민주화 투쟁에 동참하지 않았다 는 자책감에서 비롯된다. 나의 독백체로 쓰여진 이 작품에서 나는 '허연 얼굴빛'을 하고 있다. 4·19 당시의 학생 시절에 무기력과 권태를 표상하 는 '허연 얼굴빛'에서 벗어날 수 있는 기회가 있었음에도 불구하고 자신 의 우유부단함 때문에 적극적인 행동을 하지 못한다. 결국 나는 행동하 지 못하는 나약한 지식인으로 남아있을 수밖에 없게 된다. 이러한 자신 의 모습에 대해 느끼는 환멸의 감정은 급기야 나에게 정신분열증을 유발 시킨다.

　절망과 죽음을 표상하는 '검은 손님'은 나의 방안에 있는 '달력'을 떼어가버린다. 그 검은 손님은 "내 죽음에 유예를 주는 대신 내 세월을 몽땅 몰수해" 가버린다. 작중화자인 내가 '달력'이 없어졌다고 생각하는 자체는 지나간 세월을 잊어버리고 싶다는 무의식의 표출이다. 그 지나간 세월이란 적극적인 의지와 행동성이 없었던 4·19 당시의 자기 모습이 담겨져 있는 시간이다. 이러한 자신의 모습은 현란한 빛을 발하는 다른 유리조각과는 달리 어둡게 죽어있는 '유리조각'으로 표상되고 있다. 나의 자의식에 대한 환멸은 4·19의 9자를 6자로 바꾸어 놓는 숫자풀이로 나타난다. 그래서 "1960년 4·19는 1690년 4·16으로 바로잡아야"한다고 나는 생각한다. 그래서 나는 "9자와 6자의 그릇된 것을 바로잡는 나를 이해할 때까지" 회사를 쉬기로 한다.

그리고 나는 4·19 당시 무기휴강이 게시판에 나붙던 날 처음으로 만났던 검은 손님을 회상한다. 나는 드디어 여자의 옷고름을 나꿔챈 후 쇼윈도우의 유리창을 들이받기도 한다. 병원에 갇힌 나는 죽은 사람으로 자처한다. 이것은 태어나기 이전의 상태로 돌아가고 싶다는 나의 내적욕구를 반영한다. 4·19에 동참하지 못했다는 자책감과 자신에 대한 환멸감은 결국 작중화자인 '나'를 죽음의식속으로 몰고간다. 작중화자인 내가 죽음을 통해 4·19 이전의 시간속으로 퇴행하고 싶다는 무의식이 표출된 것이라 볼 수 있다.

작가는 「온기있는 파편」과 「숫자풀이」를 통하여 4·19의 현실상황을 직접적으로 표출시키지 않고 간접화시키면서 심리주의적 수법으로 작중인물의 내면상황을 형상화시키고 있다. 즉 작가는 민주화에 대한 의지가 분출된 4·19라는 사회 역사적 사건을 통하여 지상에서의 삶, 역사적 존재로서의 인간의 삶이 얼마나 고통스러운 것인가를 이들 작품들을 통하여 보여주고 있다. 그러면서도 황순원은 공동 운명체로서의 삶속에서 개인의 존재가 서야 할 위치에 대해 질문한다. 동시에 인간존엄성과 생명존엄성이 고양되어야만 한다는 필연적 당위성에 대해 언급하고 있다. 황순원은 이런 점에서 오늘날의 현실과 세계를 둘러싸고 있는 어둠을 직시하면서도 그로부터 일어서려는 강한 의지를 담고 있으며, 생명과 사랑과 희망의 불씨를 내면속에서 끊임없이 키우고 있는 작가라 볼 수 있다. 황순원은 사회적인 삶, 역사적인 삶의 문제에 관심을 기울이면서도 그것을 예술적 상상력으로써 밀도있게 결합시키고 있음을 이들 작품들을 통하여 살펴볼 수 있다.

나의 죽부인전

　고전문학자 ㅈ이 오래간만에 한노인의 집에 들렀다. 옆구리에 커다란 물건을 끼고 있다. 백지로 싼 둥글고 긴 물건이었다. 끼고 있는 품이 크기에 비해 무거워 보이지는 않았다.

　인사가 끝나자 ㅈ이 끼고 온 물건을 탁자에 내려놓으며,

　"선생님께 이걸 드릴려구 왔습니다,"

한다.

　ㅈ은 한노인이 전에 고등학교 교사로 있을 때의 제자로, 지금은 대학 고전 문학 전공의 부교수다. 서예에도 만만찮은 수준을 지니고 있어서 ㅈ이 써서 꾸며다 준 횡액을 한노인은 응접실 벽에 걸어놓고 있다. <문자구도지기야(文者求道之器也)> 예서체로 꽤 단단한 필력이 엿보이는 글씨다. 언젠가는 아는 사람의 가마에서 구워 왔다고 하면서 <수졸(守拙)> 이라는 자기의 행서 글씨가 들어있는 백자 항아리를 안고 온 적도 있었다.

　그러나 이날은 무얼 갖고 왔는지 도통 감을 못 잡고 있는데, ㅈ이 물건을 싼 백지를 벗기기 시작한다. 대오리로 얼기설기 엮은 형체가 드러났다. 구멍이 숭글숭글 나 있는 데다 속이 비어있다. 백지가 다 벗겨진 물건은 길이 1미터가 많이 넘고, 지름이 20센티미터쯤 되는 원통형의 대나무

제품이었다.

"이게 뭔지 아시죠, 선생님?"

ㅈ이 입가에 좀 색다른 미소를 띠우며 한노인을 쳐다봤다.

"글쎄…… 여름용 베갠가? 베개루선 높은 데다가 부부용이라 봐두 길이가 너무 긴 것 같구……."

"선생님 연배면 아실 줄 알았는데요. 어쨌든 베개는 아니지만 여름철 잠자리에서 쓰는 물건이란 데 생각이 미치신 것만 해두 영 엉뚱하진 않으시니 됐습니다."

하더니 ㅈ은 대나무 물건을 일으켜 세웠다 도로 뉘면서,

"대용품입니다."

"대용품?"

"부인 대신 노릇을 한단 말입니다."

"아, 알았다, 알았어. 죽부인이라는 거군, 이게 바루……."

한노인은 오래 전에 죽부인에 관한 글을 본 일이 있었다.

"누가 그랬는지 망측한 걸 생각해냈네."

"망측하시다뇨. 여름철에 이걸 끼구 자면 얼마나 시원하겠습니까. 기똥찬 발명입죠."

"통풍은 잘 되겠군. 그래 그 소위 기똥찬 발명을 한 사람이 어느 나라 사람인가. 보나마나 중국이겠지?"

"맞습니다. 중국입니다. 중국 북송 때 문인 장뢰, 베풀 장(張) 쟁기 뢰(耒), 이 장뢰란 사람이 쓴 죽부인전이라는 게 있는데, 그걸 간략히 얘기하면 이렇습니다."

한나라 무제 때 대 죽(竹)자 성을 가진 여인이 살고 있었다. 그런데 한무제가 여름철에 피서를 가면서 황후를 비롯해 후궁 천여명을 거느리고 떠나게 되었다. 그때 한무제가 황후와 후궁들에게 자기를 서늘하게

해줄 것을 바라면서 절개가 있고 착하고 어질고 무어나 숨김이 없는 자를 추천하라고 명했다. 이에 황후와 후궁들이 의논하여 천거한 것이 죽씨였다. 그리하여 죽씨는 대나무여인이 되어 임금에게 바쳐졌다.

"황후와 후궁들이 여인을 천거하되 아무 감정이나 감각이 없는 대나무여인을 천거했다는 게 재미있군 그래."

"임금이 이 대나무여인에게 부인이란 직함을 내립니다. 물론 의인화된 이 죽부인전에서 부인이 입은 옷은 녹색의 겉옷과 황색의 속옷으루 돼있습니다. 대나무의 겉 빛깔과 속 빛깔에서 따온 거죠. 그리구 대나무의 본성대루 임금한테 나아가면서두 몸을 굽히지 않습니다. 이런 죽부인을 임금은 여름철엔 늘 곁에 있게 합니다. 그러다가 가을이 되어 더위가 가시자 임금은 죽부인에게, 내년 여름에 다시 부를 테니 그때까지 편안히 쉬라구 상자 속에 들어가게 합니다. 그리구 다음해 여름이 되어 임금은 죽부인을 다시 부릅니다. 이렇게 지내다 나중 한나라 말에 왕망, 임금 왕(王) 풀 망(莽), 이 사람이 한나라를 탈취할 때 궁궐이 타면서 죽부인두 함께 타죽구 맙니다. ……이 장뢰보다 한 2백 50년쯤 뒤인 원나라 말기의 문인 양유정, 버들 양(楊) 바 유(維) 광나무 정(楨), 이 양유정이 쓴 죽부인전이 또 있죠. 이것 역시 의인화되어 있습니다."

대 죽자 성을 가진 여인이 살았는데, 태어나서는 몹시 여위었으나 장성함에 따라 모습이 바뀌어 어엿한 대나무부인이 된다. 부인은 속이 비어있어 창자도 없다. 이는 대나무의 생김생김에서 따온 것이다. 부인은 수다스럽지 않은 데다 남에게 억울한 일을 당해도 이를 따지지 않는다. 그러면서 자기를 지켜 남에게 몸 굽히는 것을 수치로 여긴다. 그리고 남에게 잘 보이려고 화장이나 치장을 하지 않는다. 그리하여 부인은 왕후와 중신들한테 중히 여김을 받는다. 이렇게 죽부인은 끝까지 자기를 지키며 살다가 종말엔 신선이 되어 자취를 감춘다.

"우리나라에두 죽부인에 관한 글이 있잖어?"

"네, 있습니다. 고려 후기의 학자이며 문장가인 이곡의 죽부인전이 그것입니다."

"그래 이곡의."

"이 분은 중국의 양유정과 같은 시대에 살다가 20년쯤 먼저 타계한 분인데, 이 분이 쓴 죽부인전에 대해 현재 학계에선 세 가지 학설루 나뉘어져 있습니다. 가전체 작품이라 의인화의 대상물을 규명하는 데 있어서, 대나무 그 자체가 의인화의 대상물이라는 설, 대나무 제품인 죽부인이 의인화의 대상물이라는 설, 이두저두 아닌 글씨 쓰는 붓이 의인화의 대상물이라는 설 등이 그겁니다."

"내가 그 글을 본 지가 하두 오래 돼서 어떤 내용이었는지 생각이 나지 않는걸."

"보기에 따라서 대나무를 의인화한 것 같기두 하구, 대나무 제품인 죽부인을 의인화한 것 같기두 합니다."

"귀하는 어느 편 학설을 지지하는가?"

"저는 대나무 제품인 죽부인을 의인화했다는 설을 취하구 있습니다."

"어떤 뒷받침에서?"

"우선 작품 첫머리가 이렇게 시작됩니다. 부인의 성은 역시 대 죽자의 죽씨요, 이름은 기댈 빙(憑)자루 돼있습니다. 이렇게 이름을 기댈 빙자루 한 것과, 나중 부인이 사람에게 의지하구 지낸다는 말이 나오는 걸루 미루어 작자가 처음부터 소재를 대나무 제품인 죽부인에서 가져왔다구 봅니다. 혹 구성면에서 볼 때 대나무 제품인 죽부인이 되기 전, 그러니까 그냥 대나무루 있을 때의 얘기가 작품 전체의 60퍼센트 이상이라는 점과, 대나무의 계보며 용도에 따른 종류의 이름이 여럿 열거돼있는 점에 비춰서 대나무 자체에 더 치중한 것처럼 보이기 쉽습니다마는 이는 사람들이 자기 조상을 찬양하듯 죽부인이 된 재료를 값지게 하기 위해 강조된 것으루 봐야 할 겁니다. 장뢰와 양유정의 글에서두 죽부인이 될 대나무의 높은 절개를 먼저 칭송하구 있거든요."

"글쎄 잘은 몰라두 죽부인이라는 실물이 있는 데다, 그걸 표제루 삼구 있어서, 장뢰나 양유정의 경우처럼 이곡의 죽부인전두 일단 대나무부인을 그린 걸루 보는 게 무방할 것 같구먼 그래."

"그렇죠?"

"그런데, 세 문장가가 죽부인전을 통해 말하고자 한 게 무언가?"

"세 사람 다 죽부인의 좋은 속성을 이야기하면서 각각 자기네가 처해 있던 당시의 부패한 나라사정과 사회상에 대해 간접적인 경종을 울렸다구 봅니다. 동시에 자신들의 뜻을 다 펴지 못한 데 대한 울분을 달래면서 자기네들의 고결함을 은연중에 나타낸 것이라 봅니다."

"어떤 시대건 작자 자신의 울분이나 달래구, 자신의 고결함이나 나타내려는 수단으루 씌어진 문학작품은 비위에 안 맞어."

"그치만 그게 고전 일반의 바탕이 돼있는 걸 어떡합니까."

"그래 하는 얘길세. 고전뿐인가 어디."

"하여튼 세 문장가의 글은 참 재미있어요. 지금 제가 대략 줄거리만 얘기드려 그렇지 글 속에는 고사가 많이 인용되면서 해학적인 맛두 풍기는 게 다시 한번 읽어볼 만합니다."

"그래 그 글이 아니구 이 현물을 나한테 가져온 까닭이 뭔가?"

한노인은 ㅈ 의 학자다운 담백한 기질에 비추어 딴 저의가 들어있지 않으리라는 걸 알면서도 짐짓,

"혹시 자네 생각에 내가 떳떳치 못한 구석이 있어서 그에 대한 경종을 울리기 위해서는 아닌가?"

"선생님두 참. 딴뜻이 있어서가 아니에요. 굳이 이유를 대라시면 선생

님께서 최근 좀 무료하실 것 같애섭니다."

"원 사람두. 이걸 밤에 끼구 잔다구 무료함이 풀린단 말인가. 되레 옆에 거치적거리는 게 있으면 짜증이 날 텐데."

한노인은 본래부터 누구와 한자리에서 자는 걸 싫어했다. 결혼하고 나서도 자리를 따로 깔았다. 그러다가 한 20년 전부터는 아예 각방을 쓴다. 한자리 잠을 싫어하는 데다 이젠 서로의 취침 시간까지 달라져 피차 방해를 주지 않기 위해서였다.

"죽부인 편에서 선생님을 어쩌지는 않을 테니까 옆에 두시는 걸루 시원하게 주무실 수 있을 겁니다."

"그래 이곡이 죽부인전을 쓴 그 당시에 우리나라에두 죽부인이라는 실물이 있었다구 봐야겠군."

"그렇습니다. 그러니까 적어두 고려 후기부터 조선조를 거쳐 쭈욱 내려온 셈이죠. 여름철 잠자리를 시원하게 해주면서 말입니다."

"기왕 날 시원하게 해주려거든 에어컨 한 대쯤 갖구 올 일이지, 전시대의 얄궂은 유물을 들구 와가지구……."

ㅈ이 웃으면서,

"선생님께선 기계루 된 것보다는 자연적인 걸 좋아하시지 않습니까?"

"둘러대긴. 그래 이걸 어디서 구해 왔나?"

말하면서 한노인은 이 죽부인라는 걸 어쩌면 그 <노인 용돈 마련 간이시장>에서 구해 온 건지도 모른다 싶었다. 언제가 한 번 한노인은 그 시장에 가 본 일이 있었다. 널려있는 물건들은 두루마기, 원피스, 매듭걸이, 수저꽂이, 전기밥솥, 트랜지스터라디오 등등 의류, 수예품류, 전자제품류가 많았다. 중고품과 노인들이 손수 만든 물건과 당장 필요없는 것들을 처분하여 용돈도 마련하고 일거리도 만들어보자는 취지에서 이루어진 장이었다. 주로 주부, 할머니, 할아버지들이 물건을 사고 팔고 했다.

손님들이 많이 몰려있는 데가 있어 한노인도 넘겨다보았다. 박달나무로 곱게 다듬은 윷짝과 보자기로 만든 윷판, 이것들을 담는 색동주머니였다. 이 윷세트를 가지고 나온 할머니는 경기도 광주군 할머니회에서 만든 제품이라고 했다. 사는 사람이 많았다. 한노인은 한 할아버지가 손수 만들어가지고 나온 방패연을 하나 샀다. 10점을 갖고 나왔는데 거의 다 팔았다고 흐뭇해 하던 할아버지가 인상에 남는다. 이렇게 시장을 한 바퀴 돌아 나오는 한노인의 눈에 스친 것이 있었는데, 지금 생각으로는 거기 벌여놓은 죽세공품 속에 이 죽부인과 같은 게 있었던 것만 같았다.

"구하기가 쉽지 않습니다."

"그처럼 귀한 거면 자네가 끼구 잘 일이지 나한테 가져올 게 뭐 있나."

"저야 아직 젊지 않습니까."

"젊으니까 여름철에두 대용품 아닌 실물이어야 한다는 거군. 그래야지."

"근데 선생님, 이걸 한 가지 아셔야 합니다. 아무리 대용품이지만 아버지가 쓰던 걸 자식은 쓸 수 없다는 걸요. 물로 은사와 제자가 공용할 수도 없죠."

"원 한다는 소리가. 자네 이거 <노인 용돈 마련 간이시장>에서 산 것 아닌가?"

"그런 시장이 있습니까?"

"그럼 고물상에서 발견했군?"

"아닙니다."

"초록색 겉옷과 황색 속옷이 이렇게 회백색으로 바랬으니 하는 말일세. 늙을 대루 늙은 죽부인 꼴 아닌가."

"옷 빛이 이 정도면 물론 죽부인이 되신 지 여러 해가 지났다는 폼니다. 허지만 죽부인이란 아무리 나일 먹어두 청순함을 그냥 지니구 있죠.

게다가 이 죽부인은 아직 처녀부인입니다. 남대문시장에 대나무 제품가게가 셋 있는데 오늘 우연히 그 한 집 앞을 지나다 이걸 발견하구 사온 겁니다. 요즘은 이런 제품을 만들지 않는데 이게 눈에 띄니 안 살 수 있습니까. 옳구나 하구 값은 깎지두 않구 사왔죠."

제단엔 마음써서 가져온 걸 마다할 수 없어 ㅈ이 돌아간 뒤 한노인은 자기가 거처하는 방 벽장 한쪽 구석에 죽부인을 세워놓았다. 벽장에 넣어두기 전에 마누라에게 보이며 죽부인의 내력을 대강 설명했더니 마누라는 흉측하다고 아예 외면해버리고 마는 것이었다.

흉측한 것이라면 이미 그는 일본 유학 시절에 본 셈이었다. ㅈ 으로부터 죽부인에 대한 이야기를 들으면서 몇번씩 떠올린 것이 이것이었다.

영국인으로 일본에 와 독신으로 지내는 교수였다. 성이 More였다. 나이는 40대 종반으로, 아주 파란 눈이 깊었다. 드라이든의 시를 강의했는데, 텍스트 없이 More교수가 암기해뒀던 것을 칠판에 자잘한 글씨로 써놓고 설명을 하는 것이었다. 한 강의시간에 두세 편의 시가 칠판에 씌어지는 수도 있었다. 이런 강의 투가 특이했지만 그와함께 특이한 게 또 있었다. 강의시간 내내 잠시도 쉬지 않고 줄담배를 피우는 것이었다. 그것도 Bat라는 독한 싸구려 담배였다.

한번은 같은 반 친구들과 More교수를 집으로 찾아간 일이 있었다. 조그만 아파트에 살고 있었다. 하루 건너끔 파출부가 와 빨래와 집안청소를 한다는 것이고, 식사는 아침은 빵과 커피로 때우고 점심과 저녁은 매식을 한다는 것이었다.

찾아간 학생들은 거실에서 교수가 내놓은 맥주를 마셨다. 교수가 서투른 일본말을 해 학생들을 웃겼다. 일본에 온 지 팔 년이나 됐다는데 영 서툴렀다.

그가 오줌이 마려워 변소를 찾아갔다가 소피를 끝내고 돌아오다였다.

문이 반쯤 열려있는 방으로 무심코 시선이 갔는데, 침대의 한 부분과 함께 거기 누워있는 여인의 모습이 눈에 들어왔다. 어깨 부분을 드러내고 모로 누운 여자는 분홍색 레이스로 장식한 나이트 캡을 쓰고 있었고, 블론드의 머리칼이 나이트 캡 밖으로 비어져나와 있었다. 직감적으로 실제의 여인이 아니라는 걸 알아차릴 수 있었다. 거실로 돌아와 맥주를 마시는 동안 그 인형의 모습이 눈앞에 어른거리며 가슴이 두근거림을 어쩌지 못했다. 실제의 여인도 아닌 인형인데 알몸의 실제 여인을 본 것보다 더 자극적인 건 뭔가. 말로만 듣던 일이 구체적인 장면으로 연상되었다. 스위치를 넣으면 등신대 인형의 체온이 살아나고, 여자로서의 구실을 하는. More교수가 아내를 취하지 않는 것과 이것과의 연관성이 어떤 것인지는 모른다. 하여튼 인형을 필요로 해 침대 안에 들인다 해도 낮에는 남의 눈에 띄지 않는 곳에 넣어놓거나 아니면 침대보 같은 걸로라도 가려야 하지 않을까. 아마 지금 있는 그대로 파출부한테 침대를 정리시킬 게 뻔했다. 변텔까. 그러한 More교수가 한껏 불결하게 느껴져 그는 그곳을 나올 때까지 교수를 외면하고 있었던 기억이 생생했다. ス이 가져온 죽부인을 대뜸 망측해 한 건 More교수의 인형을 연상한 때문인 것 같았다.

그날 밤부터 한노인이 거처하는 방에 여인이 나타나기 시작했다.

여인은 바랜 초록빛 모시 저고리에다 역시 바랜 노란빛 모시 치마를 입고 있었다. 얼굴은 화장기가 전혀 없이 청초해 보였다. 나이는 쉽게 가늠되지 않았다. 청순한 빛으로는 20 전후 같고, 의젓한 태로는 중년 같게도 보였다.

한노인이 밖에서 돌아와 방에 들어서자 여인은 미리 준비해뒀던 찻잔을 말없이 그의 앞에 내놓았다.

"난 밤중에 커피를 마시면 잠을 못 자 안 돼."

여인은 입가에 가만한 미소를 띠운 채 잠잠히 있는다.

한노인이 찻잔을 들여다보니 빛깔이 노르스럼하다. 한 모금 마신다. 향긋 한 것이 목을 시원하게 적신다.

"이게 무슨 차지?"

여인이 조용히,

"죽엽차예요, 대나무 잎으루 만든."

차 한 잔을 다 마시기 전에 술먹은 속이 개운하게 풀리면서 기분이 가뿐해지는 것이었다.

이튿날 아침 일어나 벽장을 들여다보니 죽부인이 세워둔 그대로 있었다. 어떤 날은 여인이 술잔을 내놓는 수도 있었다. 입에 머금으니 그윽한 술향기와 함께 달콤한 기운이 혀끝에 스몄다. 원래 한노인은 단술은 질색이었으나 이 술은 이상스레 속에서 당겼다.

"무슨 술이지?"

"대나무 열매를 넣구 빚은 죽실주예요."

안주로 집은 죽순이 술맛을 돋구었다.

석 잔을 마시고 나니 은은한 취기가 전신에 퍼지면서 편안한 기분 속에 자기도 모를 졸음기가 스르르 몰려왔다.

"죽실주 속에 무슨 안정제라두 들어있나?"

여인이 가볍게 웃으며,

"왜요?"

"기분좋게 졸음기가 몰려오니 말야."

"지금까지 가짜술만 드시다가 진짜술을 드시니까 그런 거예요. 세상에 퍼져있는 가짜술은 사람의 속을 뒤집어놓죠. 그래서 괜히 되는 말 안 되는 말 떠들게 되구, 시비가 오가구, 폭력까지 휘두르게 되는 거예요.

근데 진짜술은 사람의 속을 차분히 가라앉혀서 편안하게 해주죠."

"진짜술에는 무엇이 들어있길래?"

여인이 가볍게 웃으며,

"참마음."

이튿날 아침 벽장 안에는 죽부인이 세워둔 그대로 있었다.

두고 보니 한노인이 밖에서 술을 마시고 들어온 날은 죽엽차를 내놓고, 술을 안 먹은 날은 죽실주를 내놓는 것이었다.

그리고 번번이 아침에는 죽부인이 벽장 속에 세워둔 그대로 있는 것이었다.

차츰 밖에서 술 먹는 날보다 집에서 여인이 부어주는 술을 마시는 날이 많아져갔다. 그러한 어느날 밤이었다.

여인이 부어주는 죽실주를 천천히 마시고 있었다. 참마음이 담긴 진짜술에 도연해지는 취기도 서서히 왔다. 그 기분을 즐기다가 한 노인은,

"이봐 아가씨, 아가씬 지금까지 수많은 흠모를 받아왔지? 어떤 상황 어떤 여건에두 흔들리지 않는 지조에다 각양각태의 유혹에두 빠지는 법 없이 항상 자기를 지키는 절개루 해서 말야."

여인은 잠자코 입가에 가만한 미소를 띠우고 있다.

"정송오죽(淨松汚竹). 소나무는 깨끗한 땅에 심구, 대나무는 지저분한 땅에 심는다구 하는데, 그렇게 좋지 않은 처지에서두 깨끗하구 바르게 자라니 더더욱 고절해 보여 좋구, 속이 비어 남에게 부담을 주지 않는 겸허한 마음가짐 또한 가상할 만해."

여인은 여전히 입가에 미소를 띤 채로였다.

"정말 아가씨는 어디랄 것 없이 청초하구 아름다워. 특히 눈이 매력적이야. 그 늘 젖어있는 눈이……."

여인이 갑자기 미소를 거두며,

"아,"

하고 목안의 소리를 나직이 질렀다.

"왜 그러지?"

"어쩌면!"

"뭐가?"

"얼굴 표정 말예요."

"얼굴 표정?"

"제가 남대문시장 가게에 있을 때예요."

"거기 있었다는 건 나두 알지."

"제가 뭐냐는 걸 알아보는 사람두 한둘 있었지만 대개는 주인에게 절 가리키면서 저게 뭐냐구 묻는 수가 많았어요. 남자인 경우 주인의 설명을 들구서 젊은사람이면 그저 쿡 웃구 마는데, 나이 많은 사람, 일테면 선생님만한 연세의 사람일수록 얼굴에 외잡스런 빛을 띠구 절 바라보는 거예요. 어떤 땐 다가와서 은밀스레 제 허리를 쓰다듬기두 하구요. 그런 때 남자들의 얼굴 표정하구 지금 선생님의 얼굴 표정이 비슷하단 말예요."

한노인이 잔을 들어 입에 조금 머금어 목안으로 넘기면서,

"거기 눈이 하두 매력적이길래 느낀 대루 말했을 뿐이야."

"선생님이 절 처음 보셨을 땐 망측스럽다구 하셨죠? 늙을 대루 늙었다구두 하시구."

한노인은 얼른 대꾸가 나오지 않았다.

"늙은이들의 외잡스런 낯빛이야말루 정말 망측스러워요. 나이를 생각하셔야죠. 추해요. 제가 태어난 고장에선 그런 일이 없었어요. 선생님만큼 나이 잡수신 농부들한테선 한 번두 그런 낯빛을 본 일이 없었다구요."

여인의 눈의 물기가 가셔졌다. 중년부인의 모습이었다.

"그랬을 테지. 농민은 다르니까."

여태까지의 삭삭함과는 달리 서슴없이 퍼붓는 여인의 지적 앞에서 한노인은 솔직해지고 싶은 심정이랄까, 속죄하고 싶은 심정 같은 것에 휩싸이면서,

"실은 난 말이야, 철들면서부터 농민과 노동자에 대해 뭔가 두려움을 느끼구 있는 사람야. 항상 그들에게 빚을 지구 있는 것 같구, 그 빚을 갚지 못해서 보복을 당할 것만 같은 느낌. 그런데 그 보복이 두려우면서두 극히 당연하다는 생각."

여인이 잠자코 이쪽을 지켜보기만 한다.

"이건 나라는 인간이 겁이 많은 탓일까."

"아니죠. 겁이 많은 게 아니구 오히려 용기일 수 있죠."

혼잣말 비슷이 하는 여인의 음성이 적이 차분해져있었다.

"용기?"

"네. 자신의 부끄러운 심중을 내놓구 밝힐 수 있는 용기, 자괴할 줄 아는 용기요."

"설사 그것이 용기일지라두 소극적인 쓸모없는 용기에 지나지않어. 겨우 자기자신의 문제나 생각하는⋯⋯."

"그건 아직두 선생님이 뭔가를 버리지 못하셨기 때문에 자기자신의 문제에만 매달려 계신 거예요."

"뭔가를 버리지 못해서?"

"네. 참다운 용기는요. 빈 마음에서 생길 수 있는 거거든요."

"빈 마음?"

한노인은 여인을 이윽히 바라보며,

"그러니까 욕심을 버린 상태 말이지?"

한노인은 자기 한평생이 욕심을 버리려는 노력의 역정이었다는 말을

입밖에 내지 못한 채,

"그럼 그 빈 마음을 통한 어떤 행동이 참다운 용기일까?"

여인이 잠시 생각 끝에,

"의를 위해 행동할 수 있는 용기가 참다운 용기 아닐까요?"

"다시말해서 자기 욕심을 버린 빈 마음으루 의를 위해 행동할 줄 아는 용기가 참다운 용기라 이거군? 그러구 보니 자기희생정신과 통하는 것 같구먼."

"그래요. 자기희생정신. 이세상 인간이 만든 아름다운 것 치구 자기희생정신 없이 이룩된 게 하나두 없다구 보는데 선생님은 어떻게 생각하세요?"

"내 앞의 아가씨두 그 하나겠구……."

여인이 한노인을 향해 눈을 곱게 흘긴다. 그 눈에 물기가 돌아와 있었다.

"추한 늙은이의 헛소리가 아냐. 생각해봐. 대나무 몸이 갈기갈기 찢겨지구 이리저리 굽혀져서 지금 같은 자태를 지녔으니 그게 바루 자기희생정신 아니구 뭐겠어. 그러면서두 고절스러운 기품은 잃지 않구 있으니 가히 꼽을 만하지."

"그런 면을 너무 표면에 내세우면 안 돼요. 자칫하면 허식에 빠지기 쉽거든요. ……아니, 제가 오늘밤은 주제넘은 말을 너무 많이 하는 것 같네요."

"아니지. 구구절절 옳은 말인걸."

"근데 참 선생님, 자기희생정신을 놓구 볼 때 남성이 더할까요, 여성이 더 할까요?"

한노인이 웃으며,

"여성이 더하다는 말을 듣구 싶은 건가?"

"아뇨. 얼핏 보기엔 여성인 것 같지만 실상은 남성 편이 더 자기희생 정신이 강해요. 그 덕분에 여성이 이뻐질 수 있는거 아녜요? 겉모양의 이쁨두, 속마음의 이쁨두."

"그렇다면 나두 한마디 답례를 해야겠군. 여성의 그런 어여쁨으루 해서 남성들의 지친 심신이 회복되는 거니까 어느 쪽이 더하구 덜 하구가 없는 거 아니겠어? 아무튼 아름다움은 곧 여성의 생명이랄 수 있지."

여인이 조용히 고개를 한 번 두 번 끄덕였다.

한노인은 잔에 남은 술을 마저 입에 머금어 목 안으로 넘기고 나서,

"여성의 생명에 한번 접해보구 싶구먼."

한노인이 훈훈한 기분에 젖어 저도모르게 한 손을 내밀어 여인의 어깨에 얹었다. 그러나 손이 가 닿을까말까 하는데 여인의 몸이 하나의 꽃이파리처럼 한쪽으로 곱게 누으면서 그대로 대나무 제품인 죽부인으로 변해버렸다.

한동안 죽부인을 내려다보던 한노인은 비로소 그네를 조심스레 안아자기 잠자리로 옮겨 뉘였다.

한노인은 고전문학자 ㅈ이 집에 들르면 자기와 죽부인의 교접을 그대로 얘기해주고자 벼르고 있다.

1985 칠월

나의 죽부인전

농민과 노동자의 땀을 위하여

　단편 「나의 죽부인전」(1985.7)은 대나무로 만든 죽부인을 의인화시켜
쓴 소설로서 이 작품에는 작가의 문학관, 여성관이 집약적으로 투영되어
있다. 한노인의 제자가 어느 날 죽부인을 구해 가지고 온다. 이 일을 기점
으로 죽부인전을 쓴 세 문장가에 대해 한노인과 제자는 이야기를 나눈다.
한노인은 "어떤 시대건 작자 자신의 울분이나 달래구, 자신의 고결함이
나 나타내려는 수단으루 씌여진 문학작품은 비위에 안 맞어."라고 말한
다. 즉 문학은 문학자체로서 예술자체로서의 존재가치를 위해 쓰일 때에
만 참다운 의미의 문학일 수 있음을 한노인을 통하여 작가 황순원은 밝
히고 있다. 다시 말해서 황순원은 문학이 작가의 불순한 의도로 쓰인다
거나 또 이데올로기 등의 목적을 위한 하나의 수단으로 씌어서는 안된다
고 역설한다. 여기에서 문학자체를 위한 황순원의 순수지향성과 문학에
대한 자유의지를 살펴볼 수 있다.
　죽부인을 가져온 날부터 한노인이 거처하는 방에 여인이 나타난다. 이
작품에서 죽부인은 지조와 고결한 기품과 자기희생정신을 가진 영원한
정신적 사랑의 대리표상으로 설정되어 있다. 휴식과 힘을 주는 생명의
원천으로서의 사랑을 표상하는 죽부인은 한노인을 향해 지조와 정절과
참마음을 바친다. 이런 죽부인에게 한노인은 매혹당한다. 그리고 그녀가

가진 고절함과 겸허함을 가상해한다. 이런 여인에게 한노인은 청초한 매력을 느끼며 "늘 젖어 있는 눈"이 매력적이라고 말한다. 이때 여인은 한노인의 얼굴 표정을 보며 나무란다. 여인은 이제 아가씨의 모습에서 한노인을 나무라는 중년부인의 모습으로 변모해 있다. 이때 한노인은 자기 자신에게 솔직해지고 싶은 심정과 속죄하고 싶은 심정에 휩싸인다. 그래서 그는 "철들면서부터 농민과 노동자에 대해 뭔가 두려움을 느끼고 있다." 또 "빚을 지구 있는 것." 같다고 고백한다. 이러한 한노인의 의식 밑바닥에는 평등사상이 내재해 있다. 여기서 한노인은 바로 작가 황순원의 분신이라고 볼 수 있다. 직업의 비천과 존귀를 떠나서 인간은 평등해야 한다는 평등사상은 자유정신과도 불가분의 함수관계에 놓여있다. 즉 자유가 자유롭기 위해서는 평등이 전제되어야 하며, 평등이 올바로 실현되기 위해선 자유의 원리가 기반이 되어야 하기 때문이다. 특히 농민의 땀과 노동자의 노동력은 우리 경제를 움직이는 생명력이요 원동력임에도 불구하고 우리 사회에서 항상 소외되어 오고 있는 계층임을 작가가 인식할 때, 작가는 스스로 자괴심과 부끄러움을 느낄 수밖에 없다.

이렇게 자괴심과 부끄러움으로 스스로에 대해 갈등할 때 여인은 한노인을 위로해 주기도 한다. "자신의 부끄러운 심중을 내놓구 밝힐 수 있는 용기, 자괴할 줄 아는 용기"를 한노인이 가졌다고 말한다. 이때 한노인은 "설사 그것이 용기일지라두 소극적인 쓸모없는 용기에 지나지 않어."라고 스스로 자책한다. 이렇게 부끄러움과 자책감에 괴로워 하는 한노인의 모습은 작가 황순원의 모습에 다름아니라 본다.

우리 경제의 가장 근저에 위치해 있으면서도 항상 소외되어 있고 불평등하게 대우되어 온 그들의 존재를 인식하면서도 작가 황순원이 그들을 위해 아무것도 적극적으로 해주지 못할 때 그는 고통스러울 수밖에 없다. 특히 그가 사회현실을 보다 직접적으로 표출시키는 리얼리즘의 작가가 아닐 때, 그는 예술의식과 현실인식 사이에서 나름대로 갈등할 수밖에 없었을 것이다. 농민과 노동자에 대해 느끼는 이러한 자괴심과 부끄러움은 달리 말하면 작가의 관심이 개체적 삶에 국한되지 않고 공동운명체적 삶으로 확대되어 있음을 반증한다. 즉 삶이란 개체적으로 존재하면서 동시에 사회적, 역사적 관계속에서 형성되고 전개된다는 것을 작가자신이 분명하게 확인하고 있다는 뜻이다. 인간의 존재의미는 단독자로서의 개인적 삶에서 끝나는 것이 아니라 사회적 삶, 역사적 삶에 의해 완성된다는 의식이 작가에게 내재해 있음을 발견할 수 있다. 이것은 바로 작가의 사랑과 관심이 가족 이기주의나 특정한 계층에 놓여있는 것이 아니라 이웃과 함께 더불어 사는 공동체적 삶에 놓여 있음을 뜻한다. 즉 황순원의 의식은 실존적 개인의 삶에 머무르지 않고 한걸음 더 나아가 사회적 삶, 역사적 삶으로 확장되고 있음을 보여준다. 따라서 작가 황순원이 농촌과 농민의 문제를 지속적으로 작품속에 반영시키고 있음은 주목해야 할 사실이라고 간주된다.

한편 죽부인은 참다운 용기는 빈마음에서 생긴다고 말한다. 이때 한노인은 스스로 "자기 한평생이 욕심을 버리려는 노력의 역정"이었음을 생각한다. 한노인의 이 독백 역시 작가 황순원이 물욕과 명예욕에서 벗어나려는 남다른 의지와 깨끗함을 가지고 삶을 영위해 온 것과도 연관지어 생각할 수 있다. 즉 작가가 청렴결백한 삶의 자세를 지켜온 것은 스스로 선택한 실존적 의지였던 것이며 욕심을 버리려는 끊임없는 자기 노력의 결과였음이 한노인의 독백으로써 증명되고 있다. 한노인은 "자기 욕심을 버린 빈 마음으루 의를 위해 행동할 줄 아는 용기가 참다운 용기라 이거군? 그러구 보니 자기희생정신과 통하는 것 같구먼."이라고 말한다. 여기서 죽부인은 자기희생정신의 아름다움에 대해 언급한다. 한노인은 죽부인이야말로 자기희생정신을 가진 아름다운 여성이라고 칭찬한다. 그리고 아름다움은 곧 여성의 생명이라고 말한다. 자기희생정신과 정의와 용기에 대해 예리하게 언급하는 죽부인은 그러나 현실에서는 한노인과 결합될 수 없는 사랑의 대리표상이다. 한노인이 "여성의 생명"에 접해보려 할 때 "여인의 몸이 하나의 꽃이파리처럼 한쪽으로 곱게 누으면서 그대로 대나무 제 품인 죽부인으로," 변해버리고 마는 것이다. 여기에서 보여지는 '꽃이파리'의 이미 지는 사랑의 영원성을 상징한다. 한노인에게 있어서 죽부인은 현실세계에서는 결합될 수 없는 영원한 사랑의 대리표상이다. 동시에 끊임없이 구원을 갈망하는 한노인에게 있어서 죽부인은 사랑의 대리모(代理母)로서 상징되고 있다.

한노인이 여성의 생명 즉 여성의 아름다움에 접해보고 싶어 손을 내밀자 대나무 제품인 죽부인으로 변해버리는 현상속에는 육체적 사랑보다는 정신적 사랑을 지향 하는 여인의 태도가 드러나고 있다고 볼 수 있다. 또 한노인이 죽부인을 갈망함에도 불구하고 현실속에서의 사랑은 이루어질 수 없음을 반증하기도 한다. 곧 한노인에게 있어서 죽부인은 영원히 현실세계에서는 합일될 수 없는 사랑이지만, 이상속에서는 영원한 사랑의 존재이며 절대적 사랑의 표상으로 그의 내면속에 자리잡고 있음을 발견할 수 있다. 비록 현실에서는 이루어지지 못하는 사랑이지만 한노인과 죽부인은 영혼의 소리를 통하여 영원한 구원의 사랑으로 합일되고 있다. 이점에서 그들의 사랑은 정신지향적 사랑이다.

이 단편 역시 작가 황순원이 지향하는 영원주의와 생명주의가 반영되어 있는 작품으로 영원한 사랑의 추구와 구원으로서의 사랑에 작가의식이 놓여있음을 알 수 있다. 또한 이 작품은 작가의 문학관과 여성관 그리고 농민과 노동자에 대한 인식이 내재해 있다는 점에서 주목해야 할 작품이라고 본다.

황순원의 작품세계를 이해하기 위해서는, 그의 삶의 중요한 이정(里程)과 함께 정치적 사건 및 시대적 현실을 총괄해 보아야만 한다. 그는 역사의식과 현실인식을 바탕으로 하여 사회와 시대속에서 갈등하였으며, 이 갈등이 구체화된 것이 그의 작품들이었기 때문이다. 그는 생명주의, 인도주의, 자유주의, 영원주의를 지향해 나아간 작가임에 분명하지만, 끊임없이 역사와 현실을 응시하면서 이들을 그의 작품속에 내면화시키려고 노력했다.

이 연보는 황순원 문학의 특질 및 주제의식의 전개양상, 그리고 작가의 문학적 지향성과 함께 그의 문학관, 인생관, 신관(神觀)을 종합적으로 드러내고자 시도하였다.

1915(1세)

평남 대동군에서 황순원 출생.

3월 26일, 평안남도 대동군 재경면 빙장리 1175번지에서 출생. 부친 황찬영(黃贊永)과 장찬붕(張贊朋)의 장남으로 태어남. 황순원의 자는 만강(晚岡)으로 부친이 지어주셨다 함. 호는 민향(民鄕)으로, '백성의 고향'을 뜻하며 작가 스스로 지었다 함. 이로써, 작가가 백성과 농민 그리고 민족에 대한 애정이 컸음을 유추해 볼 수 있다. (필자와 작가와의 대담, 작가의 자택에서, 1992.6)

1919(5세)

3·1 독립운동 일어남. 대한민국 임시정부 수립.

평양 숭덕학교 고등과 교사로 재직하던 부친이 태극기와 독립선언서를 평양시내에 배포, 책임자의 한 분으로 일경에 붙들려 징역 1년 6개월의 실형을 받음. 이 사건은 후 단편 「아버지」(1947.2 창작)의 소재가 된다.

1923(9세)

조선 물산 장려운동 일어남. 평양 숭덕 소학교 입학.

1929(15세)

3월, 숭덕 소학교 졸업, 정주 오산중학교 입학. 남강 이승훈 선생 뵘. "남자라는 것은 저렇게 늙을수록 아름다워질 수도 있는 것이로구나."
(「아버지」)라고 술회했듯 남강 선생을 존경함.

9월, 건강 때문에 평양 숭실중학교로 전학. 13세 때부터 체증으로 반홉씩의 소주를 마심. 소주애호가가 됨. 부친 찬영은 옥고를 치르고 한동안 숭실중학교 사감으로 있다가 조림사업과 작답사업에 정열을 쏟음.

11월 3일, 광주학생 항일 운동.

1930(16세)

동요와 시를 쓰기 시작.

1931(17세)

일본 만주사변 일으킴.

7월, 시「나의 꿈」을 『동광』에 발표.

1932(18세)

이봉창, 윤봉길 의거.

1월, 시「젊은이여」. 4월, 시「가두로 울며 헤매는 자여」. 5월, 시「넋잃은 그의 앞가슴을 향하여」가 『동광』문예특집호에 발표.

1933(19세)

일본국제연맹탈퇴, 독일히틀러의 나치정권수립. 한글맞춤법통일안 제정.

1월, 시「1933년의 수레바퀴」를 창작. 전쟁의 암운속에서 괴로운 역경을 딛고 젊은이의 손으로 역사의 수레바퀴를 돌리자고 결의를 다짐.

4월, 시「강한 여성」을 창작. "경애하는 O에게"라는 부제가 붙은 이 시는 후 부인이된 양정길여사에게 바친 시임. 조국의 광복에 대한 갈망과 모성의 위대함에 대해 노래함. 황순원 문학의 특질인 '모성에 대한 절대성'은 이 시에서부터 드러나고 있음. 숙천에서 과수원을 경영하며 만주 봉천에 사과를 수출하기도 한 양석렬의 장녀인 양정길(楊正吉)은 평양 숭의여학교 문예반장이었는데 황순원과는 이때부터 교제를 했다고 알려짐.

1934(20세)

3월, 숭실중학교 졸업, 일본 동경 와세다 제 2고등학원 입학. 동경에서 이해랑·김동원씨 등과 함께 극예술 연구 단체인 '동경학생예술좌'를 창립.

9월, 시「이역에서」창작, 발표.

11월, 첫시집『방가』를 '동경학생예술좌'에서 간행. "이 시집은 나의 세상을 향한 첫 부르짖음이다. 나는 이 부르짖음을 보다 더 크게, 힘차게, 또한

깊게 울리게 할 앞날을 가져야 하겠다"(「방가」를 내놓으며, 『방가』서문. 1934.11.6., 동경에서 순원)

12월, 시「밤거리에 나서서」를 조선중앙일보에 발표.

1935(21세)

독일, 재군비 선언. 『삼사문학』의 동인이 됨.

1월 2일, 시「새로운 행진」을 조선중앙일보에 발표.

1월 17일, 양정길(楊正吉) (본관 淸州, 1915년 9월 16일생)과 결혼. 당시 양정길은 일본 나고야의 김성여자전문 학생이었음.

1월에서 8월까지에 걸쳐 시「귀향의 노래」「거지애」「새출발」「밤차」「가로수」「굴뚝」「고향을 향해」「오후의 한 일편」「고독」「찻속에서」「무덤」을 조선중앙일보에 발표. 시집『방가』를 조선총독부의 검열을 피하기 위해 동경에서 간행했다하여 여름방학 때 귀성했다가 평양 경찰서에 붙들려 들어가 29일간 구류당함.

10월 15일, 시「개미」를 조선중앙일보에 발표.

유치장 생활 이후 서울에서 발행하는 『삼사문학』의 동인이 됨. 『삼사문학』은 모더니즘 계통을 이어간 동인지로서, 황순원의 작품세계에 매우 중요한 영향을 끼쳤다고 볼 수 있다. 『삼사문학』은 1935년 12월에 종간됨.

1936(22세)

손기정, 베를린올림픽 대회 마라톤 우승. 『창작』『탐구』의 동인이 됨. 제2 시집『골동품』간행.

3월, 와세다 제2고등학원 졸업, 와세다대학 문학부 영문과 입학.

『삼사문학』이 해산 상태에 있을 때, 1936년에『창작』과『탐구』의 두 동인지가 나옴. 황순원은 다시 동경에서 발행하는『창작』의 동인이 됨. 『창작』이 다시 폐간상태에 이르자, 1936년 5월에 과거의『삼사문학』중심 동인과『창작』중심 동인들이 결합하여 새로 내놓은 것이『탐구』였음. 작가는 다시『탐구』의 동인이 됨. 그러나『단층』의 동인은 아니었고 시만 발표했다고 함.『단층』은 김이석 등 평양 광성중학교가 중심이 되었으며 황순원은 숭실 중학교 졸업생이었기 때문에『단층』의 동인은 아니었다고 말함. (필자와의 대담에서. 1993.12.22.)

4월, 시「도주」「잠」을『창작』제2집에 발표.

5월, 제2시집『골동품』을 '동경학생예술좌'에서 간행. '동물초', '식물초', '정물초'로 구성된이 시집은, 1935년 오월부터 십이월까지 창작한 시들로서, 총 22편이 실림. 사물을 극도로 축약시켜 순간의 기지로 포착하는 시적 통찰을 보여줌. "나는 다른 하나의 실험관이다"(『골동품』의 서두)

7월, 시「칠월의 추억」을『신동아』에 발표.

1937(23세)

중일전쟁. 최초의 단편소설 발표.

7월, 단편「거리의 부사」를『창작』제3집에 발표. 이 작품은 있어도 좋고 없어도 좋은 부사와 같은 존재로서의 조선인 학생들의 위치를 객관적 시점으로 형상화시킨 단편임. 특히 작중인물의 불안하고 초조한 내면적 심리상황을 모던하고 시각적이며 감각적인 언어로써 묘사함. 이는『삼사문학』의 영향인 듯 보여짐. 시적 편린이 강하게 드러남.

1938(24세)

한글교육금지.

4월 9일, 장남 동규(東奎) 출생. 10월, 단편「돼지계」, 시「과정」「행동」을

『작품』제1집에 발표. 단편「돼지계」는 무식하고 가난한 농민들의 생활상을 간결한 대화와 상황 묘사만으로써 보여줌. '돼지계'는 돼지처럼 못사는 사람들의 '계통'을 의미, 가난에 찌든 무식한 농민들을 지칭함. 이로써 작가가 일찍부터 농민에 대해 깊은 관심이 있었음을 반영함.

1939(25세)

제 2차 세계대전 발발. 일본, 조선 미곡 배급 조정령을 제정.

3월, 와세다 대학 졸업.

단편「늪」「허수아비」「배역들」「소라」「지나가는 비」「닭제」「원정」「피아노가 있는 가을」「사마귀」「풍속」을 1938년 10월부터 1940년 6월 사이에 창작함. 이들 단편들은 후『황순원 단편집』으로 간행됨. 특히, 단편「늪」「소라」「배역들」「풍속」등에서 애정의 절대성을 강조함. 단편「지나가는 비」「허수아비」「피아노가 있는 가을」에서 남녀의 애정 속에서도 모성의 문제가 교묘하게 접맥되어져 있음을 발견할 수 있음. 모성에 대한 인식으로 인하여 애정을 포기하는 경향을 드러내 보임. 단편「사마귀」는 모성애의 결핍이 낳은 비극을 사마귀를 모티프로 하여 상징적으로 구조화한 작품임. 「갈대」「돼지계」「거리의 부사」등은 인류사회의 보편적 현실인 가난의 문제와 시대상황들을 1930년대에 유행했던 특정한 이즘에 구애 없이 작품 속에 용해시킴. 이로써 이즘이나 틀에 얽매이지 않는 작가의 자유지향성을 엿볼 수 있음.「닭제」「원정」에는 생명에 대한 경외감, 선(善) 지향성 등이 드러남.

1940(26세)

일본, 민족말살정책 강화, 일본 배급제도·공출제도 실시. 한국 광복군 결성. 단편집『늪』간행.

6월, 시 「무지개가 있는 소라껍데기가 있는 바다」 「대사」를 『단층』에 발표.

7월 17일, 차남 남규(南奎) 출생.

8월, 단편집 『늪』(간행시의 표제 『황순원단편집』)을 서울 한성도서에서 간행. 단편집 『늪』에는 황순원 문학의 기저가 되고 있는 애정의식, 모성의식, 생명의식, 선(善)지향성 등이 나타남. 이들 주제의식은 초기 단편집 『늪』에서부터 후기까지 황순원 문학세계의 기저를 이루며 관류하고 있음. 특히 단편집 『늪』은 작가가 시에서 소설로 전환하여 쓴 단편들로서, 시적 소설과 모더니티 지향성을 그 특질로 들 수 있음.

원응서(元應瑞)와 친교 맺음. 원응서는 활자화되지 못하는 작가의 작품을 읽어주고 평해 주었던 유일한 독자였음. 단편 「마지막 잔」에서 드러나고 있음. 원응서는 1914년 평양에서 출생. 일본 입교대학 영문학부 졸업 후 집에 와 있을때 작가와 친구가 됨. 해방 후 두 사람 모두 정의학교에서 교편 생활함.

단편 「별」(가을. 창작), 단편 「산골아이」(겨울. 창작)

1941(27세)

태평양전쟁 발발. 대서양 헌장 발표

2월, 단편 「별」을 『인문평론』에 발표. 어머니에 대한 그리움을 어둠속에 빛나는 별의 이미지로 현현시킴. 누이의 죽음으로까지도 획득되어질 수 없는 별. 어머니의 존재는 작가에게 있어서 일제하에 있는 조국을 상징함. 어머니 곧 조국이 6·25를 거친 「왕모래」(1953.10)에서는 어떠한 조국으로 돌아왔는가. 「별」과 「왕모래」는 모성의식과 민족의식이 반영된 대표 작품으로 두 작품을 연계해서 고찰 가능함. 단편 「그늘」(여름. 창작)

12월 8일, 태평양전쟁 일어남.

1942(28세)

조선어학회사건.

3월, 단편「그늘」을『춘추』에 발표. 일제하에서 잃어져가는 우리 고유의 전통에 대한 안타까움 같은 것들이 조국애와 상징적으로 연결되어 형상화됨.

「별」과「그늘」을 제외하고는 일제의 한글말살정책으로 발표기관이 없어지기 시작하여 작품을 발표하지 못하고 써둠. 단편「저녁놀」(1941.가을), 「기러기」(1942.봄), 「병든 나비」(1942.봄), 「애」(1942.여름), 「황노인」(1942.가을), 「머리」(1942.가을)를 창작.

단편「기러기」는 일제하의 암울한 시대를 배경으로 이면적으로는 잃어져가는 조국에 대한 안타까움과 함께 상당수의 농민들이 이농을 하지 않으면 안되는 시대상을 보여주는 작품임. 절박한 현실속에서나마 희망을 버리지 않고 조국의 광복을 애타게 열망하는 작가의 모습이 반영되어 있는 작품. 단편「병든 나비」는 현실에 적응하지 못하고 죽음만을 동경하는 노인의 내면적 풍경을 묘파한 작품임. 단편「황노인」은 작가의 조부를 모델로 한 작품. 황노인의 따뜻한 인간애, 자상함, 빈틈없는 성격과 검소하면서도 결곡한 정신자세는 작가자신의 정신세계가 표출되었다고 봄. 단편「머리」는 식민지 한국이라는 불안하고 우울한 시대상황속에서 폐쇄되고 무위한 삶을 파행적으로 살아가는 지식인의 내면풍경을 묘파한 상황소설임.

1943(29세)

카이로 회담.

단편「세레나데」(1943.봄), 「노새」(1943.늦봄), 「맹산할머니」(1943.가을), 「물 한 모금」(1943.가을)창작. 단편「세레나데」에서 무당에 관한 이야기를 쓴 것은, 일제하에서 점차 잃어져가는 한국의 모습을 그려보기 위해서라고 작가는 말함. (필자와의 대담. 1992.7.11)
「맹산할머니」「물 한 모금」에서 인간에 대한 강한 신뢰와 희망을 버리지 않는 작가의 인생관을 드러냄. 9월, 평양에서 향리인 빙장리로 소개. 11월 7일, 딸 선혜(鮮惠)출생.

1944(30세)

단편「독 짓는 늙은이」「눈」창작.
단편「독 짓는 늙은이」(1944.가을), 「눈」(1944.겨울)창작. 일제하의 절박한 현실속에서, 죽음으로써 온 생명을 태우며 조국의 광복에 대신하려는 작가의 내적 절규와 결연한 의지가 반영되어 있음.
단편「눈」에는 우리 민족이 겪어야 했던 현실 상황 뿐 아니라, 가난과 어려운 삶속에서도, 그것을 극복하며 피어나는 인간애와 인간에 대한 신뢰와 긍정 그리고 절대선을 지향하는 인간의지가 내포되어 있는 작품으로 주목을 요함. 특히 일년 내내 피땀어리게 농사지어도 공출로 빼앗기고, 먹을 것이 없어 헐벗는 고향 사람들의 피폐한 삶의 모습을 보면서 작가는 어떻게든 절박한 현실을 견뎌내야 한다는 정신적 자세와 결연한 의지를 보여줌.
단편집『기러기』(명세당, 1951)는 해방 전에 창작된 작가의 두 번째 단편집임. 단편「별」(1940)을 포함하여, 「눈」(1944)에 이르기까지 약 5년간에 걸쳐 쓰여진 단편들로서 모두 15편에 이름. 그중 7편은 아이와 노인을 주인공으로 하고 있음. 이는 황순원의 다른 단편집에서는 찾아볼 수 없는 현상임. 이는 작가가 극복과 초월을 표상하는 노인과 꿈과 순수를 표상하는 아이에게로 시선을 돌려 일제말기의 질곡을 견뎌내려한 것이라고 유추 가능함. "아이는 현실이라는 두터운 벽을 뛰어넘는 힘을 지닌다. 단편집

『기러기』에는 어둠에 둘러싸인 안온감 같은 서정이 있다. 고향의 <눈>, <자연>을 배경으로 한 것이 많으며, 옛 이야기가 도입되고 있는데, 이는 일제하의 암담한 시대 상황속에서 점차 잃어져가는 조국의 얼을 일깨우고 지키려는 작가의 시도이다."(필자와의 대담. 1992.7.11)

1945(31세)

포츠담 선언. 8월 15일 해방. 유엔 성립.

8월, 시「그날」, 「당신과 나」. 10월, 시「신음소리」. 11월, 시「열매」「골목」. 단편「술」(1945.10)창작. 「그날」「골목」 등에서 해방의 뜨거운 감격을 마음속으로 다져보는 극도의 절제력을 보여줌.

8월 14일, 청진과 나남에 소련군 상륙. 9월 2일, 맥아더 일본공식 항복 포고, 38선 이북은 소련이, 이남은 미군이 접수한다고 발표. 9월 6일, 인민공화국 창건. 9월 8일, 미군이 남한 땅에 진주, 9월 9일, 하지 중장과 아베 총독이 항복조인식 가짐. 본격적인 미군정시대에 돌입함.

단편「술」에는, 해방 직후 평양 서성리를 배경으로, 적산의 처리문제, 조합의 형성문제, 이데올로기의 갈등, 조선인과 일본인의 대립감정들이 포착되고 있음.

12월 16일, 모스크바 삼상회담(미·소·영)

1946(32세)

제1차 미·소공동위원회 개최. 파리 평화회의.

1월 21일, 3남 진규(軫奎)출생. 「그날」 등 시 5편을 『관서시인집』에 수록. 2월부터 5월까지, 국어 교원 강사. 3월 20일, 미·소공동위원회 개최.

5월, 월남. 지주계급이었던 황순원은 1946년 이른 봄부터 이북에서 토지개혁령이 내려지자 모친, 아내, 동생, 자녀를 데리고 38선을 넘음. 장인과 부친은 먼저 월남. 그 당시 부친은 빙장리 인근에 있는 원명산(圓明山) 일대에 토지 개간사업과 조림사업을 하고 있었음.

7월, 시 「저녁저자에서」를 『민성』87호에 발표. 단편 「두꺼비」 창작 『우리공론』(1947.4)에 발표.

8월, 단편 「집」 창작. 11월, 장편 「별과 같이 살다」 창작. 일제하에서부터 해방까지의 시기를 중심으로 소작농민들의 결핍상황과 땅을 매개로 하여 빚어지는 신분이동 양상이 나타남. 주인공 <곰녀>는 우리 민족과 민족의 삶을 상징함.(필자와의 대담, 1993.8.14)

12월, 단편 「황소들」 창작. 특히 「황소들」에서 작가는 해방 후 악덕지주가 쌀을 일본에 몰래 파는 현실상황을 보여주면서, 농민들 스스로 과감하게 현실에 저항해야함을 보여줌.

1947(33세)

유엔 한국 임시위원단 구성.

1월, 단편 「담배 한 대 피울 동안」을 창작, 9월 『신천지』에 발표.

2월, 단편 「술」(발표시의 제목 「술 이야기」)을 『신천지』에, 단편 「아버지」를 『문학』에 각각 발표. 단편 「아버지」(1947.2)에서는 해방 직후의 가난한 현실상황과 신탁통치의 찬·반을 두고 혼란스러워하는 농민들의 갈등 양상이 표출됨.

3월, 단편 「목넘이마을의 개」 창작. 일제하에서의 민족현실과 생명에 대한 경외감, 조국의 해방이 갖는 의미가 무엇인가를 암시적으로 보여줌. 작가는 해방공간의 혼란상, 독립지사가 매도당하고 친일파가 득세하는 현실(「두꺼비」), 미군정하에서의 공출(「집」), 미군정하의 경제적 궁핍상(「담배 한 대 피울 동안」)을 보여줌.

11월 「모자」 창작, 『신천지』에 발표(1950.3). 해방 후의 궁핍화 현상을 위트와 패러독스로써 희화화시켜 제시함.

1948(34세)

세계 인권선언. 제주도 4·3사건 발발. 5·10총선거 실시. 대한민국정부 수립. 단편집 『목넘이마을의 개』간행.

3월, 단편 「몰이꾼」창작. 해방 후의 가난한 아이들의 모습과 생명을 담보로 하는 군중 심리의 변화양상을 보여주면서 인간의 잔인성을 포착함.

4월 3일, 제주도 4·3사건 발발. 5월, 단편 「이리도」창작, 『백민』에 발표 (1952. 2)

8월, 단편 「청산가리」창작. 생명에 대한 존엄성과 절대성을 강조함.

8월 15일, 대한민국정부 수립. 9월, 단편 「여인들」창작.

12월, 해방 후의 단편만을 모은 단편집 『목넘이마을의 개』를 육문사에서 간행.

1949(35세)

NATO 성립.

6월, 콩트 「무서운 웃음」(발표시의 제목 「솔개와 고양이와 매와」)을 『신천지』 5·6월 합병호에 발표.

7월, 단편 「산골아이」를 『민성』에 발표. 8월, 단편 「맹산할머니」를 『문예』에 발표.

9월, 단편 「황노인」을 『신천지』에 발표. 12월, 단편 「노새」를 『문예』에 발표.

1950(36세)

1월, 단편 「기러기」를 『문예』에 발표.

2월, 장편 『별과 같이 살다』를 정음사에서 간행. 이 작품은 「암콤」(『백제』, 1947. 1), 「곰」(『협동』, 1947. 3), 「곰녀」(『대호』, 1949. 7)등의 제목으로 산발적으로 분재하다가 그것들이 미발표분과 합쳐져 『별과 같이 살다』의 제목으로 간행됨.

4월, 단편 「독 짓는 늙은이」를 『문예』에 발표.

6월 25일, 동란 발발. 경기도 광주로 피난. 9·28 수복.

10월, 「참외」창작. 작가의 어머니가 모델이 된 작품. 어머니에 대한 절대적 사랑과 신뢰 드러남.

12월, 「아이들」창작. 작가는 전쟁의 살벌함 속에서 순진무구한 아이들의 세계를 보여줌으로써 희망과 인간긍정의 정신을 드러냄.

단편 「메리크리스마스」창작. 평화애호사상과 생명의 존엄성을 드러냄. 부정적 현실속에서 이를 극복하려는 응전력을 드러내 보임.

1951(37세)

1월 4일, 1·4후퇴 때는 부산으로 피난. 부산 망명문인 시절 김동리, 손소희, 김말봉, 오영진, 허윤석 등과 교유함.

2월, 단편 「어둠속에 찍힌 판화」창작, 『신천지』에 발표. 전쟁이 빚어낸 상처를 드러내 보이면서 인간사랑, 생명사랑을 강조함. 「솔메마을에 생긴 일」창작. 작가의 고향 사람들을 모델로 함. 인간긍정의 정신을 바탕으로 풋풋한 인간애를 그림.

4월, 「목숨」창작, 『주간문학예술』(1952. 5)에 발표. 5월, 「곡예사」창작, 『문예』(1952. 1)에 발표.

6월, 「골목안 아이」창작. 어린아이의 선성과 순진성 부각시킴.

"전쟁은 악이다."라는 명제 부각시킴. 황순원은 「암야행로」의 작가 지가직재(しがなおや)의 작품을 즐겨 읽음. 지가직재(1883~1971)는 백화파의 동인으로써, 영원과 이상을 지향하고 사회부정에 대한 미움을 주로 다룸. 그는 그리스도인으로서 전쟁을 규탄하고 사회정의를 강조한 작가임. 동물을 다룬 작품 「동물소품」(1966. 5)을 간행함. 황순원이 이상주의와 영원주의를 지향하고 있으며, 동물에 관심이 많다는 점에서, 지가직재와 깊은 관련성이 있다고 볼 수 있음.

8월, 해방전의 작품만 모은 단편집 『기러기』를 명세당에서 간행.

10월, 단편 「그」 창작. 인간적인 고뇌와 슬픔을 보여주고 있는 예수의 모습을 아름답게 형상화함.

11월, 「자기 확인의 길」을 『작가수업』(수도문화사 간)에 수록.

1952(38세)

6월, 단편집 『곡예사』를 '명세당'에서 간행. 6·25전쟁으로 인한 피난민의 설움과 상처가 형상화됨.

8월, 단편 「두메」. 10월, 단편 「매」 「소나기」 창작, 『신문학』제4집(1953. 5)에 발표. 11월, 단편 「과부」 창작, 『문예』(1953. 1)에 발표. 시 「향수」 「제주도 말」 창작, 『조선시집』(1952. 12)에 수록.

1953(39세)

1월, 단편 「학」 창작 『신천지』(1953. 5)발표 「학」은 이념의 갈등상황을 우정과 생명사랑의 정신으로 극복하려는 작가의 현실극복의지가 드러난 작품임. 5월, 단편 「맹아원에서」 창작. 7월 27일, 휴전협정조인. 8월, 피난지에서 환도.

9월, 단편 「사나이」 창작. 성(性)의 문제가 본격적으로 다루어짐. 장편 『카인의 후예』를『문예』에 제5회까지 연재했으나 동지의 폐간으로 중단. 나머지 부분은 써둠.

10월, 단편 「왕모래」 창작. 부정적 모성상을 보여줌으로써, 역설적으로 모성의 절대성을 강조한 작품임. '어머니'는 곧 작가에게 '모국'을 상징함. 단편 「산골아이」. 중학교 국어교과서에 수록.

1954(40세)

12월, 단편 「부끄러움」 창작. 장편『카인의 후예』를 중앙문화사에서 간행. 이북에서의 토지개혁을 배경, 카인의 후예 즉 농민의 후예들이 당하는 고통과 갈등 및 역사적 상황에 따라 변모하는 인간상을 형상화함.

1955(41세)

1월부터 장편『인간접목』(발표시의 제목『천사』)을『새가정』에 1년간 연재하여 완결. 전쟁고아들의 폐허화한 삶을 보여줌.

3월, 장편『카인의 후예』로 아시아 자유문학상 수상. 서울중고등학교 교사 사임.

4월, 단편 「필묵장수」 창작. 8월, 「그와 그네」라는 글을『문학예술』에 발표.

10월, 단편 「불가사리」 창작.

11월, 단편 「잃어버린 사람들」 창작. 「불가사리」, 「잃어버린 사람들」은 애정의 절대성을 강조하는 작품임. 12월, 시 「새」 창작.

1956(42세)

1월, 시 「나무」를『새벽』에 발표.

6월, 단편 「산」 창작. 9월, 단편 「비바리」 창작. 「산」, 「비바리」는 전쟁의 상처와 생명의 존엄성을 보여준 작품임. 특히 「비바리」는 4·3사건의 와중에서 겪어야만 했던 비바리의 운명적 삶과 사랑을 환상적이며 상징적인 이미지와 묘사로써 형상화시킴.

12월, 단편집 『학』을 중앙문화사에서 간행.

12월, 중편 「내일」 창작. 40대 중년남자와 20대의 젊은 여자가 펼치는 애정심리를 낭만적으로 그림. 아가페적 사랑과 영원주의를 드러냄. 이 작품 속의 중년남자는 그 스스로를 로맨티스트라고 말함. 황순원이 "오늘의 소설은 리얼리즘이어야 한다고 한다. 그렇더라도 로맨티시즘을 옳게 거치지 않은 작가의 리얼리즘 작품을 나는 신용하지 않는다."라고 말하는 것에서 낭만성을 중시하는 작가의 문학관을 엿볼 수 있음. (「말과 삶과 자유·Ⅱ」, 『현대문학』, 1986.5.)

1957(43세)

2월, 중편 「내일」을 『현대문학』에 발표. 단편 「소리」 창작.

4월, 경희대 문리대 교수로 취임. 예술원 회원 피선.

10월, 장편 『인간접목』을 중앙문화사 간행. 11월, 「다시 내일」 창작.

1958(44세)

2월, 단편 「링반데룽」 창작, 애정의 절대성 강조.

3월, 단편집 『잃어버린 사람들』을 중앙문화사에서 간행.

5월, 단편 「모든 영광은」 창작. 작가의 인품과 생활을 직접적으로 들여다볼 수 있는 이 작품은, 이념의 갈등을 생명존중사상과 사랑으로써 극복한 작품으로 황순원의 대표 작품임.

5월, 콩트 「이삭주이」(발표시 제목 「콩트삼제」) 창작.

7월, 단편 「너와 나만의 시간」 창작, 죽음에 대한 항거와 실존의식이 반영된 작품.

10월, 단편 「한 벤치에서」 창작. 11월, 단편 「안개 구름끼다」 창작. 12월, 단편 「과부」 영화화됨.

1959(45세)

단편 「소나기」 영역.

8월, 단편 「할아버지가 있는 데쌍」(발표시의 제목 「데쌍」)을 창작, 10월 『사상계』에 발표.

1960(46세)

1월, 장편 『나무들 비탈에 서다』를 『사상계』에 연재 시작하여 7호에 완결. 이 작품속에서 자주 드러나는 복숭아 이미지는 황순원 문학에서 자주 등장. 이는 '모성'의 무의식적 표상이라 봄. 작가는 "여성에게 모성이 있을 때 아름다운 것이다."라고 말함.(필자와의 대담. 1994.3.26). 이점에서 작가의 무의식속에는 모성추구가 잠재해 있다고 봄. 특히 작가는 담배의 해독작용을 위해 복숭아 즐겨 먹음. 후 작가의 작품속에 복숭아 이미지 즐겨 나오는 계기가 됨. (좋아하는 과일 : 백도복숭아, 사과. 싫어하는 과일 : 배).

또한 이 작품속에는 눈, 얼음, 별, 유리, 모래의 이미지 등이 자주 드러나고 있는데, 이는 카뮈와 공통적이다. 작가는 자신이 도스토예프스키, 톨스토이, 뚜르게네프, 발자크, 카뮈에게로부터 많이 영향받았다고 말함.(필자와의 대담, 1989.8.17).

3월, 시 「세레나데」 창작. 4월 19일, 학생의거 일어남.

9월, 장편 『나무들 비탈에 서다』를 사상계사에서 간행.

12월, 콩트 「손톱에 쓰다」(발표시의 제목 「콩트 이제(二題)」)를 『예술원보』제5집에 발표.

1961(47세)

1월, 단편 「내 고향 사람들」 창작, 3월 『현대문학』에 발표. 이 작품은 작가의 자전적 요소가 많이 드러남. 일제하에서의 공출 및 수탈상과 생활상이 투영됨. 3월, 단편 「가랑비」 창작, 6월에 『자유문학』에 발표. 험열한 전쟁의 역사속에서 희생당해야만 했던 양민들의 모습을 보여줌. 이데올로기의 갈등을 생명존중사상과 인도주의사상으로 초극함.

5월 16일, 5·16 군사 정변 일어남.

10월, 단편 「송아지」 창작, 11월, 『사상계』 문예특집호에 발표.

1962(48세)

1월부터 장편 『일월』을 『현대문학』 5월 호까지, 제1부 발표.

10월부터 장편 『일월』 제 2부를, 『현대문학』에 다음해 4월호까지 발표.

1963(49세)

핵실험 금지 협정. 박정희정부 수립.

5월, 「그래도 우리끼리는」 창작. 7월, 「비늘」 창작. 11월, 「달과 발과」 창작.

1964(50세)

5월, 단편집 『너와 나만의 시간』을 정음사에서 간행.

8월부터 장편 『일월(日月)』 제3부를 『현대문학』에 연재하여 다음해 1월호에 완결. '일월'의 표제는 세월 또는 역사를 의미함. 즉 백정의 후예인 한

가정의 가족사를 의미함.

12월, 『황순원전집』 전6권을 창우사에서 간행.

1965(51세)

1월, 장편『일월』완결. 단편「소리그림자」창작, 4월『사상계』에 발표. 작가의 생명에 대한 긍정정신이 반영됨.

4월, 단편「온기 있는 파편」창작, 6월『신동아』에 발표. 4·19의 시대현실을 배경으로 하여 빚어지는 자의식의 갈등과 생명존엄의 정신과 따뜻한 인간애를 제고시킨 작품임. 여자의 삶은 매춘을 해서 생활해야 하는 파편과 같은 삶이지만, 역시 생명존중의 따뜻한 인간애를 가진 '온기 있는 파편'임을 상징적으로 보여줌.

6월, 단편「어머니가 있는 유월의 대화」를 창작, 7월『현대문학』에 발표. 모성의 절대성 강조함.

7월, 단편「아내의 눈길」(발표시의 제목「메마른 것들」)창작, 11월『사상계』에 발표. 생명긍정을 보여주고 있는 작품임. 정부의 농어촌 고리채 정리의 모순점과 농촌의 가난한 현실을 리얼하게 묘사함.

1966(52세)

3월, 장편『일월』로 3·1문화상 수상.

5월, 단편「수컷 퇴화설」창작, 6월『문학』에 발표. 늙음에 대한 인식과 실존적 외로움, 죽음의식이 드러남.

6월, 단편「자연(自然)」창작, 8월『현대문학』에 발표. 애정관계에서 빚어지는 심리적 갈등과 애정의 진실성, 절대성을 강조한 작품임.

8월, 단편「닥터 장의 경우」창작, 11월에『신동아』에 발표. 생명존엄성과 생명에 대한 경외감 드러남.

9월, 단편「우산을 접으며」창작, 11월『문학』에 발표. 표제 '우산을 접으며'는 '험난한 생활을 종결지으면서'라는 의미임. 애정의식과 고독한 인간존재에 대한 성찰 보여줌.

11월, 단편「피」창작. 수재민들의 가난한 삶과 생존의 어려움, 실존의 위기가 반영.

1967(53세)

1월, 단편「겨울 개나리」창작, 8월『현대문학』에 발표. 생명에 대한 경외감과 신뢰감 드러남. 황순원은 "나는 이 작품에서 악성 뇌종양 환자인 영이와 간호보조원 아줌마의 만남을 통해, 지옥은 아니지만 일종의 연옥과 같은 고통스런 시련을 치르고서 얻었을 혼의 결합을 담으려 했다. 잠깐 보이다가 없어지는 안개보다도 못한 이 인간세계에서나마." 라고 말함. (단편「겨울 개나리」가 영역되어 게재될 때의 작가의 말, 『한국문학』,1986.2)

2월, 단편「차라리 내목을」창작, 8월『신동아』에 발표. 애정의 절대성을 강조한 이 작품은, 말(馬)의 시점에서 본 독백체 소설임. 톨스토이의 작품「홀스트 메르-어느 말(馬)의 신세타령」과 유사한 작품임.

7월, 단편「막은 내렸는데」창작, 68년 1월에『현대문학』에 발표. 이 작품은 시점의 혼효, 해체적이며 전위적 기법의 특이함을 실험한 소설로서, 작가의 끊임없는 실험정신을 보여줌. 단편「잃어버린 사람들」과 장편『일월』이 영화화됨.

1968(54세)

5월부터 장편『움직이는 성』을 현대문학에 연재시작, 10월호까지 제 1부 발표.

장편『나무들 비탈에 서다』, 『카인의 후예』영화화됨.

1969(55세)

5월, 『황순원대표작선집』전 6권을 조광출판사에서 간행.

7월부터 장편 『움직이는 성』제2부 3회분을 『현대문학』에 발표.

1970(56세)

5월부터 장편 『움직이는 성』 제2부 2회분을 『현대문학』에 발표.

1971(57세)

3월부터 장편 『움직이는 성』 제 2부 4회분을 『현대문학』에 발표.

9월 16일, 콩트 「탈」을 조선일보에 발표. 농민의 건강한 생명력과 영혼이, 도시인의 메마른 삶속으로 들어가 화합됨으로써, 삶의 총체성을 획득하고 있음을 보여준 이 작품은, 독특하고 개성적인 기법을 실험하고 있음.

9월 20일, 남북적십자 첫 예비회담. '외솔회' 이사에 피촉.

1972(58세)

장편 『움직이는 성』완결.

4월부터 장편 『움직이는 성』 제3부와 제4부를 『현대문학』10월호까지 연재하여 완결.

이 작품속에는 기독교와 샤머니즘의 갈등을 배경으로 하면서 정착하지 못하는 인간존재의 내적 갈등 즉 '유랑의식'을 보여줌. 작가는 우리 민족을 정착되지 못한 민족이라 생각함. 일제 말기에서도 지도자들이 먼저 이름을 바꾸었다고 비판함. 이 작품에서 작가는 인간중심에서 본 신관(神觀)을 보여줌. 이후 작가는 "신은 완전한 선(善)이다."라고 수정해 말함. (필자와의 대담, 1993. 8.14. 장현숙, 『황순원 문학연구』참조). 이 작품에는 작가의 농민에 대한 의식과 소외된 자들에 대한 애정이 드러남. 작중인물 장창애는 시인 김수영씨의 부인을 모델로 하였다고 함.

7월 4일, 남북 공동성명 발표. 8월 30일, 남북 적십자 본회담.

10월12일, 남북 조절위원장 첫 회의. 12월 19일, 부친 서거.

1973(59세)

5월, 장편 『움직이는 성』을 삼중당에서 간행.

11월 5일, 친구 원응서(元應瑞) 별세. 12월, 『황순원문학전집』 전7권을 삼중당에서 간행.

1974(60세)

1월 10일, 모친 서거.

3월, 시 「동화」 「초상화」 「헌가」를 『현대문학』에 발표. 시 「초상화」에서는 노년의 성숙과 패기 드러남. 시 「헌가」에서는 죽음에 대한 초연함을 노래함. 5월, 단편 「숫자풀이」 창작, 7월 『문학사상』에 발표. 4·19에 동참하지 않았다는 죄의식 때문에 미쳐버린 한 남자의 심리상황을, 초현실주의적이며 신심리주의적 기법으로 형상화함.

8월, 단편 「비바리」가 「갈매기의 꿈」이라는 제목으로 영화화됨. 단편 「마지막 잔」 창작, 10월 『현대문학』에 발표.

12월, 시 「공(空)에의 의미」를 『현대문학』에 발표. 이 시는 시인 서정주에게 주는 시임. 단편, 「이날의 지각」 창작. 무위와 권태에 잠식당해 있는 자의식의 세계를 심리적 수법으로 포착한 작품.

1975(61세)

베트남 전쟁 종식. 대통령 긴급조치 9호 발표.

3월 26일, 회갑이지만 다른 행사는 사양하고 예년과 같이 지냄.

6월 29일, 단편 「뿌리」를 『주간조선』에 발표.

10월, 단편 「주검의 장소」 창작, 『문학과 지성』 겨울호에 발표.

11월, 단편 「나무와 돌, 그리고」 창작, 『현대문학』(1976. 3)에 발표. 죽음에 대한 무한한 수용과 생에 대한 장엄한 의지를 보여줌.

1976(62세)

3월, 단편집 『탈』을 문학과 지성사에서 간행. 이 단편집은 1965년부터 1975년까지에 쓰여진 21편의 단편들. 실존적 삶의 인식과 그 총체성을 다룬 작품들로서, 주제의식의 다양함과 기법의 특이성을 특질로 함.

1977(63세)

3월, 시 「돌」 「늙는다는 것」 「고열로 앓으며」 「겨울 풍경」을 『한국문학』에 발표. 이 시편들 모두 늙음에 대한 작가의 관심을 보여줌.

4월, 시 「전쟁」 「링컨이 숨진 집을 나와」 「위치」 「숙제」를 『현대문학』에 발표.

7월, 단편 「그물을 거둔 자리」 창작, 9월 『창작과 비평』 가을호에 발표. 신비한 애정의 세계와 구원으로서의 사랑을 제시한 작품임.

1978(64세)

2월, 장편 『신들의 주사위』를 『문학과 지성』 봄호에 연재 시작. 이 작품은 도시의 자본들이 농촌으로 침투해 들어옴으로써 유발되는 농민들의 이농

현상과 농촌 도시화에 따른 환경오염의 심각성을 제시하고 있음. "아무 반향없는 소리지만 또 한다. 당장 눈앞에 드러나지 않는다고 해서 각종 공해 문제를 어물쩍 넘겨버리는 것처럼 무서운 일은 없다. 공해 문제를 뒷전에 밀어넣고 경제 성장을 하여 설사 선진국 대열에 낀다 한들 무슨 소용이 있는가. 내 어느 소설에서도 말했듯이, 그 풍요를 누릴 우리의 자식들이 공해로 인해 병들거나 병신으로 태어난다면 선진국 아니라 막말로 선진국 할아버지가 된들 뭘 하겠는가." (『말과 삶과 자유』). 작가가 작중인물 하나하나를 독립된 개체의 신으로 보아, 표제 '신들의 주사위'라 제목을 정했다고 함. (필자와의 대담, 1989. 8.17)

1979(65세)

5월, 시「모란 I·II」를 『한국문학』에 발표.

1980(66세)

5월 18일, 광주민주화운동 발발. 5월 31일, 국가보위 비상대책회의 출범.
6월, 시「꽃」을 『한국문학』에 발표.
경희대학교 교수 정년 퇴임과 동시에 명예 교수로 취임.
장편 『신들의 주사위』가 『문학과 지성』의 폐간으로 가을호부터 연재 중단됨. 8월, 국보위, 사회악 일소를 위한 특별조치. 삼청교육대 만듦.
"인간을 사랑한다는 염원을 문학이라는 양식을 거쳐서 실현하는 것입니다."(인터뷰기사, 『서울신문』, 1980. 12.27)

1981(67세)

5월, 『황순원전집』제2권 『목넘이마을의 개/곡예사』, 제6권 『별과 같이 살다/ 카인의 후예』가 간행됨.

8월, 장편『신들의 주사위』를『문학사상』에 처음부터 다시 연재하여 다음 해 5월호에 끝냄.

1982(68세)

8월,『황순원전집』제4권『너와 나만의 시간/내일』, 제10권『신들의 주사위』가 간행됨.

1983(69세)

KAL기 피격참사. 아웅산 사건. KBS, 이산가족찾기 TV생방송.

3월, 시「낭만적」「관계」「메모」를『현대문학』에 발표.

7월,『황순원전집』제8권『일월』이 간행됨.

11월, 단편「그림자풀이」창작,『현대문학』(1984.1)에 발표. 이 작품에는 현실참여의 문제와 자유와 구속의 문제, 환경오염의 문제 등이 제기되고 있음. 민주화에 대한 열망과 희망, 자유, 사랑 등이 인간구원의 길임을 제시함.

1984(70세)

단상「말과 삶과 자유」씀.

3월, 시「우리들의 세월」을『월간조선』에 발표. 돌아가신 부모님에 대한 그리움과 역사의식이 내재함.

3월 25일, 시「도박」을 한국일보에 발표. 삶과 죽음의식이 투영됨.

3월 26일, 작가 고희 맞음. 문우인 미당 서정주 시인은 그의 고희에 '학 두루미나 두어 마리/ 가끔 내려와 앉아서 쉬는/산골 길의 낙락장송 같은 그대'라고 칭송함.

4월, 『황순원전집』제5권 『탈/기타』가 간행됨.

7월, 시「밀어」「한 풍경」「고백」을 『현대문학』에 발표.

10월, 시「기운다는 것」을 『문학사상』에 발표.

12월, 단상「말과 삶과 자유」씀. 생명존중사상, 말과 글의 중요성, 작가는 이즘이나 틀에서 벗어나야 한다는 자유지향성, 공해의 문제, 꿈에 대한 단상, 어머니와 아버지에 대한 그리움 등이 드러남. "현실적으로는 너와 나 어느 쪽이 보다 더 자유로운가가 중요하지만, 가슴속에서는 항상 절대적인 자유를 갈구하고 있어야 할 것이다." "작가의 의식은 언제나 깨어 있어야 한다. 무의식의 세계를 그릴 때도 작가는 그걸 분명히 의식하고 있어야 한다." "「고걸 또 깉니?」 본시 적게 담는 밥을 남길라치면 늘 들던 어머니의 걱정어린 음성이 내 나이 먹어갈수록 더 간절히 되살아온다." (「말과 삶과 자유」)

1985(71세)

3월, 『황순원전집』제11권 『시선집』, 제12권 『황순원 연구』가 간행됨. 같은 달에「말과 삶과 자유」를 『말과 삶과 자유』(문학과 지성사)에 수록.

7월, 단편「나의 죽부인전」창작, 9월 『한국문학』에 발표. 이 작품에는 작가의 문학관, 여성관, 그리고 농민과 노동자에 대한 인식이 드러남.

8월, 단편「땅울림」창작, 『세계의 문학』겨울호에 발표. 이 작품은 이산가족의 고통을 보여주면서 분단극복의 한 방법이 사랑과 화해와 용서에 있음을 제시함. "통일은 이루어져야 한다. 이념적인 문제가 제거된 후의 통일. 어떠한 통일이냐의 문제에 관심을 가져야 한다. 민주적·평화적 방법에서의 통일을 지향해야 한다." (필자와의 대담, 1989. 8.17)

1986(72세)

3월, 「말과 삶과 자유·Ⅱ」를 씀. 5월, 『현대문학』에 발표. 모성의 절대성, 연약한 인간의 본성을 드러낸 예수의 모습, 문학의 실효성과 아름다움, 인간긍정정신, 잘못 쓰고 있는 우리말에 대한 지적, 자유지향성, 술을 마시는 이유, 사랑과 영혼의 소중함, 죽음의식이 드러남. "인간의 위기는 휴머니즘(인본주의)으로 해소되지 않는다. 휴머니즘(인본주의) 자체 속에서 어쩔 수 없이 인간의 위기가 싹텄기 때문에." "인간은 모든 것을 휴머니즘(인본주의)으로 해결하려 드는 어리석은 오만심을 버려야 한다." "소설에서 우리가 감동하게 되는 것은 그 작품 속에 깔려있는 시와 마주치기 때문이다." "내가 영혼이니 사랑이니 하는 말을 하는 것은, 비정하게 막아서는 어둠 앞에서 우리 모두의 꿈을 보전하기 위한 내 외로운 기도를 뜻한다."(말과 삶과 자유·Ⅱ)

7월, 「말과 삶과 자유·Ⅲ」을 씀. 9월, 『현대문학』에 발표. 생명존엄성, 기독교 신도들의 잘못된 삶의 태도 비판, 영혼과 자연의 중요성, 작가와 현실의 관계, 비평가는 작가의 정신구조를 밝혀야 함을 강조. 자유의 문제 등에 대해 언급. "작가는 자기가 몸담고 있는 현실에 만족하지 않는다. 설사 어떤 이상향이 출현한다 해도 작가는 거기 만족하지 않을 것이다. 이것은 작가의 영원한 괴롭고도 자랑스런 숙명이다." "문장의 함축은 생략에서가 아니라 비약에서 온다. 생략한 자리는 비어 있지만 비약은 여러 가지 말로 채워지는 법이다." "태어남에 우리의 자유 의사는 아무런 관여를 할 수 없다. 죽음(자살이라는 변칙적인 것을 제외한)에 우리의 자유 의사는 아무런 관여를 할 수 없다. 둘 다 좋건 싫건 어쩔 도리가 없는 일이다. 그 대신 태어남과 죽음 사이의 세월은 우리 모두가 자유로울 수 있고, 또 자유로워져야 할 기간이다."(「말과 삶 과 자유·Ⅲ」)

86년 12월, 『말과 삶과 자유·Ⅳ』를 씀 『현대문학』(1987. 1)에 발표. 자살에 대한 비판, 예수의 자유정신과 이를 부정하는 대심문관인 추기경의 이야기 등에 언급함.

"도스토예프스키는 한 서한에서 이런 말을 하고 있다. '설혹 누군가가 그리스도는 진리의 테두리 밖에 있다는 것을 내게 증명해 보인다 하더라도, 그리고 사실 진리는 그리스도 안에는 없다고 하더라도 나는 진리와 함께 있기보다는 오히려 그리스도와 함께 있고 싶다.' 또 한 서한에서는 이런 말도 하고 있다. '이 세상에 참으로 아름다운 모습이 딱 하나 있다. 그리스도이다.' 이 말들은 도스토예프스키가 그리스도라는 인간상에게 붙들려 함께 고뇌한 흔적의 하나가 아니겠는가."(「말과 삶과 자유·IV」)

1987(73세)

박종철군 고문치사 사건. 6·29 민주화 선언.

4월, 「말과 삶과 자유·V」를 씀. 5월, 『현대문학』에 발표. 작가로서의 자세, 자유정신, 고문에 대한 비판, 악마와의 대화에 대해 씀. "전체주의는 문학의 창조성보다 이용 가치를 우선하고, 자본주의는 문학의 창조성보다 대량 보급을 우선한다. 이 둘 다를 넘어서서 우선 문학은 문학이어야 한다는 극히 원초적인 자세를 문학인은 묵묵히 지킬 일이다." "작가는 외부 세계와 함께 자기 자신을 항상 불가해한 객체로서 새로이 들여다보는 훈련을 잊지 말아야 한다." "작가의 한계점이란 다름아닌 그가 처해 있는 사회로부터 돌이킬 수 없이 길들여진 상태를 말한다."(「말과 삶과 자유·V」)

1988(74세)

이란·이라크 종전. 노태우 정부 수립.

2월, 「말과 삶과 자유·VI」을 씀. 3월, 『현대문학』에 발표. '한글 맞춤법 및 표준어 규정'(1987)에 대한 비판과 우려, 애주가로서의 변, 도스토예프스키의 인간에 대한 신뢰 및 그리스도에 대한 애정, 작품을 쓰는 이유에 대해 언급. "된 작품은 뭇사람에 의해 마구 파먹힘을 당하고서도 그냥 살아 남는다." "네가 내게 묻는다. 왜 작품을 쓰느냐고. 내가 네게 대답한다. 너와 나의 관계를 짓기 위해서라고" "네가 내게 묻는다. 왜 기독교를 믿느냐고. 내가 네게 대답한다. 너와 나의 관계를 짓기 위해서라고"(「말과 삶과 자유·VI」)

1989(75세)

베를린 장벽 붕괴. 루마니아 공산독재정권 붕괴. 헝가리, 폴란드 등 동구권과 수교.

문　　"신을 믿습니까?"

답　　"신을 믿는다. 어렸을 때부터. 믿음의 문제는 주관적인 것이기 때문에 객관적·과학적인 태도에서 볼 수 없는 그 당사자의 문제이지."

문　　"간증의 진실성에 대해 어떻게 생각하십니까?"

답　　"맹장수술 안 하고 낫는 것 따위와 같지. 모든 병은 마음에서 상당수 오는 것이지." (필자와의 대담, 1989.8.17)

1990(76세)

독일 통일. 소련과 국교 수립.

8월 15일, 선친께서 건국훈장 애족장을 추서받음.

11월, 장편 『일월』이 설순봉의 영역으로 Sunlight, Moonlight(Sisayongosa 간)라는 표제로서 간행됨.

사당동 자택에서 경희대학교 대학원생 강의.

황순원 문학연구에 대한 학위논문 나오기 시작함. 이월영, 「꿈소재 서사문학의 사상적 유형연구」, 전북대학교 박사논문, 1990.

1991(77세)

발트 3국 독립. 남·북한 유엔 동시 가입.

극작가 신봉승씨는 황순원 소설은 장면전환이 빨라 영화화하기 좋다고 말함. 황순원 선생님은 영화에 관심이 많다고 말함. (1991.5.2)

작가 이호철씨는 1950년대 선생님께서 서울 고등학교 재직시 자주 만났다고 말함.(1991.5.2)

양선규, 「황순원 소설의 분석심리학적 연구」, 경북대학교 대학원 박사논문, 1991.12.

1992(78세)

소연방해체, 독립국가연합(CIS)탄생. 중국과 국교수립.

9월, 시 「산책길에서·1」 「산책길에서·2」 「죽음에 대하여」 「미열이 있는 날 밤」 「밤 늦어」 「기쁨은 그냥」 「숫돌」 「무서운 아이」를 『현대문학』에 발표. 자연과의 조화, 모성에로의 회귀, 죽음의식, 신에 대한 사랑 등이 드러남.

1993(79세)

우루과이라운드 타결, 북미 자유무역 협정 체결. 김영삼 정부 수립. 금융실명제 실시.

문　　　"작가가 문학을 통해 궁극적으로 지향하고 있는 것은 무엇입니까?"

답　　　"지향점이 분명하다면, 한 작품으로 끝나는 것이지. 끝나지 않았기 때문에 자꾸 작품이 나오는 거겠지."

문　　　"작가자신은 인간을 긍정적으로 보십니까? 부정적으로 보십니까?"

답 "인간의 존재를 긍정적으로 보지."

문 "인간의 존재를 어떠한 시각으로 보십니까?"

답 "슬픔의 존재로 보지."

문 "왜 인간을 <슬픔>의 존재로 파악하고 계십니까?"

답 "불완전한 존재이면서 죽음이 있고, 죄가 있는 눈, 죄지은 눈을 갖고 있기 때문이지."(필자와의 대담, 1993.8.14)

● 『움직이는 성』과 관련하여

문 "4부에만 '주춧돌 하나, 주춧돌 둘'이라고 제목을 붙인 이유가 있습니까?"

답 "인간의 존재란 '유랑민'처럼 이곳저곳을 옮아다니는 '움직이는 성'이지만 '주춧돌 하나, 주춧돌 둘'을 새롭게 쌓아서 굳건한 성을 쌓아야 하지."

문 "준태로 하여금 '씨감자'를 개발하게 하는 이유는 무엇입니까?"

답 "우리나라는 농업이 기본이지."

문 "샤머니즘을 이 작품에서 부각시킨 이유는 무엇입니까?"

답 "샤머니즘을 비판한 것이지. 샤머니즘이 점을 맞추기는 하지만, 인간을 구원하지는 못하지. 이 작품에서도 샤먼이 버린 애정(철이)을, 기독교 신앙을 가진 성호가 데려다 기르게 되지. 이것은 샤먼이 버린 애정을 담으려고 했던 거지. 성호는 이들에 대한 사랑으로 인간구원을 하려 했던 것이라 볼 수 있지. 이 작품에서 준태는 무신론자는 아니야."(필자와의 대담, 1993.8.14)

1994(80세)

이스라엘과 요르단, 평화협정 체결. 북한 김일성 사망.

박양호, 「황순원 문학연구」, 전북대학교, 대학원 박사논문, 1994. 2.

장현숙, 「황순원 소설연구」, 경희대학교, 대학원 박사논문, 1994. 8.

장현숙, 『황순원 문학연구』(1994. 9. 시와시학사),

　　　　황순원 문학에 대한 최초의 저서.

1995(81세)

외출 거의 하지 않고 사당동 자택에서 지냄. (작고시까지)

주로 TV를 통하여 운동 경기를 봄.(특히 야구 경기를 좋아함)

아침, 저녁으로 아파트 주위를 산보.

낮시간에는 성격책 읽기와 시집 읽기로 지냄.

단상이나 시를 쓰시라는 필자의 권유에 "작품다운 작품을 쓰지 못할 바에는 안 쓰는 편이 낫지."라고 웃으심.

1996(82세)

문　　"선생님의 문학을 사회현실과 분리된 순수문학의 작가로 많은 평자들이 얘기 하고 있습니다. 여기에 대한 선생님의 생각은 어떻습니까?"

답　　"나 나름대로의 역사를 썼다고 생각해."(필자와의 대담에서)

1997(83세)

영국, 홍콩을 중국에 반환.

선생님과 친했던 교우에는 원응서, 아동문학가 이원수, 김이석, 선우휘를 거명함. 등단시킨 작가에는 이호철, 오유권, 최상규, 서기원, 최인호 등을 거명함. 경희대하교 재직시, 김광섭, 주요섭, 김진수, 조병화 등 문인교수들과 더불어 창작열을 북돋워 많은 문인제자들을 배출해냄. 전상국, 김용성, 조세희, 조해일, 드라마작가 박진숙·김정수, 정호승, 이유범, 고원정, 박남철, 박덕규, 김형경, 류시화, 이혜경, 서하진 등.

1998(84세)

김대중 정부 출범.
작가의 하나님에 대한 신앙심이 더욱 깊어짐.

2000(86세)

6월 13일, 남북이산가족, 50년만의 극적 상봉.
9월 14일, 오전 8시경, 주무시던 상태로 별세. 최근 고통 없이 돌아가게 해달라고 매일 기도했다고 함.
9월 18일, 장지 충남 천원군 병천면 풍산공원 묘원에 안장됨.
가족과 많은 문인, 제자들 참석.(전상국, 김용성, 조세희, 조해일, 박진숙, 고원정, 김형경, 이혜경, 하응백, 문흥술 등)

104편 가량의 시와 단편 104편, 중편 1편, 장편 7편을 창작하고 86세로 작고한 작가 황순원.
그는 역사와 사회에 대한 현실인식을 배면에 깔면서, 이상주의·영원주의를 지향해 나아간 작가임에 분명하다. 그는 부정적 현실에도 절망하지 않고 그것을 초극하려는 일관된 정신적 자세와 인간긍정의 철학으로 작가로서의 길을 걸었다. 그의 투철한 작가정신은, 일제하의 암울한 시대상황 속에서도 모국어를 갈고 닦으며, 잃어져가는 한국적 이미지와 전통문화와의 접맥을 통하여, 한국의 얼을 고양시키려 한 데에서도 찾아볼 수 있다. 특히 작가는 예술정신의 자유로움과 실험적인 소설기법의 창조로써, 특정한 형식과 주의에 구속되지 않고 자유에의 길로 나아갔다. 이점에서 황순원 문학의 지향성이, 생명과 사랑과 자유라는 인간구원의 양식에 놓여있으면서도, 끊임없이 다양성을 실험한 문학임을 새삼 확인할 수 있다.

계간 『문학과 의식』, 2000. 겨울.
장현숙, 『현실인식과 인간의 길』, 한국문화사, 2004. 부분 발췌.

참고문헌

오생근 편, 『황순원 연구』, 황순원전집, 제12권, 문학과 지성사, 1993.
장현숙, 『황순원 문학연구』, 시와시학사, 1994.

▌황순원 기본자료 ▐

황순원, 『늪 / 기러기』, 황순원전집 제1권, 문학과 지성사, 1992.
_____, 『목넘이마을의 개 / 곡예사』, 황순원전집 제2권, 문학과 지성사, 1992.
_____, 『학 / 잃어버린 사람들』, 황순원전집 제3권, 문학과 지성사, 1991.
_____, 『너와 나만의 시간 / 내일』, 황순원전집 제4권, 문학과 지성사, 1991.
_____, 『탈 / 기타』, 황순원전집 제5권, 문학과 지성사, 1990.
_____, 『별과 같이 살다 / 카인의 후예』, 황순원전집 제6권, 문학과 지성사, 1992.
_____, 『인간접목 / 나무들 비탈에 서다』, 황순원전집 제7권, 문학과 지성사, 1990.
_____, 『일월』, 황순원전집 제8권, 문학과 지성사, 1993.
_____, 『움직이는 성』, 황순원전집 제9권, 문학과 지성사, 1989.
_____, 『신들의 주사위』, 황순원전집 제10권, 문학과 지성사, 1989.
_____, 『시선집』, 황순원전집 제11권, 문학과 지성사, 1993.
_____, 「비평에 앞서 이해를」, 한국일보, 1960.12.15.
_____, 「한 비평가의 정신자세」, 한국일보, 1960.12.21.
_____, 「유랑민근성과 시적 근원」, 『문학사상』 제1권, 제2호, 1972.
_____, 「산실의 대화 인터뷰 기사」, 조선일보, 1976.10.20.
_____, 「문화의 현장 그 뒤안길, 인터뷰 기사」, 조선일보, 1980.12.17.
_____, 「안녕하십니까, 인터뷰 기사」, 서울신문, 1980.12.27.
황순원 외, 『말과 삶과 자유』, 문학과 지성사, 1985.
오생근편, 『황순원 연구』, 황순원전집 제12권, 문학과 지성사, 1993.
김 현, 「해방후 한국사회와 황순원의 작품세계」, 대학주보(경희대학교),
          1980.9.15 (상), 9.22. (하).
전상국, 「문학과 더불어 한 평생」, 대학주보(경희대학교), 1980.9.15.
_____, 「시공을 초월한 영원한 여인상」, 일간스포츠, 1981.6.29.
백 철, 「전환기의 작품자세」, 동아일보, 1960.12.10~11.
_____, 「작품은 실험적인 소산」, 한국일보, 1960.12.18.
장현숙, 「황순원 문학연구」, 시와 시학사, 1994.
_____, 「황순원 문학연구」, 푸른사상사, 2005.
_____, 「작품세계로 본 황순원 연보」, 문학과 의식, 2000. 겨울.
_____, 「현실인식과 인간의 길」, 한국문화사, 2004. 3.

개정판
황순원 다시 읽기
모래와 별 사이에서

1판 1쇄 발행 2004년 5월 29일
2판 1쇄 발행 2021년 6월 15일

지 은 이 | 황순원
엮 은 이 | 장현숙
펴 낸 이 | 김진수
펴 낸 곳 | 한국문화사
등   록 | 제1994-9호
주   소 | 서울시 성동구 아차산로49, 404호(성수동1가, 서울숲코오롱디지털타워3차)
전   화 | 02-464-7708
팩   스 | 02-499-0846
이 메 일 | hkm7708@hanmail.net
홈페이지 | http://hph.co.kr

ISBN 979-11-6685-036-3 03810